如是人间

朱湘山 / 著

海南出版社
· 海口 ·

图书在版编目（CIP）数据

如是人间 / 朱湘山著. —— 海口：海南出版社，

2025. 5. —— ISBN 978-7-5730-2412-1

Ⅰ. I267

中国国家版本馆 CIP 数据核字第 2025M8069Y 号

如是人间
RU SHI RENJIAN

作　　者：	朱湘山
责任编辑：	吴宗森
封面设计：	黎花莉
责任印制：	郄亚喃
印刷装订：	北京兰星球彩色印刷有限公司
读者服务：	张西贝佳
出版发行：	海南出版社
总社地址：	海口市金盘开发区建设三横路 2 号
邮　　编：	570216
北京地址：	北京市朝阳区黄厂路 3 号院 7 号楼 101 室
电　　话：	0898-66812392　010-87336670
电子邮箱：	hnbook@263.net
经　　销：	全国新华书店
版　　次：	2025 年 5 月第 1 版
印　　次：	2025 年 5 月第 1 次印刷
开　　本：	880 mm × 1 230 mm　1/32
印　　张：	10.75
字　　数：	280 千字
书　　号：	ISBN 978-7-5730-2412-1
定　　价：	49.80 元

推荐序 在时光褶皱中打捞文明微光

全　展

全球化与城市化浪潮席卷当代文坛，文明记忆的碎片化危机催生了散文创作的新范式。朱湘山的《如是人间》以地质勘探般的笔触，在历史褶皱与现实沉积的交织中打捞文明基因，将旅顺口弹痕、辛弃疾词碑、烈士纪念碑苔藓、故乡河床等文化微尘置于文学聚光灯下。这部作品超越了传统散文的抒情维度，在现象学与解构主义的张力场域中，构建起一套关于文明记忆的认知考古学体系，为当代文学介入历史提供了极具启示性的方法论样本。

记忆的地理志：文明基因的双重解码

在散文创作的精神场域中，朱湘山的《如是人间》宛如一部田野调查和文史踏访的诗性报告，五辑内容恰似层层叠压的岩层，记录着文明在时空褶皱中的裂变与重生。

这部散文集以"沧海—江湖—山河—草木—冷暖"为经纬，构建起立体的记忆坐标系，既在旅顺口的弹痕中触摸民族的集体创伤，又于鼓浪屿的藤蔓间倾听个体的生命私语，最终在文明的褶皱里打捞起被岁月掩埋的微光。

I

《沧海人间》以沿海历史为切口，将旅顺口、刘公岛等地理坐标转化为文明记忆的碑石。在《沧海月：北洋遗梦》中，作者描写月光如何渗入甲午海战的弹痕，将金属锈蚀的纹路与海鸟的翅羽轨迹并置。这种"伤痕美学"的书写策略，将历史痕迹生动地展现出来——弹痕成为历史的印记，不仅是钢铁的锈蚀，更是文明在现代化进程中的阵痛。作者没有停留在对历史事件的复述上，而是通过北洋水师船舰锚链上的锈迹如何成为时间的印记这一细节，揭示出个体生命与宏大历史的隐秘关联。

《江湖人间》转向对内陆文化基因的勘探。在《山河词话：西北望长安》中，作者将辛弃疾的词境与赣州的山水脉络相互映照：八境台的檐角弧度暗合《菩萨蛮·书江西造口壁》的平仄，郁孤台下的清江流淌着宋词的韵脚。这种以文入地的书写，使地理空间升华为文化符号的容器。作者描写青石板路如何留存历代行人的足迹，实则在构建一部行走的文化志。这些青石板上，每个凹陷的石坑都是文明传承的基因片段，都记录着客家人五次大迁徙的悲壮史诗。

《山河人间》一辑突破传统红色叙事的框架，在南昌八一起义纪念馆的砖缝间寻找革命精神的当代注脚。《红飘带》中，作者将烈士纪念碑的苔藓比作未干的血迹，这种"活的纪念"消解了历史的距离感。看到雨水冲刷碑文字迹时，作者敏锐捕捉到，每道水痕都是新刻的碑文，在当代人的瞳孔里继续生长。这种动态化的记忆书写，让革命遗址不再是凝固的历史标本，而是持续焕发意义的文化生命体。

书写的姿态：在介入与抽离间寻找平衡

朱湘山在《如是人间》中展现的创作姿态，如同兼具考古学家的严谨与诗人的敏锐。他既保持着对事物细致入微的观察，又具备超现实的想象力。在《芦影婆娑》中，外婆的背影被解构为由芦花、竹篮、暮色编织而成的记忆图腾，这种物质与精神的互文，使日常物件获得了超越性的象征意义。

面对历史创伤，朱湘山选择了"疼痛的诗学"而非煽情主义。在《歌乐山的云很凉》中，烈士纪念碑的青苔被赋予"会呼吸的伤口"这一意象，这种冷抒情的处理方式，既保持了历史的沉重感，又为记忆的修复预留了空间。当游客的指尖抚过碑面时，作者体悟到，温度的传递改变了青苔的生长方向，就像记忆在代际的微妙嬗变。这种将物理现象转化为文化隐喻的笔法，展现了创伤叙事的美学可能性。

《草木人间》以生态书写为叙事脉络，通过六篇散文构建起生态与文明对话的立体图景。在《阳关绿》中，作者以河西走廊的戈壁造林为原点，展现人类与荒漠博弈的坚韧生命力。《云端树》则将镜头对准青藏高原的树木，以藏地生态守护者的故事诠释"万物有灵"的古老智慧。《青藤古寨》与《河水东流》分别聚焦苗族吊脚楼群落的生态智慧与黄河沿岸的生态修复工程，揭示传统文明与现代治理在守护绿水青山征程中实现殊途同归的可能性。《巫山月》以长江巫峡为背景，借山水变迁折射城市化进程中自然与人文的共生困境。《河床》则通过河床的今昔对照，完成对乡村生态嬗变的深情凝视。

这些作品以文学之眼透视生态命题，将草木荣枯与文明兴衰并置观照，既呼应了生态批评理论中"自然作为文本"的核心观点，更以诗性语言重构了人类与自然的伦理关系，为当代生态文明建设提供了文学维度的思考范本。

《冷暖人间》一辑通过家庭叙事完成了个体记忆的集体化升华。在《人间脚步》中，父亲掌心的余温被转化为时代风雪中的微型火炉，这种私人史的公共化书写，使个体生命经验成为解码时代精神的密钥。作者描写掌纹中的湖泥如何沉淀成记忆的结晶，实则在构建一部触觉的文明史——那些被主流叙事遗忘的温热触感，正是文明韧性的源头活水，最终成为理解社会结构的微观路径。

在当代散文创作的语境下，《如是人间》的价值不仅在于突破传统抒情模式，更在于它构建了一种参与式的文明书写方式。作者以身体为丈量文明的标尺，这种创作姿态既避免了人类学田野调查的冰冷客观，又超越了浪漫主义的主观抒情，最终在现象学的意向性与解构主义的延异之间找到了独特的平衡点。

褶皱的美学：文学考古的现代性重构

在艺术方法论层面，朱湘山的《如是人间》堪称一部关于文明基因的手册。他创造性地将旅顺口的弹痕、潭门港的渔网、椰树门的青石板等文化碎片置于记忆的聚光灯下，使这些文明的微尘成为一种辩证意象。这种微观叙事策略的革命性在于，它打破了新历史主义以小见大的传统路径——当《阳关绿》中建设者手掌的老茧嵌入戈壁沙粒时，个体生命的褶皱不仅复刻着丝绸之路的拓荒基因，更在分子层面重构着文明演进的密码。诚如他人所言："历史的真相不在宏大的叙事里，而在被遗忘的微小褶皱中。"（本雅明《发达资本主义时代的抒情诗人》）

朱湘山对地理空间的处理超越了地方志的表层书写，转而构建起独特的时空交错框架。在《空巢》中，空置洋房的雕花窗棂与攀爬其上的藤蔓构成时空叠印：上个世纪的百叶窗的开合节奏与亚热带植物的生长速度形成对抗性对话。这种"凝固的漂泊"恰似一种视角的转换，作者以旁观者的视角凝视空巢，实则完成了对百年历史与文化离散的双重解读。

具有突破性的是，其对根茎状叙事结构的自觉运用：五辑内容看似散落的珠贝，实则通过"疼痛—记忆—生长"的根茎脉络相互勾连——北洋舰队的锚链（沧海）、辛弃疾词碑的苔藓（江湖）、烈士纪念碑的"年轮"（山河）、建设者汗渍的结晶（草木）、父亲掌纹中的湖泥（冷暖），共同构成文明的地下根系。

这种去中心的叙事结构在《赣水苍茫》中得到极致呈现：于都河畔的红飘带雕塑、烈士墓前的血色杜鹃、当代少年衣衫上的火焰纹章，形成跨越时空的视觉互文。这种方式重构了革命记忆的传播路径——历史不再是线性的时间序列，而是在每个当下重新发芽的种子。

在语言本体论层面，《如是人间》赋予沉默的文物以言说的可能。《磁韵千秋》中，碎裂的青花瓷片在江底长出会呼吸的纹路，这种物的抒情将物质文明提升至生命政治学的维度。当考古学家的毛刷拂去陶片上的淤泥时，作者敏锐捕捉到陶土的呼吸频率与长江的潮汐同步，这种诗意的栖息，使尘封的文物重获生机，也让江底沉积千年的指纹与月光碎屑，在青花裂纹里重新流淌成星河初开的远古心跳。

书中反复出现的裂痕意象（甲骨上的裂纹、城墙上蔓延的苔藓、掌纹中的沟壑），恰似文明在岁月长河中的裂变轨迹。这些斑驳的纹路既是历史褶皱的显影，也是记忆密码的载体——甲骨裂纹中潜藏的占卜轨迹，在时光中持续诉说着过往，城墙苔藓的生长裂痕重构着建筑的岁月年轮，掌纹沟壑的生命刻痕则在触摸中不断改写文明的基因图谱。这种永不停息的自我更新，将抽象的哲学概念具象化为可触摸的文学晶体：每个裂痕都是文明呼吸的气孔，在显现与隐没的永恒运动中，持续编织着未完成的叙事。

朱湘山对根茎状叙事结构的运用，在《如是人间》的叙事中随处可见。滇缅公路的弹痕、国殇园的墓碑、石门水库的"皱纹"、迁徙者在月光下的身影，诸多看似无关的意象通过流动主题形成地下根系，作者将个人迁徙轨迹与文明长卷并置时，散文的边界被彻底打破了。

这种叙事策略的创新性在于，它既避免了宏大叙事的空洞，又超越了微观史学的琐碎。每个篇章都是文明基因的解码现场：旅顺口炮台上的弹痕记录着海洋文明的侵蚀密码，辛弃疾词碑的苔藓保存着宋词的韵脚信息，建设者手掌的老茧则储存着拓荒时代的体温数据。整部作品因此成为一部关于文明记忆的认知考古学作品，每个汉字都在重构感知世界的方式。

抖落半个世纪的迁徙尘埃，《花园沟旧事》《渡口无人》等将个体轨迹织入文明长卷，完成了对传统乡愁叙事的超越。这不是沈从文式的牧歌怀旧，而是带着地质断层扫描仪的文化勘探，构成理解现代中国的人间叙事。当《巫山月》中大坝的年轮与《阳关绿》里建设者的掌纹在文本中相遇，文明的韧性便在历史创伤与个体记忆的褶皱中逐一显现。

《如是人间》的价值还在于它以散文的形式构建了一次对文明记忆的认知考古。那些被椰树门锁住的老街时光、《滇西路痕》中的远去背影，都在文字的熔炉里重铸为抵御时空坍缩的情感碑文。正如作者在《河床》中揭示的真理：文明的韧性不仅存在于博物馆的玻璃展柜后，更生长于纪念馆砖缝间的野草、界河两岸交融的炊烟中，在每个人用生命丈量大地时留下的温热掌心。

作者简介：

全展，男，1956 年 12 月出生，湖北荆门人。荆楚理工学院文学传播研究所教授，中国传记文学学会副会长，中外传记文学研究会副会长，已出版《中国当代传记文学概观》《传记文学：阐释与批评》《传记文学：观察与思考》等论著，在海内外发表文艺理论与评论文章 200 余篇。

序　如月之恒

夜已深，月光浸透了南国的天空。

远处，起伏的丘陵在银辉里浮沉，像一沓被风掀开的宣纸，夜色时浓时淡。初冬的田野正在褪去最后一丝温度，归人踏着碎银般的月色，在阡陌间投下伶仃的剪影。

这样的画面总让我想起生命里最初的跋涉：4 岁那年牵着父亲衣角，在鄂北荒径上踩出深浅不定的足迹；15 岁时与同窗背着行军壶，在北上列车的铁皮厢里数着寒星。车轮碾过铁轨的声音，至今仍在记忆深处隆隆作响。

后来的人生，竟与"漂泊"结下不解之缘。鄂西大山里的三线厂房，荆州城头的斑驳石砖，笪家湖畔的芦花飞雪，三点一线的被动往复竟持续了十个春秋——10 年间被命运推搡着辗转往复，步履与沙土的摩擦声，成了这漫长岁月里最熟悉的进行曲。迁徙的轨迹，恰似掌纹里蜿蜒的脉络，纠结缠绕，成了一个怎么也解不开的结。那些被标价出售的清晨，那些被车票剪碎的暮色，终究在某个雾霭沉沉、笼罩椰城的黎明，悄然化作悬在窗棂上的冰凌，将漂泊途中积攒的无奈淬炼成锋芒，在时光褶皱里，慢慢凝成苍茫的月光，照亮这一路漂泊的沧桑。

直到退休证书搁在案头那天，我才惊觉半生辗转都囿于他人绘就的轨迹。于是背起行囊主动去"漂泊"，用皱褶渐生的手掌重新抚摸大地的经纬——在烟台蓬莱阁望海市蜃楼，在呼伦贝尔草原追朔风，在大兴安岭白桦林间拾年轮，在云贵高原的茶马古道听时光的铃音。

这些行走渐渐显影成另一种年轮。当我站在黄渤海分界线上，目睹两股海流恰似文明的长河，相互交融又彼此排斥。突然间，我似乎懂得了司马迁为何要"究天人之际"。那些隐匿在断壁残垣里的故事，那些湮灭于炊烟中的姓氏，那些被季风吹散的呢喃，都在脚下的土壤中，仿若暗涌的溪流，汩汩流淌。原来我们始终行走在先民的血脉之上，每一步都踏着五千年的回响。

所谓"人间"，不过是千年文明在陶土上的一抹亮色。

当我们在沙漠摩挲岩画纹路时，掌心贴着的何尝不是先民对荒野的敬畏？当我们在高原抚摸古树年轮时，指尖触碰的终归难离先民对苍穹的叩问。

《如是人间》五卷，实则是五枚从时光长河打捞起的文化碎片，每道裂痕里都蜷缩着未及言说的往事。

"沧海"五篇，宛如从海底打捞上来的沉船碎片。浪涛间沉浮的不仅是北洋舰队的宿命，更有潭门渔民风浪中的眼泪；"江湖"六记，恰似为消逝的街巷精心雕琢的砖纹叙事；"山河"五篇仿若用脚步丈量出的民族血脉图谱；"草木"六记，是扎根土地的根系；"冷暖"一辑是最终的落幕，父亲临终之际，掌上残留着泥土，指间还萦绕着湖泥的气息，那是岁月与大地交织的味道。这种痛楚，或许正是文明在黑暗中匍匐的根系——在暗无天日的土壤里饮下每一滴露，积蓄力量，只为让新芽穿透三千尺的冻土，把断裂的碑铭，幻化成会呼吸的绿树，重焕生机。

加缪在《西西弗神话》中曾这样说过："在隆冬，我终于知道，我身上有一个不可战胜的夏天。"此刻，当我回溯书中的山河草木，那些浸透了血汗的绿树、缠绕着风烟的衣袂、斑驳且褪色的墨迹，忽然都有了生命的温度。它们是文明最诚实的证词——见证着人类从未在苦难中屈服，而是学会了把断裂的碣石，种成会呼吸的森林。这，或许就是文明最动人的逻辑：它的延续从来不是无痛的简单复制，而是带着伤痕的顽强生长，在疼痛的根系里，永远蛰伏着下一个春天跃动的脉搏。

有人问我为何执着于书写，案头的那些书籍是最好的答案——那里有王维的松烟，苏轼的月光，此刻又浸润着我的黄昏。文字不过是薪火相传的仪式，当我们用毛笔临摹《兰亭序》时，一千六百年前的曲水流觞或许已在腕底复活。

我知道，我的这些文字不会成为畅销书架的装饰，它们更像荒野中的碑碣，等待某个迷途者偶然驻足，从风化剥蚀的铭文里，瞥见自己灵魂的倒影。若能触动读者心底某根锈蚀的弦，发出哪怕微弱共振，便是对书写者最大的犒赏。

搁笔时，海风送来咸涩的祝福。远处灯塔忽闪明灭，一如文明那永不熄灭的火种，在时光长河中，坚毅地闪烁着，为人类的征程照亮前路。或许我们终会明白，真正的故乡不在籍贯栏里，而在每个方块字垒起的精神原乡。那里有我们共同的母语，共通的记忆，以及，如月光般永恒的守望。

是为序。

朱湘山

2025 年 3 月于海口

目录

iii

第一辑
——
沧海人间

港湾的疼痛

遗址之上：断烟残霭晚霏霏

初秋的下午，空气中带着一丝伤感的潮湿。

我飞往大连，为了一睹那座北洋重镇的旧时容颜。它的苍凉，它的凝重，它的血泪，它的疼痛，都是我必来的理由。

在中国的版图上，大凡名称中带"口"字的，多与重镇、关隘、要塞有关，比如海口、龙口、张家口、珠江口、吴淞口等。成语"守口如瓶""金口难开""祸从口出"等，都说明了"口"的重要。而对于旅顺口来说，它早已不是一般意义上的要塞和港口。它是一国之门，守住了它，外可护辽东半岛，内可卫京师大门。若是"口无遮拦"，必然是帝国的噩梦和百姓的悲歌。

时光流转，无论远古的东夷部落，还是后来的满汉王朝，皆对这片瑰丽海湾中的天然通道——昔日被称为"狮子口"，明朝时更名为"旅顺口"的地方，怀有深深的敬畏与热切的关注。这道缺口，吐纳着海风，吞吐着潮汐，它的存在与变迁，冥冥中注定了其作为枢纽的历史宿命。每一粒砂石、每一道海浪、每一次舰船的进出，都在无声诉说着它作为国家命脉的历史担当与战略意义。

有明以来，这片弹丸之地就一直硝烟迭起，战事不断。马云、叶旺、刘江、徐刚、袁崇焕、黄龙、努尔哈赤、袁保龄、刘含芳等，都曾在这里留下或悲怆或闪光的足印，有的把热血洒在这里，有的把骨骸葬在这里。在旅顺口的山坡上行走，经常会遇到一座座突兀的坟茔，凄凉地卧于衰草乱石之中，何人之墓，已经难以说清。诚如清人郑有仁的诗句："一自将军身殉明，三藩未夕削皆平。山灵有意怜忠骨，二百余年庇旧茔。"

对于国人来说，旅顺口已不再是风景。它是时光的断裂之谷、历史的倾诉之口，它是心中撕裂的伤痕，它是推不开的大门和"一朝瓦解成劫灰"的记忆高墙。

战争似乎是旅顺口的宿命。

它的海面、它的港口、它的山岭、它的树木，以及那些修筑在海岸上的炮台、层叠在陆地上的堡垒，就像是摆放在战争舞台上的布景和道具。曾经的仪仗帆影、桑麻渔歌，在列强的一次次掠夺和碾压之下，零落成历史的残垣断壁，无论人们是否心甘情愿地承认，旅顺口都是一座中国乃至世界近代史上的战争博物馆。

在近代 100 多年的时光中，命运让这座港口不断沉浮于刀山火海之中：日本侵占、中国赎回、沙俄强租、日本再占、苏联驻扎、接收回归。一个重镇，六次易主，条约裹身：《中俄密约》《马关条约》《辽南条约》《朴次茅斯和约》《旅大租地条约》《续定旅大租地条约》《中苏友好同盟条约》，以及三国元首三次密会的公报，每一章、每一页都与这座港口息息相关，章章滴泪，页页惊心。

乘机飞越渤海上空的时候，隔着舷窗，我看到，在渤海与黄海的连接处，一条黄蓝相接的天然波纹清晰可见——蓝色的远处，是甲午海战的战场大东沟；黄色的尽头，是连接京津的大门——它也像那道难以愈合的伤口一样，记载了历史上的一段又一段惨烈往事。伤口最深的地方，当然是旅顺口，多少年来，每每触及，痛彻心扉。

这是初秋的早晨，阳光在街道上洒下一片暖色。若是在南国，或许夜色尚未完全消退，露珠在阔大的叶片上睡得安详，风来的时候，静寂的绿翻腾起一片微澜，花草与花草窃窃私语，充满着比肩而立的精气神韵。但在我眼前的辽东半岛上，早已是阳光明丽，秋天的涟漪卷过树梢，摇曳着缕缕温情的遐思，凛冽的风阻挡不住人们晨练的脚步，阳光、舞鞋、红裙和笑脸近在咫尺，惊动"拣尽寒枝不肯栖"的苍凉。在这时光清浅之处，我的内心，也瞬间被一个造访者的神秘和感动所占据。

送我去旅顺口的网约车司机是一名转业军人，在西部当过兵，喜欢一位西部歌手的歌。从坐进车里开始，我反复听到的就是那刚性沙哑、弥漫着戈壁风霜的歌声："一眼望不到边 / 风似刀割我的脸 / 等不到西海天际蔚蓝 / 无言这苍茫的高原 / 还记得你答应过我 / 不会让我把你找不见 / 可你跟随那南归的候鸟飞得那么远 / 爱像风筝断了线……"当我把它和即将看到的旅顺口的命运连在一起的时候，心情也随着歌声变得黯然。

大连到旅顺口有 40 多千米，那座雕刻着"旅顺口"的巨石，标记了旅顺口的所在。呼啸的海风中，我抚摸着那块巨大的岩石，咸湿的海风鼓荡我的衣衫，我的内心涌现一种别样的惆怅。

走在旅顺口的大街上，典雅静谧的路上梧桐枝叶低垂，于记忆的江河中舞动春秋，遒劲的槐树瘢痕累累，在白日的映照下尽显沧桑。被历史尘封的陈旧，一如褪色的画布随处袒露，让人感觉随时随地都会跌进时光的断层。

啊，旅顺口！多少年了，那弥漫着黄海烟云、裹挟着半岛风雨、回荡着北洋悲歌的过往，于梦里梦外萦绕着我，一次次刺痛我的心。今天，我终于走进她的怀抱。

在穹庐一般的演出大厅里，我席地而坐，观看了一场名为《旅顺口印象》的演出。百年历史的画面，一帧一帧地呈现在我的眼前：旅顺的由来、甲午海战、日俄战争，还有那个爱新觉罗的后人溥仪，那个带着小心和慌张的婉容，以及诸多重大历史事件、大气磅礴的战争场面。一个王朝的兴衰，在多维的空间里被生动地展现出来。沙幕影像与舞台演出巧妙结合，让我在回望历史之时，既痛彻心扉又一言难尽。

当银幕上出现《七子之歌》的诗句的时候，随着画外音，我和周围很多观众都在流泪。我知道，我流泪，不只为大清的衰败，更是为整个民族的苦难：

我们是旅顺，大连，孪生的兄弟。
我们的命运应该如何地比拟？——
两个强邻将我来回地蹂躏，
我们是暴徒脚下的两团烂泥。
母亲，归期到了，快领我们回来。
你不知道儿们如何的想念你！
母亲！我们要回来，母亲！

沧海之滨，普天之下，试问哪个孩子的回家之路，如旅顺口这样漫长而曲折？

第二天，我把自己关在酒店，阅读、思考、摘录、做笔记，将所思所感连缀成篇，最后存入电脑。除了旅行社给我带来的短暂的不愉快，旅顺口始终像一位慈祥的长者热情挽留着我。我所遇到的旅顺人，无论是司机、路人、小商小贩，还是那个经营"铁锅炖"的老板，都对我热情有加，他们的微笑袒露着内心的真诚和善意。

我为自己的选择而庆幸，如果我跟随旅行社走完那四天三晚的行程，收获的无非是一些斑斓的碎片。而我的旅顺口之行，却如同挖掘到一口井，一口历史的深井。这里有粗粝的沙石，有断裂的缺口，有孤舟远影，有细雨炊烟，所有的发现与眩惑，所有的故事和影子，都闪现在这狭长而深邃的"井"里。

海军公所：耿耿残灯背壁影

港湾街 45 号。

我从老铁山炮台一路深深浅浅地来到这里。

这里曾经是海军某部的办公大院，如今院内已不见人影，铁栅栏门上挂着锁，3 栋欧式风格的大楼，外墙斑驳而陈旧，依稀构成海军公所的全部，但又不是这座院子的全部。铁栅栏门外，两边各有一座灰白色岗楼，里面已没有站岗的士兵，看样子早已弃置，透着一种人去楼空的萧然。

院子的第一任主人是一位法国商人。法商走后，这里被李鸿章买下，成为海军公所，北洋海军提督丁汝昌做了这个院子的第二任主人。

然而，丁汝昌在这个院子里停留了不到 4 年，甲午战争就爆发了。丁汝昌率领舰队匆忙离去。1894 年 11 月 21 日，旅顺口被日军占领，这座院子里的一切沦为日军的战利品。

随后，在俄、德、法三国"干涉还辽"的压力下，日本被迫撤离。1895 年 12 月底，当大清官员揣着 3000 万两银票赎回辽东半岛的时候，北洋舰队已经不复存在，只留满目疮痍的北洋军港。走进这个院子的，不再是北洋海军提督，而是清政府头戴顶戴花翎、负责打扫战火余烬的接收大员。

然而，后面发生的事情更让人目瞪口呆：白花花的银子赎回的旅顺口，2 年后再度易主。1897 年 12 月，俄国人打着借港过冬的幌子，直接把军舰开进旅顺口。第二年春天，又一纸条约密谋完毕，旅顺口变成了俄国的租借之地。

于是，港湾街 45 号院内的 3 栋洋房，摇身一变，成了俄国第一太平洋舰队的指挥中心。

俄国人沾沾自喜地过了 7 年。1904 年 2 月 8 日深夜，日本联合舰队以偷袭的方式，向驻守在旅顺口的俄国太平洋舰队发动攻击。战争持续了一年多，最后以俄军投降收场。于是，这个院子里再度升起的是日本国的太阳旗。在此后 40 多年的时间里，这个院子一直充当着日本海军的司令部。

1945 年秋天，旅顺口被苏联红军接管，日本军人向苏联红军投降。旅顺港的这座大院，成为苏联海军司令部的办公场地。

站在这个用钢铁栅栏围成的院子外面，我无法说清自己的感受。一个小院的历史，竟然先后被不同的国家书写。不知今天从这里走过的人们会有何感想——耻辱？痛苦？抑或悲愤？一切都无法说清。

太阳沟：回头顾影背斜阳

我总忘不了到达太阳沟的那个中午，以及那个中午我的心情。

每到秋天，当第一片金黄色的银杏叶从树上飘落，太阳沟就迎来了它最美的季节。面朝大海，背依高山，在漫长寒冷的冬季里，只有这里能享受到充足的阳光。对于俄罗斯人来说，它曾经是贵族们心心念念的又一条阿尔巴特大街；对于日本侵略者来说，它曾经是占领者引以为傲的"国中之国"。

然而，来过太阳沟的人，大多不会有太好的心情。

俄国人到太阳沟之前，总设计师李鸿章早已在旅顺口大兴土木十几年，但那时的太阳沟还只是一个寂静的小渔村。即使甲午战争让旅顺口血流成河，太阳沟依然是一个荒凉的小渔村，仅有几处土房和零星的坟头，毫无生气地散落在近海的山坡上。那时候，李鸿章还没有关注到这里，俄国人却已经发现这里背山靠海、北高南低——这样的风水宝地，仿佛只有在地中海沿岸才能找到。之后，太阳沟成为俄国人的租借之所，再后来，又成为日本人的占领之地，祖祖辈辈生活在这里的黎民百姓，反倒成了禁止出入的异国人。

俄国人在太阳沟的好日子，只维持了短短的7年。在俄军战俘和侨民带着伤病之躯和装衣物细软的箱子，黯然地离开太阳沟后，空出来的那些洋房和别墅旋即就住满了还乡团般的日本人。

1945年秋天，苏联向日本宣战。当苏联军队以解放者或复仇者的姿态开进旅顺口时，日军则以当年俄军的方式举手投降，日侨也带着随身的私蓄家当，告别他们居住了40多年的太阳沟，告别房前屋后精心侍弄过的树木花草，一步一回头地登上了归国的航船。

太阳沟再次生变，发生在10年之后。1955年春天，苏军全部登车撤离，旅顺口总算做回自己的主人。此后的半个多世纪里，这里仍然有军队驻扎，历史风貌依旧，旅顺口的老居民或叫它新市区，或称之为太阳沟。

太阳沟是一片饱经历史风雨浸润的土地，也是中国现存历史遗址最多、规模最大的历史文化街区之一。350多栋百年建筑承载着这个国家的记忆与伤痛，多少不为人知的故事，就藏在那些神秘的角落。它是纷飞战火中辗转百年的幸存者，是太平盛世里茕茕孑立的叹息者，更是半部中国近代史中滴满血泪的发黄一页。

漫步于此，我仿佛能触摸到百年前那个风云激荡的年代。博物馆、肃亲王府、关东军司令部、大和旅社等历史建筑都在诉说着那段屈辱的历史。

那天，我在旅顺博物馆停留了很长时间。这里远离嘈杂，不见纷争。隔着橱窗，我看着一件一件摆放在那里的藏品，内心也随之微澜荡起。

旅顺口发生的故事始终充满悲壮色彩，由此衍生出的过去和未来，已被凝固进旅顺博物馆和太阳沟这样的街区之中。对于每天都处于千变万化之中的社会，我们确实需要这么一个地方，把人类用心创造却被时间无情淹没的历史，把人类应该珍惜却被岁月掩盖，并且随手丢弃的东西贮存起来。当我们偶尔停下脚步并转身回望时，会为眼前的发现而感伤不已。

我从博物馆走出去的时候，正是烈日炎炎的中午，在高大的雪松和梧桐树的浓荫下，依然排列着长长的队伍等候进馆参观。

穿过广场中心的中苏友谊纪念碑，我向广场的北侧望去，那里，一座米黄色的建筑刺痛了我的双眼。

这座米黄色的建筑建于1900年，最早的时候是俄国陆军炮兵部。主楼外形酷似一座堡垒，主体是砖石木框架结构，门窗高大，墙壁宽厚，石柱沉重，属典型的欧式建筑，给人一种压抑之感。最早坐在这里办公的最高长官是俄军炮兵司令，名字叫别雷，军衔是少将。

或许之后发生的故事更有震撼力与杀伤力，以至于人们忘了这座大楼与俄国陆军炮兵部的关系，只记得这个地方曾经是日本远东阴谋的大本营和指挥中枢——日本关东军司令部。

先后有九任日本关东军司令官在这座大楼里策划、实施侵略阴谋，发动罪恶战争：两次出兵山东、制造"济南惨案"的日本军队就是从这里下令派出的；震惊中外的九一八事变就是在这里密谋策划的；罪恶满盈的日本甲级战犯板垣征四郎等高级将领就是从这里登台起家的。从1906年8月在这里设置关东都督府陆军部算起，直至1931年9月19日凌晨关东军司令官本庄繁率部离开旅顺，乘专列北上，将关东军司令部迁址至奉天兴业银行内，此地作为关东军指挥中心长达25年。

如今，这里是"关东军司令部旧址陈列馆"，当时有一场名为"罪孽之师——关东军"的展览，通过珍贵的历史文献和图片音像资料，浓缩近代日军侵华历史，再现当日那一幕幕令人惊心动魄的场景。

秋日的太阳沟风景如画，所有的楼房和街道都被高大的雪松和法国梧桐树笼罩在浓荫里。我走向这座大楼，一种不可名状的压抑和刺痛紧紧包围着我。我终于知道什么是压抑之痛，什么是不能承受之重了。

我最终没有走进那座大楼，而是返回到高高耸立的中苏友谊纪念碑下面，看到一群小学生正排着队站在那里，听老师讲那过去的故事。

海岸线：空江远影吊苍茫

我来到黄金山南麓的时候，夕阳已落在山的另一侧，扑面而至的，是大海咸湿的气息和苍凉的氛围。走到这里，思绪会被裂口深处湛蓝的海水打湿，并瞬间融入一段血染的历史。

这里南面黄海，西依军港，临海的两面，高耸的砖墙一直砌向山顶，每一块砖石都沧桑无语，它们的缝隙里，长满厚厚的青苔，山顶垂下的藤萝，记录了岁月的心事和生命的接续——这里是清朝末期清政府13 座炮台中最为完善的一座，名叫电岩炮台。

炮台的大门已经关闭，几辆旅游大巴在停车场静候着归来的游客，走在这里，它的那种沉寂、淡然给我的印象近乎荒凉，或许，这样的气氛构成的悲剧色调，更有利于后人站在此地思考和祭奠。

电岩炮台的位置极其优越，整个炮台前面为悬崖和大海，后面有一条山沟与黄金山相隔。用当时的炮镜从海上观察总会令人产生错觉，误认为其与黄金山同在一个点上，因此有很大的隐蔽性。从海上炮击的话，稍近炮弹会落到悬崖下，稍远又落到后面的山沟里，很难命中这个宽度仅有 50 米的岸炮阵地，所以当时的军事家称这座炮台为"百发不中"。在这里，大炮的射程可达 9000 米，后来又延伸到 12000 米之远，如果弹药充足，可保这片海疆平安无事，这里曾经也被认为是旅顺的安全铠甲和理想掩体。

然而，在旅顺口保卫战中，这里最终被日军从背后占领。五门来自德国的克虏伯大炮和一门中国制造的大炮，成为日军的战利品。之后，电岩炮台数易其主。如今，这里成为旅顺口军港沧桑历史的见证。

紧靠广场的是海滨浴场，浴场的旁边，立着一块题有"模珠岩灯塔旧址"的石碑。如今，战火已在岁月更替中消散殆尽，但那种消失的残缺依然让这片海岸带有悲凉之感。灯塔老了，时间年轻；炮台老了，绿藤常在。

同南方秀美的海滨浴场不同，这里没有洁白细腻的沙滩和圆弧状的海岸线，远处的海水中到处可见锋利的黑色礁石，海滩上密布着粗粝的褐色石子，下海的人们都穿着鞋子，以防被石块划伤。在巍然屹立的黄金山的映衬下，眼前的一切都自带一种令人森然的寒意。

然而，今天的人们似乎有些粗心，他们在海滩上竖起一朵朵蘑菇状的帐篷，或者攀上礁石捡拾海贝，或者与那些耸立在海水中的大石头擦肩而过，或者坐在石头上面抽一支香烟。他们以为生活一直就是这样，却浑然不知，这里的一切，都曾经是旅顺口苦难历史的见证。或许，人们已淡忘了这片阵地的惨痛，或许，人们已不记得远去的战火硝烟，但是，历史知道，电岩炮台知道——它早已为此流尽了眼泪，只留下眼前这苍老的躯体和一言不发的倦容。

我走向那片粗粝的海滩，凛冽的海风、来往的人流和烧烤的烟火气将我从遥远的历史拉回现实，我用全部身心感受着这座苍凉厚重的军港，并向它挥手告别，眼前浮现着那些时光的倒影。

透过那些影子，我看到那个寒风凛冽的冬月，看到那个苍茫的出海口，那个满怀悲愤的海军提督、那个镇远舰管带、那些与大海同在的人，他们陪伴着那些残舰伤兵黯然地告别旅顺口，向着刘公岛逶迤而行。

海风凄厉地吹着，如泣如诉，如筶如刀，如海魂的呐喊，让人疼痛，让人警醒。似乎，有一个声音正从四面八方向我涌来："落后就要挨打，发展才能自强！"

是的，我们有足够的理由相信，只要继续落后，被动挨打就难以避免，历史的悲剧就会重演。此刻，我就站在旅顺口的海滩之上，这里的海面、山峦、礁石和炮台之下，都有过无数苦难者洒下的血泪。我看见远处山顶上白玉山塔笔直的影子，它像一把刀，深深地扎在旅顺口的心上，那是日本侵略者为了纪念战争胜利留下的标志。我们忍痛保留它的本来面目，正是为了永不忘却。

几曲悲歌，几度铿锵。列强的铁蹄曾经踏碎我们的家园，痛苦厮拼留下的是热血精魂。苦难和屈辱已成往事，时代汇聚起无数支撑家国崛起的精神力量，沿着中华民族的复兴之路，越是痛楚难当，越要觉醒向前。

（《传记文学》2024 第 7 期发表，参考文献：《旅顺口纪事》等）

沧海月：北洋遗梦

一片海：往事惊心泪欲潸

起风了，大海开始涨潮。

山丘一般的海浪汹涌地扑向海滩，赶海的人们正匆匆离去，寻找家中那一缕温情的炊烟。几艘孤独的渔舟被海浪摇动着，卷入浪中，又送上海岸。一群海鸥在海浪上盘旋，凄厉的叫声回荡在海湾上空。

在旅顺口的海岸上，我能感受到它的神秘和苍凉。一路走过，随手拾起历史深处的碎片，就能拼接出许多悲怆的往事。

阳光有些苍白，夕阳之下，它们修长的阴影涉过冷峻的海浪，跌落在寂寥的海滩上，伴随着瑟瑟秋风，去追寻那些远去的行人，以及，不曾消逝的足印。

我想到那场惨烈的黄海大战，想到那位致远舰的管带，那位"难酬蹈海亦英雄"的邓世昌。或许，他的魂灵之光正照射在这片浩瀚的海域，并为后来的历史划开大片浩渺阔远的天空。这天空亮丽而鲜艳，盛开着血性和灵光，照耀着漫长的时空。

我相信，每一位亲历《甲午风云》光影叙事的观众，都会因其震撼人心的海战场景而留下难以磨灭的记忆烙印。那些画面犹如尖锐的历史利刃，深深刺入观者的心灵深处，引发久久难以平息的情感涟漪。

1894 年 7 月 25 日，甲午战争爆发。这一天，正是光绪帝 24 岁生日，整个紫禁城都沉浸在庆典的喜气里。只是，光绪帝不知道，他的出生纪念日，就是北洋舰队的噩梦。

在那场惨烈的黄海海战中，北洋舰队五艘军舰被击沉，死伤千余人，致远舰管带邓世昌指挥全舰官兵一直冲锋在前。弹药用尽之时，日舰吉野号趁机向致远舰凶猛地冲过来。邓世昌亲自操舵，开足马力，迎头向日舰对撞过去。日舰吉野号急忙躲开并发射鱼雷将致远舰击沉，邓世昌和舰上 250 名官兵一同落水。

当时邓世昌身边尚有救生圈，海军提督丁汝昌见他还活着，令人驰近营救，却被邓世昌断然拒绝。因为海战开始时，他就对旁边的人说，如果有不测，誓与日舰同沉。邓世昌虽然没有完成这最后一击，可他选择了与全舰官兵一起殉难。

拒绝了营救的邓世昌，抱着他的爱犬在海水中慢慢下沉。那一刻，或许，他听到了同伴的呼唤之声，听到了山呼海啸的爆炸之声；或许，他听到了黎民百姓被贫困和战争挤压得奄奄一息的哀鸣，也听到了紫禁城的上空袅袅不绝的歌舞乐音；或许，他什么也听不到了，只能遥望渐渐模糊的旅顺口，满腹报国之志最终化作了黄海波涛上一朵细微的浪花。

有人说，致远号沉没是因为日舰的炮火击中了它内置的鱼雷，继而引发了大爆炸。至于它为什么迅速沉没，主要是致远号各舱室的水密门橡皮严重老化。水密门橡皮老化，这个说法来自一个幸存的水兵。他在战后披露：致远号、靖远号两舰，曾多次请求更换水密门橡皮，一直没有人管。

如此看来，邓世昌在黄海大战中的壮烈自沉，不能只用英勇和悲壮来形容，而应以痛苦和绝望来书写。

黄海海战自1894年9月17日12点50分打响，至下午5点半结束。中国30年洋务运动的自强成果，就在这4个多小时中灰飞烟灭。

1894年9月17日，旅顺口经历了它最不平静的一个夜晚。离开旅顺口时，北洋舰队尚是一支雄师，回到旅顺口时，已是残舰伤兵，毫无生机地漂浮在苍凉的月光下。彼时，正值中秋节后的第三天，月光依然皎洁朗润，只是，邓世昌回不来了，林永升回不来了，上千个家庭的团圆之梦化为了水中月、镜中花。

旅顺口，虽然没有看到战场的硝烟，却知道扬威号、超勇号、致远号、经远号以及其上官兵已沉入了黄海，数千个鲜活的生命再也回不来了；它虽然没有目睹海军官兵牺牲的壮烈，却看到甲板上淋漓的鲜血，看到那些热血之躯和浩然之气，在惨白的岁月里，被一一写在沧海之中，月亮之上。

尤其是来远舰，它在幸存的军舰中是受伤最重的一艘，中弹200多处。它驶回旅顺口时，岂止是中国人为之震惊，就是那些留在旅顺口的外国人，也都不敢相信自己的眼睛。驾驶这艘残舰归来的是一个叫谢葆璋的人。来远舰也是由他驾驶着穿越大西洋，过好望角，经印度洋、福建厦门，历时2年接回国内的。只有朝夕相处的陪伴，才有这种息息相通的切肤之感。

读甲午战争史，最可悲的当然不仅是沉没了多少艘舰艇：高升号被炸沉的时候，船上1000多名官兵葬身大海；致远号被炸沉之后，数百官兵只有7人获救；经远号被击沉后，全舰只有16人生还。另外，仅仅 场黄海大战，就有致远号管带邓世昌、扬威号管带林履中、超勇号管带黄建勋、经远号管带林永升、致远号帮带陈金揆、经远号大副陈荣、超勇号大副翁守瑜、致远号管轮郑方恒诸将官蹈海殉节。如此鲜活生命的相继失去，是最令人无法接受的惨痛事实。

不难想象，在那场仓促应对，甚至有人苟且偷生的黄海遭遇战中，如果不是邓世昌等官兵的热血之花的绽放，那冰冷的海平面上，将会是怎样的荒凉和空寂！

1895年2月17日，日本联合舰队占领刘公岛。北洋舰队以"镇"和"远"命名的"七镇八远"舰，既没有镇住外来之敌，也没有远航到黄海之外，反而带着耻辱残躯和郁闷不平，袒露在威海湾内，成为日军借以炫耀的战利品。

一腔血：寄我相思千点泪

迎着苍凉的海风，我行走在旅顺口的海岸上，残垣断壁之下，有细微野花在风中摇曳，深紫的、淡蓝的、粉黄的、暗红的，色彩浓郁而斑斓，在秋风的萧瑟里呈现出蓬勃的生命力。我的脚步深深浅浅，目光也满含纠结，我怕漏掉那些厚重的历史，也怕我的灵感在风一样快的变化中瞬间湮灭。

北洋舰队最好的水兵和指挥官大多出自闽粤之地，那片蔚蓝色的大海，赋予了他们一身的好水性。他们少时就读于马尾船政学堂，受过林则徐、左宗棠、沈葆桢的影响或调教，后来成长为北洋海军里的精英，如萨镇冰、林泰曾、刘步蟾、方伯谦、林永升、黄建勋、蒋超英、叶祖珪、邓世昌、谢葆璋、林国祥等等。

在这些人中，有些是官宦、富商和名门之后，比如海军名将萨镇冰出自福州萨氏名门望族；广乙舰管带林国祥的父亲是南洋著名的建筑商，他的弟弟林国裕在甲午战争中与邓世昌一起殉职；镇远舰管带林泰曾，则是民族英雄林则徐的侄孙。

当初，为防日舰偷袭，丁汝昌率领残破的舰队退居刘公岛时，命人在港口外布置了许多水雷，仅留了窄窄的一条航道给自家舰队出入。不幸的是，尽管付出了十二分的小心，由于航道狭窄，林泰曾驾驶的镇远舰还是触礁搁浅了。

镇远舰的触礁搁浅，使得已经岌岌可危、失去作战能力的北洋舰队雪上加霜。

林泰曾是北洋舰队一位叱咤风云的虎将，当年曾随丁汝昌一起赴英国接收超勇号和扬威号二舰驾船归来，被授予参将；北洋舰队建立后，授左翼总兵兼镇远管带。黄海大战之前，他就下令卸除舰上的舢板，以示不留后路、与舰誓同生死的态度。

海战最后一刻，北洋舰队之所以还能与日本联合舰队血拼到底，镇远号全体将士功在首位。正因为如此，林泰曾不能接受镇远号触礁伤残的现实。备受煎熬之际，他忧心如焚，头发全白。2天后，他以结束生命的方式与战舰同归。

在刘公岛，林泰曾是北洋将官忍辱自杀殉国第一人。

1880年，北洋舰队在天津成立了一所水师学堂，严复、萨镇冰曾在这里担任教官，黎元洪、张伯苓、谢葆璋在这里当过学生。

甲午海战中，谢葆璋在来远舰担任枪炮官，他的老家是福建福州，其父谢銮恩与近代著名思想家、北洋水师学堂教官严复是至交。黄海大战数小时后，致远号、经远号两舰相继沉没，广甲号、济远号两舰先后逃走，来远号和靖远号两舰被吉野号等四艘巡洋舰死死地咬住不放。来远号在敌舰的围攻下，浑身中弹，尾炮失灵，弹药舱爆炸，舰上燃起了熊熊大火。谢葆璋与士兵们一起将火扑灭。宁死不屈的来远号，虽"身负重伤"仍坚持战斗，一直战至日舰退离战场。

在旅顺口匆匆修理之后，谢葆璋又随来远舰参加了威海保卫战。

1895年2月5日夜，来远号被日军的鱼雷击中，一声巨响过后，沉入海底，舰上30多名官兵遇难。在军舰爆炸的刹那间，谢葆璋纵身跳入冰冷刺骨的海中，凭着一身好水性，拼命游到刘公岛，死里逃生。

战争期间，海军官兵阵亡的消息不断地传回福州，今天这家门上糊了白纸对联，明天那家门上又糊了白纸对联，整个城中，哀号声此起彼伏。谢葆璋的妻子杨福慈已经悄悄准备好了鸦片膏，一旦接到丈夫阵亡的消息，就服毒自杀。

一个夜晚，融融的月色透过高大的榕树，洒在长乐横岭村的谢家宅院里，历经磨难的谢葆璋竟奇迹般地出现在杨福慈的面前，一家人灯下如梦寐，唯有泪千行。

甲午战争后，清政府取消了北洋舰队的编制，数以千计劫后余生的海军官兵被遣散回乡，谢葆璋历尽磨难，总算回到家乡福州，与家人度过了一段平静时光。

5年后，谢葆璋有了第一个孩子，这个孩子叫谢婉莹，她就是后来享誉文坛的著名作家冰心。

冰心在晚年一直想写甲午海战，可是铺上稿纸，总是泪下千行，难以提笔。

小时候，她就听父亲说过，在黄海大战中，母亲的一个堂侄被炮弹打穿了腹部，肠子飞溅到了烟囱上。战斗结束后，父亲把妻侄烧焦的肠子从烟囱上揭了下来，放回到他的遗体里。这种刺心的痛，深深地铭刻在冰心的记忆里，闸门一打开，就止也止不住。一直到她去世，除了一个开头外，余下的再也没有写成。

是的，甲午海战是永远无法书写的长卷，它是留在中国人心灵里不能愈合的伤痛，什么时候碰它，什么时候流血。有关它的所有故事，既是发生过的历史，也是并没有结束的历史。

一座船坞：长使英雄泪满襟

与那场战争紧密相连的，还有一个叫大坞的地方。

沿着史书上一行行忧愤的文字，我徘徊在有关大坞历史的冷寂记载中。我在历史的章节中多次拜访过这里，从这里走出的人和发生过的故事，我在书册的页面上也见到过。

旅顺大坞距今已有130多年的历史，是北洋海军的驻泊基地和舰船维修之所。大坞长137.6米，宽41.3米，深12.7米，规模宏敞，地势得天独厚，被誉为"中国澳坞之冠""远东第一大坞"，堪称19世纪工业建筑的奇迹。旅顺口也因它声名远扬，成为世界五大军港之一。

光绪初年，中国只有四处船舶修造工厂与船坞，由北及南分别是大沽船坞、江南制造总局、福州船政局、黄埔船坞。但这四处船舶修造工厂与船坞没有一处可以满足北洋海军的需求。

1880年，清政府经过直隶总督兼北洋大臣李鸿章数月论证考察，最终选择将旅顺口作为大清国北洋海军的军事基地。3年后，建坞工程正式动工，袁世凯的叔父袁保龄出任工程总办。至1890年9月竣工，整个工程历时10年，耗费上千万两白银。其间能工巧匠八方汇聚，中、德、法三国专家参与督造，李鸿章先后八次视察督办，重视程度非同一般。

1890年深秋，大坞建成之时，停泊在旅顺口的北洋军舰已多达25艘，旅顺港内往来穿梭，旌旗猎猎，彰显着大国风范。

1894年夏天，丰岛海战和黄海海战相继打响，北洋战舰驶离大坞以后，大多再也没有回来，有的虽然回来过，也已是弹痕累累，遍体鳞伤，排列在旅顺港内等待修复。

然而，这座举全国之力建造的大坞，充其量也只是大清的一个"面子工程"，若是用于平时的检测维护，尚且差强人意，一旦用于战时之需，就因为场地、技术、人力、耗材等诸多因素，显出了它的先天不足。

也正因为如此，无论是李鸿章的电报催促，还是盛宣怀的运筹帷幄，抑或是大坞总办龚照屿的穷于应付，都改变不了一个事实：伤残的舰艇根本无力修复，耗资千万的大坞，不过是昙花一现的景观。北洋海军与其说是一支海军，倒不如说是被冠以海军之名的一个船队。而清朝落后的工业水平和军事后勤，更是注定了北洋海军只能是一次性消耗品的结局。

在花园口，日本军队的登陆行动没有受到中国方面任何拦截的重要原因之一，就是此时北洋战舰依旧没有修复完成，如果强拖着残破的身躯去阻止日军登陆，无疑就是自杀。在这种情形下，李鸿章只能指示丁汝昌"避战保船"。

今日看来，拥有多少先进的军舰，其实并不能代表一个国家海军的真实实力。海军是一个极为庞大、复杂的系统，牵涉国家战略、工业体系、制度建设、后勤保障等诸多方面，更是一个国家综合实力的象征。一支强大的海军背后必须有一个体系进行支撑，才能称得上是真正的现代化海军。

甲午海战的失败，让大坞最终成为清政府的弃子。此后，它数次被殖民者强占，厂名几度更改。1898 年 3 月，旅顺口被清政府租借给俄国，大坞更名为俄国海军修理厂。

日俄战争之后，日本人便如愿以偿地再次入主旅顺口，大坞旋即成为日本海军修理厂。

40 年后，苏军接管大坞，按照太平洋舰队船厂的序号，大坞改叫苏联海军 102 工厂。

大坞真正属于中国政府是在 1956 年元旦那天，它正式被更名为"中国人民解放军第 4810 工厂"。"一个旅顺口，半部近代史"，而大坞就是这"半部近代史"血泪斑斑的写照。

大坞，一道刻在旅顺海滩的深沟，它深藏着战争的疼痛、时代的追忆、海军工业的初梦。本以为它可以成为北洋海军的疗伤之所，不想却成为异国军舰的休养之地。今天，它沧桑满面地站在原址，就是要告诉后人，那段惨痛的历史，永远不能忘记。

一片孤城：回看血泪相合流

写旅顺口，最难绕过的是关于战争与死亡的话题，那是历史的天空中难以消散的阴霾，那是撕裂于心口的滴血之痛。

黄海海战之前，驻旅顺口的清军有海陆两支。甲午战争由海上爆发，北洋舰队最先参战，两场战斗结束后，旅顺口就成为北洋战舰的唯一疗伤之港。

然而，黄海海战后，残舰伤兵还没有康复，日本陆军就在花园口一举登陆，被称为"辽东第一雄关"的金州城和京津门户大连湾也相继陷入敌手。

危急关头，北洋海军提督丁汝昌遵李鸿章之命"避战保船"，率舰队撤出了旅顺口，退缩到大本营刘公岛，并自此无力出战，直到北洋海军全军覆没。

1894 年 11 月 6 日，辽东半岛天寒地冻，金州城惨遭沦陷，满大街都是荷枪实弹的日本军人。11 月 7 日，大清的最高统治者叶赫那拉氏的生日却如期而至。

耗资 600 万两白银筹办的慈禧太后 60 岁诞辰庆典在枪炮声中缓缓开启，光绪皇帝与众妃以及大清帝国的王公大臣前往皇极殿外各门恭迎朝拜。上午 9 点，太后的金辇出现在皇极殿外。太后在内侍的簇拥下入皇极殿坐稳。内外肃然地听太监高声宣读为太后歌功颂德的贺表。之后，光绪即率后妃、王公及满朝文武大臣三跪九叩，山呼太后万岁；候在一边的乐队则高奏《海宇升平日之章》。

所有的礼仪举行完毕后，太后当场宣布，赏赐皇帝和王公大臣听戏 3 天，军国大事一概放下停办。她大概是怕有人再提正在发生的战争，临了还重重地加上一句：

"今日令吾不欢者，吾将令其终生不欢。"

彼时，金州、石门子战争已尸骨成堆，孤军奋战的徐邦道只好率军退至旅顺口，那里，也将血流成河。

旅顺口保卫战实际上只打了一天。比起多少有点血性的海军将士，岸上陆军的集体失职，让大清帝国颜面扫地。除战死疆场的官兵之外，争相逃跑的清军把无辜的2万旅顺百姓留在了日军的屠刀之下。

那是1894年11月21日傍晚，日本军人疯了一样地冲进旅顺口市区，把枪口和刺刀对准了手无寸铁的居民。四天四夜的血腥屠杀，被杀害者近2万人。旅顺口城内，最后只留下36个人，为的是让他们焚烧、掩埋被杀者的尸体。

1895年2月，日本人驱赶着这些人，让他们将死难同胞的尸体集中起来，分三处进行火化，并将火化后的骨灰葬于白玉山东麓。于是，旅顺口就有了一个2万人合葬的墓地。无数老弱妇孺的尸骨，给甲午年的那场战争作了无声而惨烈的注脚。这次屠城，比南京大屠杀整整早了43年。

还有一场在旅顺口的激战，是发生在1904年初春的日俄战争。两个战争贩子，在中国的地盘上厮杀了长达一年半之久，然后将无数战亡者的尸骨埋在了这里。在小小的旅顺口，既有日军纳骨祠，也有俄军埋骨地。

两场战争，都发生在大清国的家门口：第一场旅顺口保卫战，14000多名守军抵抗一天就草草收兵，"临阵逃跑"成了那场战争的代名词，留下满城百姓做了刀下之鬼；事后还要拿出3000万两银子为侵略者的行为去买单，向人家赎回自己的土地。曾经横扫六合八荒的八旗猛士瞬间鸟兽散，顶戴花翎的官员率先逃跑，装备着洋枪洋炮、胸前背后贴着"勇"字的清军，却在人数相当、武器相当的日军面前不堪一击。

在另一场战争中，两个毫不相干的国家在这里激战了一年多的时间。大清国在一旁成了看热闹的第三方，看着它们在自己的土地上肆意屠杀，纵火焚烧，罪恶滔天。无辜的中国人民不是在交火中丧命，就是在血腥的屠杀中失去生命。然而，清政府对此还保持着所谓的中立：打就打吧，只要不影响太后听戏的好心情。

我相信，凡是到过旅顺口了解这段历史的人，都不会再有好心情。旅顺口的悲剧，是历史的悲剧，也是人类的悲剧，如果不是这样的悲剧，民族的冤魂就不会一次次摇落天空的繁星，百姓的悲剧就不会一遍遍重现苦难的大地。

这样的悲剧，一直绵延到 1931 年 9 月 18 日的沈阳夜晚，绵延到 1937 年 7 月 7 日的卢沟桥头，绵延到 1937 年底至 1938 年初的南京内外，绵延到中国大地上一次次令人发指的烧杀抢掠……

在写这篇文章之前，我从来没有如此真切地体验过历史的伤痛。

我作为一个普通的中国人，半世风霜，随波逐流，虽处历史洪流，尚可保留一分淡泊超然。但站在旅顺口海岸，当面对甲午战争扑面而至的历史烽烟的时候，我却每每感到悲愤难抑，隐藏在体内的民族意识一如海风鼓浪，久久难以平息。我相信，在这个世界上，民族意识其实是每一个人与生俱来的胎记，无论何时，无论何地，它都无法被屏蔽，也不可能被覆盖，正如歌中所唱的那样"流在心里的血，澎湃着中华的声音"。

甲午海战惨败之后，大清帝国只苟延残喘了 18 个年头，便在革命党人武装起义的枪炮声中落下了帷幕。公元 1912 年，末代清帝溥仪颁布了退位诏书。那时，无论是北洋阅兵的意气风发还是溥仪退位的绝望长叹，抑或那些清朝遗老遗少的举国恸哭，都已化作过眼烟云。大清帝国，已走完它 296 年的蹒跚岁月，湮没于波澜不兴的时光之河中。

走在旅顺口的海岸上，聆听呼啸的海浪、森然的松籁，抚摸锈迹斑斑的大炮,远眺湛蓝大海上驶过的船帆,我在沉重的屈辱历史中悲歌,在强军梦的战旗下沉思,在《七子之歌》的旋律中流泪。

我相信,所有来这里参观的国人,都会明白那种屈辱、悲愤和痛苦的情感,都会在这随处可见战争遗址的山岗上、大海边怆然并泪眼蒙眬。

我离开旅顺口的时候,已是晚上9点。海风愈发猛烈起来,打在我的脸上,掀动我的衣衫,吹乱我的头发,撩动我的思绪,举目四望,便有了一种隐隐作痛的悲怆。

在这广阔海域上,一弯清冷的月亮正从天际悄然升起,"此时相望不相闻,愿逐月华流照君"的意境油然而生。穿越了历史的长河,这轮明月见证了无数的沧桑变迁,她照亮过秦朝的边关,照亮过汉代的驿道,照亮过旅顺口外的渔船,也照耀过装备精良的北洋舰队。

此刻,她以无尽的柔光洒落在海面上,洒落在岛屿般巍然耸立的现代舰艇编队上。一片片潋滟波光如同沧海之眼,在冷冽而坚韧的海面上微微颤动,既是对一个逝去时代的深深祭奠与怀念,又是对今夜宁静、和平军港的美好祝愿和期待。

月色下的军港,承载着厚重的历史记忆,更寄托着人们对和平未来的向往和期盼。

(参考文献:《浮光掠影》等)

孤岛之殇

一

多少年过去了，这座岛一直屹立在威海湾内，一任雨打风吹。

诗人们站在岛上，都会感慨万千，挥泪赋诗："东华风雨起千潮，列寇长旌入旧朝。壮士沉舟归瀚海，将军遗泪映红礁。""钓鱼台望钓鱼岛，射日弦鸣射日弓！虽远必诛惊贼胆，堂堂华夏有英雄。"

在刘公岛上，专门为钓鱼岛主权展览建立了纪念馆，收藏包括保钓人士纪念物等在内的各类钓鱼岛主权相关的物品。

我来时，北洋海军提督署还在，丁汝昌寓所还在，炮台也在，威海水师学堂也在。此刻，距北洋提督丁汝昌殉难的日子已将近130个年头。

在这里，战争的痕迹早已被时间与水流淹没，唯有历史的记忆如烟雨迷蒙，萦绕在这座岛屿的上空。

如果没有那场战争，如果没有那些北洋海军旧址，如果没有那些战败的屈辱……这里该是多么美好，它流传下来的只会是从汉代以来就有的优美诗篇和故事传说，而不是民族淌着鲜血的伤口和永远的沉痛。

细雨纷纷，宛若无声的泪水，轻轻地打湿了我的发丝，悄然落在我的身上。

穿越时间的隧道，我踏入那片遥远的废墟，心中充满了对未知历史的探寻与渴望。在历史的残垣断壁之间，我努力寻找那些珍贵的历史碎片，将它们拼凑起来，重现那段尘封的岁月。

二

时光回溯到 120 多年前，回到 1895 年 2 月 17 日那个寒冷的早春。

那一天，刘公岛迎来了一群同样是黄皮肤黑眼睛的外国士兵。生活在岛上的居民，见识过各种各样的来客，但这次他们看到的不是彬彬有礼的客人，而是骄横的战争胜利者。

从此，那个曾经飘扬着大清国旗、战舰林立的刘公岛再也回不来了，那个中国海军一度震惊世界的时代结束了，那种豪迈又自信的文化破碎了。来自东瀛帝国征服者的霸气与强悍，成为这座古老岛屿上不堪回首的短暂插曲。

威海卫，曾经是北洋舰队的主要军事基地之一，在晚清海防版图上，威海卫军港隔渤海与辽东半岛旅顺港遥相呼应，构成拱卫京津的虎踞龙盘之势。

当年，留英学成归国的邓世昌、刘步蟾、林泰曾等北洋水师年轻将领从西方将定远号、镇远号、超勇号等战舰迎回。他们正是在这片海域，心怀"师夷长技以制夷"的理想，图建中国近代强大的海军之梦。

史料显示，北洋舰队至 1888 年在刘公岛正式成军时，已拥有大小舰艇近 50 艘。1889 年，美国海军部长特雷西在一份报告中将清朝海军实力排在世界第 4 位，甚至位于美国、日本之前。

然而，就是这支"就渤海门户而论，已有深固不摇之势"的北洋舰队，时隔不到 7 年，经过中日甲午威海之役，全军覆没，沉没在茫茫的海底。

远处，掩映在岛上绿色植被中的忠魂碑直插入云，提醒着我们：前事不忘后事之师。

三

19 世纪末期的大清帝国，如同汪洋大海中一艘颠簸起伏的破船，但仍然在故步自封的状态下盲目自大。北洋舰队在其建立之初的 1891 年，曾到访日本耀武扬威，日本全国为之震撼，军界大惊失色，日方海军更是惶恐万分。

只是，一个不容忽视的细节露出了破绽。有心的日本将军发现，北洋战舰的炮管上布满了灰尘。这个日本将军嘴边顿时掠过一丝不易察觉的冷笑，他就是日本海军将领伊东祐亨。

从明治维新开始，日本人就在磨刀霍霍、富国强兵。他们从国家总收入里拿出六成来壮大军队。天皇还以身作则，每年从自己的小金库中拿出 30 万日元贴补国防，还动员政府人员捐出工资的十分之一去爱国、强军，对外扩张的野心昭然若揭。也就是这次，伊东祐亨向日本天皇报告说，大清所谓无敌舰队管理混乱，训练废弛，战时将不堪一击。

具有讽刺意味的是，清政府此时正忙着拨出 3000 万两白银的专款，为慈禧太后操办 60 大寿的典礼；因经费不足，又从海军经费中挪用上千万银两建造园林。所以后来有人作诗讽刺说，北洋水师的铁舰全军覆没，倒是颐和园的石头船永不会沉。

彼时，战事尚未开启，双方的准备却判若云泥。

丰岛海战后，北洋舰队拘于"保船制敌"之令，巡弋于大同江口以北和威海、旅顺之间，将黄海制海权拱手让给日本海军。

清廷建立北洋舰队的本意不过是装点门面，李鸿章更是把舰队看成私家财产。大敌当前，那些北洋大臣、清廷权贵对时局和前途或许各持己见，但对于如何享乐与关键时刻如何保全自身却是殊途同归。于是，主和投降的意见很快占了上风，只因派出的使者和谈被拒，才被迫仓促应战。

9月17日，北洋舰队在完成护航任务后准备由大东沟口外返航，突与搜索而来的日本联合舰队遭遇，黄海海战随即爆发。战斗历时5个多小时，北洋舰队被击沉舰艇5艘，重伤4舰；日本联合舰队却无一沉毁，仅伤4舰。海战中，邓世昌指挥致远号奋勇作战，在日舰的围攻下，致远号多处受伤。邓世昌决定与敌同归于尽，命令致远号全速撞向日本主力舰吉野号右舷。不幸，致远号被敌舰一发炮弹击中鱼雷发射管，管内鱼雷发生爆炸导致致远号沉没，邓世昌和全船官兵以及他们朝夕相伴的致远号，全部沉于茫茫大海。250多个鲜活的生命永远消失在历史的深处，甚至，连姓名都不曾留下。

战争的第二阶段，清军更是毫无斗志，后勤保障缺失，伤船无力修复。很快，旅顺口失陷，制海权丢失，渤海湾门户洞开，日本海军获得重要的前方基地。

旅顺失陷后，丁汝昌率领"坏无以换，缺无以添"的北洋海军舰队退守威海卫港内。此时的威海卫，尚有大小舰艇27艘，港区陆上筑有炮台23座，岸炮160余门，守军19营，在风雨飘摇中苦苦支撑。但外购的舰艇大炮，再先进也不过是一次性使用的耗材而已，没有完整的军事工业体系支撑，战局的胜败可想而知。

北洋海军困守威海军港直至全军覆没，最终也没能做出其他选择，原因固然很多，但军舰残破不全是一个不可忽视的客观因素。而造成这个客观因素的，正是清朝相当于无的工业和军事后勤体系无法支撑起一支工业化国家才养得起的舰队。一个没有成熟的工业体系，也没有完备的近代军事后勤体系的军队，一切配件全靠外购，再先进的设备，终逃不脱一次性消耗品的命运。

实际上，真正的北洋舰队在黄海海战一战就已消耗殆尽，之后存在的，只是一具千疮百孔、徒有其表的空壳罢了。

四

一条石板路斗折蛇行，从松林穿过。沿着小路，我向海岛的深处走去。因行人太少，石板的边缘已生出一层厚厚的苔藓，雨中，如同青色的地毯。旧时战场的上空，只有悠闲的白鹭和云烟漫不经心地飞过。

雨水将草木冲刷得青翠欲滴，葱郁之色依山就势铺展开来，白色的烟岚如云似雾笼在绿树间、罩在海水上，远看如云，近看如丝，仿佛挥之不去的发散思绪，回荡于山之巅水之涯。

1895年的冬天，刘公岛滴水成冰，从黄海吹过的寒风凛冽如刀。岛上的人们都蜷缩在低矮的房舍中，战争的阴云笼罩在海岛的上空。然而，那些祈求和平的人们还在盼望着一个花红柳绿、莺歌燕舞的春天来临——他们不知道，即将迎来的是一个步步惊心的时刻，并且，自那以后的半个多世纪的时光，都是冰冷的记忆。

山坡下面是当年北洋海军办公的地方，也是一个承载太多痛苦记忆的场所。

丁汝昌的名字总是和刘公岛紧密地联系在一起，尽管他只是一个匆匆过客。他是那么热爱朝夕相伴的舰艇，热爱这座岛屿，热爱它的山光海色、风声鸟语，热爱这里春花万树的喧嚣，也热爱它秋雨落叶的孤寂，然而，他59岁的生命还是定格在刘公岛那个凄清的午夜里。

我顺着海军提督署西行200米，来到一处院落，这里是丁汝昌当年的寓所。在这里，丁汝昌度过了6年的时光。

院内西侧有一株紫藤，是丁汝昌当年亲手种植的。每年五月，这株紫藤都会开出淡紫色的花，流芳吐艳，清香四溢。并且，这株紫藤还多次施恩于岛上人家：在饥饿的年代，每当紫藤花开时，岛上百姓便来这里摘取紫藤花，制成菜饼或菜团充饥，借此渡过难关。

前花园正中正对着大门的地方，立有一尊高 3.80 米的丁汝昌铜像。他面朝大海，手捧兵书，似在深沉思虑。

我来到丁汝昌寓所的时间，正是紫藤盛开的花季，满树亭亭如盖，呈现出辉煌的粉紫色，像一条瀑布，从空中垂下。但我的眼前并没有赏花的人群，也没有蜂围蝶阵；有的就是这一树带泪的、盛开的紫藤，它们和我一样，在微风细雨中，追忆着一个逝去的风云年代。一切恍若隔世。

1895 年 2 月 11 日，一个寒冷的下午。从战场上被部下冒死救回的丁汝昌从这里告别家人，最后一次走向北洋提督府。

眼前，弹痕累累的定远号和靖远号倾斜在威海湾内；海浪悲风，寒鸦哀鸣，昏黄的夕阳淡扫在伤痕累累的战争废墟上，伤兵在低声呻吟。身后，波涛汹涌的黄海铅云密布，天地间是一片战争过后的恐怖和凄凉。

连日困守孤岛，丁汝昌一次又一次向朝廷求援，但最终等不来援军。投降的呼声充盈于耳，甚至步步紧逼，丁汝昌作为舰队最高长官，对外求援无望，对内无人听令。"威海之防尽堕"，陆上孤城陷落，北洋海军被封锁在港内，形势万分危急。此时，丁汝昌断然拒绝日军的诱降，决心以死明志。

"我昨曾下令炸毁伤船以期突围，怒人心已散无人听我令矣。吾或死或被擒，然吾既为中国人，宁死不降也……"

五

公元 1895 年 2 月 12 日。

凌晨 4 点，刘公岛上。北洋海军提督署内灯光昏暗。北洋海军提督丁汝昌身着整齐服饰，悲痛欲绝地端坐桌前，宛如一尊定格的雕像。悲痛至极的人，心境往往趋于平静。桌面上摆放着几封信件与一个酒杯。远处海天一色，波涛拍打着礁石，涛声之中满含悲愤。

提督署外人声鼎沸，刘公岛上数千军民齐聚提督署门外，纷纷呼吁——并非坚决要求与日军决一死战，而是恳请丁军门给予他们生存的希望。

屋外嘈杂声此起彼伏，室内光线昏暗，似无力承受室外喧嚣的侵扰。桌上的信件显得格外醒目，那是丁汝昌的绝笔信；令人惊愕的是，酒杯中竟然浸泡着致命的鸦片。

威海卫城在被日军侵占之后，丁汝昌一方面积极部署抵抗行动，另一方面满怀期待地望向西方，渴望援军的到来。然而，他并未盼来任何一支援军。

陆地交通受阻，海面遭受日本联合舰队的严密封锁，北洋水师基地刘公岛已然沦为孤立无援的孤岛。在此之前，丁汝昌果断回绝了日本联合舰队司令伊东祐亨的劝降提议，同时毅然拒绝了部下逼降的请求。

丁汝昌何去何从？或许唯有以壮烈、悲壮的方式倒下，方能成就永恒的屹立——他举起盛有鸦片酒的杯盏，一饮而尽。

意识逐渐模糊，然而他的灵魂却迟迟不愿离去。

但愿丁汝昌已经升空的魂灵没看到他绝不愿意看到的一幕：2月14日，威海水陆营务处道员牛昶昞作为中方代表于日舰松岛号上与日军签署了《威海降约》，宣告了刘公岛保卫战的失败，也标志着北洋海军的覆灭。曾经如日中大的亚洲第一舰队，生于斯而殒于斯。

2月17日，日本联合舰队驶入威海湾，缴获北洋舰队剩余舰艇，同时接收北洋水师投降人员并予以遣返。

在同一天，被解除武装的战舰"康济号"载着丁汝昌、刘步蟾、张文宣的遗体，缓慢驶离威海。汽笛声哀伤而肃穆。

"在四万万中国人中，至少还有三个人认为世界上还有一些别的什么东西要比自己的生命更宝贵。"美国《纽约时报》如是报道。

岛咽悲声。1894年2月17日之后，刘公岛被日军全部占领。

然而，丁汝昌未曾预料到，他悲壮殉国之后，清政府竟然下令查抄了他的家产，将其棺柩施以三重铜箍束缚，棺木与铜箍皆涂以黑漆，以此彰显其"罪行"，长达10年禁止安葬。他的妻子因悲痛欲绝而吞金自尽，亲属一律被流放，后世子孙被迫离乡背井。

一位卓越的海军将领，就此化作大海的幽魂悄然离去。随着他的身影逝去的，是大清帝国的海军梦想。

六

光绪二十一年（1895年）2月17日，日本联合舰队开进威海湾。

日军在刘公岛盘踞3年，耀武扬威地在铁码头的东侧海滩上修建了一座"攻占威海卫纪念碑"。高高耸立的尖状石碑，似一把利刃继续插在中国人淌血的心脏上。

尔后，刘公岛经历了"国帜三易"的悲剧：1898年5月23日下午，威海大地上，日本的太阳旗慢慢落下，大清国的黄龙旗缓缓升起。一天之后，刘公岛的黄岛炮台，又换上了英国的米字旗。

此后，英国强行"租借"刘公岛42年，直到1930年收回。抗日战争中，日军于1938年再次侵占威海。在列强铁蹄的践踏下，这个弹丸之地反复经历了"山河破碎风飘絮，身世浮沉雨打萍"的黍离之叹。

著名诗人闻一多在留学美国的时候，曾经愤懑地写道：

"再让我看守着中华最古老的海／这边岸上原有圣人的丘陵在／母亲／莫忘了我是防海的健将／我有一座刘公岛作我的盾牌／快救我回来呀／时期已经到了／我背后葬的尽是圣人的遗骸／母亲／我要回来／

母亲！"

七子尽泪下，诗人独悲歌。

雨中的刘公岛，四处绿意盎然，漫步在湿润的道路上，我探寻着历史遗留的脚步。从炮台至教堂，从东村至西村，自山下至山顶，林林总总的战争遗址，鲜明的英伦痕迹，皆勾勒出一个逝去时代令人感慨万千的风雨沧桑。

七

旗顶山炮台遗址，那4门24厘米口径的大炮静静地卧在这里，炮筒上布满了岁月的痕迹。曾经那种战舰如云、旗帜飘扬的盛况已无法重现。我怀着沉重的心情，仔细端详这些历史的见证：炮身扭曲，弹痕累累，鱼雷被锁链束缚。在乌云之下，它们静默地回望着过往的风雨岁月。

在原北洋海军提督署的旧址上建立的中国甲午战争博物馆里，透过昏暗的玻璃橱窗，我知道：这里曾经是远东最大的海军基地，驻扎着当时亚洲第一、世界第四的庞大舰队，兴盛时，船坚炮利，气势如虹。

然而，落后的经济形态和腐败的政治制度，最终导演了甲午海战的悲剧，纵有丁汝昌、邓世昌等众多的民族英雄也已回天乏术。

因为昏庸腐败，一个国家有钱花巨款去修建颐和园，却没有钱去购置军备。

也是因为昏庸腐败，大清的统治阶层花天酒地、穷奢极欲，整天灯红酒绿、纸醉金迷；而左宗棠去新疆打仗还要到处借贷筹集军费。

还是因为昏庸腐败，大清国营的开滦煤矿生产的无烟煤不卖给北洋舰队，而卖给日本人以博取高价。北洋舰队烧不起无烟煤，只能用价格低廉的黑烟煤，在飞扬跋扈的敌方舰船面前只剩下被动挨打。

在倭寇炮口的威逼下，随着丧权辱国的《马关条约》的签订，开放通商口岸，割地赔银，大好河山辽东半岛、台湾岛和澎湖列岛等拱手相让给倭寇。"四万万人齐下泪，天涯何处是神州"，弥天国耻，从此改变了中国的命运。帝国主义的瓜分狂潮席卷而来，包括刘公岛在内的国土一而再，再而三地惨遭蹂躏，中国半殖民地半封建社会的程度进一步加深。

陈列馆里，社会名流的即兴挥毫不少，最朴素也最真切的却是丁汝昌寓所庭中，原来远号二副谢葆璋之女、著名作家冰心老人的题词："不要忘了甲午海战！"

是的，忘记历史就意味着背叛。

"拼将十万头颅血，须把乾坤力挽回"，17年后，辛亥革命以摧枯拉朽之势，宣告了腐朽没落的清王朝彻底灭亡，中国的前途和命运从此才迎来了新的曙光……

八

淅沥的小雨还在下着，但乍暖还寒的东风，还是催开了海岛的花朵；玉兰、杜鹃和迎春花竞相盛开。游人稀少，略有冷落的寂寞，与此地曾经的繁华形成对比。行走在炮台上，我仿佛随时可以邂逅百年以前的人们，他们在这里或行走或操练或悲歌呐喊，在时光的流逝与朝代的变换中，在战火硝烟的火光中前赴后继，演绎悲喜交集的风雨人生。

尽管刘公岛还有"海外仙山""世外桃源"等美誉，其他的名胜古迹移步皆是，但是，来此登临，我已经没有了游山玩水的雅兴，因为脑海里积储了太多需要思索的东西。

"一朝瓦解成劫灰，闻道敌军蹑背来"，从丰岛海战到鸭绿江溃败，从大连陷落到旅顺屠城，从大东沟海战到刘公岛北洋舰队全军覆没，从

《马关条约》的签订到台湾军民的反割台斗争，通过历史场景的再现，人们对这场战争的认知也在不断深化。战争虽然过去了120多年，但两个甲子沉淀着几代国人的痛苦与思索，横亘在历史与现实之间，留存于中华民族的集体记忆之中，并且，对这场战争的反思与追索构成我们民族进步的阶梯。

恩格斯说过，每一次历史的灾难都是以历史的进步为补偿的。从20世纪30年代开始，学界对于甲午战争的研究就已经展开。在学者们看来，今天我们对甲午战争的反思与拷问，就是要找出战争失败的原因，认真吸取失败教训，并有针对性地采取切实有效的举措，把教训转化为民族振兴的契机和动力。

好在，我们已经启航。

我看到，一艘艘中国海军军舰停靠在港口远处，年轻的水兵们正在雨中的甲板上操练，雄姿飒飒，壮志昂扬，一艘中国海警的舰艇正待出海巡航，它厚重的笛声回荡在刘公岛的上空，也回荡在我的心中。

回望山顶之时，细雨纷飞，弥漫在整座山峰上。无处不在的湿润雾气仿佛将我笼罩，使我沉浸于刘公岛的忧郁氛围之中。

这座岛屿就是这样，恰似那深邃而冰冷的海水，既充满海天的神秘魅力，又不失其丰富的色彩，既承载着厚重的历史积淀，又在浩渺的大海中孤独而寂寞地存在。当邓世昌、丁汝昌、林泰曾、刘步蟾等北洋将领的后人们也都相继登上这座岛屿的时候，当这些已经须发皆白的老人沿着海边码头漫步时，那些迎面走过的年轻水兵，很少有人知道他们是谁。

其实，他们无从知道，因为所有到达刘公岛人们的心中，都深埋着一个逝去时代的隐隐风雷。

这就是刘公岛，总有一种力量在呼唤你，呼唤你选择与它重逢。它曾阻敌于海上，又不幸沦陷于敌手。在这里，探访的路有很多种，可登高远望，可实地寻访，可掩卷幽思。刘公岛的背后，是苍茫的黄海，是古往今来诗人的惆怅。

离去之时，城市已是灯火辉煌，展现出繁荣昌盛的景象。船行海平面上，目睹星空的倒影在其中跃动，呈现出暗紫或淡蓝的色彩，营造出一片朦胧梦幻的氛围。刘公岛，宛如在浩瀚大海的怀抱中沉沉入睡，威海湾则似一位深邃的观察者，将星光与倒影收入怀中，细数历史沧桑。

潭门港：渔舟唱晚

一

　　轻柔婉转的萨克斯曲《回家》不失时机地在耳边响起，在清秀、无杂的立体空间里，我仿佛踏上了回家的路程。我听着那细腻感人的乐曲，竟然生出一种别样的感慨，并且，在幽深空旷的天空下，我仿佛看到了故乡的背影。

　　据说男主角是一家酒吧的萨克斯手，妻子因他在酒吧吹萨克斯收入微薄，与其离婚去寻找新的幸福生活。他在痛苦与无奈中吹起《回家》这首曲子，想着自己曾经温馨的家，渴望回到从前，那幽怨的曲调如泣如诉，催人泪下。

　　几个面色黝黑的渔民就坐在我的邻桌，他们谈笑的方言我听不懂，但我知道，他们都是在海上漂了几个月刚回家的人，并且，他们有一个共同的名字：船长。

　　我的右边是烟波浩渺的兄弟海滩，左边是彩虹飞跨的潭门大桥，眼前是船来船往的粼粼水道，连通着浩瀚无际的西太平洋。渔港的船只数量好像比小镇的房屋还要多，它们正以执拗的保守演绎着潭门这座渔港小镇千年未改的风情。

　　正值落日时分，绿色的树木从街巷的淡影中一直延伸到海边，与错落有致的滨海建筑群相互掩映。夕阳下缓缓流淌的河流，反射出粼粼波光，为这座质朴、神秘的小镇带来了岁月光阴里不停息的生命活力。

此刻，我像是走进一个饱经沧桑的画廊，领略到风光旖旎的南海风情，邂逅了一个风姿绰约的渔家女孩。她含情脉脉，柔情似水，无论我怀了何种落魄的心情，都能在这里得到一见倾心的安慰。

来自四面八方的人们，在这里认识南海，见证历史。男女老幼，年龄或有差异，收获的快乐却大致相同。人们惊叹于这块海岛边缘之地的旖旎风光，粗犷的南中国海将海岸线雕琢成造型各异的景观，历史和远方在这里触手可及。人们更愿意在这里沿着细沙铺就的海滨一直走下去。在声声海浪的相伴下，感怀着潭门人那交织着乡愁与勇敢的情怀，恍惚间，仿佛自己也将惊涛拍岸的磅礴气势拥揽入怀。

这就是潭门，她的美，绝不是一种轻薄的美丽——

船木色的路灯杆，犹如一根根桅杆，在海风里眺望大海；褪去光泽的船舵、救生圈、船桨、铁锚、贝壳、龙虾、水鸟，老旧的木帆船，残缺的船桨，锈迹斑斑的锚链，在岁月的长河里，诉说着一言难尽的苍凉……

这就是潭门，她的美，更不是对时尚的迎合——

渔家院墙的石缝里黯淡斑驳的苔痕，透出一种对待生活的端然与平静，发芽的绿色小草拱出头打量着外面的天地，充满对生命的顿悟和淡然。

在这里，古代与现代、过去和现在，正如影随形地交织在一起，有的是悲欢离合，有的是苦难荣光，有的是五味杂陈的伤痕与往事沉思。

二

海南渔民是一个开发西沙、南沙的特有群体，他们世世代代将南海诸岛视为祖宗之地，也把自己的青春、时光和汗水献给了南海。

潭门渔民前往南沙海域捕鱼，早在明代的文献中就有记载。那时的潭门人航海只能靠着罗盘和手抄的"更路簿"，凭着经验看星象，辨海况，识洋流，以拓荒者的气概，行船千里石塘，扬帆万里长沙。永兴岛、大环礁、太平岛、黄岩岛对于潭门人来讲意义非凡。他们以海为田，以鱼作粮，屡屡用九死一生的冒险精神，把西沙群岛、中沙群岛、南沙群岛同祖国的血脉连为一体。

在那个年代，潭门人驾驶着满载的渔船通过马六甲海峡，把海产品售卖到价格更高的新加坡、马来西亚等地，然后留在当地打零工，做小生意。数月后西南季风来临时，他们又会趁机再次起航，返回阔别已久的家乡。

奔波于异国海滨，每一个傍晚的炊烟都会撕裂渔民们难以愈合的思乡伤口。不论是雨中登船的怅惘，还是月下听潮的凄清，抑或是借酒浇愁的歌吟，他们都在一次次远涉重洋的梦境里，回到熟悉的老屋，尽管看不清亲人的面容，听不见他们的声音，连一抹身影也变得模糊。这种场景，潮涨潮落般持续了几个世纪。

在时光流转的长河中，帆船时代的辉煌篇章已悄然合上，那些曾驾舟破浪、搏击风涛的老渔民们，亦已卸下远洋的重担，将千帆过尽的岁月化作永恒的记忆。然而，那一段段镌刻在潭门人心灵深处，足以令人心潮澎湃、热泪盈眶的航海传奇，仍在无言地诉说着祖祖辈辈对南海矢志不渝的守望和深情厚谊。

许多浸润着历史烟云的动人故事，宛如一首首未曾落幕的渔歌，不仅深深地烙印着潭门人对海洋的眷恋，还以其深远的内涵、独特感人的魅力，勾勒出他们面对时代的变迁，依然坚守信念、勇往直前的精神风貌。

无论是过去的帆船时代，还是当下的科技纪元，潭门人对南海的挚爱与守望恒久不变，他们的故事在碧波万顷的南海上传唱，成为永恒的传说。

三

说到潭门，有两件大事不能忘记：

2013年4月，习近平总书记专门到潭门进行考察。自此，这个南海之滨曾经默默无闻的渔村，其海洋文化的藏世之美和慢调风情渐渐地揭开神秘面纱。2021年6月29日，在中国共产党成立100周年之际，"七一勋章"颁授仪式在北京人民大会堂金色大厅隆重举行，习近平总书记亲自向琼海潭门镇潭门村党支部书记王书茂颁发了这一勋章。

这是对潭门精神的肯定，更是南海渔民的无上荣光。

走在潭门的街道上，似乎走进了时光深处，生发出一种时空错位的神秘感觉。青苔无痕，留下一抹残照，还有氤氲于庭院的历史气息。南洋风格的建筑群中，一种以耕海为主体的数千年文明进程的文化，历经风雨淬炼熏陶，又在椰风海韵中醇化千年，让他乡客子见证了海的声音、海的颜色，亲炙了一部南海的历史，看到了海洋文化高贵的精神内涵与世代守望，体味到高华、隽永的墨香文脉。

有别于海口、铺前等地那些近海作业的渔舟，在潭门港，各种上千吨的远洋渔船错落有致地泊在港湾。船舶上挂着以红色为主调的旗帜，有国旗，也有写着"一帆风顺""永令旗"等字样的彩旗，迎风招展，这是潭门渔民心灵的护佑，更有印着"造大船、闯深海、捕大鱼"的艨艟巨舰，俯仰之间能深刻体会到闯海者的气魄和九死不悔的坚韧追求。

说到潭门，不能不想起一年一度的赶海节。

渔民出海前都要举行隆重的祭海活动，祈求保佑来年人船平安，获得丰收。108个兄弟在远航生产作业的过程中遭遇台风全部牺牲。村民为了纪念他们，每到出海时节，村里人都会到庙里祈求出海平安，准备鱼、肉、饭团等祭祀用品，自明朝沿袭至今。^①这样的祭海活动延续了600多年的漫长时光。

令我感触尤深的是，当下，伴随着大规模的资源开发和高强度的人为干预，经济与文化、物质与精神的矛盾日益加剧，人们远离自然、告别传统，心灵中充满现代社会的焦灼。反映在生活中，所凭借的高科技产品越多，同自然的接触就越少，诗意的存在也就越稀薄。而潭门渔民的独特之处，正在于他们不去追逐城市的时髦，始终固守初心，不忘传统，始终保持着对自然、对大海的热爱，坚持祖祖辈辈出海打鱼的生存方式，不为城市的繁华所困，体现素朴而神秘的渔业文化中人与自然的奋斗，保留着对于大自然、原生态的基本价值的遥远而温馨的记忆。

今天，无论大历史如何复杂恢宏，潭门人总恪守着自己的历史观。在这里，没有人会跟你谈论历史，但历史无处不在，尽管一桥之隔的博鳌建筑楼群日新月异，但四面八方的游客依然对这里的老旧渔船兴趣不减。

在这承载着厚重历史与鲜活现实的渔港边，每一次潮涨潮落都仿佛是一次生命的咏叹，每一个驶离和归航的瞬间都是对岁月无尽轮回的致敬。历史与现实交界之处的渔港，总会在千姿百态的风景线上摇曳生辉。

---

① 据传，古时南海海盗猖獗，108位兄弟领导渔民斗海盗战风浪，后来他们远航捕捞遭遇台风全部失踪。为了纪念没有留下姓氏的108位兄弟，潭门人建起了"一百零八兄弟庙"。至今，潭门渔民每次出海前不拜观音，不拜妈祖，只拜潭门独有的海洋神明"一百零八兄弟公"。

四

漫步在潭门老街上，扑入视野的是古朴的人文风情。生活在这里的居民，就像远离喧嚣的梭罗，拥有自己的瓦尔登湖那样，在黄昏的余晖中漫步沙滩，嗅着淡淡的海腥味，心灵紧紧贴近朴素的乡土，在宁静淡泊中享受人生……

尽管当地政府对渔民的引导是经营休闲渔业和深海养殖，但当地的渔民仍然对远洋捕捞情有所属，难以舍弃的还是那种祖辈传下的海洋情怀。这也就是为什么有那么多人甘愿从波峰浪谷与海滩礁石间闯出一条深海之路，远赴三沙等地远洋作业。

"赶海人家"作为潭门首屈一指的滨海主题餐饮，同博鳌"海的故事"一样，在全省乃至全国，都具有很高的知名度，成为潭门旅游小镇的新地标和必游地。其建筑风格采用了独特的渔船主题，利用许多老渔船上的船木、海里的珊瑚、贝壳、礁石块等原生态材料进行整体装修，配上传统煤油灯的点缀，打造出一个氛围浪漫、环境幽雅、富有沧桑感的用餐环境。

坐在"赶海人家"里，我在想，当年这些普通的木头被打造成木船的时候，曾承载过多少生活的希冀和生命的嘱咐，在茫茫无际的大海里，一次又一次地消失在遥远的海平线上。

而今，独具慧眼的创业者将这些普通的木头打造成为"船木"，做成供游人们歇息的桌椅。这一块一块古老的船木，以固有的坚硬特质，将历史的沧桑集聚、提炼、积淀、沉重地凝固在祖裸年轮的肌纹和泪迹般锈蚀的船钉上，展现着坚硬铁铮的不屈筋骨。

这些完全失去"船"的形式的木头，如今以崭新的生命形式重获新生。不知道多少年海水的浸润，不知道多少年阳光的雕刻，留下的是褐黑色的骨质和乌铁般的本质，其中包含了太多苦难的凝聚，已经成为现代科技时代最珍贵的记忆。

<h1 style="text-align:center">五</h1>

走进南海博物馆，眼前依稀碧浪滔滔，风声飒飒。

博物馆位于潭门中心渔港的兄弟海滩附近，是一座展示南海人文历史、自然生态，保护南海文化遗产，促进海上丝绸之路沿线国家和地区文化交流的大型综合性博物馆，浑朴的造型凸显出历史名镇、海南渔港、时代文明的主题和以人为本、关注民生的科学发展观，再现了古代中国海帆樯鳞集、梯航万国的恢宏历史。

说到南海航行，不能不提到潭门家家店铺摆放的《更路簿》。

"自大潭过东海，用乾巽，驶到十二更……"翻开发黄的小册子，眼前突现海水茫茫，耳边骤响涛声阵阵。小小的《更路簿》，把浩瀚的南海装了进去，把潭门的历史浓缩在一页页纸张上。

《更路簿》是当地渔民自古以来自编自用的航海秘本，是一种记录航海知识的手抄本小册子，或是一张手绘的航海地图。在琼海、文昌等地，渔民传抄《更路簿》可追溯至明清时期，一个罗盘加一本《更路簿》，让中国渔民在没有精确的航海图标和卫星定位系统的时代，顺利前往南海作业，并下南洋进行交易。它是每位船长必备的航海图，而图中记载的航海路线、航行要领、气象水流，更不知是多少渔民用鲜血换来的。

一本本洇迹斑斑的《更路簿》，是海南渔民对"海上丝绸之路"航行的卓越贡献，也为证明西沙和南沙群岛属中国领土领海提供了最有力的证据。

如今，当都市里的我们渐渐老去、缅怀当初的激情时，那些面容苍老黝黑的渔民，仍旧满怀着年轻时探索未知的憧憬。所谓勇敢，所谓希望，不是白纸上的几行美丽书法，而是他们发自本心、冲破黑暗云层的努力，那是一种不计得失、不惧失败的天真，它穿越了无尽的海雾惊涛，并且，终将获得胜利。

那些渔民的皱纹里，镌刻着岁月的波澜壮阔，每一道印记都是与大海对话的历史长卷，其中蕴含着对生活无比坚韧的热爱和执着。在年复一年的渔耕中，他们坚守着那份初心，如同灯塔照亮迷途的航船，在风雨飘摇中始终指向家的方向。

黄昏时分，我驻足于兄弟沙滩，沉醉于一幅渔船归航的壮观画卷。

斜阳徐徐西坠，将宁静的海湾镀上一层金箔般的粼粼波光，熠熠生辉。巍峨挺拔的棕榈树随海风曼舞，轻轻挥洒出沙沙细语，犹如大自然的抒情诗篇。不远处，一排排错落有致的红色建筑群如同蜿蜒的珊瑚礁，镶嵌在地平线上，共同构筑了渔港小镇那千变万化的天际线。

天空澄碧如洗，时间仿佛在夕阳的残照中慵懒漫步。每一道光线都是历史的笔触，轻轻描绘着时光的流转。

海滩上，人们翘首企盼，脸颊被晚霞染上了期待的红晕，眼中闪烁着对未来的期许。

夜色逐渐低垂，宛如一块柔和的黑丝绒，悄无声息地为浩渺的大海披上了梦幻的面纱，使得海滩渐显寂静。然而，这份静谧并未冷却人们心中的热情，相反，每一个灵魂深处都燃烧着炽热的希望之火，那是对生活的热爱，对海洋的敬畏，以及对明天的坚定信念。

鼓浪屿：仁心如月

一

密集的街道如毛细血管般纵横连通，其中流淌着一座艺术之岛的漫长的历史与复杂交融的文化，过往的一切无声地藏在一栋栋斑驳沧桑的房屋里，等待如我这样的游人去寻找答案，最终找到那些精彩的故事。

在鼓浪屿的日子里，我走过大街小巷，走过台阶、坡路，走过街巷、港湾，从鸡山路到泉州路，从福建路到晃岩路，无论我走到哪里，那些绿荫都伴随着我。我的脚步，最终停留在樟树密布的漳州路上。

这条路，有太多的历史积淀，有太多的星光闪烁的时刻与令人动容的人文故事。

这里暗香浮动。

与漳州路咫尺之距的地方，有一处并不显眼的园林名为"毓园"。那是中国妇产科学的开拓者、奠基人林巧稚的纪念园。

毓园之"毓"，有"培育、养育"之意，故得名。毓园建于1984年5月，占地面积不大，布局简朴自然，石阶两侧是花坛，密布着洁净的星菊，缤纷的米兰、扶桑、大理和一串红，苍劲的樟树、榕树、紫檀和凤凰木分布在周围，围成一方简约的院落。

不远处，是林巧稚大夫生平事迹展览室也是简朴的平房，类似于普通人家的三间卧室。占地约 140 平方米的展览室里，展出了林巧稚生前用过的部分实物，一些著作，百余幅社会活动、工作和生活照片，外国友人赠送的纪念品，以及党和国家领导人纪念林巧稚大夫的题字，各种证书和其他珍贵资料。

一尊林巧稚的汉白玉雕像立在展览馆门前的平地上，黎明的阳光佛光般笼罩着这位慈祥的老人，苍凉中显露神圣，微笑中带着悲悯。两株南洋杉迎风挺立，那是邓颖超同志当年亲手所植，如今亭亭玉立，随风摇曳，在历史的云烟里绽放着令人怀恋的惊鸿照影。

毓园很小，坐落在鼓浪屿一处不显眼的山坡上，占地面积不及一个足球场。同这座名噪中外的海岛不同，它终日是静谧的。

每天，人们急匆匆地经过这里的时候，会放慢脚步，神情变得肃然而凝重。

二

如果说鼓浪屿是一座美丽的大花园，那么毓园就只是一处摇曳着花影的角落；如果说鼓浪屿是一座流淌着琴声的宫殿，那么毓园就是一间静谧的林中小屋。

在这座岛上，每一幢沐浴过花雨的别墅，都承受过游人太多的目光爱抚。而对于毓园，人们匆匆的脚步或许暂时还不舍得停留片刻。因为这里既没有豪华的院墙，也缺乏精致的景观。它朴素得就像它所纪念的这位老人一样，一袭白衫，两袖风霜，像这尊雕像一样是如此低调，如这座展馆一样如此简朴。

然而，我相信，眼前的素朴更适合人们表达对于一个杰出女性的缅怀与敬仰。雕梁画栋不属于她，豪华广场不属于她，还有丰富的馆藏、璀璨的灯火，这些都不属于她。那些奢华，那些排场，会让本来想追寻人生与世界真谛的人不知所措。游人们每天不经意地从这里走过，只需驻足片刻，在这座汉白玉雕像前记住她的名字，仅此而已。

林巧稚，一位最普通也最受人爱戴的妇产科医生，如今，她就站在我的面前，站在这座留下她童年足印的岛屿上，慈悲而亲切地注视着大千世界，注视着故乡的海浪和人间烟火。

或许，她离开这里已经太久太久了，她需要一个休息的地方。如今鹭江的海风在她耳畔轻柔拂过，倾听她最后留给故乡的思念之语："我是鼓浪屿的女儿，我常常在梦中回到故乡的海边，那海面真辽阔，那海水真蓝，真美……"

这是一个鼓浪屿的平凡女儿，也是一个让协和医院引以为傲的学子。她是北京协和医院第一位中国籍的妇产科主任，首届中国科学院院士中唯一的女学部委员（院士）。她一生未婚，孑然一身，却亲自迎接了5万多个婴儿的诞生，被誉为"万婴之母"和"协和之光"，而她，说自己只是一个"值班医生"。

1921年，林巧稚报考协和医科大学。考试的时候由于天气酷热，一个学员晕倒在考场上，林巧稚立即中断考试救治这个学员。等她回到考桌前时，考试时间已经过去。

林巧稚并不遗憾，早就立志从医的她决心来年再考。没想到不久之后，她却接到了录取通知书。协和医科大学的考官发现林巧稚的各科成绩并不差，更有大爱之心，还会说一口流利的英语，这样品学兼优的学生正是协和医科大学梦寐以求的。

林巧稚立志从医的起因，据说是小时候有一次手工课，她的专心致志和心灵手巧让老师赞叹不已："这小姑娘手很巧啊，当一个大夫倒挺合适。"一句话，陪伴了林巧稚的一生。

1929年，林巧稚毕业并留校，1932年赴英国深造，1939年赴美国芝加哥大学医学院妇产科研学。

新中国成立后，林巧稚于 1955 年成为中国科学院第一届学部委员（院士），1959 年她担任中国第一所妇产专科医院——北京妇产医院院长，同时被任命为中国医学科学院副院长。

在几十年的时光里，林巧稚把无私的爱洒遍人间。她不求闻达，不图富贵，只想做好一件最平凡的工作：迎接生命。

多少次，她守候在产妇的床前，度过不眠之夜。她一生的生日，大部分是在产房度过的。她说，一个个小宝宝跟我同日降生，那哇哇的啼哭声分明是一曲生命之歌。这样的仪式，就是生命中最好的礼物。她一辈子没有结婚，没有财产，可是，她却成为千千万万孩子的"母亲"，在她身后，那 3000 多封病人的来信，便是她最为珍贵的"财富"。

她是鼓浪屿的孩子，最终她也回到了故乡的怀抱。也许，她的一生太累了，故乡的人民才为她找到这样一处静谧的场地，一片远离尘世喧闹的净土，让她好好地休息。

三

毓园里没有豪华建筑，只有多情的樟树和遍地盛开的鲜花簇绕。人们瞻仰这位妇产科大夫，不仅仅是表达敬慕之情，或许，还期待着她那双迎接过许多生命的慈爱之手，能为他们轻轻拂去心中的尘埃，让人间的天空里，永远那么清新，那么纯净，那么明亮。

阳光有些刺眼，海风温热，花影摇曳。

在毓园的周围，我能随时看到那些并不起眼的樟树。它们不像榕树那样气势奔放，旁逸斜出，也不像棕榈树那样挺拔俊秀，独领风骚。它们遍布于各个角落，或排列于海岸，或扎根于山岩，或默立于小巷，或守护于庭院，始终是寂寂无名的陪衬，一如温婉的女子，默默撑开状如绿伞的冠盖，覆盖着大街小巷。一缕暗香，柔情似水，隔绝了尘世，屏蔽了喧嚣，温柔地呵护着一方水土的日月晨昏。

或许，这些树的使命就是簇拥着一个高洁的灵魂，让她在这里静静安眠。或许，这些树是承载着使命的，它们坚韧顽强，幽香如缕，就是为了隔绝一切世俗的尘烟，让博爱的光辉不蒙垢，从而化解红尘中一切繁杂的纷扰。

四

巧合的是，从鼓浪屿走出的，还有一位中国妇产科著名专家何碧辉，被后人称为"永远的妈妈"。她是林巧稚的发小、闺蜜、师妹和同路人，从幼儿园到厦门女子师范，再到协和医科大学，她与林巧稚读着同样的学校，走着同样的路，从事着同样的工作，也是一生未嫁，孑然一身，而身后，却拥有千千万万的"孩子"。

1924 年夏天，何碧辉 20 岁。她向家人提出报考协和医科大学。作为一名大龄考生，家人劝她该考虑以后的婚姻大事，但她态度坚决。一番商量后，家人答应了她的请求。那一年的夏天，注定是一个不同寻常的夏天，追随学姐林巧稚的脚步，何碧辉走出了鼓浪屿，走向未知的远方……

8 年的协和医科大学院求学之路，何碧辉走得艰难而踏实。

1944 年，何碧辉赴美国约翰斯·霍普金斯大学医学院和密歇根大学医学院深造，归来后任南京中央医院妇产科主任医师。中华人民共和国成立后，南京中央医院改制为华东军区医院。1965 年，她升任南京军区南京总医院副院长。

何碧辉还是第一至五届全国人大代表、全国三八红旗手。

"北林南何"，这两个女人，共同撑起了中国妇产科学的一片绿荫。

1983 年 4 月 22 日，林巧稚病逝于北京，享年 82 岁，她留下遗嘱：将平生积蓄捐赠给医院的托儿所；骨灰撒在故乡鼓浪屿的海面上。

1994 年 5 月 6 日，何碧辉逝世于南京，享年 90 岁。弟子们翻遍她的箱子，也没有找到一件像样的衣服。深知她心思的弟子们，最后将她一生相伴的白大褂穿在了她的身上。

她们的魂灵，最终回到故乡，巧思善行，碧月清辉，如茵的绿草地，远处传来婴儿的啼哭，如同奏响永恒的生命乐章：

"清晨微风吹过山谷 / 拂动青草露珠 / 蒲公英随风翩翩起舞 / 等待下一次重生 / 宝贝当你慢慢降生 / 是谁捧你在手中 / 微笑看着你第一次啼哭 / 放你在妈妈怀中……"（《产科医生》片头曲《她》）

黄昏时分，游人星散，夕阳返照，归巢的鸟儿啁啾长鸣。告别毓园，我向远处走去。回头望时，立于林间的那座塑像慈悲安详，如同我看到过的纪念园里的那些照片，永远是温暖而亲切的模样。

五

在漳州路上，遗世独立的高墙深院随处可见，宅邸大门上方"光荣人家""厚德载物"的匾额，传承着书香世家的流风遗韵。吊着铜环的大门终日紧闭，历史旧痕，时有所见。那满墙的爬山虎、紫藤、三角梅和榕树气根，流苏一般地垂挂着，一如行人绵长的思绪。

19 世纪上半叶的鼓浪屿，就像是一个储量丰富的人才花园，枝繁叶茂，香樟如林。何止是文学之岛、艺术之岛，何止是"南何北林"，从这里，走出了太多的医学泰斗，如林巧稚、何碧辉，还有廖氏家族等诸多家族中的杰出人物……仅廖氏一家，就堪称中国医学史上值得大书特书的奇迹。

漳州路 48 号[①]，两棵巨大的樟树巍然挺拔，一如绿色屏障，掩起一方宁静天地，这里是鼓浪屿著名的廖家别墅。如今它藏起了荣耀，也深埋着光环，低调内敛地守候在这里，"素华朱实今虽尽，碧叶风来别有情"。

房子曾经的主人是鼓浪屿富商廖悦发，他是中国现代著名作家、学者和翻译家林语堂的岳父，所以，这里也是林语堂和他妻子廖翠凤的旧居。

廖翠凤有一个侄女名叫廖月琴，是当时鼓浪屿的名媛，毕业于协和医科大学，廖月琴的亲姐姐廖素琴同样毕业于协和医科大学。

协和医科大学创立之初即把目标定为世界一流，当时每年录取人数少之又少。从 1924 年到 1943 年的 20 年间，协和医科大学总共只毕业了 311 人，平均每届约 16 人，数量少得"可怜"，然而质量却高得"可怕"——从这里走出的都是世界一流的医学翘楚。

8 年学制的精英教育，包括 3 年医学预科再加 5 年临床教学及研究。3 年预科读完，考试成绩合格者才能转升到医学院本部，开始进入医学专业的学习。这回是全程严格的英语教学，像在美国大学的课堂上一样严格，这也让 1949 年以前的协和医科大学"老毕业生"们享受着一种特殊待遇：毕业的同时即获得美国纽约州立大学的医学博士学位，协和护校毕业的"老护士"们也可以获得美国注册护士资格。

廖月琴就是 1931 届 8 名毕业生中的一个。

毕业后，廖月琴直接进入协和医院工作。由于表现出色，仅 3 年时间她就升为感染内科护士长兼协和医学院高护班教师。1958 年，廖月琴接到一个调令，调她去中山大学的肿瘤医院当副院长，她通过自己

---

① 廖家别墅位于鼓浪屿漳州路 44 号和 48 号，是鼓浪屿最古老的别墅之一，约建于 19 世纪 80 年代。

的努力创建了中山大学的肿瘤医院，成为这家医院的创始人。

1934 年，23 岁的廖月琴嫁给年长 10 岁、同样来自厦门的钟世藩。钟世藩也是协和毕业的高才生，同届 40 人中仅有 8 人获得学位，钟世藩是其中之一。毕业后，他先后担任过南京中央医院、贵阳中央医院院长、广州中央医院的儿科主任或院长，世界卫生组织医学顾问，广州中山医学院儿科教研室主任兼教授，国家一级教授，是我国著名的儿科专家和病毒学专家。廖月琴和钟世藩育有一儿一女，儿子就是后来被世人誉为"国士无双"的我国著名呼吸病学专家钟南山。

钟南山的姨妈，也就是廖月琴的姐姐廖素琴，从协和医科大学毕业后，曾担任上海市第一人民医院营养室主任。她的丈夫戴天佑是中国妇幼保健创始人之一，他们的儿子是中国工程院院士、我国著名的骨科专家戴尅戎。

鼓浪屿漳州路的路口，正对着体育场的位置，有一片绿茵环抱之处，其间有一棵大树，而在这棵大树之下，矗立着一栋二层小楼——这里是著名医学博士廖永廉的别墅，离廖家别墅一步之遥。如今人去楼空，书香犹在。

廖永廉是廖月琴的弟弟、钟南山先生的亲舅舅。

一条漳州路，飘过多少历史烟云，有着多少辉煌与荣光。从复兴路到毓园，从毓园到廖家别墅，在那些亭亭如盖的香樟树下，无论是用文字为社会疗伤，还是用医学为世人治病，走完这段林荫下的小路，也读懂了鼓浪屿的前世与今生。

第二辑
——
江湖人间

山河词话：西北望长安

古城：青山遮不住

这些年，足迹几乎遍及心之所向之地，但江西于我而言，始终是一片神秘陌生的所在。

今年 10 月，我从井冈山返回吉安，考虑是去赣北还是赣南，最终决定去赣南看看。因为，赣南有瑞金、兴国、于都河、南岭，更有被称为"世之孤本"的宋代古城墙。

当高铁列车驶入赣州这片土地，缓缓进入城郭，一连串的惊愕与震撼竟如潮水般涌来——赣州那宽敞的街道、整洁的市容、斑驳的绿荫、蜿蜒的碧水，以及那摩天大楼直插云霄，如森林般矗立着，确实给我带来意想不到的惊喜。

唐代以来，中原与南粤依托大庾岭梅关驿道相互连接，赣江因此进一步沟通了"南方水上丝绸之路"，与客家先民的迁徙浪潮一同铸就了赣州千年的辉煌与繁荣。同时，这条古道也见证了无数文人墨客漂泊的足迹，他们苍凉的歌唱，为赣州的文化史添上了苍凉厚重的一笔。

史学巨擘陈寅恪曾有一精辟论断："华夏民族之文化，历数千载之演进，造极于赵宋之世。"而历史悠久的赣州，其名称的变更就肇始于宋代。近千年光阴悠悠，赣州的名称一直沿用至今。

时至今日，这里仍保留着丰富的宋代文化遗产，城墙巍峨、楼台古朴、石窟深邃、窑址沉寂、码头繁忙、浮桥轻摇、佛塔耸立，宛如一座活生生的"江南宋城"博物馆，令国内外专家赞叹不已。

尤为值得一提的是，赣州开创了中国"八景文化"之先河。八境台名扬四海，郁孤台更是声名远播。而福寿沟，这一宋代城市地下排水系统，历经千年至今仍在使用，堪称奇迹，福泽后世。在慈云塔内，宋代的珍贵文物琳琅满目；通天岩石窟自唐代开凿，至宋代达到鼎盛，被誉为"江南第一石窟"。此外，全国至今保留最完整的宋代砖砌城墙，至今依然屹立不倒。七里镇窑，作为宋代江西四大名窑之一，见证了那段辉煌的岁月。周敦颐、苏东坡、曾几、岳飞、洪迈、辛弃疾、文天祥等文人志士，在赣州留下了无数脍炙人口的诗词歌赋，为这座城市增添了无尽的文化韵味。

城墙之上，历史的痕迹清晰可见，弥足珍贵的数以万计的带有文字的城砖，被称为铭文砖，有521种之多，最早的一块铭文砖记于北宋熙宁二年（1069年），如同一部无声的历史长片，展示着岁月的沧桑与变迁，串联起那些被遗忘、被丢失的珍贵记忆，守护着一座城市的文脉和气度。

古道：可怜无数山

正是桂花开放之季，大街小巷，一枝，两枝，千树万树，互不相让地拥在一起，汇成气势磅礴的美丽，浓郁得有些蛮不讲理地冲击着人间烟火，汇成古城里最灿烂的金，最明丽的黄。幽香之处，时有鹧鸪的叫声传来，仿佛是历史深处的低吟。

行走于赣州的大街小巷，一种时空交错的感觉时常伴随着我。那些古人峨冠博带的身影，总会在我眼前闪现，他们或静静地站在郁孤台上，或行走在八境台下，默默注视着清江之水一路北上。

赣州连接着南岭，但南岭并非连绵不断的山脉，而是由五个相对独立却又彼此呼应的山群组成。南岭东西绵延约 600 千米，南北宽度约 200 千米，横跨在广西、湖南、江西与广东四省之间，不仅是长江流域与珠江流域的分水岭，也是江南丘陵与两广丘陵的分界线。这条山脉凭借其独特的形态——由五岭构成，彰显出其在地理上的重要性。

由于五岭的独特构造，山脉之间分布着多处天然山隘和谷口，这些自然形成的古道成为历史上的交通要道。同时，南岭北坡孕育了赣江和湘江等汇入长江的河流，而南岭南坡则孕育了珠江的众多支流。这些支流从广东屋脊的南坡奔腾而下，连接着北部山区与南部珠三角地区。

自秦汉伊始，五岭便成为中原通往岭南的主要路径，无数使者、将士、商人、迁徙者以及遭贬谪的文人墨客在此往来穿梭。这里见证了无数的历史瞬间，毛泽东就曾记录下"五岭逶迤腾细浪，乌蒙磅礴走泥丸"的雄壮景象。

早在 900 多年前，苏轼被贬海南，万里跋涉时就曾走过此地；更早之前，韩愈、刘禹锡和柳宗元等人同样在此留下了足迹。无论是满怀忧愁地南行，还是带着希望返回北方，赣州都是他们必经之地和吟唱之所。

赣州城西北，耸立着一座孤峰，郁郁葱葱的高台，耸立于贺兰山顶。

高台"郁然隆起，峥嵘孤峙，傲立于章贡二水之间"，宛如天地间的诗行，诉说着岁月的沧桑。唐代虔州刺史李勉登贺兰山北望，因改郁孤台为望阙台，此台"孤起平地数丈，冠冕一郡之形胜，而襟带千里之山川。登其上者，若跨鳌背而升方壶"。

如今的郁孤台，承接清代遗风，复刻而成，三层高耸，傲然挺立，飞檐翘角，四面环廊，厅堂宽敞，梯阶相连。登台远眺，南可见市井繁华，北可望江帆点点。孤峰插云、郁然独立的郁孤台，以其巍峨秀丽之姿，揽尽历代兴衰、风雨沧桑。这座承载着厚重历史的建筑，仿佛拥有一种超越时空的魔力，吸引着那些心灵相通、气质相近的灵魂，与之产生心灵的共鸣。

宋代文学巨擘苏轼、辛弃疾和文天祥都曾在郁孤台上留下过痕迹。在后来的岁月里，他们或许未曾想到，自己的身影会在千年后仍然被人铭记，成为赣南这片土地上永恒的文化符号。

古台：西北望长安

穿过浓密的香樟树，我一步步踏上石阶，直至一尊威严的塑像赫然矗立在我的眼前，那一刻，我与他的目光终得相遇。

在我的面前，他昂首挺胸，面容庄严，深邃的目光穿越时空的迷雾，坚定地望向远方。那饱经风霜的脸庞，镌刻着岁月的痕迹与不屈的斗志。他的眼神犀利，既凝视着往昔的烽火连天，又预见着未来的曙光初现。他身披一袭飘逸的风衣，长须随风轻轻摇曳，宽大的手掌紧握剑柄，剑锋微露，仿佛自历史的尘埃中缓缓走来，带着无尽的沧桑与千钧之力。

因为一座高台，因为一首名词，这位豪放派词坛巨匠——辛弃疾，从此便与赣州结下不解之缘。

今天，作为一个后来之人，当我来到郁孤台，在那些诗词名句中寻找、深思、唏嘘的时候，我在不经意间，总会看到他那满怀孤郁的面孔，他那向着天空陷入无限沉思的双眸。可以说，辛弃疾的身世本身就是一部人间词话，他的词，恰似激昂澎湃的战歌，每一句都豪情满怀。"八千里路云和月"，是他征途的壮丽写照；"五十弦翻塞外声"，尽显他壮怀激烈的气魄。

淳熙三年（1176 年），辛弃疾时任江西提点刑狱，驻节赣州，行走在万安造口的古道上。他远眺中原大地，目之所及，皆是金人铁蹄下的残垣断壁，百姓流离失所，南宋王朝风雨飘摇。想起当年隆祐皇太后亦是在这片土地上，从赣江造口仓促上岸，逃往赣州，留下一路仓皇与无奈。

那一刻，辛弃疾悲愤难抑，多年的忧国忧民之情如江潮汹涌，在他胸中翻涌不息。终于，情感如火山般爆发，化作了一首惊世骇俗的《菩萨蛮·书江西造口壁》。字字句句，皆是心血凝成，声声呼喊，带着千钧之力，穿越千年，震古烁今，成为造口壁永恒的印记。

郁孤台下清江水，中间多少行人泪。西北望长安，可怜无数山。
青山遮不住，毕竟东流去。江晚正愁余，山深闻鹧鸪。

在词中，社会现实与心中愁绪的交织映衬，自然景物与个人情感的融合，透射出辛弃疾对于国家未来的深深忧虑和对个人理想无法实现的悲愤情绪。作者在展示深厚历史责任感的同时，更传递出一种超越时空的哲理思考——即使面临再多的挑战，生活和历史仍然会"青山遮不住，毕竟东流去"。

从此，郁孤台下的清江水因这首词而声名远扬，郁孤台的名字因这首词而永垂青史，郁孤台的底蕴因这首词而更加深厚。郁孤台成为赣州文化高峰的象征，更成为中国士人心中永恒的文化高峰。

漫步在郁孤台下，我仿佛总能看到一个瘦弱的背影，听到他穿越时空的呐喊，感受那种对家国情怀的执着，对壮志未酬的慨叹，以及对生活细腻入微的感悟。

是的，他的灵魂并未走远，于一街一巷外吹角连营，在朝朝暮暮里挑灯看剑。

古村：山深闻鹧鸪

阳光倾泻而下，铺在斑驳的城墙上，我走在有些潮湿的砖石上，曾不止一次地想着，当年，苏轼、岳飞、辛弃疾、文天祥等人就走过同样的路，同样站在这里，看江水从城墙下流过，看历史沧桑融在水里、飘在风里、散在城市的烟火气里。

辛弃疾的晚年时光，几乎全在一个叫瓢泉的村落中度过。瓢泉坐落于江西上饶铅山县稼轩乡的瓜山之下。大约 800 年前的南宋时期，这里是江南东路信州的一片温润土地。

辛弃疾为了规划自己的夕阳生活，曾在当地细心探寻，最终被山腰一眼灵动的泉水深深打动，于是在那里开垦田地，建造屋舍，决定在那片土地上安度晚年。

遥想当年，金兵南侵，壮怀激烈的少年英雄辛弃疾，也曾白马银枪，浴血疆场，剑铸诗魂。然而，自古英雄多磨难，风流总被雨打风吹散。一次次被朝廷主和派排挤打压，一次次满怀沉郁孤愤，最终被削去兵权，从金戈铁马的疆场英雄沦为虚度光阴的官场闲人。

绍兴二十三年（1153 年），虔州被改为赣州，之后辛弃疾来到此地任江西提点刑狱。他勤政爱民，整治军务，扑灭茶商军，庇护难民，政绩卓著。然而，激荡在胸的抗金抱负却随着朝廷的昏庸渐渐消磨。

离开赣州后，辛弃疾已不再执着于庙堂之高，而是以诗文为伴，以天地为友。造化弄人，现实褫夺了一个将军沙场点兵的帷帐，却还给他一片辽阔的诗词疆土。从此，他的诗词中除了对国事的忧虑，也充满了对自然景物的描述，以及对人生哲理的深刻思考。他的文字就像是穿越时空的信使，将情感与思想传递给后人，为历史留下永恒的呼喊，最终归于铅山，在鹧鸪声里熄灭了生命之火。他的诗词，一如一壶老酒，浇灌了稼穑之幸，也滋润了孤独之苦。所谓寄情山水、闲适超然，不过是评论家们的一厢情愿。

是的，辛弃疾生命的彼岸，既有稻花香里寂寞的身影，更有蛙鸣一片里的郁孤情怀。他的一生，宛如一场跌宕起伏的悲剧，它向世人展示了忠诚被遗弃的无奈与理想破灭的酸楚。然而，崇高的精神如同不灭的火焰，难以被世俗的尘埃所掩盖，因为文字成了它永恒的载体。

岁月如梭，无论是时光的自然流转，还是战乱与水火的无情摧残，都足以让一切物质形态消失在历史的长河中。但唯有精神，能够借助文字的力量，穿越时空的阻隔，得以永恒地流传。

古韵：江晚正愁余

从郁孤台走上城墙，向前不远就是八境台，大约千米的路程，我却走了很久很久，从南宋的烟雨蒙蒙中，一步步走回北宋的风云变幻，在这里，我将与另一个北宋古人不期而遇。

城墙尽头，八境台一如阅尽沧桑的老者，在这里伫立了近千年。也许，它在守望千古江山，叹英雄无觅，也许它只是在等候一个承诺，一个远去的故人，一个无望的归期。

在我的眼前，二水合一，潮打浪回——赣江就在脚下。我望着浩茫的江水，似乎能看到一叶孤舟正逆水而上，在风波里摇晃着，一直摇到北宋绍圣元年（1094年）的深秋。

被贬官惠州的苏东坡，历经千辛万苦，穿越重重山峦与惶恐险滩，一路劳顿来到了虔州，在此停留数日。

那一日，虔州当地的名流雅士齐聚官渡码头，满怀热忱地迎接这位远涉千山万水而来的贵宾，一位被中原遗忘的贬谪文人，一位即将为这座南方小城带来独特人文气息的落魄旅人——年迈且身负贬谪之重的苏东坡。

伴随苏东坡踏上旅途的，是对他忠贞不渝的侍妾王朝云以及稚嫩的幼子苏过。一行人身处茫茫尘世，路途遥远而艰难，时刻处在祸患将至的阴霾之下，内心时刻充满着恐惧与焦虑。回想起爱妻王弗的骤然离世，他的痛楚依旧刻骨铭心；念及对他有知遇之恩的高皇太后的驾鹤西去，他的心中更是感伤万千；遥想即将前往万里之外、尚处荒蛮、未经开化之地，他的心中不禁生出几分畏惧；而离开繁华汴梁时的人情冷暖，更让这位一向洒脱不羁的文人心中平添了几分萧瑟与孤寂。如今，虔州百姓那真挚热烈的款待，犹如一缕和煦的阳光，穿透了苏东坡心头的阴霾，带给他前所未有的温暖与无尽的思绪。

苏东坡与虔州的缘分，其实源于一次偶然。

孔宗翰在虔州知州任上，鉴于江水对城墙的侵蚀，下令以石砌城墙，并在其上建造八境台。八境台竣工之后，人们得以尽情欣赏"虔州八景"的壮丽风光。在离任之际，他委托画家创作了"虔州八境图"作为纪念。

元丰元年（1078年），苏轼遇见孔宗翰，从孔宗翰口中听到了许多关于虔州的趣闻。孔宗翰趁机展开"虔州八境图"，郁孤台、章贡台、皂盖楼、白鹊楼、石楼、尘外亭、马祖岩、峰山等景观栩栩如生。苏轼被画深深吸引，心旷神怡。孔宗翰见状，便请苏轼题诗。

虽然苏轼从未到过虔州，但他凭借图画和想象，慷慨写下了八首诗。绍圣元年（1094年），苏轼过路虔州，为八首诗补序，他满怀激情地描绘道："东望七闽，南望五岭，览群山之参差，俯章贡之奔流，云烟出没，草木蕃丽，邑屋相望，鸡犬之声相闻……"

当苏轼真正登上郁孤台，眺望四周如画的美景时，他心中的苦楚却难以消散。流放岭南的艰辛与归期无望的渺茫交织在一起，于是他挥毫写就《郁孤台》一诗：

"八境见图画，郁孤如旧游。山为翠浪涌，水作玉虹流。……故国千峰外，高台十日留。他年三宿处，准拟系归舟。"

诗中，他借自然之景抒发内心郁结，将个人的坎坷经历与眼前的壮丽景观完美融合，展现出一种深邃而复杂的情感世界。

然而，欢乐的时光总是匆匆而逝，如同千条溪流终将汇入大海。诗人发现，那片宽广的海域仍然遥不可及。他命运的不系之舟仍将漂流，他仍需继续投荒万里，走完万里路的最后一程，直至抵达那遥远的南方。

那座波涛摇撼的海岛在向他召唤，椰风蕉雨已然在那里静静等候，他将在海浪的喧嚣和槟榔树的摇曳中，在海雨天风的锻造淬炼中，以文明的火种去开垦那片未经开化之地，让原本文化贫瘠的角落也能"无限春风来海上"，完成他作为一个中华文化使者的崇高使命。

6年之后，命运意外发生转机，谪居海南3年的苏东坡等来了遇赦的消息。在海南乡亲依依不舍的目光里，在热带炽热的阳光下，他写下"他年谁作舆地志，海南万里真吾乡"的真情告白，然后一路劳顿、挥汗如雨地渡过琼州海峡，奔向对岸那片熟悉又陌生的土地。

诗人站在船头，孤独地面对着浩渺的天地，回首萧瑟，心似已灰之木，仿佛孤身立于世界之巅，多年的悲欢离合，过往的三千尘事，都被那汹涌的风浪无情地冲刷殆尽。

来到虔州，八境台风景依旧，心境已大不同。在当地官员的陪同下，苏东坡重登郁孤台。曾经的惆怅与迷茫也被淡然与超脱所取代。于是他再次提笔，写下《郁孤台》(自注：再过虔州，和前韵)：

"吾生如寄耳，岭外亦闲游。赣石三百里，寒江尺五流……"

在这首诗中，苏东坡以豁达的心态回顾了自己的遭遇。他将人生比作短暂的寄居，也将曾经的流放生涯视为一种闲适的游历。

从南贬之旅中满载的忧郁与方向不明的惆怅，到北归途中实现的豁达与心灵的超然，苏轼以他的人生哲学与文学才华，完成了一场从困顿到释然的华丽蜕变，展现了生命态度的转型与文学深度的完美融合。然而，命运似乎并未打算轻易放过这位一代文学宗师。一生豁达乐观的苏东坡，不得不面对生命终结的时刻。

建中靖国元年（1101年）七月廿八，当常州城天宁寺苍凉的钟声再度响起的时候，一代文豪的吟唱在时光的长河中落下终章。

古风：毕竟东流去

在中国文学的璀璨星空中，苏轼、辛弃疾与文天祥的诗词作品，犹如繁星闪烁，他们的作品都是被政治风雨所洗礼、所淬炼的历史珍藏，绽放出各自的气度与光华。

这样的风格，是历史赋予他们的独特底蕴，也是时代打下的深沉烙印。同为怀才不遇、壮志难酬的悲剧英雄，苏轼表现的是豁达与开朗，辛弃疾表达的是激情和悲壮，文天祥则是惊天地、泣鬼神的忠烈。苏轼的人生充满着"不合时宜"的跌宕起伏，他奔波在一贬再贬的路途；在而立之年，命运急转直下。频繁的职务变动和不断的打压熄灭了他的仕途之火；文天祥的作品大多完成于困顿之中，他的词是宋词的最后光华，是沉沉夜幕中的一道闪电和一声惊雷，让人们在绝望中看到了民族精神的光焰。

1274年，文天祥出任赣州知州。任职期间，文天祥不止一次登上郁孤台，面对山河破碎的惨痛形势，忧国忧民之情涌上心头，于是写下悲愤难抑的《题郁孤台》："……风雨十年梦，江湖万里思。倚阑时北顾，空翠湿朝曦。"

这首诗不仅描绘了郁孤台的壮丽景色，更深刻地表达了文天祥对时局的忧虑和对故国的深深思念。他将个人的命运与国家的兴衰紧紧联系在一起，展现了诗人深沉的家国情怀和强烈的忧国忧民意识。"风雨"与"江湖"的意象营造出一种苍凉、悲壮的氛围，读者能够深刻感受到诗人内心的孤独、无奈和对未来的憧憬与迷茫。

彼时，壮志未酬的苏东坡与辛弃疾早已抱憾离世多年。然而，高台犹在，遗风长存，一似超越时空的心有灵犀，一似忠魂附体，气韵相同，苏辛的风骨，苏辛的人格，成为郁孤台上最好的知音。

我走在赣州的老街上，我在触摸苏东坡、辛弃疾、文天祥当年生活的气息。

或许他们曾驻足在老街上那些古老的店铺、青石板路，品味过赣州的地道小吃，与当地的百姓交谈，了解他们的疾苦与欢乐。

赣州，既非东坡的桑梓之地，亦非稼轩、文山的故土家园，它更像是几位文豪心灵之旅的一处诗意驿站、一个灵魂相遇的地方——在这里，他们听雨穿竹打叶的韵律，悠然吟箫徐行，或昂首向天，抒发豪情壮志。然而，赣州人民却始终忘不了他们，这里处处镌刻着他们的印记：东坡在天竺寺、景德寺、慈云寺的沉吟，在廉泉、八境台、尘外亭、郁孤台留下的足迹，如同不灭的星光，而辛家巷、辛弃疾纪念馆、四贤坊的遗韵，以及那些以其名字命名的道路、公园，则如同穿越时空的纽带，连接着他们的身影。

寻常百姓或许不能一一细数苏轼、辛弃疾、文天祥的诗词佳作，也未必深知他们的传奇故事与横溢才华，但当这些历史名人的名字温柔地融入日常的烟火气息中，历史与先贤便不再是古籍中遥不可及的冰冷字符，而是化作了连接古今、充满生命力的文化符号，温暖而亲切地流淌在每一个人的心间。

郁孤台与苏东坡、辛弃疾、文天祥的故事，是历史与文化的相逢，也是英雄与美人的邂逅。这告诉我们，真正的文化高峰不是由砖石堆砌而成的，而是由那些震撼人心的文字与情感铸就的。郁孤台与苏、辛等人的词作相互成就，共同提升了赣州的文化地位，谱写了中国文学史上至为壮丽的一页。

从辛苦遭逢到临危受命，从声名显赫到重归布衣，命运似乎总是跟他们开着玩笑。今天，他们的名字连同他们的诗词，被一并铭刻在郁孤台、八境台或博物馆的墙上，供后人凭吊。看着他们的名字，读着他们的作品，我想，当年假若迟暮之年的诗人重游故地，那些曾经见证了东京、临安的承平与繁华，体会了酒酣梦醒之际袭来的新愁与幽恨的人，那些曾经走过繁荣热闹的黄金时代，经历过人生高峰后重归落寞的人，在跌宕起伏的历史长河中相逢，相视一笑间，恍然发觉，千年已过，梦已醒来。中国历史的面貌早已告别了"山河破碎风飘絮"那般飘摇动荡、充满阴谋诡谲的往昔，所谓"宝马雕车香满路"，所谓"东风夜放花千树"，不过是寻常人家司空见惯的情景。

离开赣州城的前夕，我再一次来到郁孤台，来到宋城，向它们躬身告别。旅行中的许多地方，有时候告别就意味着永别，心中不免伤感留恋。

行走在古樟与桂花交织的江岸，桂花香里，鹧鸪声声，阳光无遮无拦，一如宋词的豪放。如茵的绿草、高大的芦苇簇拥在八境台下，放浪不羁地摇曳着，有金戈铁马的余韵。古城墙砖上被夕阳擦亮的花纹，氤氲着历史的馥郁气息；一江秋水从东津桥下悠悠流过，流淌着古城的悠悠文风。料峭江风吹人醒，那江风，可是来自汉唐？来自宋元明清？

那是"众里寻他千百度"的英雄之叹，那是"青山遮不住"的郁孤之情，那是"留取丹心照汗青"的千古遗风。

极目楚天舒

白云千载：看尽江湖千万峰

写武汉，需要一些勇气和胆识。

武汉的雄浑与浩瀚，武汉的粗犷与奔放，武汉的厚重与繁华，让多少文人在"眼前有景道不得"的感叹中，虽心潮澎湃却遗憾而归。

这座城，究竟是何等模样？

是鹦鹉洲畔夕阳下的萋萋芳草，还是归元寺梵音缭绕中的经文佛光？是中山舰历经沧桑的斑驳印记，抑或起义门见证历史的苍凉身影？是晴川阁上俯瞰三楚大地的壮美风光，还是江汉关悠扬钟声中的岁月回响？

或许，武汉的本质，恰似那百里江滩上的江流滚滚，承载着千年的故事与梦想；犹如盘龙城的遗迹，回荡着历史的低吟浅唱；如同黄鹤楼上饮不尽的离别酒，蕴含了无尽的思念与乡愁。古琴台上，弦歌不辍，连绵悠长，一曲曲诉说着大江东去的豪情，咏唱着青山不老的永恒，诠释着知音难觅的孤寂，赞美着人间的情深谊长。一杯清茶，品的是逝水流年，悟的是人生百态，沉淀的是哲理思辨，超脱于凡尘俗世的泛泛之谈。

武汉话接近普通话，语气稍重似北方，婉转起伏近吴越，但容易听懂，有着一种"九省通衢"的包容和调和。若再往南，无论是湘粤话语、江浙语系、闽越方言，作为一个初来乍到的外地人，你会生出一种身在异乡的陌生之感；在武汉，你会觉得自己如鱼得水，在大江大湖中怡然自得。

几分直率，几分温情，几许江湖的豪情与几多悲悯的情怀，在武汉这座城中交融共生，恰是其独步华夏的大气所在。武汉之所以冠以"大"之名而傲视群雄，实得益于其得天独厚的城市结构。长江、汉江如巨擘般撑起了城市骨架，承载着吞吐乾坤的磅礴气象。坐拥三镇，襟带两水，这里自古便是华中地区的交通中枢，纵然曾有短暂的沉寂时光，但那奔腾不息的江河与湖泊的生命力，始终未曾被瞬息万变的人间际遇所动摇。

在历史长卷铺就的地图上，水运主导的古代脉络清晰可见，尤以东西横贯的长江、黄河并举，南北延展的汉江与京杭大运河为经纬。这一纵横交错的水系网络，如同血脉相连，将湖北乃至陕、豫、川、渝、甘等地紧密维系在一起。

汉江，这条与汉民族同名同姓的母亲河，以其广阔的水域和穿越崇山峻岭的蜿蜒航道，不仅孕育了武汉双子镇的名字，更是在历史的维度上架起了一座桥梁，使长江与黄河这两大文明得以深情相拥。以更为宏大的视角审视，汉江不仅是南北文化交融互动的重要轴心，更是中国经济命脉中的大动脉，流淌着无尽的繁荣与活力。

关于武汉的广袤无垠，民间流传着"紧赶慢走，一日难出汉口"的说法。如今，这座城市下辖 13 个区，面积 8483 平方千米；市内水网密布，江河湖港交织，百峰竞秀，166 颗明珠般的湖泊镶嵌其中，水域面积竟占据了全市土地面积的四分之一左右。若要徒步丈量，无疑是踏上"路漫漫其修远兮"的诗意长路。

一直坚信，春天的慷慨与博爱，犹如一首不问出处的诗篇。一声轻轻的叹息，或许只是尘世浮华中的短暂低吟，而真正的柔情并非矫饰的假意，它藏匿于万物复苏的脉动中。那份浪漫亦非刻意营造的虚幻，它如同春风吹过湖面泛起的涟漪，自然而然地弥漫在每一寸生机勃发的土地上。

我来武汉的时候，蔷薇正盛，莲荷并举，一城皆是春色。江滩上漫步的情侣，巷陌中匆匆的行人，总会偶尔停下脚步，沉浸在这如诗如画的花海，生发出炽热与忘我的激情。

是的，这就是那个充满喧嚣与热情、让你十天半个月都走不出去的大世界、大武汉。它的江湖深长，它的高效有序，它的静谧葱茏，它的男性的直率坦荡，它的女性的热情豪爽，都可以是这个江城的奕奕风采。

或许只有经历过大江大河的洗礼和浩荡湖泊的润泽，以及九省通衢的千百年锤炼，生活在这里的人们才能有这样本真的包容和坦诚豪爽。

武汉的女孩，不只是本土的，还有那些在武汉待久了的外地女孩，都会被这个城市的灵魂所感染。她们打扮随意而不失得体，既有楚国美女的水色与细腰，又有北方女孩的随意和直率，江南的灵秀与北方的豪爽扎根于厚德载物的文化土壤，浸润出一种大巧若拙的硬朗与深沉，用恰当的点缀让对面走来的男士流连忘返、频频回首。

"一半是天使一半是魔鬼"的武汉女孩，是许多外来男士的梦寐以求。她们高傲、优雅的姿态和卓越的管理才能，勾住了男人的心。武汉男人的吃苦耐劳、勤奋简朴、兢兢业业和任劳任怨的持家本事，武汉女人功不可没，每一个成功的武汉男人的背后，或许都站着一个更加成功的武汉女人。

如果时间足够，我愿意选择一个阳光明媚的日子，置身于黎黄陂路那怀旧气息浓厚的咖啡屋，静观窗外络绎不绝的行人，特别是那些优雅、婉约的武汉少女，悠然度过一个恬静、舒适的午后。

黎黄陂路：凭栏一片风云气

从敞开怀抱的街口公园进入，我沿着古朴的建筑群，走过一间间民间花样的店铺，在众多小吃店中随意落座。顷刻间，一碗热气腾腾的热干面端至眼前：面条根根分明，如丝如缕，承载着人间烟火的温度；葱花翠绿如玉，星星点点洒落其上，增添一抹亮色；醇厚的芝麻酱宛如琥珀流淌，赋予面条馥郁的香气；酸豆角爽脆可口，恰到好处地中和了面的油腻；胡椒粉与香菜则如同精灵舞者，以微辣与清香唤醒味蕾深处的欢愉。再配上一对油光锃亮的欢喜坨，软糯与酥脆交织，口中瞬间奏响和谐的交响乐章。一碗热干面，不仅是果腹之物，更是味觉的盛宴，让人在大快朵颐间，满足饱腹之需，在心中升起一缕灿烂的阳光，试图去拥抱那一片街区的古色古香。

东起沿江大道，西至中山大道，中途与洞庭街、鄱阳街、胜利街等街道相交汇，与武汉江滩一路之隔，这就是以黎元洪姓氏命名的黎黄陂路。

黎黄陂路建于1900年（光绪二十六年），为黄陂人所建，故初名"黄陂路"。黄陂路后划入汉口俄租界，因北洋政府总统黎元洪是武汉黄陂人，人称黎黄陂，所以此路又于1946年改称"黎黄陂路"，成为武汉著名的"慢生活"街区，是汉口神采与气质的延续。

在晚清民国时期，黎黄陂路一带不仅是武汉最具摩登气息的街区，而且也是风云际会之地，无尽往事记录了繁华，也见证过流血和惨烈的付出。这里多次发生影响中国历史进程的重大事件，也先后设立过许多重要机构，保存至今的有中外闻名的八七会议会址、武汉中共中央机关旧址、中共中央长江局旧址等。

坐落于胜利街与黎黄陂路交叉口的，是武汉中共中央机关旧址纪念馆。

1926 年底至 1927 年夏，大革命中心转移至武汉，中共中央秘书厅设于今胜利街 165—169 号，这里就是中共中央政治局常委会开会和秘书厅办公的地方。毛泽东、周恩来、瞿秋白、陈独秀等数十位重要人物曾在此居住并开展有关活动。

"砍头不要紧，只要主义真。杀了夏明翰，还有后来人。"夏明翰烈士的这首就义诗几乎妇孺皆知，然而，很少有人知道，这首诗就写于汉口黎黄陂路上的俄国巡捕房旧址。

从战争时期的革命中心地到几经变换的建筑博物馆，从被反动势力压制的悲剧性存在到时代烟云笼罩下的人民象征，黎黄陂路在时代的滚滚洪流里寻觅着自己的定位，而众多革命志士辗转于此上下求索，为革命事业奔走呼号的身影，也定格在历史的画廊。

如今，曾经的悲情岁月早已风干、模糊，只有那些句句滴血的诗行还深深烙印在厚重的年代，如同老屋上爬满的一树繁花，凄美地催人泪下。

无论白昼或是夜幕降临，黎黄陂路总是远离喧嚣，没有滨江大都市的繁华与激情。取而代之的是，这里充满了独特的近代风情，狭窄的西式马路和一排排典雅的欧式建筑，仿佛在诉说着岁月的沧桑。而真正能引起游人无尽兴趣的，是整条街道上密集的店铺。

在这里，人们能够找到那些逝去的岁月和那份深藏的艺术情怀。

沿江大道上，坐落着一栋古朴的西洋建筑，这便是拥有一百余年历史的英国驻汉领事馆官邸旧址。作为沿江大道现存最古老的建筑，其典雅的风格和精美的细节展现出英国文艺复兴时期的独特韵味。庭院内，花香弥漫，高大的棕榈树下，古朴的外墙和穹形的门窗静静伫立，似乎在诉说着岁月的过往。

近代以来，武汉在战火与西风的洗礼下，众多街区也从容地脱下了长袍马褂，接受着远道而来的繁华喧嚣。来去匆匆的人们，穿着西服洋装，脚踩皮鞋，优雅地握着一杯咖啡或红酒，在匆忙的都市节奏中，携手走出艰苦而黯淡的岁月，绽放出无尽的优雅与魅力。

历经百年的风雨洗礼，沿江一带的老建筑如今已蜕变为充满人文气息的高端场所。隐身其中的金融机构和高端品牌，低调而不失优雅。静谧的橱窗、专业而优雅的导购以及淡雅的香味弥漫在空气中，彰显着欧洲贵族般的不事张扬和高端品位。

当人漫步于黎黄陂路时，就仿佛穿越时光的隧道，走进城市的灵魂深处。这条道路宛如一条璀璨的银河，横贯江岸区的喧嚣与宁静，串联起历史的沉淀与当今的繁华。当黎明的第一缕阳光洒在这条古老的道路上时，波光粼粼的江面宛如流动的琥珀闪烁着古老的智慧。

昙华林：来听东林寺里钟

每次在汉停留，我都喜欢下榻在螃蟹岬地铁站附近。

原因很简单，我的武汉朋友大多居于武昌，便于互动交流。这些老同学、老朋友们，或在文化教育部门主事，或在党政机关任职，虽人在官场多年，但文学初心未改，个个低调谦和，平易可亲。把酒畅叙之间，对于文学和历史文化，我们都有着深刻的感悟和共鸣。谈到武昌的人文景观，他们介绍的去处中，有一个耳熟能详的名字——昙华林。

昙华林，一个著名的中西文化交汇之地，百年古街风雨不变，行走其间，古风依旧，暗香袭人。

林林总总的老建筑见证了林则徐、张之洞等历史名人的足迹，每一处都充满了历史的厚重感。徐源泉公馆、石瑛故居等建筑经过修缮，保留了原有的风貌，让人仿佛能够听到历史的呼吸。

此外，这里还有仁济医院、瑞典领事馆、文华学院等外国经典老建筑。每一座建筑都有着独特的故事和风格。

　　昙华林的独特气质里，隐藏着无数未被发掘的秘密。只有当我们细心地观察和品味，才能发现它每一处完好无损的地方都铭刻着岁月的痕迹。美国历史学家罗威廉曾指出，武汉在历史上屡遭兵乱、洪水与火灾的侵袭，但除了极度世俗化，坚韧不拔和实用主义也是武汉人的重要特征。

　　自 1861 年汉口开埠以来，昙华林区域逐渐成为华洋共处的繁华地带。如今，这里街道静谧，艺术与设计的氛围异常浓厚，吸引了无数游客和艺术家前来探访。

　　昙华林 32 号是一栋保存完好的欧式洋楼，具有独特的独门独院设计，其天井内的彩色玻璃和雕花栏杆展现了浓厚的异国情调。这栋建筑曾作为电视剧的取景地。

　　正是在这幢具有历史意义的老房子里，共进会领导人刘公与湖北中等工业学堂的青年学生赵师梅等三人共同设计、制作出了辛亥革命的军旗。

　　在武汉市第十四中学内，有一处国民政府军委会政治部第三厅旧址。这是一座民国初年的学校建筑。1938 年，第二次国共合作时期，政治部迁入武汉，第三厅在此成立，由郭沫若担任厅长，并由政治部副部长周恩来直接领导。第三厅汇聚了 300 多位文化界精英，他们在此为国家和民族的发展贡献了自己的力量。

　　武汉市第十四中学的校园为湖广总督林则徐兴建的丰备仓遗址，1903—1907 年，张之洞先后在此开办公立小学和中学，1912 年为省立第一中学，现产权属武汉市第十四中学。

　　原清末北洋水师官员翁守谦的故居位于昙华林 75 号，建造于 1895 年前后，为二层砖木结构。

　　翁守谦，福建人，曾是北洋水师官员。甲午战争中翁守谦的兄弟多人战死，作为幸存者的翁公，后来弃官隐居于此，潜心修佛，为的是寻求一份长久的心灵安宁。

站在一个拱门口向里面看，可以看到一些房屋的旧时轮廓，那里是瑞典教区旧址。这些建筑是两层或四层的砖木结构。当时基督教瑞典行道会创立瑞典教区，在武汉成立湖北总会，驻地就选在此。

石瑛先生故居，坐落于一幢庄重而质朴的二层小楼，见证了这位孙中山先生的亲密战友和忠实信徒的辉煌历程。作为欧洲同盟会支部的创建人和负责人，石瑛先生为推翻帝制、建立民国立下了不朽的功勋。他在武昌区三义村购置的这座住宅，成为辛亥首义革命前辈在武汉市内珍贵的历史遗迹。对于研究与展示辛亥革命历史和武汉名城发展轨迹，这座故居具有无可替代的价值。

故居始建于 20 世纪 20 年代末，见证了众多历史名人的往来与交流。董必武、陈独秀、陶铸、李四光等人曾在此频繁往来，共同探讨民族前途与国家命运。

另一处值得关注的故居是朴园，这是著名国学大师、教育家钱基博先生（钱锺书的父亲）的故居。朴园诞生于 1936 年，作为当时的私立华中大学（现为华中师范大学）修建的新公寓之一，这里既是钱基博先生教育思想与学术研究的摇篮，也是他与家人共度时光的温馨之地。

当时，和朴园类似的小楼有近百栋；抗日战争中，这里一度成为日军的宪兵司令部，房内也改成了可以推拉的日式门廊。1946 年，钱基博住进这栋历经更迭的小楼，成为昙华林居民之一，在这里度过了他人生最后的 11 个年头。

如今，钱基博所居住的房间被改造成了"艺术沙龙"。在深沉的咖啡色背景中，考究的桌椅摆设和野生的芦苇蒿草相映成趣，保留原貌的壁炉和仿古的吊扇、窗户遥相呼应，在这里，艺术的典雅向历史的沧桑致敬，它们一见倾心的邂逅立刻迸射出无限风华。

小楼昨夜又春风，如今，那棵 300 多岁的朴树垂青，把窗口染得碧绿。2005 年 3 月 4 日，在武汉市政府公布的第二批优秀历史建筑名录中，钱基博故居被评定为一级保护建筑项目。

　　从戈甲营 44 号的小铁门进去，可以看到一座基督教崇真堂。这座教堂由基督教英国伦敦会的杨格非牧师于 1865 年主持兴建，是武昌地区的第一座基督教堂。经过维修和保护，这座教堂至今屹立不倒，见证着历史的变迁和时代的进步。

　　教堂是一座平面拉丁十字形的单层哥特式建筑，可以同时容纳 600 人做礼拜。2000 年恢复使用后，周围居民经常听到优美的钢琴与合唱声从这里传出。

　　漫步在昙华林的小巷深处，历史的痕迹在每一处角落里悄然浮现。林则徐、张之洞的脚步声似乎还在耳边回响，而老武昌的市井生活则被定格了时光的长河中。这里更像是一个充满小资情调的去处，少女的曼妙身影、艺人的雕塑，以及明信片里的老武昌，都让这个空间仿佛在时光中被拉长。

　　随着岁月的冲刷，人们似乎更加珍惜那些被筛下的历史碎片所散发的韵味。昙华林已不再是瞬息万变的时光所能定义的，它留给后世的是厚重的历史底蕴。时光仿佛在这里停驻，每一寸巷子都留下了深深的印记。昙华林戈甲营那扇古老的木门，见证了一个多世纪的春夏秋冬。这里，仿佛是历史的见证者，见证了无数人的生活变迁，呈现出一个渐行渐远的时代留下的岁月流光。

　　离开昙华林，教堂的钟声依然在耳边回荡，如同夏日的清风拂面。曾在巷子里穿行的神父、牧师和修女们的身影，仿佛在眼前飘过，他们的笑容和关怀，如同一束明亮的光，照亮那些虔诚人士的心灵。而那些历史名人的沉重脚步，也仿佛还在巷子里回荡，他们的故事和传说，流传在人们的心中。

凝视着这条历经风雨的古街，我想任何华丽的赞誉在此刻都显得多余。

黄鹤楼：日暮乡关何处是

如果说蓬莱阁以其八仙传说与中国深厚的仙游文化底蕴编织了一幅绵延千年的绮丽经纬，那么黄鹤楼则是借由千年送别的诗篇与历史，与华夏大地的离别情愫形成一种浑然天成的生命纽带。

这座矗立在时光长河中的巍峨名楼，承载了无尽的离愁别绪与深厚友情。在浩瀚如海的翰墨篇章中，一抹穿越千载白云的苍茫，把夕阳西下时对故乡的无尽思念融入朦胧的江面之上，同时也把晴空下的壮美景致凝练为璀璨星空的永恒记忆。

黄鹤楼与历代文人墨客的共鸣互动，恰似各自生命年轮中相互交织的独特印记，尽管世事浮沉、命运跌宕起伏，却始终相互倚靠、共赴岁月长河。这一路的情感交融与文化传承，犹如一幅饱含深情的诗画长卷，既生动又感人，散发出独树一帜且深邃动人的哲思光芒。

在黄鹤楼上，文人手中不仅有笔，还有一支玉笛。"黄鹤楼中吹玉笛，江城五月落梅花"，那是李白用情至深的风景，一次次接纳了诗人的喜怒哀愁，在岁月的更替里，在诗人的诗里，黄鹤楼见证了他和友人依依不舍的离别，见证了对酒当歌的喜悦，同样也见证了贬谪之悲，遇赦之喜。

黄鹤楼的卓然风姿与唐诗宋词的醇厚韵味交相辉映，铸就了流传千年的文脉华章，无疑点燃了无数文人墨客灵魂深处奔腾不息的创作烈焰。那位曾在夜郎边陲遭受流放磨砺的太白先生，诗才一度陷入沉寂，然而当他踏足荆楚大地，面对黄鹤楼的雄浑气象，瞬息之间，那支曾经略显疲倦的笔竟重新熠熠生辉，激昂挥洒出"愿扫鹦鹉洲，与君醉百场"的豪情万丈。

黄鹤楼畔的江山画卷，葱郁草木，亦令胸怀家国的陆游心驰神往。遥想那晚霞漫天的黄昏时分，船只轻轻系于芳洲之畔，他眼中的武昌风光定是层峦叠翠，烟树错落有致。这番情景恍若眼前，不禁引得诗人泼墨挥毫咏叹。

而辛弃疾这位铁骨铮铮的词坛巨擘，驻足武昌城头，北望中原烽火狼烟，痛感故土破碎而山河残存，不禁慷慨悲歌，寄情于笔端，书写下"莫把离歌频唱，可惜南楼佳处，风月已凄凉"，表达了壮志未酬、忧国忧民的悲愤情怀，如同一首泣血的战歌，回荡在历史的长河中。

如果一个地方仅仅有文人墨客的浅吟低唱，当然不切实际。

黄鹤楼的烟雨苍茫里，民族英雄岳飞唱出"却归来、再续汉阳游，骑黄鹤"的呐喊，一代伟人则在这里把酒酹江、心潮逐浪，吟出"一桥飞架南北，天堑变通途"的激情。

黄鹤楼的铁板铜琶里，多少鲜衣怒马，在水墨丹青的点点泪痕中书写出怒发冲冠的仰天长啸，于仗剑天涯的壮志未酬里挥毫出江湖白发，将瞳眸中流露的悲怆唱为壮歌，颂作豪迈。

黄鹤楼坚硬的碑刻上，漫长的名单，记录了"故人西辞黄鹤楼"的辉煌与悲壮：温庭筠、王昌龄、岑参、杜牧、刘长卿……挥笔泼墨之间，留给后人多少生离死别的体悟和怆然泪下的刻骨铭心。

在黄鹤楼上，你看到的是"暮霭沉沉楚天阔"的苍茫，是"黄鹤西楼月，长江万里情"的洒脱，是"日暮乡关何处是"的乡愁，是"平生不下泪，于此泣无穷"的惆怅，是"烛天灯火三更市，摇月旌旗万里舟"的繁华，是"何日请缨提锐旅，一鞭直渡清河洛"的豪迈，是"不管风吹浪打，胜似闲庭信步"的豪情奔放。

站在黄鹤楼上，呼吸着文化的气息，直耸云天的摩天大楼映入眼帘，一道彩虹飞跨天堑，壮丽在信笔之下一泻千里，所有的豪情都化作了敬畏。

江湖之上：极目楚天舒

我走在武汉的烟波江岸，眼前熟悉与陌生的气息，总让人梦回千年。

如今，天堑变为通途，繁华盛景交替更迭。高山流水一览沧桑，中华文明也在春秋流转中传承着青出于蓝而胜于蓝的琴瑟和鸣，大江大湖留下的高洁与深沉，从未走远。

当夕阳染红江水时，长江两岸便披上了一件神秘而浪漫的外衣。华彩喷薄的江滩，时而在建筑的遮蔽下消失，时而在街头巷尾闪亮登场，行人、车辆、商铺、灯光，共同编织着武汉夜幕下的绚丽多彩——半江瑟瑟半江红。

除了两江四岸，武汉还有一个高光所在——东湖。

东湖，一处洋溢着清廉与高洁之气的胜地，比起许多古老街区，这里的故事更加厚重精彩，更能浸染人们的生活。

这里蕴藏着许多历史人物廉洁奉公的清风正气——屈原坚守正道、忠诚爱国的情怀，梅岭一号毛泽东居处卧室的俭朴，朱德同志钟爱的花中君子的纯洁，这些人物的品格感人至深，令人弥久难忘。33 平方千米的水域，湖光山色交相辉映，34 座山峰连绵不绝，宛如一幅水墨画卷，在层层叠叠的时光深处，闪动着绿宝石一般的波光。同样是城中之湖，同样有着超高颜值，千百年来，东湖就这样不被打扰地躺在城市的心脏，堪称是城中大湖之光。

行吟阁坐落在听涛景区东湖大门内的湖心圆形小岛上，由两条长堤与之相连。该景点始建于 20 世纪 50 年代，其名称源于《楚辞·渔父》中的诗句——"屈原既放,游于江潭,行吟泽畔"。据传,"泽"即今日之东湖所在地。行吟阁的檐下悬挂着"行吟阁"匾额,为郭沫若所书。阁前矗立着屈原的全身塑像,表情庄重严肃,身形清瘦飘逸,仰望天空,仿佛面对大湖行吟悲歌。

"廉洁"一词的起源可追溯至屈原的著作《卜居》与《招魂》。在传承千年的《楚辞》名篇中,诸多诗句蕴含着丰富的廉政文化内涵,例如体现坚守理想的"亦余心之所善兮,虽九死其犹未悔",强调遵纪守法的"章画志墨兮,前图未改",反对虚假行为的"善不由外来兮,名不可以虚作",以及强调自律的"闭心自慎,不终失过兮"等。

在这个日益喧嚣且流于表面的时代,大众对价值的判断、贵贱的区分、毁誉的取舍乃至得失的权衡,似乎已在尘世洪流中趋向于一种近乎冷漠的状态。然而,屈原那些震人心魄、闪耀着智慧烈焰的警世金句,恰似黄钟大吕之音,穿透时代的迷雾,敦促世人挣脱现实的束缚,逃离浅薄与短视的漩涡,在每个人无法逃避的灵魂深处,播撒下清白如玉的廉洁精神与挺直如松的正义信念。

屈原纪念馆内陈列着关于屈原的文献资料、后世研究成果以及书画艺术作品等。馆前矗立着屈原半身塑像,其双目凝神,直面东方。1979 年 4 月,叶剑英同志在视察游览东湖后,欣然题诗:"泽畔行吟放屈原,为伊太息有婵娟。行廉志洁泥无滓,一读骚经一肃然。"高度评价了屈原的品行节操。

当我们站在行吟阁前,注视着那尊雕像时,内心不禁会泛起涟漪,触摸与怀想,行吟与苦痛,早已把这里打磨成虔诚的膜拜之地,但愿熙来攘往的人们不会忘记那个高洁的灵魂,那种纯善的本性,那种自省的廉洁,以及那份不畏浮云遮望眼的坚定。

楚人悲屈原,千载意未歇。

大江大湖之上,白云千载空悠悠。武汉有太多的魅力与从容值得大书特书，每个地方都充满着活力与动能、修远与求索、古典与现代，每个地方都铭刻着历史洪流中积淀的九死不悔的精神。每一座高楼、每一条街道、每一朵浪花、每一棵树都在见证一座城市奔赴向前的勇敢脚步，承载着人们的梦想、希望与悲欢，诉说着一座城市的脉搏与生存故事，在时间脉络中探索着勇气和智慧，续写着新的传奇。

太多的古典与厚重已无须赘言，每一个名声在外的地方都是一部厚重的史书，像是绢帛之上密密麻麻的注解，像是一幕幕飨食不尽的文化盛宴。

行走大武汉，且行且感叹。每一步行走，每一程驻留，都让我仿佛穿越时空，非凡的文化旅程中，大江大湖的苍茫与顿悟瞬间交织，温暖着苍老年华的人生追求。

两江四岸，九省之会，于石坊间拂去破碎尘烟，在桥栏边种下今日芍药，是人文美地，静谧之所，也有水火相济，江湖大气。

武汉有太多的深刻和浪漫，却只是化作一星灯火，点亮黄鹤楼之巅，东湖侧畔；或是几许幽香，萦绕你我心头。今日的凝视，终会变成历史的印章，刻在跳动的心上，而武汉的故事，亦将在一代代人的传颂与演绎中，愈发鲜活生动，诗意盎然……

椰树门

一

　　走进椰城海口，亲身触及其现代韵致之后，或许对椰树门的感知与理解，更易于沉浸在一种浓烈的怀旧氛围之中，仿佛穿越时空隧道，于历史的长河中悠然漫溯，品味一段逝去的风华岁月。

　　椰树门矗立于海口市广场路的中心地段，正面是大同路商业街，背后是繁华的长堤路、中山路、得胜沙路、新华南路、博爱路、解放西路商业街，行人络绎不绝。除了解放西路和长堤路在旧城改造中华丽转身，其他周围的道路始终在岁月风雨的淘洗之下，静静地见证着城市的奔忙和城市的躁动，独守着内心的宁静，挽留着老城区的烟火人家。

　　那个古典的南洋风情时代早已不复存在，椰树门只是作为一个时代的缩影，滞留在广场的周围，承载着几代人的记忆，见证着一座城市的兴衰变迁，并成为来访者的一种怀旧寄托。

　　让人感到欣慰的是，每天的清晨或者晚上，人们都会在这里散步、打拳或跳广场舞，看日升月落，飞鸟归巢。这里是城市昨天的注脚，是城市编年史的一个部分，也是今天城市生活的一个章节，更是今日都市生活不可或缺的一抹亮色。多少岁月的静好与生活的热情，都被巧妙地编织在椰树门的每一刻时光里。

回溯至 20 世纪 50 年代，海口市大同路一带曾是广袤的沼泽地，地势低洼，荒草丛生。当时的海口市政府决策者慧眼独具，决定将这片区域填平，建成适合举办各类大型文体活动的场所。于是，一场规模盛大的军民团结奋战就此展开，共同为建设人民广场付出辛勤努力。

椰树门建成以后，海口市在大同路与广场路交界处立了一座椰树造型的雕塑，取自海口市"椰城"的美誉，以此纪念海口军民建设广场的壮举。自此以后，"椰树门广场"便闻名于世，和那些骑楼老街一起，构成一座城市独特的怀旧景观。

而"文革"期间，这里更是群众集会的必选之地，椰树门，成为那个时期的最好见证。

古老的街道走过历史的烟尘，陈旧的建筑剥落久远的痕迹，留给后人清新的时尚和古朴的记忆，椰树门已成为海口的名片和文化标签。那些美好的忧伤往事，在岁月厚厚的风尘中一路蹒跚走到今天。

春天去了又回，太阳照常升起，椰树门背后的一砖一瓦在繁花绿树的簇拥中留下太多历史的烙印，在梦境的缝隙中流淌，在老街古巷里飘逸，直到万家灯火，星汉缥缈。原本放不下的人和事，亦忽然在某个瞬间释然。

二

四季如春的日子里，骑楼老街的雨水总是散发着无限的温情。湿润的空气弥漫在每一个角落，轻轻洗涤着大地、鲜花、绿树、街道和游人的心灵。它带走了阳光的炽热，留下的是一片清新宜人的天地。

在骑楼老街漫步，人们或许不再畏惧雨水的袭扰。那些雨滴，宛若温柔的少女，在众人的目光中若隐若现。在这连绵不断的骑楼间，游人始终能感受到一份无人打扰的静谧。

漫步在骑楼老街上，游人可以一边欣赏雨中的风景，一边在各式店铺中寻觅心仪的商品。长廊深邃而幽静，窗台雕琢细致，画栋精美，琳琅满目的商品让人目不暇接。

春日的馈赠，总是如此慷慨而不计回报，它在一声悠长的叹息中降临，那柔情并非矫饰，浪漫亦非做作，而是眼前这份实实在在的民风淳朴，这份触手可及的生活温度。

斑驳的墙沿，精巧的镂花雕刻犹如岁月的诗行，静静讲述着时光的故事；四季常开的三角梅探出百叶窗，以娇艳的姿态装点着寻常巷陌；春雨如丝，轻轻打湿游客的肩头，平添几分诗意；一支竹笛悠悠响起，唤醒了记忆中的少年情怀，那是属于昨天也属于今日的旋律。

或许就在中山路的某一个黎明时分，三两好友围坐于熙攘街边的一张旧木桌旁，分享一碗美女老板端来的热气腾腾、地道醇厚的海南粉，这便是生活最惬意的注脚。此刻，人应如骑楼般，无论世事如何变化，始终保持着那份亲切如初的质朴。薄雾般的喜气在骑楼的喧嚣中悄然升腾，若隐若现，仿佛山间晨曦自然流露的微甜，那是生活本身所携带的美好气息。

那般情景自有一股深深扎根于生活土壤的烟火气息，温暖而宜人。您将目睹，那些过往的女子在这市井舞台上演绎着人生的多面角色，时而身着华服，光彩照人；时而回归平淡，荆钗布裙，恬淡如菊。她们在世事浮沉中历练心智，于清风徐来时淡泊名利，于明月高悬下笑对人生冷暖。

无论她们选择以方言酣畅淋漓地抒发胸臆，还是以静默内敛的姿态面对世界，只要心中尚存对生活的炽热挚爱，对喜悦的敏锐感知，对清愁的淡然释怀，这便是生命最为动人、最为深沉的姿态。

在老街青石铺就的小巷中，您或许无法见到油纸伞下避雨的倩影，但雨中的老街美景，古朴的廊柱和斑驳的粉墙，定会令您陶醉其中。仿佛只需一步，您便能融化在这海滨的柔波里，成为一缕淡淡的往事。

正午时分，阳光普照大地，长堤路上繁忙而有序的车流和人流交织成一幅生动的画面。穿越石阶，便来到了新华北路。时而有花瓣如雨般从空中飘落，洁白又粉嫩的鸡蛋花和三角梅在阶梯的角落里聚集成一幅美丽的风景。游客们三三两两，有的在河岸边欣赏风景，有的在树林中捕捉美好瞬间。斑驳的树影映照在他们身上，他们的脸上流露出满满的幸福与惬意。

河岸东侧，一栋栋高楼大厦拔地而起，建筑工地的脚手架展现出城市的蓬勃生机。这些楼宇矗立在那里，自信而骄傲，展现了海口老街过去与现在的鲜明对比。

温暖的阳光洒在波光粼粼的海甸河上，河水缓缓流向琼州海峡。这条河流也见证了海口老街的历史变迁。

阳光在树梢间跳跃，金色的光芒洒在河面上，河水轻轻拍打着岸边的卵石。棕榈树、花丛和椰林隔绝了马路上嘈杂的声音，也遮挡了四周高耸的建筑，营造出一种宁静而深远的氛围。

三

在椰树门周边，老建筑是"椰城文化"的载体，历史上遗存的著名建筑多达百处，集中体现着海口老街的悠久历史和独特风格，背后的故事与传奇，温暖着椰城的旧时光。

博爱路上是清一色的老式骑楼建筑，那是海口市最繁华的购物老街之一，食品、服装、日用杂货应有尽有。向前不远就是海口市最著名的中山路了，这是海口人引为自豪的城市名片。走进中山路，仿佛走进了旧时光。如果把它们洁白的外衣去掉，就能直接看到岁月的痕迹：古旧、斑驳、积年的水痕，多年的青苔，陈年的灰尘，以及墙头横出的花草——某年某月，一粒种子落下了，土也肥，雨也足，阳光更是无限，于是就生根抽条，枝繁叶茂，迎风而长。

走完中山路，穿过新华北路，就是著名的得胜沙路。历史上的得胜沙路，原本是一片紧靠大海的沙滩。然而，海口繁荣的港口贸易，招来了海盗的侵袭。1849年，海寇率众来犯，海府地区军民奋起反击，将寇贼逐出"外沙"。"得胜沙"因此得名，并沿用至今。

骑楼世界，经纬交织，5条长街为主轴，20多条巷道如脉络般密布其间，巷巷楼楼，蔚为壮观。其中，我最为钟爱之处，非中山路莫属，这里仿佛拥有一种魔力，能让流转的时光在刹那间凝固，让人心甘情愿地沉浸在这片静谧的时空里。

中山骑楼老街的深远之处，赫然可见镌刻着"天后宫"3个庄重古朴大字的牌坊。门前一尊铜像生动逼真，呈现一位背负婴孩、手牵幼子的母亲形象，她的目光远送其夫出海闯荡。此情此景，令人动容。

海南民众常自此处扬帆启航，虔诚地向妈祖祈求庇佑，以期消除灾厄，赐予福祉，由此使得天后宫香火不断。在命运叵测的远洋征途和变幻莫测的风浪洗礼中，信仰犹如砥砺前行的灯塔，使人在无法妥协的矛盾激流中愈发坚韧不屈，勇往直前。它不仅深化着个体的价值观念与宇宙认知，更是在一次次的磨砺与挑战中，悄然重塑着心灵的基石。这一过程犹如凤凰涅槃，以其独特的力量，引领一代代闯海人穿越未知，抵达灵魂深处的救赎彼岸。

元代初创的海口天后宫，至今已度过700多年的悠悠岁月。昔日其门前乃是"富昌""宝丰堂""曾荣兴"三大商号所处之地，呈现出典型的南洋骑楼风貌；直至中华人民共和国成立后一度转型为中山华侨商场；如今已晋升为省级与市级文物保护单位，承载着深厚的历史记忆。

天后宫占地约658平方米，格局分为拜亭、正殿以及东侧厢房。其中正殿采用我国南方传统的抬梁式构造，虽与外围的骑楼建筑风格略显异趣，但正是这种独特的复合布局见证了历史的变迁与融合。

天后宫院落的一隅精心设置了供广大信徒燃香礼拜的场所，烟熏和触摸，钱币与经幡，心香瓣瓣，将这里打磨成虔诚朝拜之地，人们把生命中太多的苦痛一一诉说，求妈祖保佑，祈天地垂怜，每一次真心的叩首，每一次香火的升腾，都被那慈目含悲的年轻母亲默默见证，铭记在岁月与信念交织的脉络之中。

妈祖，这位以其独特魅力辐射东南沿海，并深受各地信徒尊崇的海神，身披诸多殊荣，诸如"天上圣母""天后""天后娘娘""天妃""天妃娘娘"乃至"湄洲娘妈"等称号。原本，她只是林默娘，一个年仅27岁即因挽救海难而英年早逝的凡间女子，然而，她那舍己为人、无所畏惧的精神品质犹如熠熠星辰，照耀了全球信徒的心灵疆域，成为他们心中无比神圣的膜拜对象。她的博爱胸怀穿越时空的长河，犹如佛光照彻尘世，令纷至沓来的信众们沉浸于超凡的宁静。时间在这里失去了流逝的意义，唯有那份深深的敬仰与依恋，让他们陶醉在这片神圣之地，忘却了来去匆忙的世间浮华，奢侈得不谈去留。

海口是个有太多故事的地方，回头再看椰树门下，走过这座造型奇特的建筑，就可看尽一座城的兴衰，呼吸之间就能感受这座城的前世今生，仰俯之间都是剪不清、理还乱的情怀。

繁华的解放西路，深藏着一张重要的"红色名片"——中共琼崖一大旧址，是中国共产党琼崖地方组织的诞生地。漂泊异乡的游子向这里聚集，琼崖共产党人从这里走出，建立武装，建立革命根据地，创造了"二十三年红旗不倒"的奇迹，为我们留下了一份取之不尽、用之不竭的宝贵精神财富。

李硕勋、冯白驹、王文明、杨善集等一大批革命志士在这里留下过足迹，所有的辉煌留下令人慨叹的历史，所有炽热忘我的感情在岁月的流光里挥毫出侠肝义胆。椰城夜雨，仗剑天涯，最终，金戈铁马的硝烟停留在历史的天空，点亮一座城市的好花常开，千家万户的好景常在。

城市的传奇如星汉灿烂，衰败和兴盛，都被后人高高托起，彪炳于世。以它之名，或生或死，都有着极高的归属感和惯性冲击，连空气里流动的每一寸精神，都是前赴后继的独一无二。

四

近千年的历史长河中，老街虽经风雨侵蚀，斑驳陆离，但其独特的南洋风情，承接了本土、南洋与欧美的融合，作为历史和时代造就的衍生地带，自绘版图却无人超越，它在中国文化地理的浩渺星空中卓尔独立，成为一处无法替代且孤高清远的存在。

1924 年，随着城市改造，老城墙拆除，海口城市格局开始沿着海岸线发展。如今，骑楼老街成为海口历史繁华的见证，其古朴的廊柱、露台、窗楣、浮雕等建筑元素，无不展现出优雅的古韵和艺术魅力。这里，每一寸土地都承载着海口的历史记忆，每一块砖石都诉说着这座城市的过去与现在。

怀着对过往的追忆，人们会经常乘车来到海口的老城区漫步，因为这里有海南岛最时髦的商铺和旅馆。

海口在清朝的时候是由外国人掌控的海关，是海上贸易的中转站，曾经先后有 10 个国家在这里设立了领事馆，并在荒凉的土地上陆续地建立了教堂、医院、银行、商会。逐渐繁华起来的贸易也让海口认识了世界，很多海南人汇聚到了海口，从海口出发下南洋开阔了眼界。他们回来之后又将南洋的生活习俗带回了海口，逐渐成为海口人日常的生活习惯。

在老街的茶座、咖啡馆里，可以看到很多人在那里坐着，无论什么话题都谈得兴趣盎然，让外人一点都感觉不到他们的生活压力。也许他们并不富裕，可是过得却很幸福，久居繁华都市的人们，或许十分羡慕他们这种最真实的生活状态，这份内心的自由。

骑楼老街，建筑风格源自印度，由西班牙和英国殖民者传播。归国的华侨将这一建筑形式引入华南沿海地区，并逐渐得以流行。此后，随着文明的进步和经济的发展，骑楼老街逐渐融入了现代化的气息。海风带来的湿润逐渐褪去了渔村的乡土气息，人们开始穿着洋装，女性穿上高跟鞋，享受着咖啡与红酒的优雅。骑楼老街随即以独特的姿态接纳了远道而来的繁华与喧嚣，成为海口市的重要历史文化遗产。

夏季炎热多雨，将骑楼的防晒和避雨功能发挥到了极致。这种墙挨着墙、楼挨着楼的设计也让大家彼此像一个大家庭一样，在一个屋檐下和谐共生。

如今，很多城市都面临拆迁改造，在城市化的进程中，长堤路老街上很多斑驳的骑楼也逐渐消失，很多从南洋回国祭祖的老华侨在回到海口的时候，总是会到中山路和得胜沙路等地方转转，给身边的朋友和孩子们讲讲当年发生在这里的故事和他们的辛酸传奇。

现代建筑大多强调自我，标新立异，各不相让；而骑楼老街，既有着和谐相处的韵味和美感，又有着有序的分工，各具特色：得胜沙是服装一条街，新华路是电器一条街，博爱路是日用百货一条街，水巷口则是最受欢迎的美食一条街——从海南鸡饭到清补凉，从海南咖啡到海南粉，这里能最大限度地满足您的味蕾需求。

纵横深沉的思绪和怀旧记忆，如今大多隐藏在骑楼老街那些粉白外墙、雕花装饰的新鲜容颜中，许许多多的文艺青年跋山涉水而来，汇聚在这里经营着自己的"南洋"之梦，从民宿到艺术展，从歌剧演出到西方文化展览，这些都是文艺青年施展身手的舞台。

此外，中山路还是游客集中之地，从海南特产到古玩玉器，从拍照胜地到小憩场所，都是游客的心仪之选。及至夜晚沉静下来，钟楼的悠长钟声回荡在石板巷陌的每一处角落，匆忙的脚步开始变得缓慢，心也在瞬间变得清澈、澄明。

林林总总的南洋风店铺在灯火阑珊下透出橙色的光芒，中山路的美在夜色中更显得迷离诱人。

夜色中，漫步在街巷里，恍惚间让人有一种穿越时空的错觉。如果时间宽裕，不妨在这里坐下来，和三两好友点上椰子汁，品尝来自骑楼的独特韵味。清晨，走在无人的街巷里，看着寻常百姓的屋檐，呼吸着淡淡的花草芬芳，感觉就像一场梦境传说，然而却是真实的梦境。

海口的中山路建于1662年，即清朝康熙年间，原名"还海坊"，后改为"北门外路"，后又改为"大街"，到1924年改名"中山路"，是著名的骑楼老街的代表。据传说，当时该路中段建有一凉亭，孙中山先生来海南时，曾在此亭暂歇，为纪念孙中山先生，故将该路命名为"中山路"。

经过时间长河的洗涤，中山路骑楼于2013年修缮完成并进行业态重整，走出了历史尘烟，正式回归人们的视野。由于海口骑楼老街建筑群规模宏大、保存完整，2009年6月，被国家文化部、国家文物局授予"中国历史文化名街"的称号。

五

椰树门内外，当然不只有椰树和老街，这里还留下过那些文人墨客的背影和泪光。

建于清光绪十五年（1889年）的"海南第一楼"——五公祠内祭祀着五位唐宋间被贬海南的官员：李德裕、李纲、赵鼎、李光和胡铨。一片片的旧时光，在那个幽深的院子里驻足，五公祠那扇古老的大门背后，多少人的双手推开了一个多世纪的四季轮回。

北宋绍圣四年（1097 年），苏轼被贬海南岛，曾在海口暂住 20 天左右。苏公祠与五公祠相连，近千年的历史，孕育着丰富的流寓文化和深厚的历史底蕴。

我想，这些文人墨客的上岛之路，也一定是顺着海甸河的码头，伴着夜半钟声，让漂泊之舟缓缓靠岸的。上岸之际，他们留下了那些传之后人的诗句："他年谁作舆地志，海南万里真吾乡。"栖身于椰树婆娑的屋舍下，那些贤臣名相、忠义之士凭着一身肝胆和宏大抱负，在椰风蕉雨的浸泡下，在漏雨的茅舍草寮中，苦苦等待着明君的召唤、天下的太平。

理想的追求与现实的困窘，似乎一直是文人贤臣的执着告白，毕其一生的上下求索，如同一缕璀璨之光，闪烁在没有雾霾的椰城里。

与"海南第一楼"遥相对应的，是一座 20 世纪建造的"大亚酒店"。它矗立于中山路 70 号，堪称"海南第一酒店"。这栋有着百年历史的粉白相间的建筑，不知留下多少富贾名流的行踪。推开有着浓郁南洋建筑风情的门窗，极强的辨识度和视觉冲击扑面而来，连空气里流动的每一寸精神都是独一无二的。

夜晚，是骑楼老街一天中最美的时光，迷离的灯火飘曳在古老的水巷口街、中山路、博爱路和新华路等老街上，海甸河的渔歌伴随一声声琼剧清唱，穿行在古街和煦的晚风中，一切恍然若梦，亦如沉睡中的经年往事。家家窗口点亮的灯火，却又将梦境拉回到现实。行人此起彼伏的脚步声，划破老街的静穆，守护着老街千年的沧桑，也送走了一个又一个春秋。

对于海口人来说，椰树门周边的建筑就是一个象征，一种专属于这个城市的独特印象。他们对外地人夸耀自己的城市，第一个想到的就是骑楼老街，那满满的南洋风情和各色美食，从夜幕降临到曙光熹微的不夜繁华，可以接纳每一个人的快乐和忧伤。老街里，深藏着关于这个城市的一切解读，忙碌却不混乱，活泼却不嘈杂，平淡却不厌烦。

如今，无数寻觅者投身于探索城市根源的旅程之中，这座城市的悠悠历程便在一次次探寻中日渐明朗。回溯 20 世纪上半叶，它仿佛被南洋文化的馥郁光影温柔拥裹，而近半个世纪以来，它才真正踏上自我塑造的征程，沉淀本土文化、融合移民文化，与南洋文化相互交织、共鸣，共同绘就了斑斓多元的城市底蕴。这份厚重且繁复的底色，时至今日依然深深渗透于它的城市性格与人文气息之中，对四方来客绽放持久的魅力，引人驻足流连，沉醉不已。

春风轻拂椰树门的内心深处，或许正是有一曲南洋船歌的旋律在空气中婉转流淌，无须刻意追寻源头，只需沉浸于那份跨越时空的音韵之美。重要的是，眼前的椰树门内外，正以其独特的语言，传承着厚重的历史，以欢声笑语凝固着当下的瞬间，每一砖每一石都承载着光阴的痕迹，每一个细微角落都充盈着生活的烟火气息。

水巷口：烟火故园

一

水巷口，一个充满诗意的地方。

在南洋烟雨的浸润下，它如同一幅流动的画卷，展现着岁月的痕迹和生活的韵律。在这里，您可以感受到城市的呼吸和味道，沉浸在美食的诱惑中。无论是清晨的第一缕阳光，还是黄昏的最后一抹晚霞，水巷口都以它独特的方式诠释着生活的美好和诗意。在熙熙攘攘的辣汤饭店群中，任选一家坐下，点上一碗热气腾腾的猪杂汤，汤中酸菜、葱花与白胡椒共舞，酸辣酥麻的滋味瞬间激活味蕾，每一口都饱含人间烟火的满足与暖意。此刻，仿佛有一束纯净的阳光自心底悄然升起，温柔地拥抱着这片骑楼街区，那暖意如同老友的问候，熨帖而真挚。

作为海口的美食之地，水巷口如同一本厚重的食谱，汇聚了各式各样的美味佳肴。每一家店铺都有其独特的风味和故事，吸引了无数食客前来品尝。在这里，您可以品尝到传统与创新交织的美食，享受一场味蕾的盛宴。

根据历史记载，自 1924 年至 1936 年，水巷口骑楼建设进入了繁荣期，甚至有"平均两天起一栋骑楼"的说法。骑楼这一建筑形式源于地中海沿岸地区，然而它与中国的海南岛有何关联呢？这需要从"下南洋"的历史背景说起。

在晚清时期，海口因《天津条约》成为对外开放口岸之一，其海运航线连通了广州、厦门、台南、香港以及曼谷、新加坡和吉隆坡等地。在 19 世纪中晚期，大量海南人选择"下南洋"前往东南亚寻求生计。

据史料记载，清道光年间，由海口出发前往越南、新加坡和泰国等地的帆船每年都不少于百艘。民国以后，往返于海口与南洋之间的轮船有增无减，更多的海南人选择前往南洋发展。1918 年，出洋的海南人人数为 1 万多；而到了 1927 年，这一数字已接近 5 万。

这些在南洋打拼的海南人不仅开阔了眼界，也积累了财富。部分海南人选择将毕生的积蓄带回家乡，投资于骑楼建设。骑楼吸纳了西方的建筑风格，并与传统的海南建筑风格相融合，为海南的建筑风貌增添了新的元素。

在这里，日新月异的城市巨变，让渔民的后代摇身成为市民，在漫长而寡味的日子里，水巷口的烟火之气浓郁而热烈，一下子便能唤起生活原本的情致，让人感受到幸福时光。

一把菜，一钵汤，人们体验的不仅是物质的滋味，更是当地历史与人文交错的馥郁绵长。

二

夜幕降临的时候，随着熙熙攘攘的人群，我挤进水巷口街，直奔美食一条街。

二三十年前，解放路和连接长堤路的博爱路一带是海口最无法辜负市井生活的天堂。

这里南倚中山纪念堂，西边是海口最有名的商业街——解放西路，北边是中山路骑楼老街和水巷口街、新华北路精品街，西北稍远点是盛极一时的得胜沙步行街和水产码头，南边是东门市场和新华南路。

那时，解放西路和博爱路的地缘意义已经远远超越了一条街的生态场景范畴，更多指向具有市井图腾的街区概念。

如今，水巷口已蜕变为普通的居民区，曾经光鲜亮丽的骑楼在岁月的洗礼中渐显老态。然而，水巷口见证了海口开埠的辉煌时代，也见证了琼州人南下的光辉历程。它曾为海南搭建了一座通往世界的桥梁，也曾为世界展示了一扇了解海南的窗口。在海南的历史长河中，水巷口永远占据着不可或缺的重要地位。

水巷口总有心仪的小吃。

一块块上了年头的牌匾，无言地自证历史。有人好一口白斩鸡、粉汤，有人好一口清补凉、鸡屎藤……老城房檐下面的红灯笼总会惦记着熟悉的回头客，烟火之气就在人间。

倘若只选一种菜来代表海南，我想绝大多数海南人和对海南有所了解的外地人都会选择文昌鸡。

来自椰风海韵里的文昌鸡出现在多少代海南人的食谱上。它既是一道最能代表海南乡愁的美食，也是一道必不可少的佐酒菜。

在水巷口，文昌鸡始终是食客们的最爱，经常能看到这样的场景：一个独饮的阿公或者几个时髦的女郎，就着一盘白斩鸡和一个新鲜椰子，享受着世俗生活的美好与从容。米酒的醇厚与文昌鸡的鲜香，这两种原生态的东西便如此天然地水乳交融。

今天的文昌鸡早已走出海南，在东南亚甚至在更遥远的地方，都有它那扑鼻的香气，诱惑着众多的食客口舌生津。对客居他乡的海南人来说，面对一盘白斩鸡或一份文昌鸡饭，其实，也就是面对故乡的袅袅炊烟和亲人的温馨笑容。

三

在水巷口的米粉江湖里，最经典的莫过于粉汤世界了。

粉条洁白柔软，汤汁醇厚。雪白的圆粉和细粉，纹理清晰的肉片或海鲜，嫩绿的青菜，一股骨头汤的香气扑面而来。桌上摆放有可自取的胡椒粉和自制的辣椒酱，但其实不加调味料也挺好，可以尝出骨头汤的原味。拿起筷子，嗦一口粉，香味直往鼻子里窜，在潮湿的清晨，一碗热气腾腾的粉汤极具治愈功效，让人通体舒畅。海南人的一天大抵是从一碗粉汤开始的。

还有一种口感偏酸辣的粉，源于文昌的抱罗镇，所以也叫"抱罗粉"。同样致力于探索"酸"的层次感的，还有"陵水酸粉"。陵水处于海南岛东南部，是一个黎族自治县。陵水人吃粉喜欢加入米醋调味，还要放酸萝卜丝、酸菜梗、酸笋丝，醋酸混合着果酸，酸出了新风味、新格局。

除了粉汤，另外一种乡愁记忆就是腌粉了。腌粉又叫"海南粉"，这是一碗有着丰富配料与黏稠卤汁的腌粉，其做法有点类似于武汉人的热干面：将蒜末与米粉在碗中一撞，再加入牛肉干丝、花生仁、芝麻仁、竹笋、豆芽菜等。吃的时候先用筷子搅拌一番，让弹牙柔韧的粉与爽滑的芡汁充分结合。将腌粉吃剩三分之一再倒入清汤，一粉二吃，这是只有最纯正的"吃货"们才知晓的进阶吃法。

根据《正德琼台志》的记载，海南粉的香味在城中飘曳了数百年。明代，全岛共有121个较大的墟市（乡村市集），都设有海南粉加工坊。当时做的粉，一般就用来做成腌粉。后来，海南粉的"味道宇宙"无限扩大，囊括了海南各地的风味米粉。

在海口，遍地都是椰树。这种植物并不需要精心培育，跌入泥中就能生长。将椰子壳锯开，又可以做出新的美食：把糯米填入椰盅内，以带有椰子肉的椰壳为容器，清甜椰子水为汤汁，加入白糖，放入蒸笼慢火蒸煮3—4小时后，椰子与糯米碰撞出摄人心魄的清香，吃上一口就满嘴留香。

椰子糕是海口的特色小吃，它看起来有点像年糕，是新鲜椰子汁加上白糖、糯米做成的糕点，明亮光洁，口感甜滑。

最熟悉的甜品是清补凉，其配料越来越丰富，可万变不离其宗，核心仍是新鲜椰肉。清补凉有4种汤底，其中3种都跟椰子有关：椰子水、椰奶和椰奶冰沙。海口消耗椰子的速度惊人，有不少店都靠着一碗清补凉打响了名声，每到夜晚，小店摆满了上百个椰子，仿佛要跟椰子共进退。有了现取的椰子肉，才有了各路小店角逐的场面。在晚风吹拂之下，一场味觉争夺战即将展开——绿豆、红豆、芋头已经是昨日的王者，冰激凌是后起之秀……选哪一种？夜晚很长，慢慢吃，慢慢逛。

如果你面对满街的店家感到不知所措，只要看一看门前电动车数量的多寡就可知一二。

四

历史记载，道光、咸丰年间，大船会驶到水巷口码头登岸，再将货物运往海口城区和其他地方。彼时的水路运输发达，港口经济繁荣。每日清晨有不少渔民外出打鱼，码头工人卸载货物、补给船只，水巷口街因此成为海口老城区最为特别的风景：城中有河，河在街中，河岸是房，船在街中行，如在画中游。

民国以后，得胜沙路、中山路、解放路一带商业逐渐繁盛，然而，海口港港狭水浅，轮船不能够靠岸，上下旅客和货物仍需要由小船驳运，所以海甸河里仍有大量驳船忙碌的身影，住在河边的居民见证了海口古港口的繁华。

如今，海甸河只是一条浅浅的河流，它最繁忙的旧时光早已结束。当夕阳西沉，最后一抹淡淡的光辉打在两岸起伏错落的楼宇之间时，一条兴旺了上千年的河流已然告别了旧时的光荣与梦想。

在水巷口的深处，一字排开十多家清一色的辣汤饭馆，这是海口老街另外一张独具特色的美食名片。

在这里，处处都是被岁月和风雨磨损过的痕迹，来来往往的人不自觉地会在一家家沿街小店前放慢脚步。

辣汤饭起源于民国时期，一块煎蛋、两根腊肠、三两米饭与酸辣爽口的胡椒猪杂酸菜汤便是码头工人们果腹的早餐。慢慢地，这碗看似平淡、普通的猪杂酸菜辣汤饭演变成为水巷口的烟火气。

在历史上，随着得胜沙路、中山路、博爱路等地商业的兴盛，水巷口地位逐渐重要。然而需要注意的是，当时的港口设施并不像今天这般现代化。由于港口淤积严重，大型船只无法进入，货物和人员主要依靠小船进行驳运。正因如此，水巷口成为一个繁华的人员和货物集散地。

在码头上，长期的体力劳作使得工人们体内水分损耗多，需要大量补充水分，因而形成独特的饮食习惯——"饭前先饮汤"。加入胡椒粉的猪杂汤更深受渔民与码头工人的喜爱，不仅味道鲜香浓郁、酸辣爽口，还能驱走身上的寒意，让人倍感精神。

辣汤饭，主食是米饭，特点是汤，灵魂是"辣"。辣汤里的辣味并不是传统意义上源于辣椒的辣味，辣汤是用大量海南本地特产的白胡椒和各色猪杂、猪筒骨以老火熬炖而成的。胡椒会让汤散发出独特的天然辣味和鲜香。

随着时代的发展，许多饕客慕名而来，辣汤饭不再只是码头工人与渔民的早餐，而成为人们生活中的一种乡愁记忆。

辣汤里面有肥厚鲜嫩的猪肚、猪心、猪舌、猪粉肠、瘦肉等，再加上几片酸菜，撒上一把葱花，汤水十分香浓。煮得软烂的猪杂配上一口热乎的辣汤，胡椒的辣味，可以掩盖住猪杂的腥气，一口辣汤下肚，胡椒微微的辛辣在舌尖跳跃，让整个身体都感觉到温暖。汤里的酸菜在老火里滚得透烂，酸味和汤水混合，又为老汤的鲜美增添滋味。

一碗热乎的辣汤，一碗颗粒分明的鸡油米饭，一份肥瘦相间的广式煎腊肠与简单的香葱煎蛋组合进来，便是最朴实无华的海南味道。

这时候，所有的人都会恍然明白：这不仅是一顿丰盛的晚餐，更是一种看得见摸得着的民间幸福。难怪许多远方归来的老海口人甫一上岸，就会来这里寻找旧时的味道与温暖。

五

透过密集的椰子树冠望去，穹顶红房、斑驳白墙、河岸钟楼以及骑楼老街，宛如一座座岛屿，漂浮在老城区的上空，海甸河从身边静静流过，低调而毫不张扬，它们都属于一个远去的时代，显得冷峻而落寞。

往事已成昨天，但又近在眼前，这就是水巷口。

100多年前，当海口由一个渔村向着城市仓促转身的时候，水巷口曾经伴随着一次次的夜半钟声和江中渔火为那些即将远涉重洋的人、那些曾离乡背井的归客提供栖息之地。

从水巷口的骑楼老街向外延伸，许多商界的传奇就诞生在这里，众多声名显赫的家族企业和成功人士在这里留下了深深浅浅的足迹，成为老街的辉煌记忆。

海南琼海的王绍经是著名的海南侨领，是民国时期海口骑楼老街大亚酒店和裕大商场的拥有者，琼侨先驱之一。他不仅曾担任新加坡琼州会馆主席，更是琼籍人士在南洋的领袖。为了表彰他的贡献，新加坡有一条街道以他的名字命名——绍经街。

在第一次世界大战爆发前夕，王绍经的事业达到了巅峰。他洞察市场，投资地产和实业，在新加坡和马来西亚购买了大量房产和橡胶园。他的儿子王先树继承了他的事业，管理其父所经营的贸易、地产、橡胶园种植业、金融及保险业等。王先树在商界取得了巨大的成功，他的大亚酒店曾是海口最繁华的场所，吸引了众多名流，他还创办了"裕大商场"，成为海口布匹、百货零售和批发的领军企业。

王绍经的家族始终关注社会公益和家乡福祉，除了在新加坡捐资办学和资助公益事业，他们还在20世纪三四十年代回海口兴办企业。如今的大亚酒店和裕大商场，正是他们那个时代的著名商号。

在20世纪30年代，日军侵琼之前，海口中山路涌现出众多知名商号，标志着海口的商业发展进入了一个重要时期。在此期间，积累了海外财富的琼籍侨胞纷纷返乡购置房产。其中，有一个名叫吴乾刚的海南文昌人，时任越南华侨抗日救国后援会主席。他将自己经营得颇为成功的两家药店出售后，在今日的中山路老街创办了南强药房。

在战争时期，医药行业面临多方限制与挑战。吴乾刚在这个特殊时期经历了严峻考验。作为越南爱国华侨，他曾为蔡廷锴将军的十九路军提供支持。1932年，当时仍在越南经营医药的吴乾刚收到了由陈铭枢、蒋光鼐、蔡廷锴亲笔签名的感谢函，对其在民族危难时刻给予十九路军的药物支援表示感激。

得胜沙路上的"五层楼"是海口骑楼老街建筑群中尤为引人注目的建筑，不仅因为它长久以来占据着"海口第一高楼"的位置，更因为它深深触动无数海南人的心。

这座于1935年建成的"五层楼"，其白色洋派的雕花依旧保留着昔日的辉煌景象。漫步在略显暗淡的楼道中，依稀可以感受到它当年的豪华与精致。这座建筑不仅是海口当年的豪华酒店，也是集舞厅、影院、咖啡馆等场所于一体的娱乐中心。出入于此的达官贵人、军政要员、华侨商贾和本地时髦青年共同编织了这栋大楼的传奇故事。

这栋大楼的主人便是吴坤浓。

吴坤浓的父亲曾担任法国银行驻越南一个城市的总代理，频繁往来于越南、中国等地开展金融业务。经过多年的积累，他已拥有相当可观的储蓄，并决定在海口建造一座标志性的大楼。1932年，年轻的吴坤浓陪伴父亲前往新加坡、泰国采购建设所需的钢筋、水泥、楠木、瓷砖等材料。从铺前港上岸的建设物资被源源不断地运往海口得胜沙路。"五层楼"从动工之初便成为海口繁荣与开放的象征，见证了时代的变迁。直至1939年日本入侵海口之前，这里一直是海口繁华、开放的重要标志，并承载着无数悲欢离合的故事。

在海口骑楼老街，还有一个颇具传奇色彩的女商人吴玉琴。她早年在新加坡留学，学成后返回海口，嫁入海口梁氏家族，并成为该家族的掌舵者。1935年底，吴玉琴成为梁家新妇，便开始在海口的大舞台上崭露头角。

梁家是海口的一个大家族，兄弟俩共有六个儿子，共同居住在一所大宅院里。在20世纪30年代，海口的土特产以其高品质闻名遐迩，自海口销往内地及东南亚地区的产品种类繁多，商业活动也愈发活跃。梁家经营的"九八行"与"梁安记"同为海口颇有名气的商行。这两家商行几乎垄断了海口的进出口生意，赤糖、槟榔、椰子、鱼干、虾米等产品的销量都相当可观，使梁氏家族成为海口贸易业中的翘楚。

吴玉琴不仅是海口的骄傲，也是海南新女性的杰出代表。她不满足于在海口的发展，将生意做到了越南等地。在抗战时期，吴玉琴与她背后的梁氏家族经历了严峻的考验。作为一名大商户，她坚决拒绝与日本人合作，也不愿加入具有汉奸性质的"海口地方维持会"。她的正义之举带动了海口商人们纷纷离开城市，宁愿放弃生意也不当汉奸。这段历史成为海南抗战史上的一段佳话。

在吴玉琴的人生历程中，无论是经历下南洋的冒险、民国的风云变幻、抗战的人性考验，还是面对中华人民共和国成立后的生活变迁，她始终保持清醒的头脑和商业道德，是女性商人的典范。她的人性尊严与商业良心不仅赢得了后人的敬仰，更为海南商界树立了一个光辉的榜样。

站在水巷口街上的博物馆门前，目光越过清雅的白墙，视线所及之处，三角梅正热烈绽放，翠竹随风轻舞。这一幕如诗如画，轻易撩动我的心弦，令我的心间泛起层层涟漪。此时，海南骑楼的历史与文化交融成一个鲜活的故事。几位才情横溢的作家以其作品深情吟唱骑楼与南洋文化的交响，崽崽、蔡葩、曾万紫等，便是这样一些肩负使命的寻史人，他们是海口历史专注的倾听者与忠实的记录者。

在微雨洒落的黄昏，或是黎明微曦初露之时，是他们携着骑楼的雨滴，踏着骑楼的清风，于旧日记忆的长河中打捞往昔，逐一叩开老宅斑驳的大门，虔诚拜访那些承载岁月风霜的长者，致力于抢救行将消逝的时代印记，还原今日骑楼之韵。

在他们的笔下，历史不再是冷冰的事件罗列，而是跃然纸上的鲜活故事，流淌着人间烟火与悲欢离合，让人们得以窥见一种更富情感深度与人文关怀的历史观照。

崽崽的《海口女人》《我们的三六巷》，蔡葩的《有多少优雅可以重现》，曾万紫的《我家住在解放路》，等等，这一系列作品，通过对社会众生相的描绘，深入挖掘海南地方文化的独特魅力，透视历史的变迁，为读者重新认识海南及其历史文化打开了一扇窗，也显示出他们对海南历史文化的深刻洞察和对民间道义的深度践行。

在这片骑楼天地，作家们以其独特的经历与深厚的情感，成为最具话语权的骑楼故事叙述者，他们的作品，是骑楼今生往世的生动注解。

六

水巷口紧邻的海甸河是南渡江与大海连接的纽带。清澈的河水带着从南峰山原始森林里流淌而出的清洁与欢畅，从高山峡谷汩汩而出，一路上不断接纳那些从深山老林里涓涓成水的溪流，使得这条河与海相融的河段盛产原生态河海鲜鱼。它们介于海鱼和淡水鱼之间，既有海鱼丰富的营养价值，又有淡水鱼的细腻鲜美，是美味中的佳品。

每天清晨的微风中，从长堤路高楼向远处眺望，能看到脚下那条蓝色的河流上，星星点点的小船在游弋，那是捕鱼的渔民在劳作。傍晚的时候，在岸边从渔民处选购刚刚出水的海鲜或者河鲜，就近找一家海鲜排档加工成火锅，便是一种舌尖上至美的享受。

城市的黄昏来得快也消失得迅猛，常常是刚看见夕阳贴近海面，转瞬就沉入了大海。夜风很急，吹得大街两旁的椰子树和三角梅沙沙作响。转眼之间，霓虹街灯就像一部充满悬念的电影缓缓拉开序幕。

喧嚣之外，让人感到宁静的时刻，也许是从傍晚开始的。夕阳照亮了老街的红色屋顶，带来耀眼的反光。人们匆匆行走着，所有的焦虑、紧张和不快随着夜色降临而暂时隐藏。月光之下，海甸河静静地流淌着。走在河岸的花丛里，数百年的古城显得沧桑而骄傲，依稀可以感受到一座城市的心跳和呼吸。

入夜后的老街风情万种，像是被过多的爱和柔情滋润的女子。身在其中，可以感受到河两岸的椰风海韵，看音乐喷泉的水柱跃舞，仰望远处高楼的迷离的灯火。再匆忙的人也会放慢脚步，寻找夜色深处的美食江湖。

深吸一口气，晚风里就会飘来复杂的香味，那是：顺滑 Q 弹的烤鱼薄片、洋溢着滨海气息的蒜蓉生蚝、金黄翠绿的鸡蛋炒饭、清甜凉爽的清补凉、盖满蔬菜的斋菜煲……

独特的氛围，让那些多年未归的游子在品尝美食的同时，找回了童年的回忆。每一个身临其境的游子，被晚风轻轻拂动衣袂，面对这座流光溢彩的城市，心中都不禁涌起对故园的思念和淡淡的忧伤。

对于归乡人而言，曾经漂泊在外的陌生与忐忑，如今已化为品尝美食前的满心期待与兴奋。将美食放在口中慢慢咀嚼，生理与心理上的双重满足感便油然而生。这种满足感，如同人生中醇厚的酒，回味无穷，从舌尖缓缓流淌至心头。

回眸之间，水巷口只留下一抹淡淡的微笑。

空巢

两座空宅：雁字回时，月满西楼

鼓浪屿漳州路 44、48 号——一个被称为廖家别墅的地方——两栋外廊式建筑掩映在几棵百年老树的浓荫之下，它们挨得很近，在岁月的风雨中有一种同病相怜的荒凉。

其实，在鼓浪屿，有上千栋这样的别墅，很多都是人去楼空，近于荒芜，分别以废墟、遗址、旧居、故居的名义，陈列在这座因它们而闻名的岛屿之上，那些与它们有关的人和故事，也因此留在了记忆之海。

廖家别墅是鼓浪屿最古老的别墅之一，建于 19 世纪 50 年代。一栋建筑坐东朝西，一栋建筑坐北朝南。后者如今以闻名海内外的"林语堂故居"命名，他与妻子廖翠凤的许多故事，就发生在这个院子里，他们的新婚之喜，就发生在这座别墅二楼入口的第一个房间。

漳州路的路口，是一所学校，大门上挂着铭刻着"厦门艺术学校"字样的牌匾。这里是林语堂当年读书的"寻源中学"[①]，他在这里度过了他的中学时光。那天，我在这所学校的门外徘徊良久，始终没有听到里面传出琴声笑语。然而，那个 16 岁少年的影子却在我的眼

---

① 如今成为漳州农业学校，1951 年正式创办，现为国家级重点中专。

前时隐时现。

林语堂的人生，与鼓浪屿有着太多的交集，从小学到中学，他在这里的第一次停留，长达7年。并不漫长的漳州路上，留下他年少时的足迹，中年的感伤，而他离开的背影带给我们的，是令人或怅惘或感叹的回忆。

因了养元小学、寻源中学，因了两位美丽贤淑的女性，林语堂对鼓浪屿有着非同一般的情愫，自然是难以轻言割舍。鼓浪屿，是林语堂知识的发祥之地，更是人生的重要驿站。

走进廖家别墅，我看到，高大的龙眼树和玉兰树撑起一片巨大的绿荫，密集的叶片遮蔽了天空，阳光透过树叶的间隙，碎金一般在地上闪动。闭上眼睛，这些苍白、孤寂的光影就落在我的身上，也投在我身后斑驳的墙壁和紧闭的别墅大门上，呈现着年代久远的沧桑。那墙和大门与苍白的光影一起，书写着这座小院中那些尘封已久的故事。

两部作品：云中谁寄锦书来

林语堂是一个从厦门鼓浪屿走出来的文化名人，一个学贯中西的文学大家，一个中西文化交流的使者。

林语堂出生于福建龙溪（今漳州）的一个基督教家庭，先后任教于清华大学、北京大学和厦门大学，1945年赴新加坡筹建南洋大学并担任校长。他曾经担任联合国教科文组织美术与文学主任、国际笔会副会长等职。他用英语写的《京华烟云》（*Moment in Peking*），曾获得诺贝尔文学奖的提名，三次被拍成了电视剧。他用英语撰写的《苏东坡传》（*The Gay Genius: The Life and Times of Su Tungpo*），被誉为20世纪四大传记之一，在海外广为流传。书中全面生动地记述了海南儋州的历史、风土人情，成为苏轼研究领域里的经典之作。

林语堂在自序中曾说自己是"两脚踏东西文化，一心评宇宙文章"。有人说他的中文水平高到用英语翻译不出来，英语水平高到用中文翻译不了。他一生创作了多部长篇小说和散文集，在世界上出版的各种不同版本的林语堂著作约700种，中文版和外文版各300余种。当然，其中最为人称道的当数《苏东坡传》和《京华烟云》。

1936年，林语堂举家赴美。然而，他收藏了半辈子的书籍，不可能都随他远涉重洋。林语堂不得已丢弃了许多珍本，但关于苏东坡的研究资料他却全部带在身边。他希望在孤独的海外，可以时时与苏东坡做伴，同时，他准备在国外翻译或写作一本关于苏东坡的书。

1945年，林语堂着手写作《苏东坡传》，这是他一生中最为快乐的时光之一。在创作过程中，林语堂似与苏东坡朝夕相处，共话心语，他们一起探讨社会、人生和理想等诸多问题。只要看看他为这本书写的序言，我们就可以体味到两个灵魂在广大无垠的时空中所进行的对话与共鸣。

《京华烟云》曾作为候选作品数次角逐诺贝尔文学奖，可惜最终没有获奖。然而，这毕竟表明《京华烟云》具有走向世界的潜质。它不是独独写给中国人的杰作，同时也是写给整个人类的杰作。其中描绘了战火纷飞的动乱年代和栩栩如生的人物形象，记载了繁华如梦的京城往事。这部作品为我们带来了一场文学盛宴，蕴含着一种人生哲学。从某种程度来说，它也是一部展现民国风貌的"史书"。

在这部被称为"当代《红楼梦》"的巨著中，姚先生深受道家思想影响，木兰聪慧美丽，有着大彻大悟的思想转变，立夫激进昂扬、敢作敢为，荪亚豁达包容、快乐简单，年轻一代还展现出舍家为国的英雄气魄，这些都是那个年代最真实可信的回声。

如果说《京华烟云》是留在林语堂心中的时代挽歌，《苏东坡传》则是他开启灵魂的窗户，他的文人心灵的共感、共知、共鸣和灵魂转世，都在这样一部书中体现得淋漓尽致。《苏东坡传》是一部人物传记，也是一部文学史，更是一剂心理疗伤的良药。

苏东坡是中国文人的天花板，他的一词二赋，是宋代乃至中国古代文学难以逾越的高峰，也是怀旧的高峰。林语堂写苏东坡，实际上就是在照射自己。他沿着苏东坡的逆旅人生，在反反复复的"精神轮回"之中，和东坡对坐晤谈、临风把酒，无佛无道，有喜有惊。

林语堂的人品道德构成了他名气的骨干，他的文章之美则构成了他精神之美的骨肉。他的文学成就在世界华人当中至今无人可以替代，但他的文风有别于左翼作家所主张之战斗的文风，而是站在高于现实处，以自由主义精神写"热心冷眼看人间"的智慧文章，被称为当代幽默大师。

然而，无论是《京华烟云》还是《苏东坡传》，都是林语堂在海外的英语之作，一部写于"烽火连三月"的1938年，一部成就于"家书抵万金"的1947年，最先看到的，自然只能是西方的读者。西方世界的某些人，正是通过林语堂的这两部作品，认识了中国的古代与近代。这两部著作是连接中国和世界的"云中锦书"，是西方了解中国的一扇门窗，一些西方人是先知林语堂再知中国，知有中国才知中国文化之灿烂。

两段爱情：此情无计可消除

林语堂的中学时代，曾经借住在这座小院的一隅，这里有他少年时代的诸多美好记忆。后来的岁月里，他与住在这里的廖家、陈家两位千金还有过两段美好的爱情。

遇到廖家千金廖翠凤之前，林语堂曾与另外一位鼓浪屿千金陈锦端有一段刻骨铭心的感情。他的一生离不开两个鼓浪屿女子的成全。陈锦端给了他一次失败的恋爱，却成全他写出被称为"当代《红楼梦》"的《京华烟云》；廖翠凤给了他一次成功的婚姻，成全他以后的事业与漫长的幸福时光。

在同时代的文人雅士中，人生像林语堂那样圆满的没有几个。

林语堂出生于漳州一个穷人家庭。为改变穷苦的命运，他的父亲选择成为一名牧师，举家迁到鼓浪屿定居。"穷牧师"一直是林语堂父亲的代名词，"穷牧师的儿子"则成为林语堂身上自带的标签。

林语堂在鼓浪屿上了教会办的学校，从养元小学到寻源中学，他在这里完成西式的中等教育，并顺利考入同样是教会创办的上海圣约翰大学。林语堂父亲的虔诚换来上帝的恩泽，用中国话说，这是福报，而鼓浪屿，无疑是林语堂的福地。

许多文化名人的故事大多始于上海，林语堂也不例外。在圣约翰大学，林语堂和同样来自鼓浪屿的陈、廖两大世家的子弟成为同窗。林语堂天资聪慧，很快在同学中崭露头角。他虽家世不抵，但才华不让，这使他很快融入了陈、廖两家子弟的圈子。

更妙的是，林语堂颇具文人风流的洒脱受到在上海圣玛丽亚女校就读的陈家小姐陈锦端的注意，两人一来二去暗生情愫，开始了一段花前月下的恋情。更为奇妙的是，陈锦端的兄长们也乐于撮合小妹和林语堂之间的这桩好事，一切都是水到渠成。

显然，命运之神眷顾了林语堂，制造一个富家小姐恋上穷小子的美妙神话。这和中国"公子落难后花园，小姐赠金中状元"的剧情颇为相似。古今中外，才子佳人式的爱情套路大同小异，林语堂满心欢喜。

这样的好事与同样在圣玛丽亚女校就读的廖翠凤毫不相干。当时，她只是一个默默的旁观者。

然而，陈锦端的父亲陈天恩出手阻止了这段美好姻缘。在陈天恩的阻止下，命运之神没有赐予两个年轻人冲破束缚的力量和胆气，两个年轻人几乎未做抵抗就铩羽而归了。

陈天恩棒打鸳鸯的结果，熄灭了一对年轻人的爱情之火，却成就了一部不朽著作的日后辉煌。为了防范二人的感情死灰复燃，陈天恩心生一计：把林语堂介绍给自己好友、鼓浪屿富商廖悦发的二女儿，也就是廖翠凤。只是，陈天恩没有想到，这釜底抽薪的一招，让本来只是看热闹的廖翠凤走上了前台，成为林语堂之后人生中的主角。

万念俱灰的陈锦端只能默默地让出位置，此后余生，她只能成为一个看热闹的女孩，再没机会站到舞台的中央。

没人知道林语堂和陈锦端是否互相埋怨过，抑或互相理解了对方，各自放手，独自上路，默默忍受分手之痛。

廖家倒也认可林语堂这个人，只是他的家境成为阻碍。廖翠凤的母亲担心女儿嫁过去会受苦，颇有些不愿意成全这门亲事。

不过廖翠凤把命运掌控在了自己的手上，命运之神没有垂青她，她就自己给自己制造爱的力量和勇气。面对家里对她日后生计的担忧，她的决定勇敢而干脆。

或许在作为旁观者的那些日子里，廖翠凤已经不知做过多少次和林语堂牵手一生的好梦。她对林语堂的爱慕并不亚于陈锦端，只是当时她是灰姑娘，陈锦端是白雪公主，人家在舞台上如痴如醉，她在舞台下芳心暗许。

如今角色互换，她自然不会让一段美好姻缘"雨打风吹去"，看似平凡的廖翠凤，在人生的关键时刻却动如脱兔，伸手抓住了机会。

在爱情的驱使下，她干脆利落得不像一个世俗女子。

那天下午，我站在廖家别墅的玉兰树下，一阵清风从长廊的一端悠悠地吹过，吹得树叶轻轻地晃。

已有一百多年历史的老别墅二楼，一团明亮的阳光从窗口涌来，落在我的脚下。大半个下午，除了一个母亲带着孩子、一个山东泰安的女青年过来打探，院子里只有我和我的爱人两个人。站在院子的一个角落，我们踩着厚厚的落叶，仔细辨识着几棵百年老树的纹理。那棵玉兰树，曾经是廖翠凤年轻时钟爱的。自从它的主人离去，它虽花开年年，品尝的却是孤独与沉默的灼痛。

一开始，林语堂并不情愿做廖家的女婿。然而，去相亲的时候，母亲说的一句"儿啊，咱没得选"让他醒悟。他没有任性的本钱，成为廖家女婿对他与其说是屈从，不如说是命运的安排——纵然才华横溢，也得有钱助力，前路方可少些掣肘。

他有自己的人生要过，对方也有，有时放手才是一段感情最好的结果。此后，林语堂对待爱情的态度也变了，年少时对风花雪月的一心追逐渐渐淡去。他变得脚踏实地，更加懂得责任的重要性。

做廖家女婿不输做陈家女婿，唯一有些遗憾的是爱情差点浪漫。清醒过来的林语堂，坦然接受了命运的安排。

他默默地把陈锦端埋藏在心底。他知道，自己与陈锦端的感情，不可能再有结果。廖翠凤从此走进林语堂的生活。

就这样，两个人的婚事定了下来，在赴美国留学前夕，他们在鼓浪屿的这栋别墅完婚。不久，两个人带着廖家以陪嫁的名义资助林语堂的钱到了大洋彼岸，林语堂负责求学，廖翠凤负责持家。

嫁给林语堂之后，廖翠凤唯一的角色就是贤妻良母，尽管以她的家世和受到的教育，她可以成为名媛淑女，甚至成为专家学者。

新婚之后，林语堂做了一件让廖翠凤意外的事——他把结婚证烧了。他的用意浅白得很，根本无须解释。廖翠凤有没有感动我不知道，至少她认可了这件事，并用几十年如一日的行动回报林语堂浅白的示意。这份回报，不只是让林语堂现世安稳，也允许他在心里划出一块私人领地专属陈锦端。

或许，林语堂烧结婚证的举动，多少有些文人的狡黠，他用貌似专情的做法掩饰自己内心出轨的不安——倒不是要行偷情之事，而是心里得有一处专属自己的空间，如此卑微、如此可怜而已。

作为大家闺秀，廖翠凤是大度包容的。她理解林语堂，包容林语堂的心有挂碍，展现了一份超脱和大气。后来，他们的孩子长大了，廖翠凤有时会对女儿这样说："你们的父亲是爱着锦端阿姨的。"这句话，与其说是和女儿讲父母的往事，不如说是醋意的委婉表达。

廖翠凤这样的女子实在难得，只不过难得的背后还是有难过的影子，这才真实可信。也许作为主角，她实在没必要过多计较，计较了反而不美。

在后来的岁月里，林语堂也曾数次回到鼓浪屿小住，虽然多了几分曾经沧海的成熟，但灵魂深处的魂牵梦萦，谁能说得清楚？

两个女性：一种相思，两处闲愁

说回陈锦端，和林语堂的恋爱被父亲拆散之后，她并没有接受父亲的安排，而是果决地远走他乡到美国留学。这回她倒是力量和勇气兼备了，可惜用错了地方。她要是把它用到跟父亲抗争、反对父亲拆散她和林语堂这件事上，也许事情就不一样了：她还是主角，而廖翠凤只能永远看热闹。那样的话，林语堂创作的就不会是《京华烟云》，或许是另外一部激情迸射的作品。

可惜没有如果，陈锦端被自己的命运绊住了，她只好在异国他乡寻找解脱。从美国回来之后，她独居上海，后来回到厦门。直到32岁，她才和厦门大学著名教授方锡畴结婚，终身没有生儿育女，将自己的平淡一生奉献给家庭。至于那份刻骨的相思之苦，她只有深深藏在心中。

实际上，《京华烟云》就是以林语堂自己的爱情为原型创作的。人们想探奇他的爱情往事，只需细读这本书就可略知一二。他的爱情没有多么轰轰烈烈，那是一种有情人难成眷属的感伤，也是寄托"一种相思，两处闲愁"的疼痛。

这已经够了。一个文人，他的爱情往事盖过他等身的作品，这反而更成传奇。

不仅如此，对于林语堂深藏在心中的旧爱陈锦端，廖翠凤始终表现得落落大方，偶尔还与林语堂调侃一二。他们在上海生活的时候，廖翠凤就经常请回国后的陈锦端去家中做客，并把她当作重要的客人。不管是在美国还是在上海，林语堂一家和陈锦端还是保持着来往。陈家和廖家毕竟世代交好，又都受了良好教育，小儿小女的扭捏乃至老死不相往来不是他们的行事作风。

人们常说民国的爱情十有九悲。在当时，很多文人大佬，争相抛弃原配，迎娶新爱，但林语堂的人品却无可挑剔，他选择坚守自己的结发妻子，珍惜身边人。他把一个经父母之命的婚姻过成了永恒，将一段老式的婚姻变成了浪漫的诗篇，仅从这点来看，他便超过了胡适，也胜过了徐志摩。

他说："婚姻犹如一艘雕刻的船，看你怎样去欣赏它，又怎样去驾驶它。"当然，他对陈锦端的挂念从未消减。

1976年初，有人上门看望林语堂，言谈间提及在厦门的陈锦端。没想到坐在轮椅上的林语堂一听到"陈锦端"三个字，竟然站了起来，还想去找她。

彼时的林语堂已经80岁高龄。或许，对于思念故乡的他来说，此时的陈锦端，早已成为故乡的代名词。在海外的这么多年，无论走得多远，声名如何显赫，林语堂都在背负乡情赶路。对于一个漂流异乡的人来说，故乡永远是一种诱惑，无家可归是一种折磨，有家不能归更是一种痛苦。

家乡，已成为林语堂灵魂里无法磨灭的烙印，因为，在他漫长的人生跋涉中，家乡承载的不只是物质层面的过往和区域变迁的记忆，还有他精神世界的抚慰源泉和文化滋养的根系，以及心底那些难以割舍的牵挂。

两位大师：花自飘零水自流

林语堂在国外生活几十年，也一直接受西方文化的熏陶，可他的灵魂依旧是中国传统文化浸染出来的。

在中国"五四"新文学的发展历程中，鲁迅和林语堂曾是志同道合、并肩战斗的文坛挚友。他们都是学生运动的支持者，都写过纪念刘和珍君的文章，都曾受到北洋军阀的迫害与通缉，曾一起远赴厦门大学任教并相互扶持。林语堂将鲁迅视为灵魂契合的好友，对鲁迅处处关怀。但到了20世纪30年代，就在林语堂创办的《论语》大获成功之时，他和鲁迅多年的友谊却出现了裂缝。

在武汉经历的6个月的折磨，彻底将林语堂的激情摧毁。官场如战场，他不愿意再相信任何的政治谎言，"对革命深感厌倦"。他只想做一个好人，用一颗童心去辨别美丑善恶，但他的文风受到了左翼作家的批评。

到了上海后，林语堂曲折地表达了对于现实的不满。鲁迅也是失意而来，却选择直面惨淡的人生，把文学当作"匕首"和"投枪"，刺向敌人。此外，在日常生活的交往中，林语堂受欧美教育，开朗活泼，潇洒随性，鲁迅学医出身，一丝不苟，言出如山。二人因为一些小事而误会逐渐加深，最终在分歧的路上渐行渐远，成为中国文坛一段令人唏嘘的憾事。

以现在的眼光来看，一个健全包容的社会，既需要像鲁迅那样的奋不顾身的勇士，也需要一些像林语堂这样的，用比较超然的态度来传播中国文化的文人。

林语堂和鲁迅的恩怨一直备受文坛关注。但是，他和鲁迅之间纯粹是文化价值观的差异，并非世人想象的那般剑拔弩张。

鲁迅逝世后，林语堂写的悼念文章里这样说："吾始终敬鲁迅。鲁迅顾我，我喜其相知，鲁迅弃我，我亦无悔。大凡以所见相左相同，而为离合之迹，绝无私人意气存焉。"

两种相思：才下眉头，却上心头

林语堂早年就有获得美国绿卡的资格，可是他始终不愿意放弃中国国籍，也不允许子女成为"美国人"。他像所有中国人一样，渴望晚年能够叶落归根，回到自己日夜思念的家乡。

可惜，在 20 世纪特殊的背景下，林语堂注定无法回到大陆。当这位文学大师每天晒着那片孤独的阳光，听着海浪不断拍打着海岸的时候，他的内心一定翻腾着比那座海岛更为孤独的情感。在每一个这样的日子里，他只能隔着一道浅浅的海峡，让血脉与日光岩的晨昏日夜相伴，"椰子树的长影，掩不住我的情意，明媚的月光，更照亮了我的心"……

林语堂的长女林如斯，出生于鼓浪屿的廖家别墅。花季的林如斯，头顶幽默大师林语堂"长公主"的光环，被赞誉为"天才少女"，美丽如斯，聪慧如斯。她 7 岁就在《西风》杂志上发表文章；16 岁就和妹妹林太乙联合出版了英文日记《吾家》，诺贝尔文学奖得主赛珍珠亲自为该书作序，一经面世，广受好评。

1939 年 8 月，林语堂的《京华烟云》问世，林如斯成为这本书的第一个读者，并写下书评《关于〈京华烟云〉》。这篇书评后来成为《京华烟云》这部传世佳作的序言。

同年，林如斯为获得诺贝尔文学奖的赛珍珠写了一篇传记——《赛珍珠传》，发表在 1939 年出版的《西风》杂志上。这篇文情并茂的传记，被作为附录，编入赛珍珠的作品集《爱国者》的中译本。

1943 年，林如斯从美国陶尔顿学校毕业后来到昆明，参加祖国的战时医务工作，了却她为国效力的心愿。林如斯先在国民政府军医署署长林可胜手下的一所战地医院当护士，后来，精通英语的她，又被调至中国红十字总会工作，担任林可胜的秘书，并被授予国民革命军中尉军衔。3 年的工作中，林如斯任劳任怨，翻译了大量的技术文件，为中国第一座血库技术和设备的引进、建设贡献了力量。

1943 年冬，林语堂回到国内考察，特地飞往昆明看望女儿。在他的眼中，林如斯越发成熟自信，对国家、对民族永远怀有一颗赤诚的心。

可惜，天才少女最终在个人情感的处理上折翼而归，在台北故宫博物院一个冰冷的房间里结束了自己的生命，让林语堂从此深陷白发人送黑发人的锥心之痛，始终难以摆脱对爱女的刻骨怀念。他写的《念如斯》的词句，表达出了这种无比悲痛的心情：

东方西子，饮尽欧风美雨，不忘故乡情独思归去。
关心桑梓，莫说痴儿语，改妆易服效力疆场三寒暑……

就这样，一个美丽如斯的鼓浪屿女儿，最终魂归他乡。夜深人静的时候，或许她就站在人间或者天堂的某个角落，泪眼迷蒙地望着碧波簇拥的鼓浪屿，望着长长的天涯路。

夜幕之下，我走在漳州路上。

在细细的晚风中，灯光也变得迷离，残旧的弄巷、斑驳的墙体、人去楼空的院落、地上厚厚的落叶都呈现出萧瑟衰败的气象，它们永远

114

原始而安详，永远焦虑而盼望，或许在等待主人的归来，或许在等候主人子孙的造访。它们的使命似乎就是翘首以盼，年复一年。

我在夜风里停下了脚步，似乎听见了历史的叹息。

忽然，一个窗子里飘来了歌声："暮色中回首来时路／历经了多少欢笑忧伤／看过了多少爱恨痴狂／总想把所有时光心中留藏／如今岁月写下最后一页沧桑／浮生犹似梦一场……"这正是赵雅芝版《京华烟雨》的片尾曲。歌声透着淡淡的忧伤，在我身后空旷的街巷里回荡，像是在漫长曲折的历史中穿行。

我想，在将来的某个日子里，如果我有机会在海峡对面那个绿树环抱的阳明山上走进那位老人的故居，我会对着那尊雕像轻轻道一声问候。我会告诉他："您早年住过的地方，我去过了，那里的玉兰花，开得真美。"

磁韵千秋

一

凉爽的雨丝，密密地斜织着，毫无顾忌地打湿游人的头发和薄薄的衣衫，为这历史悠久的小镇平添了几分孤独的柔情与惆怅。

通往镇上的道路两边，是高低起伏的菜地，那些绽放的菜花，宛如落在翠绿织锦上的昆虫，随风轻曳，风乍起，在织锦上缓缓爬行。偶尔，这翠绿的织锦上出现一个不规则的缺口，毋庸置疑，那便是菜田中静谧的池塘，宛如大地之眼。

四周，蛙声阵阵，与清脆的鸟鸣交织成一曲自然界的双重唱。早樱的芳华虽已落幕，枝丫间却挂满了青涩的果实，而迟来的晚樱，依旧不管不顾地绚烂绽放，倾吐着粉色与淡红的柔情。生与逝，在这片天地间微妙地交织，演绎着生命的轮回与更迭。

我和爱人共用着一把雨伞，走在湿润的石板路上，雨滴轻敲伞面，发出悦耳的声响，与远处隐约传来的嘉陵江的涛声遥相呼应，构成一曲自然与人文的和谐乐章。

古镇的入口矗立着一座气势恢宏的水泥仿古牌坊，引人瞩目。沿着两旁悬挂的大红灯笼指引的方向，踏入青石板铺就的小路，古镇的万千风情便逐一呈现。豆浆摊、油炸红薯饼摊、土豆泥摊，各式各样的美食摊位热闹非凡，交织出活色生香的图画。

雨中的磁器口，游人稀少，为其增添了一份宁静与幽远，仿佛整个世界都慢了下来，沉浸在一片难得的静谧之中。

雨珠沿着屋檐缓缓滑落，滴答声中，老街的青石板路显得更加光滑如镜，倒映出两侧店铺模糊而温馨的光影。穿越一条条有着木质门扉店铺的街道，缕缕温情自门户缝隙间溢出，携带着家的温度，扑面而来。

沿路，殷勤的店主纷纷邀请我们踏入他们的小小天地，同时，递上一杯杯泛着琥珀光泽的热茶，那滋味，纯粹而又满载着家的温馨。几乎每一处商铺的入口，都被屋檐下笑靥如花的重庆女孩装点得更加生动，她们手捧托盘，盘中各式糕点琳琅满目——山药糕的绵软、绿豆糕的清甜、芝麻糕的馥郁、花生糕的香脆，无一不诱惑着过往行人的味蕾，仅是这一路的试吃，便足以构成一顿别具风味的午餐。

雨歇之时，这些美丽的身影更是活跃于街心，端着满载美味的托盘，更加热情地引导每位路人进入店内，共享一段独特的购物之旅。沉浸在这份质朴又真挚的待客之道中，人们就不由自主地放慢了脚步。

雨珠挂在古老的瓦当上，汇聚成珠，滴答滴答悄然落下，如同古镇岁月中的点点滴滴，记录着过往，也连接着现在。

远处，雨中的嘉陵江泛着层层的涟漪，江面升腾起一层薄雾，对岸景色迷离而遥远，如同一幅淡雅的水墨画。雨丝与江面轻吻，激起一圈圈细腻的波纹，诉说着千百年来磁器口与江水不解的情缘。

这样的雨天，磁器口更像是一位温婉的女子，用她独有的方式，讲述着那些关于等待、关于回忆、关于重逢的故事。

二

嘉陵江，这条北来南往的碧水绸带，悠悠飘来，轻抚过磁器口的古朴河畔，见证着码头的繁华旧梦。凤凰溪与清水溪，像两条细腻的银线，在古镇的怀抱悄然汇入嘉陵江，为这片土地绣上了灵动的纹理，平添几分柔情与生机。

相传，这里因盛产瓷器而得名"磁器口"。岁月流转，磁器口不仅因瓷而显，更因瓷器之盛而名扬遐迩。古镇的街巷间，窑火曾昼夜不息，烧制出一件件温润如玉的瓷器，它们如同古镇的代言人，讲述着匠人心血与火土交融的故事。瓷器与磁石，一字之差，却在这方寸之间，编织了一段关于吸引与创造的佳话。如此，磁器口这个名字便不仅仅是一个地理的标识，而更像是一首流淌的歌，吟唱着这片土地独有的风情与韵味，让每一个到访的灵魂，都能在这里找到一份属于自己的关于时间与记忆的磁性牵引。

古镇坐拥低山丘陵之幽，北依石井坡的稳重，西望金碧山的苍翠延绵，直至晨曦初照的江边，一幅山环水绕的自然画卷正在缓缓展开。中部，马鞍山与凤凰山像两位守护神，臂弯间温柔环抱着一方平坝，那是岁月静好的见证。东西两侧低伏的地势，恰似谦卑的旁白，诉说着大地的往事。

古镇"一江两溪三山四街"的独特地貌，不仅是地理的坐标，更是诗意的布局，让千年古镇成为一幅活色生香的水墨丹青。她的一砖一瓦，每道溪流，每座小山，都在诉说着千年的风华与沧桑。

漫步古镇，感受那些被时光雕刻的街巷和建筑中蕴藏的深沉与韵味，每一缕风都带着故事，每一滴水都藏着过往，人们在现实与历史的交织中沉醉。

说起一般古镇，人们总会生起一种似曾相识的倦怠感。

近年来，很多古镇仿佛春雨催生的竹笋般涌现，原始韵味留存者寥寥，大多是复制粘贴的产物。归根结底，旅游经济的驱动，GDP的增长需求，以及百姓对"银子"的追求，共同在中国大地上催生了无数

"新生"的古城古镇。

这些"古镇"崭新而光鲜，如同肆意印制的历史画片，彼此间雷同得令人恍若置身同一梦境。流水、古街、宗祠、庙宇，乃至那些商品和碑刻，仿佛是从同一个模子里倒出来的，本无自然水系的地方，也要人工开凿水道，制造出一份流淌的古韵，常常令人乘兴而去，失望而归。

因此，我对这类"古镇"始终保持一种审慎的态度，渴望触及的是未经修饰的生活本真，而非精心排练的历史。

磁器口古镇却不是这样。虽历经修缮，却难得地保留了旧日风貌，与数十年前的老照片比对，那份质朴依旧未改。

在这样一个求新求变的时代，能坚守一份原始的纯真，实属难能可贵。唯一遗憾的是，踏足之时，已非黑白影像中的磁器口，那个时代，磁器口仿佛一幅时间停滞的素描画，粗犷中蕴藏着细腻，细腻中又不失原始的粗犷。

而今，两者间的界限在磁器口的每一砖、每一瓦中依然模糊，这让那份清新自然与历史底蕴能够无声地展现在你的面前。

三

漫步于青石板铺就的小径，两旁是斑驳的木门与青砖黛瓦，它们见证了瓷器贸易盛况，也聆听了无数船只的悠悠桨声。在这里，你可以闻到茶馆里飘散的袅袅茶香，聆听老戏台上依稀的戏曲余音，感受每一块青石板下深埋的苍凉。

宗教文化的庄严与民间艺术的活泼，在磁器口和谐共融了千年时光，赋予了古镇不凡的灵魂。古刹晨钟暮鼓，与街头巷尾的手工艺品交相辉映，木雕的细腻、剪纸的精巧、刺绣的温婉，无一不在细语着匠人的匠心独运与他们对美好生活的向往。红岩志士的英勇事迹，则像一股正气穿越时空的壁垒，让这片土地更添一份坚韧与荣耀。

古街在龙隐茶楼这一处巧妙地分岔，仿佛是时间的分水岭，将过往与未来轻轻分割开来。分岔口的一条道继续沿着青石板路延伸，一步步向下，最终与波光粼粼的河面亲密接触，这就是著名的嘉陵江磁器口码头。

枯水期的码头因为少有船只停靠而带着几分冷清，有少量船只从江上驶过，却也没有停靠的意思。当年，卢作孚的民生公司的小客轮冒着烟雾一次次往返重庆与合江之间，这里是每次都会停靠的码头，他也在这里写下"夜半钟声到客船"的烟火传奇。嘉陵江的对面，是北碚区，卢作孚的纪念馆就矗立在那里的某个角落里。

分岔口的另一条道则拐了一个锐利的直角弯，与嘉陵江并行，蜿蜒穿行于古朴的房屋之间，仿佛一条古老的血脉，流淌着岁月的沉静与故事。

因为宝轮寺就在不远处，这条街道上自然而然地汇集了许多售卖佛具的店铺。这些店铺散发着淡淡的檀香气息，每一尊佛像、每一串念珠都在诉说着虔诚与宁静的故事。宝轮寺虽然不高，却拥有着极为开阔的视野，站在寺中，仿佛可以俯瞰整个古镇的风貌。尽管寺内已难觅古迹的踪影，但据说这里有一个颇为灵验的抽签之所，许多信众慕名而来，寻求心灵的慰藉与指引。

沿着街巷边走边看，便像走进了一幅流动的民俗风情画。古风犹存的茶馆里，老茶客们或谈笑风生，或静默沉思，一壶茶便可以享受一个下午的悠然；而那热气腾腾的火锅，不仅是味蕾的盛宴，更是山城人民热情奔放性格的写照。

岁月悠悠，磁器口以其独有的文化韵味和历史风采，继续在新时代的脉搏中，绽放着永恒的魅力。

四

古镇之所以能成为古镇，是因为承载了历史的沉淀。或许正是因为它承载着比城市更为厚重的时间印记，以及那一抹城市中难以寻觅的沧桑与乡愁。

在磁器口，仅是在那黄桷树荫下小憩，或是在悠长的青石路上缓缓踱步，便足以让人感受到穿越时空的古韵与冥想的涟漪。

在这里，千年古镇的历史随着凤凰溪与清水溪的潺潺细语悄然流逝。尽管岁月流转，明清时期的建筑在修复中仍保留着一抹原始的纯朴、雅致与庄重，仿佛历史人物的足迹已淡入背景，但古老的习俗如龙舟赛、川剧座唱等，仍旧在代际间默默传承，如同不息的河流连接着过去与现在，生命在此生息不绝。

古街、古树、古庙，三者构筑了古镇的灵魂，似一只飞翔的青鸟，盘旋在这古老空间的上空，赋予其不朽的生命力。夜晚狭长的街巷中藏着浓浓的诗意，雨丝细密时，古镇在夜幕的轻抚下沉沉睡去。偶有一两束昏黄灯光在小巷尽头闪烁，或是一两声鞋跟轻叩青石板的回响，深深触动旅人的心弦，于静谧的旅馆中唤醒一抹淡淡的乡愁与遐想。这份情愫，是繁华都市所不具备的，是"复古"的小区所不能给予的，亦非那些刻意营造的"古镇"能随意复制的。

对于身心漂泊、怀揣乡愁的人来说，磁器口古镇的雨夜，是心灵的慰藉，是寂寞深处的温暖港湾。那嘉陵江畔隐约的涛声，以及夜半敲响的更声，更增添了抚慰人心的力量。

黄桷坪牌坊两侧，两株苍劲的黄桷古树巍然挺立，如同古镇千年的守护神，庇佑着一方安宁。古老的黄桷树与榕树遍布古镇，枝繁叶茂，沿河而生，自成一个绿意盎然的世界，在历史风雨中不断释放出新的生命力，见证古镇的岁月悠悠与世事变迁。

五

坐在古榕覆盖的露天茶馆，目睹夕阳西沉，河水悠悠东流，几叶
轻舟在波光中翩翩起舞，一种久违的自由与宁静缓缓浸润心田，仿佛久
困尘网，终得重返自然怀抱。

磁器口的古韵不仅限于想象，它也真实地展现在眼前——古码头、
宝轮寺、文昌宫、钟家院、吊脚楼，这些历史的见证者错落有致地散布
在这片土地上，形成了一幅街庙交织的独特画卷。

游客在古庙前驻足祈福，他们的身影与古迹相互交融，共同构成
了这方独特的风景，彼此成为对方旅程中的一抹亮色。人们的目光偶然
交汇，如同星辰在夜空中交错，或许别后再难重逢，或许会再度相逢于
未来的某刻。

磁器口的景致，不仅得到了影视剧组的青睐，更频繁出现在文学
作品中。然而，当商业逐渐侵蚀这片净土，古镇那份触动灵魂的古朴与
诗意也面临考验。它也在传统与现代、喧嚣与质朴中寻找着平衡，就如
同风筝在风中摇摆，找寻属于自己的天空。

无论是喧嚣还是宁静，生活的一切韵味都藏于古榕的绿荫下，隐
于石板路的缝隙中，流淌在凤凰溪与清水溪的清波里，回荡在夜半的梆
子声中。岁月如河，悄然流逝，但河畔的古榕与横跨的索桥，依旧守候
着那些过往的记忆。

对我而言，磁器口或许只是人生旅途的一个短暂停靠之地，我以
旁观者的身份感受这里的快乐与忧愁，但那些不经意间捕捉到的生活片
段，如同珍贵的剪影，深刻地烙印在我的记忆里，提醒着我，每个人的
生活都是独一无二的故事，值得我们细细品味与珍藏。

六

磁器口之所以能有别于司空见惯的"古镇",吸引着八方游客,除了浓厚的烟火气息、迷人的巴渝风光,更因为它的历史底蕴无比深厚。

自宋真宗咸平年间起,这里便以"白岩场"之名静静地诉说着千年的故事。山因古寺而得名,镇因帝王而更名,从白岩场到龙隐镇,再到磁器口,每一次更迭,都是一段历史的低吟浅唱,都是文化史上浓墨重彩的一笔。

明时的皇室隐秘,清时的商业繁荣,民国的陪都盛景,每一章节都闪耀着不同文化的光芒。

不仅如此,还有巴渝文化的热烈、沙磁文化的深邃、红岩精神的坚韧、民间艺术的质朴,如七彩丝线,编织出古镇独有的文化织锦。

今天的磁器口,山环水绕,宁静整洁,走在街上,无意中抬起头,便能看到郁郁葱葱的歌乐山。风过云起,草木和山峦投下淡淡的阴影,有一种难得的恬淡与舒适。然而,若是回到七八十年前,这里一度是悲壮与献身的代名词。

在抗战烽火中,磁器口以血与火的悲壮,不仅孕育了国学大师的智慧火花,留下过诺贝尔奖得主的童年足迹,更有"华子良"的传奇故事,为古镇的每一砖、每一瓦渲染上了红色光辉。艺术家们的汇聚,更使其成为一个文化与艺术的圣地,大师的身影,仿佛仍在这条古街上徘徊,灵感与艺术的气息仍在空气中轻轻荡漾。

磁器口之美,美在风韵;磁器口之胜,胜在高格。历史上,徐悲鸿、傅抱石、郭沫若、冰心、田汉、阳翰笙、冯乃超、司徒乔等诸多负载文化基因的大师俊贤,以山的骨骼为背景,以大地的厚土为书页,接力为此地倾注厚重的历史和人文滋养,才有了今日自然的、人化的大地景观。

当我离开磁器口的时候，鲜活的人间烟火伴着仲夏的小雨依旧飘荡在古朴的街道。当渐远的嘉陵江涛声只剩下微弱的记忆时，这个曾经感动过我的小镇，这个曾经诱惑过我的小镇，这个给我留下美好记忆的小镇，会不会又悄然地出现在我的记忆之中，在我最寂寞的时刻，带我回到我魂牵梦绕的这个城市之中？

第三辑
——
山河人间

红飘带

馆藏：书写历史证词

南昌市中山路 380 号。

高大的梧桐和香樟树分布在道路两旁，繁茂葱茏的枝叶里，布满岁月的痕迹。正午的阳光透过树叶的罅隙，跌落在一堵斑驳的黄色墙壁上，映出 9 个沉重的大字——"南昌八一起义纪念馆"。

一切庄严肃穆，静谧森然，浸润着血与火的记忆和历史云烟。

是的，就是这个城市，就是这个地方，就是 8 月 1 日的那个漆黑的凌晨。那些佩戴红色领带的共和国的开拓者们、那些伤痕累累的军官和士兵们，难以想象这样一个凌晨在共和国的历史进程中竟会如此神圣，神圣得百万军人从此将"八一"铸在心上、担在肩上、举在头上。

今天，络绎不绝的参观者走进这里，走进这"八一"的出生之地，触摸历史脉动的同时，更是对过往的一次深情叩问，是心灵对信念的至高礼赞。在恒久的岁月中，"八一"二字，已悄然转变成了一种触动心灵的生命符号，对于那些心有灵犀的人来说，"八一"不仅是记忆的承载，更是精神的栖息。

纪念馆的一隅，陈列着一件旧军服，军服的上面系着一条红领带，军服已经褪色，飘带依然火红，那是一种穿越枪林弹雨的底色，一种浸透岁月风霜的血红。

冬去春来，这里的一切从不孤单，因为它们代表着岁月，代表着历史的永恒。

红四军军旗、袖章、识别带、包袱布、军帽、草鞋，起义军用过的望远镜、皮包、梳子、剪刀、小骨勺，每一件都是珍贵文物；朱德用过的手枪，周恩来佩戴过的手表，起义士兵用过的汉阳造步枪、八二式迫击炮，每一件都是历史的见证；枪战示意图、《北伐进军形势图》、《南昌起义部队南进路线图》，每一幅都是时光的再现。

从三河坝的枝丫轻摇间便已拂过的历史风霜，到流沙镇的山石静默之中所见证的沧桑，从海陆丰的草棚里曾立下的坚韧不拔的誓言，到会昌城外闪耀的英雄光芒，一组组英雄的雕像，诉说着不朽的忠诚，承载着厚重历史，也织就了一幅人民军队在党的引领下，由萌芽至茁壮，由稚嫩走向强大的壮丽画卷。

自 1927 年到今天，近百载光阴，于人民军队而言，不过是青春序曲，却已是国家力量崛起的浓墨重彩的呈现，是民族涅槃重生的关键篇章。在这里，人民军队的足迹，便是中国前行的轨迹，读懂了八一精神，便读懂了中国人不屈不挠、勇往直前的品质。

历史也许是一堆逐渐熄灭的灰烬，但它永远保存着人心的滚烫。南昌城头的那一声枪响，划破的不仅是如墨的夜空，还有陈旧的时代帷幕，它使我们在最黑暗时也能看到流星般的希望，在逆境中也能找到奋进崛起的力量。

怀着最初的心，走着最远的路，那是我们民族传承不变的思想内核，在寒冷中闪光，在烈火中绽放。

开枪：点亮长夜的曙光

1927年7月30日，南昌城热流涌动，起义一触即发。

然而，紧要关头，一位不速之客——张国焘匆匆赶到，他以中央和共产国际的名义为起义按下暂停键，宣称"暴动宜慎重"。

张国焘的傲慢态度激怒了中共前敌委员会（以下简称中共前委）书记周恩来，他罕见地拍案而起，表达了自己的不满。尽管多数与会者反对张国焘的意见，但由于其代表中共中央，会议最终未能形成统一决议。

然而，7月31日传来的消息彻底打破了僵局。

国民革命军第二方面军总指挥张发奎将携汪精卫次日抵达南昌，国民党已在九江开始"清共"。形势逼人，起义已如箭在弦上，不得不发。中共前委召开紧急会议并迅速做出决定：起义定于8月1日凌晨4时。

夜幕降临，周恩来与叶挺亲临二十四师教导大队营房，细致检查准备情况，从枪支的清洁到士兵对手榴弹的掌握，无一落下。他们明确指示了识别自己人的标志——系红领带，左臂扎白毛巾。

深夜，南昌城沉浸在一片寂静之中，只有李逸民等人心绪难平，他们焦急地等待着那决定性的一刻。对于这位未来的共和国开国少将和他的战友们来说，这一夜注定会成为永恒，被后人铭记。

然而，关键时刻，一个副营长临阵叛变，起义时间被迫提前。

1927年7月31日，农历七月初三的夜晚。

炽热的盛夏恰似一股汹汹热浪，在天地之间铺陈开来。群星漫天，见证人间的波澜壮阔。夜风渐渐止住，草尖停止了摇晃，方寸之间弥漫的，是一种熟悉的陌生。南昌城被苍茫的夜色包裹着，整个世界都在这一刻屏住了呼吸。

这是一个不平凡的夜，空气中弥漫着紧张与期待，夏日里静默的南昌城，等候那一瞬的电闪雷鸣。

在城西的一隅，嘉宾楼内灯火通明，酒香与谈笑声交织在一起，表面上是一场普通的欢聚，实则暗藏玄机。朱德端坐在宴席之上，透过喧嚣的人群，他深邃的眼神似乎能洞察未来。夜色渐深，外面的世界愈发宁静，而嘉宾楼内的气氛却达到了顶点。朱德巧妙地利用这份热闹，将那些可能阻碍起义的关键人物暂时留在这里，为即将到来的行动赢得了宝贵的时间。酒过三巡，麻将桌前，赌局正酣，这看似轻松的娱乐背后，一场关乎国家前途命运的伟大起义正在悄然酝酿。

终于，7月31日23时^①，电光划破夜空——枪声响了。

在另一处战场上，叶挺部的第二十四师第七十二团三营以巧妙的计策成功渗透进敌军营房。他们与敌人仅一墙之隔，却凭借着智慧和勇气成功瞒过了敌人的眼睛。当起义的枪声响起时，他们如同猛虎下山般冲向敌人，双方展开了激烈的战斗。

南昌城内枪声四起，炮火连天。朱德也在这场混乱中完成了他的任务——将敌军2名团长和2名团副悉数扣押。随着东方渐露曙光，城内的枪声逐渐平息。

"起义胜利了！"当那些佩戴红领带、左臂扎白毛巾的起义士兵把红旗插在南昌城头的时候，天亮了。红旗、红飘带，一如黎明之火，暗夜之曙。

这一刻，所有的等待和付出都化作了胜利的喜悦和泪水。

曾任南昌起义总指挥部警卫班长的粟裕在1978年春回到了他阔别多年的井冈山，当他行走在曾经的井冈山革命根据地时，想起自己革命道路上的一些事情，禁不住百感交集。

在参观井冈山革命博物馆时，当一名工作人员向他请教红领带的

---

① 关于南昌起义爆发的确切时间，一直存在争议。据历史学者总结，至少存在以下几种说法：7月31日24时以前、24时、24时后、8月1日凌晨2时。

名称和用意时，粟裕的回答却让现场所有的人都为之震惊。他说，当时从南昌起义时起，战士们都把这条红领带叫"牺牲带"，就是准备牺牲了以后用它来拎脑袋的。

将军的话语，让人们再一次想起那些抛头颅、洒热血的革命志士，想起那个血与火的黎明。

红飘带，它是心灵的火焰，燃烧着旧世界，照亮着新世界。

入党：将军的信念和追求

在参观南昌八一起义纪念馆时，我总是被贺龙那坚定不移的革命信念和磊落坦荡的胸襟深深打动。

贺龙，曾经的国民革命军将领，享受着优渥的待遇。起义前夕，蒋介石为拉拢他开出丰厚的条件，如任命他为武汉卫戍司令，将汉阳兵工厂赠送给他，等等，却都未能动摇他的心志。在随后艰苦的岁月里，他与士兵同甘共苦，始终无怨无悔。

在历史的洪流中，有人迷失，有人陨落，而贺龙始终屹立不倒，引领着队伍勇往直前。在瑞金，他迎来了人生的崭新篇章。

1927 年 9 月的一天，瑞金绵江中学内，一场庄严的入党仪式在周恩来的主持下举行。贺龙、郭沫若、彭泽民等人，面对党旗，郑重宣誓，成为光荣的共产党员。多年后，已成为开国元帅的贺龙，面对自己当年的党员登记表，仍激动不已，情难自抑。

回忆起入党之路，贺龙曾笑言："有人说我要求入党几百次，那是假的，但十几次总是有的。因为我是军阀，所以入党特别难，党要考验我，始终没有批准我的请求。"他的真诚与坚定，让人动容。

10 年之后，国共两党携手并肩，共赴国难，联合抗日。在一次第二战区将领会议上，蒋介石不禁向时任第一二〇师师长的贺龙提出疑问：为何他放弃安稳的军长之位，参与了南昌起义？

贺龙从容地抽出旱烟，点燃后深吸一口，坦然回答，是因为他与蒋介石的政治见解有所不同。

入党，对于贺龙而言，是一个历经长久内心挣扎与考验的信仰抉择。7 月 28 日，当周恩来向他传达起义的决定，并宣布"共产党对你下达的第一个命令，就是前委任命你为起义军总指挥"时，贺龙不禁一愣，低声说道："我还没有入党……"

周恩来目光坚定地望着他，语气不容置疑："党是相信你的，你刚刚讲过完全听共产党的命令，怎么第一个命令就……"

贺龙闻言，立即挺直身板，行了一个标准的军礼："好，我服从。"

在绵江中学，面对着那面鲜红的党旗，贺龙如同一个虔诚的学生一般端坐在板凳上。入党介绍人谭平山与周逸群问他，动产、不动产以及现金等财产还剩下多少。贺龙摊开双手，一脸坦荡地回答，自从投身革命，他已一无所有。

南昌八一起义纪念馆中后来增添了 150 多件珍贵的历史文物，其中就包括贺龙在南昌起义时使用过的瓷器。为了以实际行动表达自己对共产主义的坚定追求，贺龙毅然决然地告别了昔日的奢华生活，特意将自己珍藏的贵重瓷器、茶具、留声机等物品全部赠予了刘平庚牧师，以此告别过去，走向未来。

找党："红军之父"的坚守与重生

南昌八一起义纪念馆中，朱德那坚韧不拔的革命意志和宽厚的胸怀始终震撼着人们。

进入序厅，一座气势恢宏的《石破天惊》雕塑便映入眼帘，它以一支直指天际的汉阳造步枪为核心，寓意中国共产党人不畏艰难，勇敢地打响了武装反抗国民党反动派的第一枪。然而，真正打响南昌起义第一枪的，并非这座雕塑，而是一件珍贵的革命文物——朱德的手枪。

1927年初，朱德遵照中共中央军委的指示抵达南昌，利用与在江西的北伐军总预备队总指挥朱培德的同窗之谊，深入敌后，秘密开展工农运动，建立中共组织。这把驳壳枪，便是他担任南昌市公安局局长时配发的武器，见证了他那段隐秘而伟大的斗争历程。

7月27日，周恩来悄然来到朱德位于南昌花园角2号的家中，两人彻夜长谈，共同商讨起义计划。朱德不仅提供了宝贵的军事地图，还主动提出了设宴牵制敌团长的妙计。

经过精心策划，1927年8月1日凌晨，在以周恩来为书记的中共前敌委员会领导下，贺龙、叶挺、朱德、刘伯承等人率领起义军2万余人，毅然发动震惊中外的南昌起义。奋不顾身的拼杀，通宵达旦的激战，从深夜到黎明，起义军成功占领全城，取得了起义胜利。

然而，面对敌军重兵反扑的强大压力，起义军在南昌及周边地区遭遇了重大伤亡，为了保存实力并寻找更有利的战机，撤离成为唯一的战略选择。

三河坝，位于广东省梅州市大埔县，因梅江、汀江和梅潭河在境内交汇而得名。1927年9月，朱德率领的起义军在这里与敌军进行了激烈的战斗，为掩护主力南下发挥了重要作用。如今，朱德亲笔题写碑名的八一起义军三河坝战役烈士纪念碑就矗立在笔枝尾山的山顶，成为全国红色旅游经典景区。

1927年10月3日，三河坝的枪声已连绵不绝地响了三天三夜，然而，集结号却再未响起。面对如潮水般涌来的敌军，朱德还在坚守。

当初，朱德抵达三河坝时被赋予重任——留下来为大部队断后。他率领部队在三河坝坚守了漫长的三天三夜，突围后，才发现大部队已经打散。他四处寻找，却始终未能与中共前委取得联系。无奈之下，他只好带领残余部队返回江西。一路上，部队人数急剧减少，从三河坝时的约 3000 人，锐减至七八百人。

生死存亡关头，朱德展现出了非凡的勇气和决心。尽管他曾一度被人忽视，但他始终没有气馁。在主力失败、四面楚歌，既无供给又无援军，且与上级党组织失去联系的绝境中，他挺身而出，毅然接过指挥的大旗，成为革命的中流砥柱。在茂芝会议上，他果断做出"隐蔽北上，穿山西进，直奔湘南"的战略决策，心中只有一个信念，只要他们能保留一丝力量，在未来的革命中必将发挥巨大作用。

然而，当起义军再次踏入江西境内时，队伍已不再是 2 个月前那支队伍了。孤立无援，饱受饥寒交迫之苦，疾病肆虐，天时、地利、人和，没有一条站在他们这边。甚至团长、营长、连长也多有离开。

10 月 21 日，天心圩宽阔的沙滩上，朱德将队伍聚集在一起。他站在土坡上，背对着如血的残阳，坚定地说，大革命虽然失败了，起义也遭遇了挫折，但是，失败只是暂时的，革命的旗帜将永远飘扬。武装斗争的道路，一定要坚定地走下去。愿意革命的，就跟他走；不愿革命的，也不勉强，可以回家。他的话如同一股清泉，滋润了战士们干涸的心田，让一种充满希望的新精神取代了原本的绝望与涣散。随后，朱德遣散了多名意志薄弱、立场不坚定的官兵，整肃队伍，激励斗志。

南昌八一起义纪念馆里，站在复原的天心圩军人大会场景前，人们仿佛能听到朱德那坚定有力的声音，看到一支钢铁之师的成长之路。

随后，朱德与陈毅等人进行了"赣南三整"，通过整顿、整编、整训，彻底改变了部队的面貌。为了保住这支陷入困境的部队，朱德与滇系军阀范石生进行了谈判，为起义军赢得物资保证和庇护之地。在范石生的支持和庇护下，起义军得以保存实力，扩充队伍装备，提升作战能力。半年之后，一支面貌一新的钢铁之师在朱德、陈毅的率领下饮马赣江，跃上井冈。

自此，穿越炮火、历经生死的数百壮士，这一南昌起义仅存的火种得以熊熊燃烧，井冈山的力量得到了增强。他们是微光中的号角，让耿耿难眠之人拔剑而起；他们把身体化作燃烧的火把，映照前路，也照亮夜空；他们是钢铁，曾经被烧红锻打，又在冷水中淬火历练，百折不挠，高举战旗。

事实证明，井冈山会师后的历次战斗中，这支部队始终保持着最强的战斗力，从这支部队走出的高级将领更是不胜枚举、震惊华夏——陈毅、林彪、粟裕、黄克诚、杨至成、赵镕、王云霖等，一如灿烂星光，光耀山河。

而朱德，则被后人称为当之无愧的"红军之父"。

向党：八方凝聚的起义洪流

走在南昌八一起义纪念馆的幽深的长廊里，周恩来那睿智沉稳的面容，叶挺战神般的身姿，刘伯承那军神般的坚毅轮廓，如同一幅幅历史画卷，铺展在我们的眼前。

在起义的烽火中，这些将领各以卓越之才，绘就了不朽的历史华章；而那些英勇无畏、前赴后继的追随者，则是这篇华章中最为悲壮动人的文字，他们的牺牲，如同璀璨星河，照亮后人的漫漫征途。

然而，不是每一个起义者都能看到胜利的曙光，也不是每一次出发都有归期。

南昌起义参加者2万余众，留下姓名的仅有1000多人，多数人都是默默无名的献身者。跟周恩来一起参加起义的诸多将领中，有许多在起义前都是住公馆、前簇后拥的高官，但一举行起义，与国民党决裂，他们就什么都没有了，只有"大路不走走小路，皮靴不穿穿草鞋"的唯一选择，这是一条信仰之路，也是一条不归之路。这中间体现的是革命者矢志不渝坚守的底线，更是先驱毫不保留奉献出的忠诚。

走在纪念馆里，枪声已逝，硝烟不再，而那些沉重悲怆的气息总会迎面扑来。窗外，当年的指挥大楼历经岁月洗礼，静默地屹立着。曾经岁月长河的无情冲刷，曾经青史中熠熠生辉又满载悲情的篇章，在无边的苍穹之中，依然呈现出无尽的肃穆与庄严。

从"危难中奋起"到"群英耀中华"，展览详细展示了南昌起义的背景、过程及深远影响。纪念馆基本陈列陈展各类图片、图表 509 幅，文物展品 407 件（套），艺术品 51 件，这些展品让许多南昌起义的鲜为人知的细节再一次呈现。

南昌起义的胜利如同一声春雷，震撼了全国，但在这场波澜壮阔的革命浪潮中，还有一支关键的主力部队——第二十五师，正在百里之外的马回岭待命。为了确保与这支部队的顺利联络，中共前敌军委书记聂荣臻被赋予了重任——前往接应该部队。在那个通讯不便的年代，周恩来与聂荣臻巧妙约定，以南昌城内发出的火车为信号，通知第二十五师即刻行动。

8 月 1 日下午，随着南昌城内火车的轰鸣声响起，聂荣臻率部悄然离营。

然而，就在部队行进途中，张发奎乘坐的火车不期而至，他站在车门口，大声质问部队的行动目的。聂荣臻与张发奎之间，仅隔着一座铁路桥，目光交会，气氛紧张至极。聂荣臻命令对方返回，但张发奎置若罔闻。于是，聂荣臻手下果断鸣枪示警，张发奎最终在一片慌乱中跳车离去。

与此同时，另一路友军也在紧锣密鼓地赶往南昌。

聂荣臻率军连夜徒步，终于在拂晓时分抵达南昌城下。然而，此时仍有多支部队在途中奔波。周逸群委托毛泽东的表弟文强执行一项紧急任务，即前往迎接武昌警卫团，这支由卢德铭率领的部队刚刚起义，正风尘仆仆地赶往南昌。

除了武昌警卫团，还有一支来自武昌的友军也在途中。8月1日，一艘火轮拖拽着数条木船，载着中央军事政治学校武汉分校的2000多人，沿江而下。陈毅便是其中的一员。当船队抵达九江时，张发奎对这些学生进行了训话，试图分化他们。他声称国共分家，要求是共产党员的学生站出来。好在张发奎并未关押这些学生，陈毅和战友们选择连夜出发，毅然前往南昌。

经过数日的艰难跋涉，陈毅终于在8月6日晚抵达南昌。然而，此时的南昌已经布满了张发奎的军队，到处都在搜捕共产党员，起义部队已于前一天撤走了。陈毅不顾一切艰险，日夜兼程地向南追赶，闯过了沿途军阀部队、地方民团的盘查和搜捕，终于在抚州赶上了起义部队。后来，他协助朱德等人保存了革命火种，并在后续的斗争中发挥了关键作用。

从起义军使用的枪支弹药，到当时风靡一时的报刊资料，纪念馆里的每一件展品都是那段波澜壮阔的岁月最真实的见证。特别是那些年轻战士留下的家书，字里行间不仅流淌着对家人的深深思念，更透露出坚定不移的理想信念——为了祖国的解放事业，他们甘愿赴汤蹈火，在所不辞。

峰回路转，一条翠竹夹道、松柏成荫的山路出现在眼前。

沿着这条路蜿蜒而上，描绘井冈山会师的巨幅油画迎面展开，新生的人民军队正阔步走向胜利。

八一起义，不仅打响了武装反抗国民党反动派的第一枪，更是中华民族追求独立自主的道路上的一座巍峨丰碑。

如今的这座建筑，已经将过往的风云，深藏在隐而不露的古朴之中。于是，人们来到这里，安静回望历史。它让后来者铭记历史，缅怀先辈，更加坚定地眺望未来。

飘带：永恒的记忆之光

近百年风雨兼程，革命的火种、英雄的血脉，汇聚成纪念馆里一件件文物沉默而有力的证言，铸就人民军队的精神灯塔、文化的磐石、历史的丰碑。站在这里，每一次回望，都仿佛能听见时空深处的回响，悠长、深远、沉静。在南昌八一起义纪念馆的每一寸空间，过往的时光、生动的情节、鲜活的人物，仿佛穿越时空的长廊，缓缓向我们走来，温情与激昂，痛苦与欢笑，交织成一首无尽的时光之歌。

展区的一隅，一位年轻母亲向孩子深情地述说着往事，孩童的眼眸里闪烁着对过往的好奇与敬畏。稍远的群雕旁，几位姑娘在那里笑靥如花。刚与柔交织，旧与新对话，故人、旧物、时光与爱相融，波澜不惊的生活，在爱与希望的旋律中共鸣，伴随着周遭世界的日新月异，编织着每个人或平淡如水或波澜壮阔的生活篇章。

今朝，我们立于百年未有之大变局中，既面临挑战，亦拥抱机遇。构建一支强大的现代化人民军队，不仅是强大军事力量的象征，更是强国战略的坚固基石，亦是中华民族伟大复兴梦想蓝图上不可或缺的一笔。在新时代的浪潮中，我们比任何时候都更加坚定，也更加自信从容地迈向建设强大人民军队的伟大征程。

走出纪念馆，外面已是夕照芳草，晚霞满天，江风携着桂花的馥郁，肆无忌惮地从远处涌来，又在无边无际的霞光中悄然远去。一群刚刚放学的小学生欢笑着从我身边走过，几个老人悠闲地坐在路边的长凳上聊天，一似万物低语，一似岁月如歌，一似所有的来路都缀满鲜花，只是，在此时此刻，定然不要忘了那个响着枪声的夜晚，不要忘了那些飞扬在黎明前的红飘带。

赣水苍茫

一

隔着车窗眺望，柔软的白云之下，清晰可见自南向北的贡水穿山越岭而至，在赣州城内扭了一个腰，与章水从东西两面合抱过来，将各自一路的心事托付于八境台，共同挥写出一个大大的"赣"字。

从这里开始，一路向北，绵延千里，章、贡二水合二为一，从此就有了一个响亮的名字——赣江。也就是从这里开始，我们一路向东，奔向瑞金和于都河，奔向共和国的摇篮，并且，从此有了前世今生的缘分。

车过于都河，风是想象中的凉爽，裹了深秋的丰腴，从大桥的一端横过另一端，温柔而轻盈地掠过异乡人的脸颊和河流两岸灿若繁星的野花。一座与中国所有小城市大同小异的县城，被于都河隔成了两块，优美蜿蜒的曲线，流畅在三秋桂子、十里稻香的空气里。

这就是于都县城。

于都河，源自福建长汀新乐山（于都河是于都人对贡水在于都境内的河段的称呼。在一些志书中，有的说其源于南岭，有的说其源于福建长汀新乐山，这些说法各有依据，但都没有经过全面科学的论证。《辞海》称，贡水上游绵水源出赣、闽边境武夷山脉木马山），在流过赣南于都县进入赣州的时候，身份就变成了贡水，成为烟波浩渺的赣江的一部分。

于都河长 60 多千米，宽 600 多米，与赣南大地众多河流相比，似乎微不足道。然而，正是这样一条看似平凡的小河，奇迹般地孕育了一段波澜壮阔的红色历史，更以她温柔而坚韧的力量，书写了一段气势恢宏的长征传奇，证明了伟大往往源自平凡的真理。

因为那样一次惨烈的行程，于都河成为一条充满神奇色彩的河流；因为那样一次悲壮的跨越，于都河更成为一条具有里程碑意义的河流，成为一条见证中国革命从失败走向胜利的红色之河。

二

行走在于都河岸的土地上，秋风轻拂，山野间铺展开一幅金黄与翠绿交织的画卷，自然界的每一个角落都在为这丰收的季节奏响序章。

田埂边，野菊花簇拥成团，犹如无数颗微小的太阳，竞相绽放，仿佛在向世人展示它们最灿烂的笑容；村落旁，桂花树悄然释放着馥郁的香气，那醉人的气息随着清风飘散，令人心旷神怡；偶尔，几株顽强的翠菊从石缝中探出头来，傲然挺立，不畏秋风，以一抹特立独行的蓝紫，为这片土地增添了几分坚韧与美丽。

在这个收获的季节里，赣南大地的乡村都在以成熟为媒，传达着大自然最真挚的情感，让驻足于此的人，感受到一份源自心底的温暖与感动。

然而，这片宁静祥和的土地，也曾是历史洪流中激荡的起点。

1934 年的秋天，面对国民党军队气势汹汹的围剿，根据中央革命军事委员会（简称中革军委）的命令，中央红军共计 8.6 万余人，秘密集结，分别在指定地点渡过于都河，开始他们漫长而艰难的征程。

10 月 18 日的傍晚，毛泽东、朱德、周恩来等中央领导人，从于都县城东门渡口渡过于都河，踏上了长征之路。这一幕，被后人铭记，成为无数诗歌与回忆的源泉。叶剑英的诗句"红军抗日事长征，夜渡于都溅溅鸣"，陆定一《长征歌》中的"十月里来秋风凉，中央红军远征忙"，以及萧华《长征组歌》里的"红军夜渡于都河，跨过五岭抢湘江"，都是对那一历史时刻的真实描绘。

滚滚于都河，不仅见证了毛泽东、周恩来、邓小平这些伟人的身影，也见证了朱德、彭德怀、林彪等开国元帅，黄克诚、陈赓等开国大将，以及众多开国上将、中将、少将的历史步伐。

红色，是江西儿女最亮眼的光芒；红色，是赣南儿女最悲壮的底色。二万五千里漫漫长征路，平均每千米就倒下3位赣南籍的优秀儿女。

这段以鲜血铸就的历史，无论是美国作家哈里森·索尔兹伯里，还是埃德加·斯诺，抑或是中国共产党人，都将其视为中华民族伟大长征精神的滥觞，一段令人难以忘怀的历史篇章。

正是在这里，一支队伍，一缕光焰，穿过漫漫黑夜，跨越重重关山，点燃了走向新生、走向胜利的革命之火。

三

于都河，你这赣南大地一首流动的诗篇，是赣江之畔的低吟浅唱，更是历史长河中永恒传诵的乐章。

当年，正是这条河流上一座座简陋至极的浮桥，一只只平凡无奇的渔船，承载了改变中国命运、影响世界格局的重任。

那一次出发，鱼水情深，血脉相连。

如何支撑一支8万多人的庞大队伍进行战略转移？答案就藏在军民之间那无法割舍的深情厚谊之中。8万多中央红军主力在于都以北集结，休整数日，仅用4晚就顺利渡河，然后"悄无声息"地踏上长征之路，敌人却未能察觉一丝异样。30多万于都人民共同守护了一个秘密，创造了一个不可思议的奇迹。600多米宽的于都河，8个渡口，有5个需要架设浮桥，于都的乡亲们自发地从家中搬来了木料、门板，汇聚了800多条大小船只。

于都县城东门的曾大爷，年逾古稀。回忆当年，他深情地说，自己不仅捐献了家中的床板，还将预备好的寿材板送到了架桥现场。10万条米袋、2万多床被毯、8.6万斤棉花、20万双军鞋……苏区人民倾其所有，用最朴素和热烈的力量支持着这支属于他们的革命队伍。

出发长征的8.6万余名红军将士中，赣南籍红军占了大半。在中央红军长征前夕，这里到处上演着母送子、妻送郎的感人场面。于都县银坑镇窑前村的钟招子，10个儿子中有8个加入了红军。孩子们离开后，钟招子每晚都会在老屋前点亮一盏马灯，期待用这微弱之光照亮孩子们平安归来的道路，然而，26年后，老人带着未了的心愿离开了人世。

是的，并非每一次出发，都能等到归期。

"八子参军"的杨荣显、"马前托孤"的李美群、"共和国第一军嫂"陈发姑、"红土地上的望夫石"池煜华、"榕树下的守望"刘淑芬……

青春的记忆里，总觉得《十送红军》的旋律如泣如诉，哀婉凄美，尤其是那句"问一声亲人红军啊，几时（里格）人马（介支个）再回山"。这不仅仅是音符的组合，更像是从苏区厚土中生长出的深情呼唤，穿透了岁月的尘埃，直击心灵最柔软的地方。如今我明白了，这歌声是人间最气势磅礴之音，它以缠绵得近乎蛮不讲理的气势撞击着人们的情感，汇聚成人世间至真至纯的阳光，照亮历史长河，让每一次倾听都成为一次心灵的洗礼，感受着那份跨越时空的美好与坚韧。

四

巍巍云石山，镌刻着岁月的记忆，人们永远不会忘却 1934 年 10 月 10 日那夜的星辉。那一晚，中共中央、中革军委率领着第一、第二野战纵队，自瑞金启程，向于都坚定前行。

这是一段震撼人心的征程，数字之中藏着不朽的传奇：14 省的风云变幻，18 座大山的巍峨跨越，24 条大河的波涛洗礼，25000 里的漫漫征途，600 余场战役战斗的烽火连天，700 多座县城的攻占与解放。每一个数字，都是红军以血肉之躯铸就的辉煌篇章，他们以无畏的牺牲，迎来了革命的曙光，照亮了前行的道路。

这是一段荡气回肠的历程，每一个节点都闪耀着信仰的光芒：湘江之战的悲壮，四渡赤水的智勇，金沙江的巧渡，大渡河的强渡，泸定桥的飞夺，夹金山的艰难翻越，雪山草地的生死考验……这些都是红军将士以坚定的信念和坚忍的意志书写的壮丽史诗。

于都河畔，长征渡口旁，中央红军长征出发纪念碑如剑指云天，巍峨矗立。19.34 米的高度，10.18 米的底座边长，数字背后，藏着的是一段段动人心魄的红色故事，是 90 年前那一次不问归期、改写历史的伟大出发[1]。

1935 年 10 月，红一方面军与陕北红军在陕甘革命根据地胜利会师；1936 年 10 月，红四、红二方面军分别在甘肃会宁、静宁将台堡（今属宁夏）与红一方面军会师。红军三大主力的会师，宣告了中国工农红军万里长征的辉煌胜利。

习近平总书记在纪念红军长征胜利 80 周年大会上深情地说："这一惊天动地的革命壮举，是中国共产党和红军谱写的壮丽史诗，是中华

---

[1] 本文写于 2024 年。

民族伟大复兴历史进程中的巍峨丰碑。""长征迸发出的激荡人心的强大力量，跨越时空，跨越民族，是人类为追求真理和光明而不懈努力的伟大史诗。"

那一次出发，气吞万里如虎，壮怀激烈，震荡天地。作家魏巍以"地球的红飘带"来形容长征；美国作家索尔兹伯里称其为"人类有文字记载以来最令人振奋的大无畏事件"；埃德加·斯诺则深情地称之为"一次丰富多彩、可歌可泣的远征"。

那一次出发，不仅写就中国革命的伟大史诗，更成为全人类追求自由与光明的永恒灯塔。

五

在赣南的广袤大地上，于都河与其众多支流如同生命的血脉，交织着过往的青灯古韵、战时的烽火硝烟，以及那淡淡的茶香。它们从山野村林的静谧之处、幽深秘境的神秘之所蜿蜒而出，潺潺流淌，逐渐汇聚，迎接着八面来风。

其中，绵江河一头连着贡水，一头紧系着红色故都瑞金，不仅在地理上占据要冲，而且蕴藏着很多的历史秘密。

漫步于瑞金的广袤田野，我总能感受到一股源自土地、溪流、山林深处的浩然之气扑面而来。穿越浓荫蔽日的古村落，遥望那隐约可见的亮色，那是当年红军标语的遗迹，在召唤着、吸引着每一个过客驻足凝视。

在这片土地上，每一座村庄、每一幢屋宇，都仿佛是一座活生生的标语博物馆。无论是外墙、内壁，还是门窗、隔板、木桥、船板，甚至是最不起眼的墙角木板、砖头上，都镌刻着红军宣传口号。

一切，令人动容。

临近中午，我终于与它相遇。

瑞金郊外的状态几乎尽善尽美，大地以丰收作色，绵江河穿城而过，将红色故都分成两个区域。两岸那些古朴村落、果园和金色稻田，摇曳着田园生活的富饶和情意；柿树金红一片，点燃着喜悦的灯盏；柚子挂满枝头，宣告着收获的来临。

从嘉兴到瑞金，从遵义到延安，再从西柏坡到北京，中国共产党人在历史时空中画出了一条壮美的弧线。而我眼前的瑞金，就是这条弧线上最为悲壮的一笔，它见证了红色政权的诞生与崛起，见证了赣南儿女的流血和牺牲，成为中国革命史上不可忽视的璀璨明珠。

瑞金，这个位于江西省南部、武夷山西麓、赣江源头的城市，地理位置得天独厚，扼守着赣闽咽喉，自古以来便是赣闽粤三省的交通要冲。周总理曾经说过"中国外国不如兴国，南京北京不如瑞金"，这里曾是人们非常向往的地方。"瑞金"之名，始于唐天祐元年（904 年），因淘金而兴，寓意祥瑞，却未承想，这个名字会在中国革命历史上留下如此浓墨重彩的一笔，成为感天动地、气壮山河的不朽史诗。

提及瑞金，不得不提的就是瑞金的"红"。

"红色故都""红色摇篮"，这些光荣的称号，是瑞金独有的红色标签。

在这片经历过血与火洗礼的土地上，红色成为最鲜亮、最厚重的底色。毛泽东、朱德等老一辈革命家在这里领导创建了中央革命根据地，宣告成立了中华苏维埃共和国临时中央政府，选举毛泽东为主席。从此，"毛主席"的称呼从这里传遍全国，响彻世界。

瑞金市叶坪乡叶坪村，繁华之外，隐匿着一处历史的瑰宝——叶坪革命旧址群。这里，距离瑞金市中心只有 6 千米左右，却仿佛穿越了时空的长廊，回到那个波澜壮阔的红色年代。

这片被历史深情抚摸过的土地，是中华苏维埃共和国临时中央政府的诞生地，也是临时中央政府机关和党的最高领导机构——中共苏区中央局在瑞金的第一个驻地。这里，见证了中国共产党领导下的红色政权从萌芽到茁壮成长的历程。

1931年金秋，在邓小平同志（时任瑞金县委书记）的悉心筹划下，中华苏维埃第一次全国代表大会于瑞金的叶坪村震撼启幕，向世界宣告了中华苏维埃共和国临时中央政府的诞生，瑞金由此成为红色政权的首都。

1934年初春，随着中华苏维埃第二次全国代表大会在瑞金沙洲坝的胜利召开，特别是此前中共临时中央政治局由上海迁驻至此，瑞金作为红色首都的地位已是坚不可摧。

新中国的第一、二代领导人，10位开国元帅中的9位，10位开国大将中的7位，以及35位上将、114位中将、440位少将，都在瑞金这片红色热土上留下战斗的足迹、工作的汗水、生活的温情。而瑞金人民，更以无私的奉献和巨大的牺牲，铸就了苏维埃政权的基石。

为支援苏区建设与红军北上抗日，瑞金人民倾尽所有，从1932至1934年间，认购公债68万，借谷25万担，更将41.5万元公债与无数粮食无私奉献于苏维埃政府，长征前存在中华苏维埃共和国国家银行的2600万银元存款，亦全部用于革命事业。

这段光荣的苏区历史，为瑞金遗留下了丰富的革命遗迹与精神瑰宝。至2013年，瑞金境内遍布180余处革命旧居旧址，其中包括中华苏维埃第一次全国代表大会旧址、中华苏维埃临时中央政府大礼堂、红井等33处国家级重点文物保护单位，它们如同璀璨星辰，点缀在瑞金的红色版图上，成为发展红色旅游的宝贵财富。

自1995年新华社在瑞金修复革命旧址续写"红色家谱"以来，已有数十个中央国家机关来这里寻根，遵循"修旧如旧、修旧复旧"的原则，将叶坪、沙洲坝已经成规模的国家部委旧群建设成为瑞金红色旅游产业集群，并成为瑞金红色旅游中一道独特而壮丽的风景线。

漫步在这个革命旧址群里，每一处景点都仿佛是一本厚重的历史书，诉说着那段峥嵘岁月。中华苏维埃第一次全国代表大会旧址，那庄严的会场，仿佛还回响着代表们激昂的演讲声；中共苏区中央局旧址，那简朴的办公室，见证了革命领袖们运筹帷幄、决胜千里的智慧与勇气；博生堡、公略亭，这些以革命先烈名字命名的建筑，如同革命的丰碑，永远矗立在人们心中；红军烈士纪念塔、红军烈士纪念亭，那高耸的塔身、静默的亭廊，仿佛在诉说着无数革命先烈的英勇事迹，让人肃然起敬。

而红军检阅台，更是让人仿佛看到了当年红军战士们英姿飒爽、斗志昂扬的身影。它让我们在缅怀历史的同时，更加深刻地感受到革命先辈的伟大精神，也激励着我们不断前行、不断奋斗。

那一次出发，信仰坚定如磐，信念忠贞不渝。

在瑞金市叶坪镇黄沙村的华屋，17名华氏子弟在参加红军前夕，相约来到后山种下17棵松树，并许下革命成功后回到故里省系、回报家乡的誓言。然而，这一去，青松依旧在，不见儿郎归。乡亲们含泪将这些松树称为"信念树"，它们见证了革命先辈们对信仰的坚守与牺牲。

理想信念之火，一旦点燃，便永不熄灭。于都县车溪乡坝脑村的段桂秀，新婚不久，丈夫便踏上了长征之路。为了那一句"等我回来"，她坚守了一生，直到2019年，已是百岁老人的她最终在烈士英名墙上找到了丈夫王金长的名字。这份爱情的坚贞与信仰的坚守，成为长征史诗中泪湿衣襟的篇章。

"长征的时候，您都干了些什么工作？"邓小平的女儿曾好奇地问父亲。邓小平简洁而坚定地回答："跟着走！"

短短三个字，折射出无数革命先辈对党的无限信任与对革命的坚定信心。正是凭借着这种"跟着走"的忠诚与信念，红军队伍承载着人民的期盼与希望，从这里出发，历经生死考验、血火洗礼，最终走向光明的未来。

六

沿着青石铺就的石阶，我缓缓步入那片被鲜花簇拥的墓地，仿佛步入了一段尘封的历史往事之中。每一块墓碑下，都长眠着一个曾经鲜活、有着亲人与朋友的生命，他们如今静静地躺在这片土地上，被轻纱般的雾霭温柔地拥抱着，仿佛陷入了一个遥远而深邃的梦境。

眼前，迷离的天光、轻柔的风围绕着我，似在为我搭桥引路、指点迷津。那些在无垠空间与悠长岁月中自由生长的绿意，那些执着地点缀在翠绿家园中的紫、蓝、红或黄色花朵，以及那些安息在茂盛的草地上与缤纷的花丛间的先烈们——他们如潮水般涌现，步伐既稳健又悠然，仿佛近在咫尺，却又缥缈，仅留下阵阵清风——指引我踏上通往沙洲坝的庄严旅程。

在瑞金市西郊，距离繁华市中心约 5 千米之处，沙洲坝静静地躺在那里，如同一部厚重的历史书卷，诉说着中华苏维埃共和国那段波澜壮阔的往事。

秋日的瑞金郊外，稻田如金色的海洋，与田埂上的孔雀草、红蓼交织成一幅绚烂的丰收画卷。它们的色彩或浓或淡，交织在一起，宛如天边燃烧的云彩倾洒于大地。在这宁静的田园风光中，三秋桂花正悄然绽放，那纯洁的花瓣散发出淡淡的幽香，仿佛大自然对秋日的温柔问候。

这里曾是一个普通的乡村，却因革命的烽火而焕发出了新的生机。1933 年 4 月至 1934 年 7 月，中华苏维埃共和国临时中央政府从叶坪迁至此地，沙洲坝由此成为红色政权的中心，其历史地位举足轻重。

与叶坪景区各个旧址错落分布不同，这里的旧址大多沿一条便道一字排开，对面是空旷的稻田。游客只需循着便道漫步，便能将主要景观尽收眼底。1933年4月，中华苏维埃共和国中央人民委员会迁至沙洲坝后，下设了多个部门，形成了如今的红井革命旧址群景区。

漫步经过中华苏维埃共和国中央纪委国家监委旧址，依次映入眼帘的是中华苏维埃共和国红色中华新闻台旧址、中华苏维埃共和国财政人民委员部税务局旧址，以及中华苏维埃共和国国家银行旧址。三座院落并肩而立，坐北朝南，大门以"八"字形态敞开，宛如张开宽广的双臂，热情地迎接来自四面八方的访客。坚固而简洁的青石门框，与青砖灰瓦的建筑风格和谐相融，而黄色墙面与檐角那冲天而起的姿态，更为整体增添了几分灵动与雄伟之气。

在村庄广场的西北侧，矗立着一棵百年古樟，其树干从根部奇妙地一分为三，各自茁壮生长，如今已成为参天巨木。它们的枝杈交织在一起，犹如一把巨大的华盖，为大地投下了一片浓密的绿荫。

在这绿荫的温柔庇护下，毛泽东同志旧居静静地伫立其间。它背靠着郁郁葱葱的树林，西邻清澈明净的水池，南面则与古樟的幽静相接。站在旧居东南角的院门口，既可以远眺山野的广袤无垠，又能近观农田的丰收景象，这里确实是一处难得的人间仙境，无论是居住还是读书都是绝佳之选。

来到瑞金，几乎每个人的心海中都会浮现出那篇小学语文课文《吃水不忘挖井人》所描述的温馨画面。对我而言，瑞金之旅若论必访之地，非位于城西北的红井景区莫属。这里，正是那个感人至深故事的摇篮，是"吃水不忘挖井人"精神的发源地。

从毛泽东同志旧居启程，穿越村中心那充满历史韵味的广场，一条质朴的小径引领我直达稻田之畔。那里，静候着我的，正是那口"红井"。

昔日，村落里水井难觅，乡亲们为取水需长途跋涉。正是在这样的背景下，毛主席携手战士与村民，共同挥汗挖掘了这口井。中华人民共和国成立后，感念于斯，乡亲们在井边竖立起一块石碑，其上镌刻着："吃水不忘挖井人，时刻想念毛主席"，字字深情，句句厚重。

井边的石板，在岁月的洗礼下早已光滑如镜，它们静静地诉说着过往的风雨沧桑；而井内之水，清澈见底，映照着天空的湛蓝与云朵的悠然。

这口井，不仅是红军战士与当地百姓共同奋斗、共克时艰的见证，更是生命之源的象征。从井底提起的每一桶清水，都仿佛承载着那段峥嵘岁月的记忆，以及对和平生活的深切向往。

如今，红井周围已不再是黄土裸露，而是绿树成荫，花香四溢。人们纷至沓来，或轻嗅花香，或掬一捧井水，口中唱着与红井相关的民谣。在这里，他们不仅是在品味历史的甘甜，更是在感受穿越时空的红色文化所带来的心灵震颤。

七

瑞金市象湖镇龙珠路1号。

一座庄严肃穆的建筑——中央革命根据地历史博物馆就矗立在这里。拾阶而上，首先映入眼帘的是"人民共和国从这里走来"十个鲜红大字，遒劲有力，震撼人心。台阶之下的广场上一根高达31.117米的旗杆直插云霄，寓意为中华苏维埃共和国在1931年11月7日成立。

博物馆外墙装饰着大型花岗岩浮雕，刻画了24位为中华苏维埃共和国的成立做出卓越贡献的领导人物，他们或慷慨激昂，或沉着冷静，他们的身姿挺拔，栩栩如生，观之令人肃然起敬，心潮澎湃。

步入馆内，仿佛踏入了一座气势磅礴的红色历史殿堂。珍贵文物琳琅满目，照片、文字资料与雕塑、油画等艺术品交相辉映，生动再现了中国共产党领导创建瑞金中央革命根据地及中华苏维埃共和国的艰难历程。借助现代科技手段，如模拟实景、互动投影等，历史场景跃然眼前，让人仿佛穿越时空，置身于那段烽火连天的岁月。

在这里，人们可以近距离感受毛泽东、周恩来等伟人的革命足迹。那些曾经于战火纷飞的年代响彻云霄的诗文，如今读来依旧让人心潮澎湃、热血沸腾。展柜中，泛黄的书籍、缴获的武器、颁发的勋章，每一件文物都承载着厚重的历史记忆，无声地诉说着那段峥嵘岁月。

中央革命根据地历史博物馆，不仅是一座历史的宝库，更是一座精神的灯塔。它让人们在缅怀历史的同时，更加珍视今日的幸福生活，坚定前行的脚步。历史的钟声仿佛仍在此回响，红色的力量激励着每一位参观者砥砺前行。

徜徉在瑞金古朴的村落，每一寸土地都镌刻着历史的痕迹，炮火的余音似乎仍在空气中轻声回荡。许多村庄的建筑物上，密布的弹孔如同时间的皱纹，深刻而沉默地讲述着过往的烽火连天。在叶坪，一棵历经沧桑的巨樟巍然矗立，其繁茂的枝叶间，竟奇迹般地悬挂着一枚未爆的炸弹，它不仅是战争的残留，更是那段峥嵘岁月的无声见证。

告别瑞金，夕阳染红天际，不经意间，从远处吹来闽赣古道的清风，穿越时空轻拂面颊。镌刻在时光深处的白云、碧水、树影、红灯笼，还有，高高耸立的烈士纪念碑、古老的驿道、红瓦的村落，一切都站立在阳光下，沐浴在秋风里，一切都在凝视过往，守护记忆。

自然界的恒常远超人世的风云变幻，后来之人，总在心存敬畏，不敢遗忘，因为精神的光焰照亮了漫漫长夜。生命汇入了时间长河，一切都在与时光同行。

歌乐山的云很凉

一

我来到山下，那个在历史风雨中让多少人疼痛哀伤的地方，就静静地坐落在这里，坐落在沙坪坝温柔的怀抱里，坐落在多少人的眼泪和一帘幽梦里。

它是歌乐山。

头顶"山城绿宝石"光环的这座国家森林公园，凭借着层峦叠嶂、碧水环绕、幽邃洞穴、浮云游弋、轻雾缭绕等自然奇观，勾勒出一幅幅清新脱俗、古朴幽深、开阔壮美的画作。无论从哪个角度来看，它都无愧于"渝西顶峰"的美誉。

"歌乐"之名，源自遥远的上古神话，传说大禹于此地宴飨诸侯，歌声在山谷间久久回响，这片土地便有了一个诗意盎然的名字。在这里，每一处石刻，每一个传说，都是低语的历史，诉说着过往的辉煌与尘世变迁。

历史上，无数文人墨客慕名而来，循着前人的足迹，寻幽探秘，将山川之美化作笔下的篇章，让这里不仅是一片自然乐土，更是一座拥有着深厚文化底蕴的殿堂，洋溢着超凡脱俗的艺术气息。

20 世纪 40 年代初，正值中国抗日战争时期，重庆作为战时的陪都，吸引着大量的文人学者。当时，许多文化名人为了躲避战乱，纷纷迁往相对安全的地方继续他们的创作活动。当冰心移居到歌乐山的居所"潜庐"时，老舍为了庆祝她找到了这样一个安静且适合创作的地方，特地写下了"茅庐况足遮风雨，诗境何妨壮甲兵"的诗句。这不仅是对冰心的一种祝福，也是对抗战时期知识分子生活状态的一种反映，认为即便是在战时简陋的环境中，文学创作依然能够成为一种精神上的慰藉和支持。

漫步于歌乐山间，我不禁遐思，若非历史上那短暂的阴云笼罩，这里的每一寸土地，乃至歌乐山之名，该是何等纯粹与美好。

然而，正是这复杂的历史背景赋予了歌乐山多元厚重的内涵，让它不仅成为一个地理坐标，更成为历史的见证。后人在感叹自然之美的同时，也对过往的岁月多了一份沉重追忆。

二

眼前，这古老的山色，让我不由自主地涌起深深的悲壮之感。我的行色匆匆，是否会惊扰这山林的静谧与烈士的安宁；我在旅途的急切，在这一刻，是否已化作无尽的悲凉之气，如一条河流，被冰雪封住了最后的呜咽……

歌乐山终日云雾缭绕，由江水蒸腾汇聚而成的雾气如同神秘面纱，使整座山真容难辨。湿润的岩壁上，青苔与雏菊共荣，生命力勃勃；黄葛树根系错综，四处延伸，而树冠则新芽勃发，展现出生命的不息循环。这绿色的王国，仿佛经历了太多的历史风雨。在那"巴山夜雨涨秋池"的绵绵思绪中，它宛如一颗明珠，成为巴山夜雨最具代表的意象。它是渝州版的灞桥烟柳、南浦风云，它是巴蜀版的枫桥夜泊、夜半钟声。

1949 年的夏秋之交，酷暑余威尚存，偶尔在金刚坡悬崖边徘徊，如同夏日最后的喧嚣。烈日炙烤的楠竹与云杉，梢头略显枯黄，仿佛古画中的暗淡，为这方天地增添了一股悲凉的气息。

而在歌乐山，一场冷雨足以带来刺骨的寒意，带来草木摇落的悲声，满山的银杏叶正在转黄而凋零，即将踏上一段艰辛的蜕变之旅。

雾气弥漫，整座山如同洗过一样，由深灰向更暗处渐变。雾气悄无声息地侵吞着山岭与谷壑，宛若游离的灵魂，满怀尘世的迷茫。

那一刻，歌乐山的一切美好仿佛在世间消逝，成为历史裂痕的碎片——江竹筠、罗世文、车耀先、陈然、黄显声、宋振中……他们带着未竟的夙愿告别了这个世界，离开了这个被凄风苦雨笼罩的地方。

三

歌乐山，承载着太多无法言说的悲痛，它静静伫立，向世人倾诉着曾经的血雨腥风，让每一个来到这里的人，心中都被沉重的情绪填满，只能在这沉重的咏叹中铭记往昔的苦难，汲取前行的力量。

白公馆，也曾蕴含着文化的韵味与对人文的追求。20 世纪 30 年代，四川军阀白驹在此建造别墅，他自诩唐代大诗人白居易后裔，以白居易的别号"香山居士"为灵感，将自己的别墅命名为"香山别墅"。无论是歌乐山的自然风光，还是香山别墅，都透露出一种高雅与对美好生活的向往。

讽刺的是，这样一个洋溢着美学气息与人文精神光辉的地方，却在历史的某个节点，见证了一次次残酷的杀戮，成为一段难以抹去的黑色记忆。

苍穹之下，歌乐山怀抱的一砖一瓦、一草一木，都成为历史沉痛的刻痕。

在一个黄昏时分，8 岁的"小萝卜头"宋振中的稚嫩生命在此终结。

这个鲜活的生命也曾经在这里轻快穿梭，宛如林间幼叶、笼中雏鸟，渴求着光明与自由的到来。然而，命运的笔锋却在这一隅勾勒出他生命的凄凉句点。

眼前是一个狭小而昏暗的空间，四周的寂静仅被呼吸声和细碎风声打破，仿佛天地间一切都为之沉默。微弱的光线从高墙的裂缝间挤进，零星地点缀地面，"一个声音高叫着：爬出来呵！给尔自由！"，回答的只有死亡般的沉寂。

因为，那个8岁孩童的身影在这样的光线下已走向生命的终点。他临终前是否还在张望来时的小路，那可否成为他记忆中的回家路？那条路太过遥远，身体无法返回，能回去的，只有灵魂。

宋振中和他慈爱的父母离开了，他敬爱的老师黄显声将军远去了，还有，那么多的先烈们远赴生命的彼岸，那么悲壮，那么遥远。此时此刻，血色已然暗淡，只有悲凉肃杀之气，萧萧然自远方席卷而来，裹挟着歌乐山冰冷的山风和绵绵夜雨。

歌乐山，渝西之巅，其名在外，为什么总是与动荡和苦难相连？诗人笔下的"歌乐山的云很凉"，让人心生寒意，这片云下的土地似乎总是重复上演着人间的悲剧。留给歌乐山的，只有深深的伤痛。

是的，歌乐山的云很凉，歌乐山的雨很苦，再繁茂的树木在这里也形成不了浓重秋色。这里，只有凛冽的寒冬。

四

漫步于葱郁的山径，轻柔的溪水潺潺随行，沿途肃穆的烈士雕像，犹如无声的诉说者，使得周遭的空气都被注入了沉甸甸的历史气息。

半山之上，"香山别墅"四字醒目地刻在大门上，字迹清晰，时间仿佛在这里放慢了速度。它的安静避世与外面世界的喧嚣构成了强烈的对比。

进入院落，空间之狭窄与预想中的开阔大相径庭。整座别墅仅由一栋楼和一个狭小庭院构成，处处透着压抑的气氛。

旧楼墙体在岁月的侵蚀下斑驳陆离，高墙、电网以及远处隐秘的岗哨和山林中的碉堡，即便是在今天，依然能让人感受到往昔的阴森与恐惧。这座楼分为地上两层及地下一层，囚室密布，透着一股阴森的气息。特别是那个不见天日的地牢和阴湿的山洞刑讯室，遗留的铁链和镣铐无言地诉说着历史。

重庆军统的集中营网络庞大，白公馆与相邻的渣滓洞作为核心监狱，被称为"活棺材"，囚禁着政治领袖与革命志士。白公馆之内，囚禁着叶挺将军这样的军事精英，也有罗世文、车耀先、江竹筠、黄显声等共产党员，以及周均时、陈然、张露萍等知名人士。人们尤其会铭记化身为"疯老头"的韩子栋和"小萝卜头"宋振中及其家人的英勇事迹。

那个年代，大凡进入这阴森的牢房的人，等待他们的只有折磨，甚至死亡。冰冷的高墙，阴森的大门，还有高高的电网、密集的岗哨，这里的一切都是为紧锁和密封而设置的。谁也无法冲破这坚固的牢笼，宋振中不能，他的父母也不能，他父母的战友也无能为力。不管是白天还是黑夜，他们只能默默地被困在这里，带着种种愤懑，让自由被禁锢在这狭窄、带着窒息之感的院子里，看着铁窗外自由飞去的蝴蝶和经霜愈发红艳却只能随风飘落的枫叶，内心充满悲叹。

在院子的一隅，我看到了他——那个年龄最小的烈士宋振中。一尊铜像立在那里，清澈的目光穿透时空，稚嫩的双手捧着希望，红领巾飘扬，鲜花环绕，往来的人们驻足在这里，相对默然，无语话凄凉。

展室内氛围凝重，宋振中的故事如同一曲悲歌，在观者心中回荡。4 幅画作静静地挂在那里，每一笔都似乎在诉说着什么——木船轻摇于流水之上，鹿与鹤悠然共舞，飞机翱翔天际，自行车穿梭于人间。若非介绍说明，谁能想到，这样的意象是由一位年仅 8 岁的孩子创作的？

然而，这样的天赋与美好却在冰冷的囚室中戛然而止，没有还击之力，只有无尽的伤痛。如果这些画作未曾留下，那么宋振中是否如同一阵清风，悄无声息地掠过这个世界，不留一丝痕迹。谁能记得，曾经有一个如此幼小的生命，在这个世界留下过自己独特的印记？

在短暂的生命旅程中，宋振中经历了怎样的思考？他的最后一声啼哭，是否是对未知世界的向往？抑或是对生命无常的迷惘？

歌乐山，苍翠的山林所容纳的，不仅是个人记忆的悲欢离合，更是一个国家、一个民族的苦难记忆。

五

立于白公馆这个历史现场，《红岩》背后的真相变得凝重悲凉，真实可触。罗广斌、杨益言等幸存者所书写的，超越了文学的范畴，成为不可磨灭的历史证词。他们以亲身经历架设起一座时光之桥，将往昔的苦难岁月与如今充满希望的新时代相连。后人在跨越岁月的鸿沟时，总会深切体验那份远去的苦痛与悲壮。

像宋振中这样，自降生便陷入命运的漩涡，陪双亲共囚于黑暗的囹圄之中的儿童，在白公馆和渣滓洞远不止一个。这些稚嫩的生命，有的在门窗深锁的环境中降生，又在同样的阴暗中凋零，摇摇晃晃的童年被残酷现实剥夺，取而代之的是"政治犯"这一冷酷的标签。本应如花朵般绚烂绽放的幼小灵魂，却遭到了国民党反动当局的无情扼杀，成为那段黑暗历史中无法抹去的伤痛印记。

这些无辜孩童的成长之路，铺展在铁窗的阴影与高墙的压迫之下。在这人性备受考验的绝境，他们的纯真无邪与对自由的深切渴望，犹如暗夜中的一抹亮色，弥足珍贵地留在了人间。《红岩》不仅是对"小萝卜头"等孩童的不幸遭遇的揭露，对国民党反动当局滥杀无辜的控诉，更是对那些在逆境中展现出的生命之火的颂扬。

任何社会的进步都不应建立在血与泪之上，白公馆上空盘旋的阴云，既是哀悼，也是警钟，提醒我们珍惜来之不易的和平，推动社会更加文明和公正。置身于历史记忆与现实担当相互交织的深沉咏叹中，我们向历史致敬，向未来承诺。

山风阵阵，伴随着那些遥远年代里的呼唤，那些关于坚持与牺牲的故事穿堂而过，回荡在耳际。曾经被铁链锁住的灵魂，如今已化作风、化作云、化作光、化作歌，融入歌乐山的苍山秀水，回荡在江河大地。面对英烈，任何艰辛的跋涉与痛楚，都会在沐浴着日月清辉的山川大地的无言包容与见证中，在后来者心无旁骛的致敬与放歌中化为前行的力量，来自先烈的忠诚血脉足以影响每个人的一生。

因为，他们从未离去。

六

走出香山别墅，周遭风竹轻摇，流云悠悠，耳畔仿佛响起那些激昂的诗句——"为人进出的门紧锁着，为狗爬走的洞敞开着"，"竹签子是竹子做的，共产党员的意志是钢铁"。悲壮的诗句，如同无形的双手，给我一步步攀爬的力量，心中激荡着无尽的敬仰与缅怀。

当我驻足于松林坡，先烈生命终止的静谧之地，山风如诉如泣，那一个个幽幽的忠魂，是在天上，还是在林间萦回？闭目聆听，我似乎感受到了那一刻的坚韧与从容。

在歌乐山罗世文、车耀先烈士墓前，在江竹筠的雕像前，我与众多凭吊者不期而遇。隔着一堆黄土，面对一尊尊冰冷的石像，我静静地站在他们的面前，隔空对视，长久默哀。

70多年了，多少日升日落，多少雨雪风霜，多少黄沙掩埋古道，多少大厦成为残垣，岁月的风尘，阻隔了多少双回望历史的双眸，淹没过多少暗哑的声音，只有这里，只有烈士的身影，依然鲜活地浮现在我的眼前。

如今，他们就长眠在这青山的怀抱里，告别了亲人，抖落华蓥山的尘土，告别嘉陵江的涛声，带着曾经的辉煌和悲壮，静静地长眠在这里。我想象着，1949年11月27日，松林坡上，那该是一个怎样的滴血黄昏啊，那样的黄昏，浸透了多少英雄血，那一定是一幅令人痛心疾首的画面，一定是一缕等待着后人用心灵触碰的血色微光。

是的，隔着一堆黄土，我们隔空对视，英烈与山河同眠，与大地同在，尘世的纷扰，歌乐山的风雨，嘉陵江的波浪，都成了永恒背景中的浅吟低唱。

"浩气长萦歌乐峰，当年血溅半坡红"，让我们永远铭记那些至暗的时刻，那些在黎明前最黑暗的瞬间里，英雄们用生命写下的悲歌。

1946年8月18日，夜幕低垂之时，在白公馆旁的松林坡上，罗世文与车耀先两位坚定的共产主义战士，在一片寂静中被秘密杀害。他们以自己的信仰为灯塔，照亮了黑暗年代的道路，却在这片曾经见证了无数秘密与痛苦的土地上，迎来生命的终章。

1949年9月6日，重庆解放的脚步声近在咫尺，"小萝卜头"宋振中和他的父母宋绮云、徐林侠，以及杨虎城将军及其家人，在同一片松林坡上遭遇了同样的命运。这位年仅8岁的孩子，他的笑容和纯真如同一抹微弱的亮光，却在那个夜晚永远熄灭。

1949年10月28日，一个阴霾密布的日子，陈然、王朴、成善谋等10位英勇的革命志士，在重庆的大坪剧场前，面对着冷酷无情的枪口，献出了宝贵的生命。

1949 年 11 月 14 日，寒风凛冽中，毛人凤从遥远的台湾飞抵重庆，执行蒋介石下达的血腥命令——屠杀、潜伏、游击与破坏。这一天，"中美合作所"歌乐山电台岚垭枪声不断，江竹筠、李青林、齐亮等 30 位同志的生命，在这片土地上戛然而止。他们的鲜血如同初冬的一抹晚霞，染红了这片山岭，也铸就了血色悲壮。

　　1949 年 11 月 27 日，距离重庆解放仅剩 3 天的时间，在白公馆和渣滓洞这两个充满苦难的地方，200 多位革命先烈在黎明即将到来之际被集体杀害。在这场惨绝人寰的大屠杀中，仅有 35 人奇迹般地逃脱了魔掌，其中就有《红岩》的作者罗广斌先生。他们是黑暗中最微弱的光芒，也是希望的种子，最终破土而出，见证了一个新时代的到来。

　　循着陡峭的山路，我向山下停车场走去，走过碧云般的竹林，走过遗世独立的黄葛树，走过气味浓郁的香樟林，走过空山新雨后的苍松翠柏。山风萧瑟，残阳如血，踏着坚硬的红色岩石，仿佛听到了历史的回响。

　　或许，历史就是一串又一串沉重的脚步。屏息静听，在那回响之中，似乎能捕捉到逝去时代的风云变幻。那一代人的低沉咏叹与激情呐喊，就如同天空不曾留下飞翔的印记，而翱翔的鸟儿业已穿越天际，留下无形却深刻的生命轨迹——那是不再归来者默默的传奇。

界河流韵

一

秋风，从口岸对面吹来，带着密支那山林的野性和安达曼海的湿润，一如我此刻的思绪。

同内地的河流相比，我脚下的这条界河——畹町河少了一种浑厚浩荡、滔滔向东的气势。它像是一条蓝色的飘带，迎着山风一路向西流去，穿过高山林莽，静静地注入美丽的瑞丽江，然后穿山破谷，灌溉着中缅两国肥沃的土地。清澈如镜的河水，倒映着苍茫的岁月和历史的天空。相伴身边的有山风、岩石、古树、荒草、生灵，以及烈日与高温炙烤下的伤痕和疼痛。

这条河最深的记忆，当然是那段被战火硝烟镌刻的抗战记忆。如今两岸的崖壁上，那些被弹片雕刻留下的痕迹，于早晨或黄昏的光线中呈现开来，依然历历在目；燃烧的焦土、勇士的呐喊、炮弹的呼啸、淋漓的热血、宝贵的生命，在历史的天空下，依然折射出悲壮的气息。

在畹町的"中国远征军抗战长廊"中，我看到一幅幅褪色的画卷，看见被炸毁的军车，染血的军衣。画面里，有勇士出征的场面，有烈士倒下的镜头，有日寇屠杀的罪证，有折翼坠落的指战机——它们残缺的翼翅上，依稀闪烁着昨日的光斑，它们义无反顾的姿态，化作一座座山川大地上的时光丰碑。

河水匆匆地向西奔流，奔流于雾岚山林之中，我能听到波浪冲击石头的声响，清脆而空灵，如泣如诉，从遥远的历史深处而来，悄悄地叙说着一条界河的前世今生。

二

第一次听到畹町，就像听到一个婉约少女的名字，恍惚看到一个婀娜多姿的傣族姑娘，令人神往。这是一个美丽的小镇，是大西南边塞上一颗光彩夺目的明珠。

走上畹町桥，就走进了滇缅公路，走进了一段被岁月尘封的历史。秋风拂面，我的胸中奔涌的只有激情和感动。

壮烈的滇缅公路，是一部悲壮的关于路的历史，是一曲永难消逝的时代悲歌，是一个不朽的民族魂灵。

畹町是滇缅公路中国段的终点，畹町口岸是我国通往缅甸及东南亚的咽喉，是国家级口岸。畹町本地人口只有 1 万多人。"畹町"来自傣语，意为"太阳当顶的地方"，这个炽烈而多情的名字就像小城一样，总让来过的人在心里留下一段念想。而最让人印象深刻的，还是建于中缅边境的畹町桥。

畹町桥是中缅两国的界河桥。它是祖国西南之门户，滇缅公路中国段之终点。它北抵昆明至上海，南下缅甸腊戍通仰光，溯西北而上可达印度，是滇缅公路上的核心枢纽，也是中印公路的重要连接点。

畹町桥，既见证了中国人民誓死抗战的历史风云，又见证了中缅人民和平共处的真诚；既承担了拯救中华民族的历史重任，又满载着当今中国与东南亚共同发展的希望。

三

这是一座抗战名桥。

1937 年抗日战争全面爆发后，我国沿海大部沦陷，大批国际援华物资滞留在缅甸仰光港，时有日寇乔装潜入从事破坏活动。为了打通国际交通线，滇西二十余万民众肩扛背驮，以血肉之躯修筑了滇缅公路。滇缅公路 1938 年全线通车，畹町单孔石拱桥亦于同期建成。

在中华民族的危亡时刻，畹町桥担当起拯救中华民族的历史重任，3200 多名南侨机工日夜兼程，将大批国际援华物资通过畹町桥源源不断地运往前线。

为保滇缅公路和畹町桥畅通以及协助盟军，约 10 万中国远征军踏过畹町桥赴缅甸作战，民众含泪夹道相送，尘埃不见畹町桥。激越的呼喊和悲壮的汽笛在畹町的山峰峡谷里撞击出种种回声，相信在那样一个时刻，所有人的心底都会生出一种圣洁的期待，都会真诚地为出征的中国远征军祈祷。

和平的天空无疑是美好的，人们祈求世世代代的和平生活，从施政者的鸿篇大论到乡野村妇悠长的苦梦，田园牧歌般的生活往往是一句最具煽情效应的承诺和贯穿岁月、永恒不变的生命主题。但是，当侵略者的铁蹄践踏在灾难深重的国土上的时候，祖国的选择只能是用战争制止战争。

1942 年 5 月，畹町沦陷，畹町石拱桥毁于战火，作为中国抗战供给生命线的滇缅公路就此中断。

1945 年 1 月滇西反攻战结束，日寇被赶出畹町国门。是月，盟军出动的一个机械化工兵师一路开山架桥，日夜兼程，史迪威将军指挥的中美驻印度军队冒着战火，用鲜血和生命筑成中印公路印度、缅甸段，与原滇缅公路中国段连接成从印度利多经缅甸密支那至中国昆明的生命通道。通过畹町河上重建的贝雷式钢架桥，国际支援中国抗战的物资得以源源不断地送往抗日战场。

四

时间可以埋没一切，唯独不会抹去历史。

如果说 1937 年 7 月 7 日卢沟桥上的枪声是全民族抗战开始的集结号，那么 1945 年 1 月 20 日云南德宏畹町桥边的炮声就是庆祝把日军赶出国门、滇西抗战胜利的礼炮。

1941 年 12 月 7 日，日本偷袭珍珠港后，在华日军气势汹汹挥师南进：1942 年 3 月侵占缅甸仰光；同年 5 月，第五十六师团进犯我国滇西，3 日侵占畹町；5 月 4 日占芒市、龙陵；10 日占腾冲。滇西大片国土沦陷，中国军队凭怒江天堑与日军对峙，德宏、保山、腾冲等滇西地区由抗战大后方成为抗战前线。日军第五十六师团在滇西的腾冲、龙陵、松山等地构筑工事设防，师团总部设在芒市。1944 年 5 月，中国远征军集 16 万大军强渡怒江天险，分左右两翼全面反攻。

经松山攻坚战、腾冲围歼战、龙陵争夺战，1944 年 8 月 10 日，中国军队接近芒市外围，及时抢占芒市周围的战略要地，开始了与日军对张金山、南天门、桐果园、红崖山、大湾东山等高地的胶着的争夺战。

随着芒市外围战事结束，中国军队占领了芒市外围各战略高地，从东、西、北面对其形成包围。敌军见大势已去，由芒市向遮放及勐戛方向逃窜。11 月 20 日，被日寇占据 2 年多的芒市光复。逃窜至勐戛的敌军盘踞白羊山，企图掩护其主力。白羊山东靠龙陵、西南接芒市、西北俯视遮放，共有 9 座山峰，地势险要，易守难攻。

11 月 24 日，预备 2 师奉命追击窜至勐戛的日军；12 月 1 日，远征军收复遮放。日军退守虎尾山，在山上构筑工事，企图据守以阻止中国军队。虎尾山位于遮放南端，五峰相连，因状如虎尾故名。

经过 20 多天的激战，中国军队占领了虎尾山。逃窜日军退至畹町黑山门，黑山门三面环山，滇缅公路经黑山门垭口达畹町，地理位置可谓"一夫当关，万夫莫开"。日军从芒市撤退时就将芒市主力一四八联队预备队、一四六联队共 2000 多人集结于黑山门、回龙山一带，并构筑坚固工事，摆开与中国军队决一死战的阵势。

中国军队为将日军全歼于国境内，对攻打黑山门的兵力做了周密部署：第六军和第七十一军由正面进攻；第五十三军攻克腾冲后，由腾冲经陇川至瑞丽再绕出畹町西南，截断滇缅公路，断敌后路，为右翼部队；第二军由勐戛进入缅甸勐古一带，进攻黑勐龙和畹町一带，为左翼部队。

1945 年 1 月 20 日，黑山门被攻克，敌军全线崩溃，向畹町逃窜，中国军队一路追击，一举收复了畹町。三路军队于 1 月 20 日会师于畹町，将侵略者赶出国门。

至此，沦陷于日寇铁蹄下 2 年多的滇西全部光复。1 月 21 日，中国军队在畹町举行了升旗仪式，为滇西大反攻画上胜利的句号。

五

今日的畹町留存着不同于一般城镇的战争遗迹，战火硝烟的余烬之上，伴随着边陲小镇的别样风情：令人浮想联翩的缕缕炊烟、风格古朴的傣家寨子、缓缓流淌的清澈河水、悠悠传来的清脆牧笛声、柚木林中的欢乐鸟鸣、邻国佛塔的悠悠钟声，以及抗日先烈们英勇抗战、保家卫国的感人故事。

畹町人的历史贡献，以及他们的善良勇敢、辛勤劳作和他们的如诗如画的田园生活，就像一支轻快、悠扬的乐曲，一幅淡雅的山水画，令人心醉。

走在畹町小镇，只能用心、用情去感受百草与丛林的蓬勃、霞光与山花的烂漫、时光流逝与岁月更替的沧桑；既面对异国他乡连绵不断的掸邦高原，又背靠有着五千年悠久历史的祖国山河；不仅有南方丝绸之路和先民沉重脚步的历史印记，还曾经历狼烟四起的无情战火；不仅充满了世外桃源般的梦幻风情，还洋溢着太阳当顶的傣族浪漫色彩，弥漫着芬芳馥郁的菠萝醇香。

流连畹町，置身于山峦之中，徘徊于涧溪之旁，漫步于碧绿之上，这里有夜晚的宁静与和谐、大青树下的歌声和笑声、凤尾竹旁的绵绵情意、傣家竹楼的象脚鼓声、回荡天际的铓锣阵阵、天边的七彩云霞，以及原野的姹紫嫣红，无论怎么形容和赞美都会显得辞藻贫乏。

这种静谧柔美的情境，常使我感到恍惚，仿佛那些硝烟肆虐的过往从不曾在这里发生。正因如此，畹町更令人感到钦佩，因其经历沧桑变故而优雅如故。

战争给人们带来的灾难是一种无法治愈的伤痛，多少爱情变得支离破碎，多少家庭流离失所。我们回顾这段难忘的历史，是为了珍惜和平，爱护家园，更是为了擦掉泪水，沉着向前。

告别畹町，回望四周，眼前那座已经封闭的畹町旧桥，宛如一位饱经沧桑的历史见证，深情地注视着郁郁葱葱的林莽峡谷。旧桥虽历经岁月的冲刷，却依旧傲然挺立，彰显着雄奇沧桑的阳刚之美。时光流逝中，这座小镇依旧保持着淡定从容的姿态。当风雨过去，会有阳光彩虹。

玉碎腾越

一

风从高黎贡山的林海之巅和起伏错落的村寨上吹过,摇落路旁枫树、栎树的枝叶,摇动一簇簇洁白如雪的山茶花,将其特有的暗香,伴着初秋的凉意,吹送到我的眼前。

山野肃穆,腾越河水也因之沉重,就连灰白的飞鸟,也带着"秋风秋雨愁煞人"的寒意,从我的眼前掠过,那些逐渐远去的叫声模糊而哀伤,最终融入四野茫茫的寂静。眼前的这一切,构成了一幅满溢着凝重与哀伤的秋日山河图,这是我来到腾冲之初看到的景象。

在腾冲,有一座长达440千米的山脉——高黎贡山,这里峡谷幽深,山高林密,它是印度洋板块和欧亚板块猛烈挤压的结果。

在腾冲,有一条玉石般的河流——腾越河。腾越河起源于世界三大酸性湖泊之一的青海湖和她的姊妹湖北海湿地,另有一源头起源于高黎贡山西麓的原始森林。于是,腾越河便带着青海湖的传说、北海湿地鸢尾花的芬芳、高黎贡山原始森林的神秘缓缓地流向玉石之城腾冲。

多少年了,腾越河从遥远的过去流来,流过了沧海桑田,流过了腾冲人的世世代代,流过了腾冲城梦里梦外的荣辱兴衰,流过了腾冲城春秋冬夏的花落花开。

腾越河穿城而过，河水不多不少，流速不快不慢，与腾冲小城温文典雅的小巧玲珑十分般配。人们在河边来来往往，彼此成为对方的一道亮丽风景。人们在河畔等待旭日东升，目送夕阳西下，看月缺月圆，看河水涨落……

是的，不论你在任何年龄、任何时候来到腾越河畔，你都会感到时光慢了下来，慢得好像没有尽头的春天。

在这里，那些分布在山间或河畔的大大小小的坝子，便是上天难得的恩赐，成为当地人集中居住生活的村落和城镇，坐落于高黎贡山山脉南部的腾冲古城，就是这样一处世外桃源般的存在。

1930 年底，美国著名作家埃德加·斯诺经滇越铁路到昆明，次年随马帮来到腾冲。他在发表于 1939 年 9 月 15 日的纽约《太阳报》的文章中写道："从南门进城以后，在宽阔的街道上行走，街上好像空无一物，却是全云南最清洁的街道。""当落日西沉到蔚蓝色的山峰下面，一位年轻的中国女子骑马走过城门。她走近我风尘仆仆的坐骑时，抬头看了我一眼，微微一笑，然后又将头俯至鞍前鞠了一躬。我高举帽子，挥舞致意，她以年轻女皇的风姿骑马而过。这就是我记忆中的腾越。"

几天之后，当斯诺离开腾冲时，他对这片陌生的土地产生了深深的眷恋，他还表示，总有一天还要重返这块"人类学的奇境"。

然而，斯诺此后再也没有到过这里，即便他如约来到，他也再见不到留在梦中的那处桃园仙境了。

那篇文章发表后不久，腾冲，这座美丽的城市，便在战争中沦为焦土，留下一段悲壮的历史。

二

拜谒腾冲国殇墓园，是我奔走了一天的最后一站。

行近墓园的时候，我最先望见"八"字形门墙，随即便是古朴的牌楼式大门，以白蓝为主色调，散发着一种冷冷的清雅。

穿过甬道，上至台阶，扑面而来的是肃穆的忠烈祠。上檐下悬"河岳英灵"匾额，台基上是"碧血千秋"4个遒劲的大字。

拐入毗邻忠烈祠的陈列馆，仿佛进入时空隧道，被拉回到70多年前那场严酷的战争。1944年夏，中国远征军强渡怒江天险，向侵占滇西战略要塞腾冲达2年之久的日军发起反攻，开启了中国远征军滇西反攻战。

1942年5月，因为腾冲县城没有设置过多的防御壁垒，导致近300名日军很快占领城池，腾冲县城也由此成为日军入侵我国西南地区的重要据点，多次给中国远征军带来实质性的军事威胁。由日军驻守的腾冲城于是成为远征军进行滇缅反攻的"拦路虎"，拿下腾冲城，是确保远征军滇缅反攻计划顺利实施的关键。

1944年5月，在最高统帅部的授意下，中国远征军凭借地面部队的兵力优势和空中部队的火力优势，强渡怒江，进而以优势兵力对腾冲县城展开城垣攻坚战。

战斗异常惨烈，远征军将士血战127天，几乎是一条街一条街地血拼，一间房一间房地争夺，歼灭日军6000余人，最终收复腾冲县城全境。

一篇《第二十集团军会战概要》，记载了这场战斗的惨烈："攻城战役，尺寸必争，处处激战，我敌肉搏，山川震眩，声动江河，势如雷电，尸填街巷，血满城垣。"

据历史记载，那场战役历经数月，中国军民付出了伤亡官兵近2万人的惨重代价，一些腾冲籍的士兵几度抗争，最终倒在自家门口，腾冲成为全国沦陷区中第一个光复的县城。这个秀美古城抱定玉石俱焚的决心，满城"没有一片树叶没被震落，没有一间房屋不被夷为平地"。

焦土之上，腾冲人最先想到的不是盖自家房屋，而是倾其所有为牺牲的将士建陵园。几个大家族无偿地把风水宝地小团坡捐献给烈士作为安息之地。辛亥革命元老、时任云贵监察使的李根源根据《楚辞》中的《国殇》一篇，为之起名"国殇墓园"，这也是全国建立最早的一座规模宏大的抗日烈士陵园。

忠烈祠的后面就是小团坡墓地。

满山坡排列着密密麻麻的小块墓碑，台阶之上青苔密布，给人一种肃穆之感。当年牺牲的将士被火化后，骨灰被以小罐分装掩埋，人们还为其树碑纪念。整个小团坡被均分为八块扇形墓地，仍按照战斗序列，即军、师、团、营、连、排、班的编制，犹如排兵布阵般排列着墓碑，碑上镌刻着烈士的军衔和姓名。

"杀人一万，自损三千"，此言道出了战争之残酷，胜负皆以牺牲为代价。然而，当我驻足于小团坡阵亡将士墓前时，心中涌起的沉郁悲凉与锥心疼痛，却犹如重石压胸。彼时，我民族之牺牲，相较于敌人的伤亡，往往呈几何倍增，不仅限于腾冲一役，亦非限于中国远征军所独揽的诸多战役，而是贯穿于整个艰苦卓绝的抗日战争时期。

每一寸黄土下埋葬的英魂，无不印证着中华儿女在那场救亡图存之战中的无畏付出与坚韧抵抗。从淞沪会战的炮火连天，至百团大战的雷霆万钧，乃至更多未被载入史册的殊死搏斗，每一次的重大战役，都是我们民族用鲜血与骨肉铸就的防线。那道无形却坚不可摧的长城，巍然屹立在历史长河之中。

在这里，每一座庄严的墓碑，每一道铭刻在历史肌肤上的伤痕，都以深邃且动人的语言向世人叙述着一段段超越生死的忠诚赞歌，那是一种对国家与民族毫无保留的奉献，一种在生死边缘坚决捍卫生存尊严的顽强抗争，它们共同构筑了一部华美而悲壮的民族史诗。

墓园里，一共有 3346 块腾冲战役阵亡国军将士墓碑和 19 块阵亡盟军将士墓碑。然而，仅仅腾冲之役，抗日阵亡将士就达 9000 多名，也就是说，还有将近三分之二的烈士并没有留下姓名，他们作为一个模糊的群体，在历史深处闪烁着碧血之光。

墓碑的材料采用的是腾冲遍地皆是的火山石。其实，火山石确实更适合这些长眠在地下的战死者，他们的人生在这里画上句号，虽在沉睡，但后世的人们会永远铭记，铭记当年血战中那前赴后继的勇士的身影。

从 1942 年入缅到 1945 年止，中国远征军三载浴血奋战，保障滇缅公路和中印公路两条"生命线"畅通，使得国际援华物资源源不断地运入中国。中国远征军投入兵力 40 万，伤亡近 20 万，终获胜利。

收复腾冲不到一年，日本宣布无条件投降。其时正值夏秋之交，这座阵亡将士墓园的周边，正是山花烂漫。

铭记腾冲胜利之时，金戈铁马铸就的铁骨豪情，并未随着新中国理想的启航而被尘封于历史的长河。开遍山岗的洁白茶花，既是悠悠岁月留下的幽思一片，也是茶马古道上的千古豪情。

山茶花，总是在晚秋天凉时，静静地开放，开放在山岗上，也开放在庭院之中。山茶花不惧秋寒，坚韧绽放，恰似远征军将士们在艰难困境中坚守战斗的身影。正如古诗所云："东园三日雨兼风，桃李飘零扫地空。惟有山茶偏耐久，绿丛又放数枝红。"

漫步在墓园的甬道上，星星点点的野花簇拥着，开放着，摇曳着或洁白或淡蓝的孤独与凄清。

抬起头来，天上的云影笼罩住我脸庞，几滴雨水落下来，湿了眼睛。

三

腾冲是玉石之城，翡翠之都，它像一块光彩照人的碧玉镶嵌在高黎贡山南侧的万山丛中。凝重而忧郁的气息，伴随着街角巷尾的锤凿之声，弥漫在腾冲的每一个角落，那是对过去的怀念，也是对未来的期盼。

这座城市承载了太多人的心血与梦想，它的美，它的痛，它的辉煌与落寞，都化作了一种独特的情感符号，烙印在每一颗经过琢磨、闪耀着智慧光芒的翡翠之上，令每一个来访者在惊叹其绝世风华的同时，也感受到了那份略带感伤却又坚韧不屈的城市精神。

从国殇墓园出来的时候，天正下着小雨，我走在腾越河畔，在山水之间，寻觅最原始的江流之情，聆听玉石之城的低吟和脚步。

已是深秋时节，漫山遍野的繁华皆已寥落，只有凄美但已近于凋零的白色山茶花，星星点点，如泣如诉，散布于满园苍翠的松杉竹柏之间。

在"文革"期间，国殇墓园被摧毁，忠烈祠改作他用，忠烈祠匾做过农家的床板，碧血千秋碑被凿掉。而那些幸存下来的老兵中，部分人的遭遇更是令人椎心泣血，让人不忍说，不堪听。许多人隐姓埋名，不敢承认当年参加远征军的经历，依靠低保过着艰难的日子。

漫步在国殇墓园的青石板路上，我能感受到那些远行者的热血仍在我的胸腔中激荡澎湃，这是灵魂深处对英勇先烈们最为崇高的致敬。在悠悠的岁月长河中，这静默庄严的墓园犹如一面镜子，映照出中华民族的不屈灵魂和家国情怀。在这面镜子里，我看到了那由无数血肉之躯铸造而成的长城，它傲然屹立于天地之间，更幻化成一团团炽热燃烧的火焰，放射出万丈光芒，照亮了人间正道，激发着人们内心的向往与追寻。

2005年的某一天，一个名叫孙春龙的媒体人，在命运的安排下与一名老兵邂逅。在聆听到那段尘封已久的中国远征军历史后，他的眼眶湿润了，内心充满愧疚与自省。

自此，他毅然决然地辞去了安稳的工作，全身心投入那项名为"老兵回家"的伟大事业中，用实际行动为那些曾远征异域、如今流落天涯的中国勇士寻找归途，寻回那份属于他们的精神家园。

这场悲壮而深情的追寻之旅，充满了沉重的伤感与崇高的敬意，展现出人性中最深沉、光辉的一面。

历史的经纬编织了这样一个不朽的真理：无论是在日常生活的细微脉络中，还是在宏大历史叙事的宏伟篇章里，英雄主义的精神以及对英雄的崇高敬仰，始终是人类文明共通且恒久的核心主题。它们犹如普照寰宇的金色阳光，穿透时空界限，照亮不同国家疆域的每一寸土地，唤醒人们对英勇品质的敬畏，激励着世代子孙始终秉持无畏的决心并保持坚韧的勇气。

今天，我把目光投向洁白如雪的山茶花，投向小团坡那葱郁的松林，为的是铭记碑刻上的每一个名字，铭记厚重潮湿的黄土下面，苍松翠柏根植的大地深处，还残留着的那个逝去时代的痕迹。在历史的尘埃中，那些渐行渐远的身影，如同夜空中闪烁的星星，散发着令人动容的光芒。

四

当后来的人们在对文明的沉思中回望历史，回望人类曾经的蹒跚脚步时，也能依稀看到那群人的背影。

我们对历史的深情凝视，就是对英雄的深切祭奠。

没有哪一种伟大和深刻是在平庸中产生的。这种伟大和深刻无一例外地体现为生命本体的强悍，一种九死不悔的献身精神，一种前赴后继的战斗意志。而千百年来为国家、为民族赴汤蹈火的人，千千万万在中华史册上闪耀的至善至美的人，就是"中国精神"的造就者，是不可撼动的"中华魂"。

潇潇暮雨中，我远望奔腾不息的腾越河。在高黎贡山的脚下，在寂寥、苍凉的边陲，伴随它的，有荒野、山风、怪石、古树、荒草和孤雁，以及寒风、烈日留下的伤口和疼痛，它始终百折不挠，独守着自己的宿命，凝望着苍茫的岁月和历史的天空。那是如玉的品质，如古柏历经沧桑却愈发清晰的年轮。

我到过风光旖旎的瑞丽边城，到过畹町口岸，月光下的凤尾竹让我如梦如幻，芒市的山歌让我如醉如痴，而国殇墓园的经历，则是让我终生难忘的泣血记忆。在这里，我感到一种久系于心的冰清玉洁和摇撼于胸的巨大锐痛，它们，时时溢满我的心灵。

第四辑

——

草木人间

阳关绿

一

循着 303 省道一路向西，身后呼啸而过的漠风逐渐消隐于时光的缝隙，前方豁然展现一片浩渺而深邃的暗绿之境。

飘零的落叶在大地之上轻盈跃动，仿佛诉说着生命的轮回。远山层叠起伏，渐渐融入天际。天空中的白云悠然自得地漫舞，以诗意的方式回应着大地生灵——悠闲漫步的羊群，吹着悠扬哨音的牧人，以及沟壑之外荒原上星星点点顽强生长的绿意。这些元素共同编织成一幅辽阔的生命画卷。

在这片天地间，每一个微小的存在都化为哲理的符号，生动地诠释着生命从繁华至凋零、从孤寂到生机勃发的进程，恰如这路上一幕幕变换的风景，既有季节更迭带来的苍凉之美，亦有生命坚韧不屈的磅礴之力。

进入阳关地区，村庄隐约可见，道旁便多了一些绿色的植物。田地里时不时可以看到低矮的枸杞和玉米，它们在缺水的泥土中，坚韧不拔。道路两边，白杨和沙枣的叶片绽放着生命的色彩，干枯的树枝扭曲着，挣扎着，崩裂出千奇百怪的纹路，干渴的姿态就像是生命终结前最后的定格，高大的树干像被无形的力量挤压，但偏偏是这枯枝乱叶，却充满了惊心动魄的震撼，像是用独特的形态诉说着生命的坚韧与顽强。

路两旁是长长的沟渠，这样的沟渠在敦煌随处可见，水源是祁连山的冰川雪水，用来维系春种、夏耘、秋播中每一户农家的生生不息。

除了偶尔的村落，便是一望无垠的田野，蓝天之下，那些深深浅浅的绿随着风的轻拂，泛起层层叠叠的波纹。这些绿几乎植入沙漠的腹地，一直接续到阳关遗址的边缘。

看到最多的，是传说中的骆驼草。

几乎在每一处空旷的戈壁滩上，我都能看到这弱小生命的伟岸：它们以匍匐的姿态紧贴着地面，带刺的枝条像浑身插满尖刀，对付着肆虐的风沙和毒辣的太阳。骆驼草的叶片长圆，不娇媚，却紧紧簇拥着茎，在抗争，在生存，在向天而歌，看上去，像沙漠里的一丛丛蒺藜。听说这种植物能养活雄硕的骆驼，所以有了"骆驼草"这样的美名。

骆驼草的根系极其庞大，向下可达20米，一直要扎根到有水的深处。向上要对抗风沙毒阳，向下要寻找赖以为生的水源，在这风沙肆虐的茫茫戈壁上，骆驼草活成了一种精神，一种毅力，一种意象，一座生命的丰碑。诚如余秋雨先生所言："世间真正温煦的美色，都熨帖着大地，潜伏在深谷。"

从某种意义上来说，骆驼草就是敦煌人的意志呈现和精神载体，谱写着真实的诗意之美与生态之魂，诠释着大地至纯至美的最高境界。

二

有那么一瞬间，我习惯性地把眼前的绿色世界看成故乡的某一部分。但当黄色沙垄在绿色之外无限延伸，延伸到我的视野不能达到的地方时，我明白，我来到了阳关遗址，来到了诗人岑参、高适笔下的边塞。我的意识瞬间撤去了故乡与边地之间的熟悉感。

初秋的阳光把暗绿的色彩涂满我眼前的画面。绿色中，我看到一座黄土色的城门，它孤独而硬朗地横亘在我的眼前，在片片绿色的点缀下，荒凉中带着神圣，黄出了层次，黄得深入而透彻，绿得孤独而执着。整个世界，乃至我的内心和灵魂，都被这苍凉的绿黄交织征服、震撼。

多少年了，岁月匆匆，时光的步履跌跌撞撞，人们就生活在这里，从这里或欣悦地走过，或悲苦地穿梭，沿着荒凉肃杀的古道，重复着那些关于边塞古道和戍边遗址的种种历史与传说，也延续传承着祖祖辈辈的希望。

循着前人的足迹，我走向阳关。

秋光入怀，荒原被萧瑟染透。没有游人，连孤独的牧羊人也不见踪影。当年的车辚马啸，已化作烟云空蒙，跌落于岁月长河的深谷。

很难想象，这片现代文明的边缘地带曾经是丝绸之路的必经之地，曾是阳关人世世代代的生存之所、埋骨之地。

阳关古城曾以雪山为屏，原也有过优美的环境。很多年前，它曾是一个湖水碧绿、林草丰茂的处所，只是由于各种原因，退化为连天的荒原。一个又一个朝代如风云般掠过，朔风、沙漠、温差和岁月流光，剥蚀了大地，只留下满目苍凉。那时的它，也曾以一己之力，横亘荒漠，抗击着凄风与冷雨，阻遏着铁蹄和刀光；多少年后，它默然横卧，却风化为尘。

纵观历史，多少陈迹苍烟，多少悲歌浩叹。唐诗宋词里，诗人在这里发出杨柳之叹。大漠风尘中，不知有多少文人墨客在此留下笔墨与惆怅。烟雨阳关的种种传说中，烽火狼烟之处，演绎着数不清的沧桑故事，令人见之白发徒生，泪落潸然。

那些仗剑天涯的过往，那些回首东望、眷恋故园的情思，在雪花纷纷扬扬飘落的情境中一次次浮现，然而，这不过是在梦中见到故园春色时的一声长叹。梦醒时分，只有四面胡笳、飞沙走石，才是至为真实的陪伴。

沿着历史的辙印走过茫茫大漠，走过祁连飞雪，走过中原和西域的分野，终于走进绿草摇曳的盛世华年，骋目远望，我看到了那片碧玉般的绿色长天。

三

这里是闻名遐迩的葡萄王国。

苍茫的天宇下，我踯躅在这里，我在追寻生命对大地的深沉叩问，感受生生不息的生命意义，聆听茫茫大漠的强劲脉动和澎湃心跳。

在我的脚下，一簇簇野花与芳草相互交织，托举着一脉盈盈暗绿。它们星星点点紧贴于路旁，以一种谦逊的姿态匍匐着——它们并不奢望长高长大，一生只做一件事：贴着几千年的体温，陪伴着身边来来往往的脚步，向深处，也向四周，活着。

循着两排白杨，我走向前方那片绿意，那片苍凉的绿、惨淡的绿、深深浅浅的绿。

我的视野中，每一处历经沧桑的戈壁滩都孕育着独特的生命力，每一株绿植都展现着别样的姿态，每一滴晶莹的露珠都蕴含着无尽的自然之魂。

白杨和老榆树伸着枝干，顽强地生长在古道边，灰褐色的枝条蔓延着，树影覆盖着脚下的黄沙和如斗碎石。它们和它们的祖先见证了阳关的诞生、成长和远去，也见证了沿途村庄的兴起、发展和衰落；既是孤城万仞的见证，也是思乡游子故园东望的寄托，更是阳关古道的守护神。

眼前无垠的葡萄园，堪称茫茫戈壁的奇观，令我心醉神迷。数万亩的葡萄紧密相连，藤蔓蜿蜒曲折，如巨龙般盘绕，将每一个葡萄架都装点得生机毕现。叶片宽厚，一如巨大的手掌，为干旱的大地敷上一层面膜，展示着戈壁滩上的蓬勃神韵。

这是一个年降雨量不足 40 毫米，而蒸发量却高约 2500 毫米的地方。如此干燥的气候，对于大部分农作物而言无疑是一种苦难，即便是对于耐旱性极强的葡萄而言，也是一种生存的考验。

阳关遗址的北边，至今存在着一处珍贵的水源，那是由阿尔金山融化的雪水形成的南湖。湖水清澈晶莹，在层层叠叠的历史深处，睁开眼眸。

依托一方莹莹雪水的补给与垂怜，依靠当地人的辛勤浇灌，阳关葡萄沟顺着南湖水道得以顽强地生长延展。

秋风轻拂，葡萄叶随风轻轻摇曳，发出沙沙的声响，房前屋后的草木都在大胆地袒露情怀，弥漫着鲜活与成熟的气息。串串葡萄宛如晶莹的玛瑙，或嫣红或碧绿或琥珀色，或玫瑰花红或黄绿交错，藏匿于光影斑驳的绿叶之间。它们周身散发着温润光泽，日光轻触，便散射出斑斓明丽的色彩。无需睁眼也能感知那成熟的芬芳在空气中弥漫开来。

从春到夏，从夏到秋，历经千年风沙的洗礼、骄阳的炙烤、秋光的浸润，承接万年雪山融化之水，一生经历 300 多天的艳阳打磨，承受极大昼夜温差的"雕琢"，这干旱贫瘠之地的绿色使者，高擎生活的酒杯，带给茫茫戈壁多少至味清欢。

高调的宣传词下，有多少故事书写在盛赞之页，就有多少汗水与艰辛掩藏在绿叶的背后。每一片绿叶既是游人的审美对象，也是当地人坚韧顽强、世代守望的品性象征，是他们，在茫茫沙原中筑牢绿洲生态屏障，让风沙远离敦煌，让人类文明的瑰宝代代相传。

是他们，在岁月流沙中接续，固土绿化，植树种草，呵护着阳关自然生态的发展，赓续着丝绸之路的脉络。波澜壮阔的人文故事接续精彩，层出不穷的道德模范引领正气。

为彻底遏制风沙灾害，改善敦煌的生态环境，2008 年以来，敦煌市委、市政府依托敦煌市全国防沙治沙综合示范区建设项目，投入巨额经费，在伊塘湖连片定植以胡杨为主的防风林带 4000 亩，栽植了胡杨、旱柳、沙枣等耐旱植物，以滴灌的方式进行节水灌溉。同时在道路两侧以一穴双植的模式栽植旱柳和胡杨，勤劳的汗水浇灌出防风固沙的绿色通道，古阳关地区的绿化水平逐年提高。

经过几代人艰苦不懈的努力，敦煌地区的重点风沙口基本得到治理，农田防护林得到不断完善。全市绿洲面积扩大，森林覆盖率逐年提升，草原综合植被覆盖度日益提高，昔日"风摇柽柳空千里，月照流沙别一天"的苍凉已化作历史而一去不返，而阳关古镇，也一举站在生态保护发展的前列，赢得了"中国第二个吐鲁番"和"敦煌葡萄沟"的美誉。

四

龙勒村位于敦煌古阳关脚下，毗邻库木塔格沙漠，曾经是苍凉贫困的代名词。历史上，这里一直饱受着风沙、干旱的折磨和贫困的困扰。

近年来，生态优先、绿色发展已经成为敦煌人的发展共识，推动绿色发展的自觉性和主动性显著增强。从绿树掩映的莫高窟，到绿洲连片的库木塔格沙漠，再到"敦煌葡萄沟"阳关镇……"绿水青山就是金山银山"的理念在这里得到人们躬身践行。

历史的叙事中，发展与保护是不可逆转的趋势，阳关生态的保护与修复，是生活在这里的敦煌人的世代追求和永恒话题，诚如诗人三毛所言："大自然是公平的，在那看似一无所有的荒原、烈日、酷寒、贫苦和焦渴里，它回报给爱它的人，懂它的人——生的欣喜、悲伤、启示、体验和不屈服的韧性与耐力。"

秋光溢满农家，镀亮葡萄园的每一个角落。清新的空气里，荡漾着葡萄美酒的气息，龙勒村的每一天就这样在诗意中开启。

村子的入口，有一家以"敦煌阳关第一家"命名的农家乐，悠扬的歌声和高高悬挂的红灯笼，不断提醒过往的人们，在这里停下匆忙的步履。

正值葡萄成熟的季节，女主人单女士笑语盈盈地接待着客人。高高的葡萄架下，葡萄串串垂挂；盏盏大红灯笼下，浓郁的西域风情扑面而至。

此地西行不足 800 千米，正是著名的吐鲁番盆地。坐在茂密的葡萄架下，一缕缕塞外的阳光透过葡萄阔大绿叶的罅隙洒在人们的身上。品着当地美味的"莫高里酒"，我禁不住想唱那首熟悉的歌曲："吐鲁番的葡萄熟了／阿娜尔罕的心儿醉了……"

单女士原本是张掖人，20 多年前跟着丈夫来到这里。后来丈夫不幸出了车祸，她一人带着两个孩子艰苦创业。在当地政府的支持下，她开办了这家富有民族风情的农家乐。

当苍凉悄然离去，留下的便是那绿意盎然的生机与秋阳余晖下的浪漫。几番春风化雨，几度人间秋霜，苍凉自兹去，绿荫映夕阳，转身之间，单女士和村民们告别了过去，以充满诗意的姿态拥抱生活。

在这片曾经的荒凉之地，单女士还目睹了阳关小镇内外的沧桑巨变，生态保护从最初的艰难起步到如今的蓬勃发展，街道从当年的杂乱无序到如今的楼宇井然，环境也从当年的风沙弥漫到如今的绿树成荫、花草缤纷，而这背后，却是阳关人代代的伏地守望。

单女士告诉我们，当地政府非常重视葡萄产业的发展壮大，依托古阳关、玉门关旅游热线和境内独特的旅游资源，积极发展生态保护产业。全镇大部分农田都种植了优质葡萄，让生态和旅游经济成为提升群众幸福感的源头活水，悉心呵护着"阳关葡萄"的品牌。就像歌里唱的那样："引来了雪水把它浇灌／搭起那藤架让阳光照耀／葡萄根儿扎根在沃土／长长藤儿在心头缠绕。"

一曲《吐鲁番的葡萄熟了》，醉了岁月流光，也醉了有情之人，谁能不被感动？这份感动随着浩荡的秋风穿堂而至，存于雪山之下、大地之上，就像远方那座笼罩于岑寂的三危山一样，每天太阳升起时，一如既往地散发着迷人的光彩。

阳关的绿色之中，有太多的故事，像是千佛洞经书里密密麻麻的注解，在历史深处洋洋洒洒自成大观。多少足迹踏过历史古道，在茫茫风沙中奔走、触摸、吟诵、浩叹，然后把生命中的苦痛付诸天地悠悠，一往情深。

行走于绿色长廊之下，既是一次文化探秘，又是一次赏心悦目的生态之旅。阳关之绿，绿得让人敬畏和震撼，也让人徘徊流连。

此时，我眼里的阳关绿，像极了一个绿色符号，恰当地点缀在沙漠的怀抱中，诠释着人类对自然的认识和理解，也注解着人们对新时代自然之美的爱护和珍惜。

五

当红柳和梭梭树开始泛青的时候，当人们络绎不绝地穿行在阳关遗址的时候，眼前的一切会令他们惊叹：黄沙、红柳、绿色的梭梭树，俨然汇成一个微缩版的园林世界。那些生活在沙漠里的小动物，有了这些沙漠植物的遮挡，即使在炎热的夏季，也有了一方舒适的生活天地。

现在的阳关古镇，绿洲面积还在不断扩大。导游告诉我，每到春夏之交，这里便柳绿花红、林茂草青。丰产的葡萄园和苍凉的阳关古道相互映照，成为丝绸之路的最美景观。

而今的阳关葡萄沟，早已不再是"西出阳关无故人"的荒凉之地，它是防沙防风的绿化墙，它是绿色生态的最美景观，更是当地人增收致富的绿色希望。古代诗人笔下柳绿花红、泉水清清的描写已重归现实，古老的"阳关三叠"也焕发出浪漫的青春畅想。采一串新鲜诱人的葡萄，倍感"千里阳关葡萄浪，瀚海绿洲桃花源"的浓浓情意。

　　从骄阳似火的盛夏到冷冽的隆冬，阳关的垂柳飘去了汉代的柳絮，路旁的枝条也绽放过大唐的杏花。那些花开着开着，就开成一行行"羌笛何须怨杨柳，春风不度玉门关"的苍凉，也开出今日大漠绿洲"渭城朝雨浥轻尘，客舍青青柳色新"的柔情。

　　对于文人墨客而言，边关冷月，胡笳悲声，长河落日，大漠孤烟，灵魂有了归处，心中自有诗兴与阳光。于是，半阕平仄，两行苦吟，一声声仰天长啸，将一片洪荒之域化作温馨的诗词之乡，谱写成千古绝唱。从此，一首诗，一句经典，成就一处人文景观。只要诗人精神常驻，绿色便永远伴随文化之魂踏歌而行，留下敦煌人的诗意绿洲。

　　对于敦煌人来说，珍藏在心底的绿色梦幻，是世世代代接力传承的生命底色。当久违的碧草探身戈壁的石缝，仿若奏响生命的号角。此时，那梦中数次浮现的桃花的芬芳弥漫在泥土间，馥郁香气浸润着敦煌人的灵魂，铸就了他们的肝胆忠义，也让人们守住了心中约定的桃源。

　　对于中华民族浩瀚的历史长河来说，烽燧不过瞬息的烟火痕迹，边关隘口亦不过是历史乐章中的一个音符。那阳关内外交织的生命之绿，才是演绎恢宏篇章的主角。它是一部传唱不息、气势磅礴的生命史诗，亦是丝绸之路沿线最为璀璨夺目的风景线，承载着民族记忆，诠释着生生不息的力量与永恒之美。

　　迎着深秋的凉风，我在绵延无尽的旷野与静默千年的荒原上跋涉，在时光的流沙里追寻岁月的痕迹。

　　自西向东，我缓步于阳关古道，每一步都在绿色的经纬中落下深深的印记。我穿过片片绿色，走过亘古沉默的荒原和瞬息万变的流沙，向在秋光下顽强站立的点点绿色致以生命的礼赞。它们如诗如歌，在广袤大地上演绎不屈的传奇。绿色中，那些纵横的思绪和远古的记忆，就藏在阳关古道的新鲜容颜里，藏在悠悠古道尚未风干的车辙里，藏在驿站外的萧萧马鸣里，百转千回，从未离去。

如若时光充裕，我将在点滴绿色中驻足长留，带着对每一片绿叶的深深敬意，保持谦卑，忘却世俗的纷扰，尽情享受这份难得的宁静，不问归期。

如若时间允许，我愿用纯粹之心与眷恋之情，进行一场自由与浪漫的跋涉，轻轻触摸大漠深处那如黛眉般若隐若现的翠色，细细涂抹戈壁滩上那一片片碧草与萦绕其间的苍烟。

阳关绿，已不仅限于物质的维度，它是一段梦幻与现实交织的旅程、一场对盎然生机的追寻。诗歌之程或许潜藏无形，以深情的韵律牵动人心，情感共鸣穿越时空，其魅力犹如丝线般绵延无尽；而绿色之路，则是在岁月的年轮下，挥毫泼墨绘就的一幅生命画卷，饱含艰辛与坚韧。

它是千里之外生命的热烈勃发的具象写照，它是一种深情款款的诱惑，一份刻骨铭心的牵挂，引领人们踏上一条满是斑斓色彩却又裹挟着悲壮气息，弥漫深沉沉郁之感且尽显厚重沧桑的人生之路。

云端树

一

这是绿意澎湃、草长莺飞的时节。

若是身处海南，必将沉浸在一片欢乐之中：芒果与荔枝在绿叶的映衬下展现出娇憨的红晕，龙眼和红毛丹摇曳着丰收的喜悦。

然而，这云端之上的藏北高原，却呈现着截然不同的景象。粗犷苍凉之处，土地无一例外地裸露着褐色的胴体，远处看到的是荒凉空旷，渐渐走近的是空旷荒凉。

天边的冈底斯山是红色的，近处的雅拉神山、贡嘎神山是褐色的，眼前的土地是灰色的，车轮扬起的尘土是黄色的，永远都是秋冬的萧瑟，裸岩重叠，苍凉满目，让你不知它们究竟何时绿过，今夕何年。干涸的河床呈蜿蜒之态，带着几分温柔的曲线，但一川碎石的充斥足以让其细腻顿失，唯余粗粝坚硬的铁骨铮铮。

印象中的绿水青山，总应该是草木葱茏的，是那种采菊东篱、悠然见之的南山；是那种相看两不厌，进可热情拥抱、归可省视内心的名山；是那种在历史的风雨中，长满摇曳着或粗壮或纤细的腰身的树木的绵绵群山，这些树木会伸展绿色的触角，向那些有故事的地方奋力蔓延。

此刻，从动车窗外一闪而过的高山，只是冰冷漠然的符号，只是严酷冷峻的面孔，让人生出对于有限环境的无限敬畏和恐惧，生出"看山不是山"的失望与落寞。

"你到了拉萨，绝对不会看到像藏南的林芝那样的绿色，拉萨周围的山峦都是一片光秃秃的褐色。"出发前，林芝那家旅馆的年轻女服务员信誓旦旦地告诉我。

姑娘面庞圆满，神态自若，眼中闪烁着未染尘埃的清亮，微笑时，下巴轻扬，那线条柔美得仿佛被溪流轻抚过，纯净亲和的魅力，直击人心。这样的景象，几乎成了我在林芝街头漫步时屡见不鲜的标配——圆润端庄的脸庞上，总是挂着恬淡而温柔的笑容，那份天然去雕饰的纯真与淡泊，犹如湖面上悠然自得的天鹅优雅地扬颈昂首，静谧中自带一番风度。

这样超脱尘世的宁静气质，在那片远离尘嚣之地，我已司空见惯。林芝的山是绿的，水也是绿的，草木葱茏的高山之巅，白雪覆盖，纤云弄巧，仪态万方，慷慨地赐予每个远道而来之人在喧嚣时代难得一见的从容淡定，也让每个初来乍到者沉醉于山水之间。

那么，即将到达的拉萨，究竟是一番怎样的情景呢？即将展现在我的面前的，是否比沿途所见的更加苍凉满目、步步惊心？

当这样的忧虑渗进心田，再联想那些沿途所见，便有了一种悲悯的预期——无边荒凉，带着萧萧之气，从眼前闪过。

二

动车穿过加查、山南，海拔渐次抬高，绿意渐渐消退。报道说这趟列车设计时速 160 千米，实际行驶速度是每小时 130 千米左右。

据说，在这片土地上，车辆的引擎会因氧气稀薄而动力不足，当你踩下油门提速的时候，车辆却毫无反应，故而大排量或装备涡轮增压的汽车是自驾者的首选，不知道动车会不会也有这样的"高原反应"。

透过车窗，可以看到曲折的河岸与国道边的空旷地带上，零星点缀着细弱的榆树与柳树，沿着318国道与动车相伴而行。虽然细小，却以其顽强的生命力在这片土地上勾勒出生机勃勃的绿意，见证了近年来生态保护的努力与成效。

邻座是一位在西藏服过役的退伍老兵，他告诉我，很多树，都是中国人民解放军第18军当年修筑318国道时种下的。谭冠三将军从进军拉萨伊始，就把植树绿化当作了历史使命，号召部队进藏时一路种树。

自进藏那一天起，来自天南海北的部队官兵，一次次把故乡的小树，一棵一棵地"请"到拉萨，小心翼翼地栽种在贫瘠的泥土中，然后给它们以至高无上的地位，让它们在被世人仰望的高度，绽放出仁慈的绿意。一次次往返，一年年栽种，那该是多少次的"万水千山总是情"，多少次的"八千里路云和月"啊！

谭将军自己更是身体力行，每次回内地开会，都会带回很多能在高原生存的树苗，特别是苹果树苗，久而久之就种下一个苹果园，被人们称为"将军林卡"。

谭冠三将军在西藏13年，就带领官兵种了13年的树，一路走过，为后人留下了片片绿荫。谭将军和部队官兵的贡献，西藏的树都记得。

从某种意义上说，驻藏部队的官兵就是高原的树，是最顽强的、最挺拔的、最美的云端树，四季常青，永不凋零。

同样，被称为"青藏公路之父"的慕生忠，也是一位植树将军。

修筑青藏公路的时候，筑路总指挥慕生忠将军带来的大卡车，不仅满载着筑路工具和稀缺物资，更巧妙地装载了杨柳树苗。那些绿意盎然的幼苗，在他的精心呵护下，最终在青藏高原的尘沙中生根发芽，蔚然成林，成长为诗意盎然的"望柳庄""成荫村"，辛劳的汗水更浇灌出格尔木这片戈壁绿洲。

人们常说西藏是神奇的，神奇之处就是栽下去的树要么不能成活，若活了，风摧雪残也一样活，而且必定比内地长得更高更壮；如果是花，必定比内地更美更艳；如果是果，必定比内地更香更甜。

半个多世纪过去了，部队官兵当年种下的树，如今早已成行，成林，成荫，成园。每棵树的年轮里都储存着拉萨的变迁，记录着戍边军人走过的一个又一个春夏秋冬。

我坐的是一等座，为了供氧方便，动车的座位被调整成两排座位相对而坐的布局。坐在我对面的，是一位藏民，名叫洛桑，他的淳朴和友善打破了旅途的沉闷，我们自然而然地就谈到了西藏的植物。谈论最多的，是这里的生命——无论人类、动物还是植物——展现出的在与高海拔缺氧和严寒斗争中磨砺出的坚韧意志，那是低海拔地区难以体会的生存哲学。

谈话中，我有意无意地打量着面前这个藏族汉子。在青藏高原上，有时是很难看出一个人的真实年龄的。洛桑看上去满脸沧桑，深凹的眼睛闪烁在浓密的睫毛之下，高原粗犷而干燥的季风吹乱了他的鬓角，那被烈日晒得黑里透红的额头显得宽阔发亮。我以为这个汉子已过天命之年了，一问，才知道他是1975年出生的，还不到50岁。

我们乘坐的动车，作为现代化的旅行工具，为我们提供了恒温环境、持续氧气以及各式小吃和血氧提升口服液，为乘客打造了一个舒适的小天地。然而，大自然却不会给予植物们这样的待遇，它们只能依靠自身的顽强生命力才能在这里生根发芽。

正值5月末，所有的植被都在迎接盛夏的到来。洛桑告诉我，七八月份是西藏万物的黄金生长期，在夏日的短暂却慷慨的馈赠中，很多生命好像被注入蓬勃的力量，竞相舒展，尽情绽放，哪怕是最不起眼的格桑花，也在有限的时间里竭力展现其生命之美。

三

动车是在傍晚抵达拉萨的，走出车站，我惊喜地看到拉萨河两岸的绿色——榆树的绿色。在四野苍凉、裸岩重重的围裹下，拉萨城的绿色让人惊艳，让人感到不可思议。你不能不惊诧于拉萨人在绿色创造中的坚韧不拔和蓬勃向上的活力，也不能不惊诧于榆树在拉萨绿化中举足轻重的地位。

榆树在我心中，总是与干旱、贫瘠相互依存的，尽管我知道，榆树的叶子、榆树的花苞都是在大灾之年救命的口粮。在我印象中，榆树不是美丽的树种，它畜吃虫咬，树皮粗糙、枝干嶙峋，冬天褪去落叶，徒留粗粝的枝条，夏季叶片稀疏，日光透过叶片的空隙，投射出斑驳陆离的光影。南国女子的温婉不属于它，晓风残月不属于它，绿树浓荫不属于它。那些碧波荡漾的水面映照的绰约风姿，似乎永远是绝胜的烟柳。柳叶细长如佳人的指尖，轻盈若燕子的尾羽，常常成为古典文学作品争相吟诵的意象："不知细叶谁裁出，二月春风似剪刀。""一树春风千万枝，嫩于金色软于丝。"至于吟诵榆树的诗词名句，除了《诗经》中"山有枢，隰有榆"，其余实在是少之又少。

我想，拉萨之所以在众多树种里选择榆树为市树，或许更看重的是榆树的品质、榆树的精神。

在中国传统文化中，榆树常常被赋予坚韧不拔、生命力旺盛的象征意义，这与拉萨人民面对自然挑战，依然保持乐观向上，坚韧生存的情况相契合。榆树对环境的适应能力非常强，尤其在较为干旱和寒冷的高海拔地区，如拉萨这样的高原城市，能够良好地生长。它的根系发达，耐寒耐旱，适合拉萨干燥、温差大的气候条件。榆树还能够有效防风固沙，保持水土，对于防止土地沙漠化、改善城市生态环境具有重要作用。在拉萨这样风沙较大的地区，榆树可以起到很好的保护作用。

除了性格倔强、不知变通的"榆木疙瘩"，柳树也在拉萨的绿化中占据重要地位。文成公主在藏地植柳的美丽传说，赋予了柳树深厚的文化意义与情感价值。相传公元 7 世纪时，文成公主带着柳树苗嫁至吐蕃，亲手在大昭寺周边播下绿色希望，这些柳树后被称为"唐柳"或"公主柳"。

拉萨的柳树是否真的源自文成公主，这已无从考证。但染绿拉萨的第一缕绿色，肯定是部队官兵军服的底色；为拉萨的绿色做出巨大贡献的，肯定是部队官兵种下的千树万树。

在戍边军人年复一年的呵护下，在极端环境中繁衍的每一棵树，无疑见证着拉萨城市、乡村生态的不断进步，见证着云端之上植树造绿的艰辛和成就，见证着中华文明的移植与茁壮。留下的不仅仅是历史的痕迹，更是汉藏两族人民携手改造自然、和谐共生的例证。

日光城中，除了随处可见的榆树，其他树种的丰富程度也超乎人们的想象。榆树之外的花花世界，让人恍若步入一处高原上的植物大观园。

街道两旁，高低错落的榆树，亭亭玉立的柳树，与挺拔俊逸的白杨并肩而立，共绘"最是一年春好处"的多情画卷。它们巍然矗立，枝繁叶茂，其壮观之姿，足以媲美江南名木的绝代风华。

漫步街头，西府海棠以其娇艳欲滴的姿态迎接每位过客；紫叶矮樱紧跟其后，以绚烂色彩装点生活；月季的艳丽，金叶榆与金叶女贞的璀璨金黄，交织成一场视觉盛宴。更有雪松的苍翠挺立，大叶黄杨与大叶女贞的绿意盎然，以及杨、柳、榆的轻盈，油松和高山松的坚韧不拔，冷杉的高耸入云，编织出层次分明、尽显江湖快意的独特景致。

缤纷花树使得这座城市四季花开不断，为这座城市的景观增添了无尽的魅力与活力。

为了满足市民及游客的观花需求，拉萨市城区的道路上新增了绿化带，并开展了行道树的补栽工作。同时，为了丰富色彩，他们还选用了金叶榆、金叶女贞等彩叶树种，使得"万条垂下绿丝绦"的街头，也能看到"霜叶红于二月花"的灿烂。

拉萨的朋友介绍说，过去的 10 年里，拉萨街头的绿化树种类从不到 10 种增加到了如今的 60 多种。截至 2011 年，拉萨市的城市绿化覆盖率接近 50%，人均公共绿地面积达到了 10.26 平方米。

数字的变化展示着拉萨向高原园林城市迈进的坚定步伐，也彰显着这座城市在生态保护与绿色发展上的不懈努力。

四

我来拉萨的时候，这座城市已告别了寒冷的束缚。榆树的嫩绿在高原的熏风中悄然长成，它们苍翠欲滴，鲜活灵动，绽放着翡翠清泉般的绿意。

轻轻牵着那些嫩芽，我能感受到一股清冽的雪水从指缝间滑过。我在褐赭色山峦的环绕下，一路跋涉，一路轻盈。当望见那一株株、一排排的绿树环绕着湖水和人行道时，便恍然大悟。

一切绝非天意，成事全在人为。

在动车上的时候，与我邻座的那位退伍老兵告诉我，他当年当兵的地方，在日喀则的一个县。那里，海拔约有 4000 米，而年均温度却低至 7 摄氏度左右。自然的严苛不仅限于此，旱灾、霜冻与冰雹如不速之客，时常侵扰这片土地。然而，就在这样严峻的条件下，他们竟在营房周边奇迹般地种活了 100 多株树。

那是一个高山环绕、气候极端的地方，裸露的山峦，无遮无掩，即便在无风雪之时，空气中也弥漫着刺骨的寒意。

植树的过程，更是对意志与智慧的双重考验。官兵们先挖掘深广的坑穴，融化深层的冻土，随后铺设薄膜与厚草，构筑起防护的小环境，抵御冰雪的侵蚀。树木不同于温室中的蔬菜，无法轻易得到庇护，只能孤身面对自然的严酷。冬季，官兵们为每一棵树穿上"冬衣"——树干缠绕草绳，覆以塑料膜，根基处堆土加固，最后，用满含希望的眼神，为这些顽强的生命加油鼓劲。每当春风拂过，新绿初绽，那不仅是树木的胜利，更是所有高原人心中的狂欢。

树木的成长之路布满未知，有的能挺过一个寒冬，却熬不过下一个；有的跨越了两个冬天，却倒在第三个严冬面前。树木年复一年地重复着或存活或倒下的命运，戍边军人也年复一年地重复着自己的使命。

云端之树何时才算真正扎根，何时才能无惧风雨，无人能给出确切答案。但这一切并未动摇军人们植树的决心。在兵站与营区里，无声的绿化战役随时都在进行，官兵们种植着世界上最顽强的树，也种下世界上最顽强的精神。当了几年兵，就种了几年树，岁岁年年地种树，迎着风雪地种树，与树影相守相伴，书写着人树共生的话题。

如今，这些树不仅成了自然的奇迹，更成为坚韧不拔精神的象征，矗立在云端之上，讲述着关于挑战、希望、坚持和守望的故事。

听完那位退伍老兵的话，我想，真要感谢这片不断上升着的土地。它不仅教会了人们以坚韧之心对待自身与所处环境，也教会了人们去适应、去征服。正是有了它们，人们才有了对自身的认识和对自身潜能的开发，才意识到生存和发展这个生活的主基调。

五

离别拉萨这天，朋友驾车陪我浏览了拉萨市容。所到之地，皆是青绿扑面；所及之景，尽显盎然生机。穿梭于这座雪域高原的脉络之中，随时可以听到生命的回响。

布达拉宫雄伟壮观的正面，南山公园如同镶嵌的翡翠，日复一日迎接游人，熙熙攘攘，热闹非凡。作为南北山绿化工程的璀璨明珠，它不仅是城市绿肺的典范，亦是拉萨生态蝶变的缩影。此地，每日接纳的市民与游客量达3000—5000人次，节假日期间更是超过万人，这里已然成为一处集休闲、游览、健身于一体的热门地标。当规划的整个绿化工程圆满落幕之时，相当于多了600个像南山公园这样绿意盎然的区域，装点着日光城的每一个角落。

南北山绿化工程，是西藏首个规模化山体造林的生态修复壮举，承载着增进各族群众生态福祉的使命。西藏自治区政府的10年蓝图，旨在绿化200万亩以上的国土，让绿色梦想照进现实，将拉萨塑造为生态宜居的高原明珠。

从高处俯视拉萨河谷，绿意如两条碧色哈达，轻绕两岸群山，东西延伸近200千米，横跨9个县（区）35个乡镇，从拉萨市的心脏地带到周边县区。南北山绿化工程的累累硕果，犹如一幅生机勃勃的生态画卷，令人赞叹不已。

北望拉鲁湿地，生态恢复的奇迹正悄然展现：白榆、龙爪榆、雅江巨柏、江孜沙棘、高山柳等树木错落排列，生机盎然；而绢毛蔷薇绽放的小黄花，汇成一片金黄色的海洋，格外引人入胜。

遥看贡嘎机场周边的山峦，夏日的绿荫恰如其分。金叶榆、油松、祁连圆柏繁茂生长，绿意盎然；高处山坡上，砂生槐的紫色小花如梦如幻，浪漫至极。从军民两用机场，到军民共创绿色，拉萨的绿水青山逐年蔓延扩大，展现着一幅自然与人和谐发展的绝美画面。

绿意盎然，山清水秀，这是根植于世世代代雪域高原人心中的梦想，也是戍边官兵年复一年的追求。在这片神秘而圣洁的土地上，绿色的故事如同一首悠扬的牧歌，穿越了几十年的岁月长河。当年入藏官兵最初种下的树苗，如同先驱者的梦想与勇气，深深扎根于这片高原之上，与西藏的发展同频共振，茁壮成长，直至今日，已成为挺拔的参天大树。它们不仅见证了西藏自治区的成长与繁荣，更成为西藏精神的生动注脚。

这是一场绿色革命，它始于军人们的执着与奉献，融入了每一个西藏人的心田，逐渐蔓延至每一个角落。

云端之上，每一棵树都承载着岁月独特的故事，每一株花、每一棵草都描绘出生命的多彩画卷，每一滴露珠都折射出天地间最纯净的光芒。行走在高原人用心血浇灌的云端树下，仿佛能听见大地与生命的低语，那是对自然最真挚的敬畏，也是对生命意义最深情的歌唱。

云端之树，不仅是自然的奇迹，更是雪域高原人与自然和谐共生的象征。它们屹立于高山之巅，守护着这片土地的生态平衡，更传递着一种超越时空的智慧与情感。它见证着高原的过去，守护着高原的现在，更预示着高原的未来——一个充满希望与梦想、人与自然和谐共生的美好明天。

青藤古寨

一

侗乡苗寨的烟火，融入峰峦那嶙峋的岁月之中，如同一幅水墨丹青的杜鹃花海，肆意晕染着江河奔腾的滔滔画卷。这郁郁葱葱的森林，这莽莽苍苍的高山，这缥缥缈缈的云海，这缤纷绚烂的文化，都是我必来黔东南的理由。

走进黔东南，就徜徉在引人入胜的传说中。这里有不期而遇的千古悠扬，有随处邂逅的波澜壮阔。古树虬枝上长满绿色的苔藓，展示出原始沧桑的古朴美；万木之王的秃杉托起"天然活化石"的称誉，在奔涌大河的映衬下展现出岁月的沧桑。山谷袭来一缕清风，便吹来这神奇苗岭的千年一叹；寨里飞过一曲山歌，便传诵出绿水青山的崭新容颜。

这里有巍峨壮丽的青山，有川流不息的江河，有满载历史的村寨。一座青山别具一格，侗乡苗寨风格卓然。阅尽人间春秋的莽然雷公，仿佛一位饱经沧桑的老人，将这黔东南的千载风霜揉捻进岁月的厚重里，将前赴后继的沧桑过往凝炼成草木的安然。

阳光惬意地洒在雷公山的古道上，轻掩的山门关不住历史的风云变幻。清水江和都柳江犹如历史的运载者，承载着苗寨的斑驳往昔，流淌出千年狂想的荡气回肠。

雷公山，苗岭之巅，主峰海拔2178米。

入得此山，利剑般直冲云天的11座山峰映入眼帘，漫山的绿色犹如被画笔所染，一泻千里。此时此刻，所有的遐思都化作敬畏。苍烟绵延数千千米，将雷山、台江、剑河、榕江四县温柔环绕，而云雾缭绕的苍境也烘托出这黔东南的一方神韵，雷公山在其中尽显母亲山的伟岸，并成为长江水系和珠江水系的分水岭，更为清水江、都柳江孕育出澄澈的碧水之源。

二

沿着盘山公路一直深入，这片黔东南的绿色之肺就在我们的眼前缓缓出现了。穿行其间，各种或警觉或好奇的珍禽异兽在身边潜伏窥探，而一棵棵参天巨木则保持着洪荒时代的身姿，完美如初的植被保护，绝无任何开发的痕迹。置身其中，让人顿感时光倒流，恍若隔世。

雷公山山顶是一个东西长350米、南北宽30米的大平台。这里是观日出、看云海的最佳地带。这里还有一口神秘的水井，即便是在贵州，恐怕你也很难找到比它更高的井了。说它是井，其实只不过是个水坑，水深过膝，但终年不溢不涸，源源不断。

这口神秘的井背后有一个悲壮的传说：100多年前，苗族农民起义首领张秀眉被围困于此，水尽粮绝。悲愤之下，张秀眉扬鞭勒马，马蹄落处，形成一井，井中清泉涌起，顿时军心大振，杀退敌兵。

在雷公山的北边，有一处高山坪坝，海拔1850米，面积约30万平方米，这里是雷公坪。

坪上群山环抱，古木参天，林木翁郁，草坪似茵，景色如画，盛夏如春。坪西南有点将台一座，底长40米，高6米，分三级，呈弧形，是清代苗族英雄张秀眉聚众反清遗址。花街路、军用井、关隘、哨口等遗迹还依稀可辨。

立于高山之巅，举目凝望，四面云山来眼底，八方清风荡胸怀。这一个海拔约 2000 米的山顶，被誉为苗岭之巅。

说来有趣，当地人大多称呼山为岭，我问村民其中缘由，他们说，自古以来就是这么说的。山何以变化为岭，无非言其走势绵延伸展，而无山之峭拔。那是因为他们站在高原之上，已经看山不是山，一览众山小了，看到的只是"五岭逶迤腾细浪，乌蒙磅礴走泥丸"的起起伏伏的绿色海洋。《长征组歌》中就有一首专唱"岭"的歌曲：

"苗岭秀 / 旭日升 / 百鸟啼 / 报新春……"

雷公山不仅是物种基因库，更是一座生态名山。

在 1997 年，联合国教科文组织官员及挪威专家来此，赞叹雷公山是当今人类保存得最好的一块世外桃源。这里有地球上最丰富的植物种类，苍茫的大森林和纷繁多样的野生物种，让雷公山成为现实版的"自然百科全书"和"天然活化石宝库"，当中蕴藏着未知与新奇，自然之美、造化之妙在这里被显现得淋漓尽致。

逃离灯红酒绿、人声嘈杂的闹市，逃离熙熙攘攘、拥挤不堪的楼宇，人们来到这里，山风一阵阵沿坡而至，带着清爽和纯净，带着古朴和温情，人们尽情呼吸这苗岭浓郁的馨香，抚摸着古朴、别致、优雅的吊脚楼，聆听着苗家人亲切的话语，让身心一遍遍沐浴在"苗岭秀，旭日升"的无限春光里而陶醉忘返。

在这里，各种树木错落生长，密不透风，几乎所有的植物都保持着最本真的原始状态。参天的大树、缠绕的藤萝、繁茂的花草，构筑成一道绿色的屏障。百年杜鹃以其茂密和繁盛，勾勒出婆娑的姿影，苍苔爬满了苍劲的枝干，在斑驳的太阳光下，那绿莹莹的光芒，与山色相互辉映。呼吸一口饱满的绿色氧气，心底深处那些被尘埃沾染的积习便会荡涤一空，飘飘欲仙。

三

雷公山的生态环境，吸引着络绎不绝的中外游客。

观景台上，神秘之井经年不涸，传颂着苗族农民起义首领的千秋美谈。高山坪坝，历史古迹依稀可见。雷公山承载着与山川同生共长的深沉底蕴，把"绿水青山就是金山银山"的理念雕刻在苗岭之上，也镌刻出苗家历史的灿烂。

在苗乡侗寨，伴随着社会的发展和进步，在政府的示范和引导下，人们的风俗习惯、生态理念，已由最初的遵从自然，发展到了积极地、自觉地与自然和谐相处，人们把建设美好家园、维护天然的生态环境作为自己生存的一部分，并以实际行动加以体现，呈现出一种"天人合一，万物有灵，和谐共生"的和谐之美。

在我的眼中，这里的人们，对于山河岁月，对于森林草木，都有着来自灵魂深处的敬畏，更有着与日俱增的情感依托，并把它转化为对于自然生态的悉心呵护、世代守望。山野间荷锄扶犁的农妇、古村寨舂米浣衣的姑娘、河流中持篙摇橹的大哥、山林中行走如飞的汉子，还有那些生于斯、长于斯，世代守望的家族，孜孜付出，镌刻一山一河的娟秀，迎来一春一秋的流转。从数千年前的"刀耕火种"到如今悉心护佑一花一树的成长，守护每一座山的葱茏、每一条河的澄澈，他们是黔东南最美的建设者。这不仅体现出时代的发展和进步，更展现出人类在与大自然的相处中，对和谐共生的环保理念的醒悟与升华。

漫步雷公山山道，步步皆安然。坐在响水岩的月光下，听着瀑布飞溅的磅礴声响，看眼前彩蝶飞舞，呼吸着负离子含量爆棚的空气，仿佛回归梦幻中的那个绿色的原始时代。走在杜鹃花蓬勃的花海里，举杯便可映出山河无恙、草木含情。

从雷公山山顶向山下望去，高低错落的寨子在云雾缥缈中出没。近处是层层叠叠的梯田，田间有汉子牵牛耕犁的画面，偶有妇女背着背篓在田埂上走过，犹如在画中的绿色阶梯上移动。那梯田弯弯曲曲地依山环绕，仿佛少女裙上的花边。在雷公山下，我听到过这样一首苗族山歌：

铜鼓敲起来耶诶

舞台搭起来

芦笙吹起来耶

摆舞跳起来

山歌对起来耶诶

酒杯碰起来

美丽苗乡敞开怀

好山好水等你来

……

悠扬的山歌，一如苗岭绵延，涤荡了尘埃，将昔日的荒凉之地，化作青山常在、碧水长流的欢乐之乡，唱出了人们在险恶自然环境下不畏艰险的拼搏精神和生活的激情，唱出了苗岭的好花常开，唱出了苗寨的好景常在。

四

无论以什么方式游览雷公山，千户苗寨都是不能绕过的去处。

如果说雷公山国家森林公园是黔东南苗族侗族自治州万物共生、和谐发展的典范，那么，千户苗寨就是历史文化保护的人文之光，前者体现了自然界万物共生、协调发展的自觉理性，后者是人与自然依赖共存、可持续发展的天地人和，前者是对绿水青山矢志不渝的践行之路，后者是对金山银山满怀深情的礼赞之歌。自然生态与人文生态的完美统一，构成了黔东南靓丽的名片，而这一切，都离不开政策的保驾护航，各族人民的团结奋进，以及各部门的亲力亲为。

沿着一条彩色的旅游公路盘旋而下，随着山岭的起伏不断，村落就散落在山间的芳林中。一阵薄雾笼罩四周，略显朦胧。旖旎秀丽的大自然困住了这段静谧的时光，让万物在时间轴上走得那么平稳，缓缓地变成一个坦荡自然、毫不造作的苗寨。偶尔的细雨洗涤，就让眼前的世界变得艳丽无限。此时，天空瓦蓝，河水碧绿，当夕阳接近雷公山山顶的时候，我们终于走进了多姿多彩的西江千户苗寨。

千户苗寨位于雷山县东北雷公山之麓，是雷山县西江镇政府所在地。全寨共1000多户近6000人，苗族人口占总人口的绝大部分，故被称为"千户苗寨"。

苗寨历史悠久，相传始建于西汉时期。这里历代少有治理，发展滞后，一度是历史上出名的"蛮荒之地"，如今这里已成为闻名遐迩的中国历史文化名镇、中国景观村落、国家4A级旅游景区。一切殊荣，都与文化传承和人文保护密切相连，与独特浓郁的民族之风相关，更与各级政府的精心呵护密不可分，也离不开苗家人在开发与保护之间维持的微妙平衡。

雷山县于2009年出台了西江千户苗寨民族文化保护补偿办法和评级奖励办法，以亲切而平实的话语为苗寨的开发奠定了基调："人人都是文化主人，个个参与文化保护，家家成为民俗博物馆，户户都是文化保护场所。"

十余年间，无论旅游业如何开发、如何繁盛，千户苗寨依旧保留了其古朴温馨的"寨风"。如今，当游人们走进千户苗寨，依旧像是走进了一幅如幻如梦的古老的水墨画卷中：黝黑整齐的木楼群依山而建，蜿蜒铺展并构筑着精巧图案的鹅卵石路面点缀其中，满头玲珑银饰、笑容温婉灿烂的苗家姑娘端来清冽的迎客酒,吊脚楼下石头砌成的地基上长满经年的苔藓。这些无一不印证着这么多年苗寨文化保护的璀璨成果。

据介绍,这座古老的苗寨,距今已有2000多年的历史。相传,苗族认为"蝴蝶妈妈"是其始祖,而蝴蝶妈妈又是由古枫树变来的,所以苗族崇拜枫树,不只在山间种满枫树,就连吊脚楼的木墙材料,也都选用枫木板。暗红色的枫木板壁在夕阳的照射下一片金黄,若是秋天来此,屋前屋后的巨大枫木红叶片片,染红了苗寨,也映红了苗家人的笑脸。

经民族团结广场,过风雨桥,顺着缓坡进入苗寨,一路上可见一排排的参天古树,一处处的溪水潺湲,一丛丛的缤纷花开。街面上清爽洁净,环卫工人精心呵护,行走其间,人的内心无不荡漾着诗情画意。

五

有人说,在苗寨,山茶嫁给了春风,河流嫁给了夜雨,云霓嫁给了晓雾,木楼嫁给了人生。春日的苗岭,早已不是诗人笔下的凄凉之地,眼前的百花争妍,牵着无尽诗意;白水河碧波荡漾,在这片苗寨边陲之地,悄然晕染出独有的风情。

沿着石板路向山上走去,参天大树像历经风雨的老人立于街头路边,泛着光泽的青石板路,映出上古之风的影子。山风阵阵,苗寨独有的敦厚质朴的气息弥漫在每一寸空气里,街道上人流如潮,笙歌四起。

阳光随意洒在苗寨的石板路上,轻掩的门扉关不住满院的蓬勃生机。临山而开的那扇窗户,伸出一根竹竿,挑着苗家人的苗锦花衣。衣服上绣着沉甸甸的历史,也写满了动人的故事。

脚下的鹅卵石小路,是主道旁岔开的小径。它们曲折、蜿蜒地向前伸展，在没有完全走完之前它们是无穷的远，仿佛穿越前方的云层，通向远古的浪漫，承载着千年古老的脚印。踏上去，每一步都仿佛是一段远古的往事，或者一个富有智慧的创造。

西江苗族文化所承载的历史信息，不仅铭刻着苗族社会发展进程的印迹，而且因其文化形式的丰富多彩和独具特色，在多元共生的民族文化版图里恰似一道绚丽的风景。

建在半山的独具特色的木结构吊脚楼，随着地形的起伏变化而层出不穷。吊脚楼群依山而建，次第升高，整体风格协调一致，古朴典雅的历史风貌尽显无遗，是人与自然关系最亲近的展现，是千百年来人类顺应自然和利用自然的烙印。

吊脚楼群因其恢宏气势犹如天上宫阙，是不多见的艺术奇观，也是"原始生态"苗族文化保存最完整的地方，更是人们领略和认识中国苗族漫长历史的露天博物馆。

据说，建造这些吊脚楼的工匠大都没有文化，凭着口口相传，凭着墨斗、角尺、斧头、凿子、锯子，便能使吊脚楼柱柱相连、枋枋相接、梁梁相扣，使房子巍然屹立于斜坡陡坎之上。多重结构的组合，构成三维空间的网络体系，与周围的青山绿水和田园风光融为一体，和谐共生，相得益彰，是上古民居建筑的活化石，它的结构之妙，它的独领风骚，它的美学价值，在知识界成为美谈。

学者说，没有故事的人，更应该去一趟西江千户苗寨，那里，正在发生故事……

诗人说，从上古遗失的两千颗星星，偷偷下凡千户苗寨，镶嵌在西江两岸。

余秋雨先生说，这座苗寨风情"以美丽回答一切"。

我不知道每天有多少游客来到这里，但我知道，每个来到这里的人，都会长久仰视着这个层峦叠嶂般的艺术之作。那石板路上，人们伸长脖子，露出凝神观望的神情，挥动着头巾，发出阵阵欢声笑语，这些场景，把这雷公山下的苗寨装点得生动而迷人。

六

遥想当年，千户苗寨的发展也走过一段荆棘密布的岁月。由于当时的西江山高水急、人多地少、交通闭塞，2005年以前，人均年收入只有1431元，不到全国平均水平的一半。

20世纪末，村里仅有一条泥土公路通往县城，然而，有九成的村民都选择走上这条小土路外出打工，力图融入外面世界的经济大潮。由于知识水平有限，大多数人只能以干力气活为主，一年下来，收获寥寥。

令人感到欣慰的是，随着近年来苗寨旅游经济的蓬勃兴起和持续发展，当年离家的人们又沿着那条已经铺上彩色沥青的公路，拖儿带女地返回了家园。许多外地的年轻人更是慕名来到这里，办商场、开客栈、经营酒店。从人口的流失到外来人口的涌入，仿佛一夜之间，苗寨的华丽转身可谓惊世之变。

同样，苗寨在文化遗产保护的早期，也经历了发展与保护的阵痛。

城市化和工业化步伐的加快，与外界交流的扩大，现代文明、现代生活方式以及外来文化的涌入，等等，都对西江千户苗寨造成了冲击。从文明的角度来说，这是进步的；从文化的角度来说，这是令人感到惋惜的。

随着无所不在的现代文明的入侵，那些鲜少与现代文明社会接触的少数民族村落也正在逐年减少，古老的活文物正慢慢消失，年轻一代不再穿着苗服，苗绣蜡染后继乏人，对西江千户苗寨民族文化遗产的保护，也是迫在眉睫。

好在，对于这些困扰，政府相关部门有着清醒的认识，并给予高度的重视，在多措并举的道路上，有因势利导，也有呵护关怀。通过持续不懈的努力，政府相关部门在保护苗寨自然风貌的同时，注入新的发展元素，最终找到了发展与保护的答案。

据了解，2003年，中国民族博物馆与雷山县人民政府决定把西江千户苗寨建设成为村寨博物馆，为保护少数民族文化做有益的探索和尝试，让民族地区丰富多彩的文化通过村寨博物馆这种形式得到保护、展示并得以延续下去。通过中国民族博物馆这个平台，千户苗寨优秀的传统文化不仅守住了阵地，而且走出了大山，登上了世界的舞台。在这一过程中，其民族文化地位得到提升，民族文化自信也得到极大增强。

在苗寨的演出剧场，每天都会按时间演出民族歌舞。年轻美丽的苗族姑娘与年长优雅的苗族老人，共唱长歌。一曲慢调娓娓道来，讲述着宇宙的起源，人类的诞生，季节的更替，大地的收成，以及苗族平凡而伟大的生活。

今日的千户苗寨已不再是一个单纯的旅游景点，而是一个向外界展示民族文化的窗口。在星罗棋布的苗族村寨里，在苗家儿女质朴灿烂的笑容中，"西江模式"的传奇故事也越来越丰富多彩。

青山绿水、村民生活，从来不应是旅游发展中被遗忘的一环。如何在开发与保护中寻求平衡，西江千户苗寨走出了一条完美的道路。

七

我们入住的木雅楼客栈，是一家建在高处的新客栈，装修独具格调，时尚新颖。站在观景台向远处看去，美丽的苗寨风光近在眼前，高低错落的吊脚楼，在雨后的青山映衬下，像黑色的宝石镶嵌在绿水青山之间，缕缕炊烟袅袅升起，氤氲着诗意般的曼妙。

晚上，我们顺着白水河品读着苗寨的慢节奏，且行且感叹。河水急促地奔流，两岸迷离闪烁的灯光倒映在潺潺流淌的河水中，波光粼粼中更增添了几分妩媚，几分妖娆。

看着夜幕下的雷公山，聆听着从人群里飘荡过来的方言和芦笙声，我想，这里是多么悠远、古朴且平静，又是多么顽强、坚韧和厚重。历经市场经济大潮的洗礼之后，它在发展与保护的节奏中，吮吸着这山泉、山风和山韵，一代一代地哺育着生生不息的苗家同胞。从坐在家里织锦拉线的阿曼的手上，从擦肩而过的穿着民族服饰的姑娘的脸上，我似乎读到了一种真正意义上的大山的情怀和精神。

夜风中，悠扬的芦笙恋曲和苗家姑娘的歌声，伴着白水河的流水，在夜空里流淌。成群结队的游客在大街小巷来来往往，是为了一睹高原的灯火，还是净化远道而来的心灵，让疲惫的心回归恬淡与泰然？是为了探寻那即将消失在雨中的悠悠故事，还是为了找回一个古老的无伴奏的传说？

是夜，再回客栈，四周已是灯火璀璨，恍如天上的街市。在这个静谧的山寨里，白水河唱着温情的夜曲，犹如在母亲的怀抱中安然入睡。从荒凉粗野的往昔，到阅尽繁华的今朝，千户苗寨见证了一个时代的传奇。在这蓄满了光明与温馨的西南山谷里，我真实感受到了瞬间与永恒的交织更迭。

沿着岁月的轨迹，千户苗寨正年复一年地勾勒着诗意栖居的美丽画卷。不论漂泊零落还是寂静冥想，在这里都能遇见一场醉人的邂逅和一段温馨的故事，纵然短暂，却也恒久。在苗家清脆的歌声里，所有的跋涉和艰辛都变得轻松，也让远行的灵魂沉静下来，直到一同与苗寨入梦。

（本文为"苗岭生态文学"征文活动获奖作品）

河水东流

底蕴：在水一方

我的面前是一条河，一条深邃幽蓝的河，一条神秘诗性的河，一条可以听见的河，她的名字叫灌河。

灌河是一条由西向东流淌的潮汐河，她的源远流长，她的苍凉厚重，她的缤纷多姿，她的不舍昼夜，都是我了解她、亲近她、书写她的缘由。

她是一条浪漫的河——

湖泊、河流、港湾交织成一幅壮丽的画卷，河流两岸芦苇丛生，与天穹、云朵、飞鸟的翅膀共同构成了一幅天人合一的和谐画面。黄昏降临时，蜜糖一般的橘黄色光芒笼罩着人间，让人能够感受到她的呼吸和生命的律动。

她是一条久远的河——

她由众多支流汇聚而成，历史可以追溯到宋元时期，甚至更早。在漫长岁月中，她见证了无数生命的繁衍生息和消亡，相对于她的漫长存在而言，个体生命显得渺小而虚无。然而，正是这种漫长而深远的历史积淀，赋予了这条河深厚的文化底蕴和独特魅力。

她是一条哲学的河——

站在灌河之滨的高处，可以感受到一种强烈的自然力量和生命之美。在这里，人类与自然和谐共处，共同谱写了绿色生态的颂歌。

无人能够彻底洞悉这条河的源头、绵长的历程，以及丰盈与干涸、断流与泛滥的变迁，生命一如岸上盛开的花朵，最终化为尘埃、碎屑，甚至被海风吹散，消失在辽阔而苍茫的天地之间。

毫无疑问，作为淮河、大运河的女儿，她是一条默默流淌、含蓄包容的河。她没有滔滔向东的气势，水光波影中也缺乏古铜般厚重的肌肤骨骼。她更像一条靛蓝的缎带，迎着海风默默向东流去。一如澄澈清亮的眸子，凝望着苍茫的岁月和灌河之畔的响水人。

一方水土养一方人，这是我们民族流传下来的智慧结晶。

她的身旁，人们在河水的滋养下，自然也得到灌河人文历史的浸润。一代一代的响水人，在这片土地上开挖河渠，兴修水利，用智慧和双手治碱垦荒，赶走荒芜贫困，建设出美好家园。

随着时光的流转和人世的变迁，这里的人们内心深处、性格中，都深深地融入了灌河的精神特质——像河水一样，智慧、优美、包容、坚韧、低调，充满了深厚的底蕴。

潮汐起伏间，月辉如瀑。渔歌唱晚、舟楫划水的声音，正诉说着一座城市的蓬勃发展。岸边的人们，正是以这样的进取之态和精神特质，不断地推动着城市的前行。

走近灌河，无论是磅礴的自然景色，还是久远的历史回音，都让我对她有一种深深的敬意和无尽的遐想。走近她，了解她，我能够体验到一种旺盛的生命气息与历史的深沉。

于我而言，灌河不再是一条河流，她是一部流动的历史，一首永恒的诗章。

追溯：兼葭苍苍

在世界上，无论是大河还是小溪，它们的存在都承载着丰富的神话传说。在给江河湖泊命名时，人们常常会附上一些神奇的故事，以突显其独特的意义。

据历史记载，早前苏北沿海地区并未有河流存在。当地的环境主要由芦苇荡、杂草地、沼泽和肆虐的虫蛇组成。当地居民只能选择在河畔的高处或是堤坝上搭建简陋的草棚，挖泥砌灶，努力开垦荒地种植粮食。然而，他们的生活条件极为艰苦。每逢雨季，由于地势低洼，积水成灾，导致五谷无法生长，庄稼无法收获。

据说，有一位被称为"水头王"的神仙，名叫王彦章。他头部硕大如巴斗，手掌宽大，体格魁梧，力大无穷。王彦章决定效仿古代的大禹，运用疏导之法整治九河。他决心在海滨开凿河道，将积水引入大海，为百姓谋福利。

经过七七四十九天的努力，王彦章从玉皇大帝的兵器库中盗取了十八般兵器。他将它们放入神炉中冶炼，最终铸造出一艘崭新的铁船。

这艘铁船配备齐全，舵、锚、樯等部件均由铁铸而成。凭借非凡的神力，王彦章撑着铁篙驾驭铁船，在陆地上航行。当他用力点地时，铁篙深深地插入地面，铁船迅速前行。随着他的动作，泥沙翻滚，迷雾升腾，大地轰鸣。在铁船经过的地方，一条深深的河道逐渐形成。两旁的积水迅速流入这条河道中，顺着铁船哗哗地流向大海。

从此，灌河诞生在苏北的大地上。从此，她便有了神话意义上的宿命，也就有了神秘色彩。

自此，王彦章的后裔便在荒凉的河岸上繁衍生息，演绎着一幕幕悲欢离合的世间百态，见证着无数历史的变迁，每一簇浪花、每一道波纹、每一层涟漪，都仿佛在诉说历史深处的神秘。大诗人龚自珍在其

《咏史》一诗中写道："猿鹤惊心悲皓月，鱼龙得意舞高秋。云梯关外茫茫路，一夜吟魂万里愁。"不知诗人在写这首诗的时候，胸中是否也曾激荡过这条灌河的碧浪清波？

我曾无数次想象着灌河初次流经江淮大地的那一刻，一定是这样的情景：四周弥漫着神秘的气息，在浩浩汤汤的水流中，那些神奇的植物与动物在西风流云之下惊喜地伫立岸边，它们的光影交织出时光的痕迹，色彩斑斓，时而湛蓝，时而暗紫。

如今，这些远古生物的后代们依然聚集在灌河的两岸。它们是苏北荒原上最早的居民——飞鸟、野兔，还有丹顶鹤，当然，更少不了那些翩翩起舞的昆虫。它们飞翔的样子仿佛是花瓣或雪片，在河面上留下一道道绚丽多彩的影子，然后又消失在人们的视线之外。

始终留在原地的，还有那些从远古走来的芦苇和野草，它们就像《诗经》里描述的那样——"蒹葭苍苍，白露为霜。所谓伊人，在水一方"——静静地守护着灌河两岸的一切。

河流的传奇告诉我们，河的起源、河的子孙、河的记忆，与这片土地上的创新、发展、开拓、进取，既是共同的话题，也是亘古不变的传承，回望一条河的所有故事，在跌宕起伏里追寻生生不息，从钝化的庸常中快意远行，是所有河流共同的宿命和前世今生。

自那以后，一川烟雨，见证的不仅是春夏秋冬的农耕文明，还有千帆竞发的漕运浪潮和方兴未艾的盐业盛景。码头兴旺，烟火鼎盛，从清末到民国初期，在响水县陈家港镇沿海地带，相继建立了大大小小的盐垦公司。

改革开放后，因了天时地利资源之便，盐化工、医药、农药、染料等产业如雨后春笋般地亮相于灌河之侧。拿着环保"绿卡"的盐城市陈家港化学工业园区如日中天，挺拔于灌河之滨，在烟花飞腾的喧嚣里，写下一个历史上曾经贫穷落后的地区财富增长的故事和好梦成真的波澜壮阔，也写下天地间诗意葱茏的工业华章。

轻舟飞渡，浪花千重，轮回中携手，守望中收获。灌河，以她吐纳天地万物的胸襟，回报人们的每一份信任，见证着一个因盐业而起、因化工而兴的黄金时代。

有人说，生命之河在它的一条岸边享有自由，在另一条岸边就会受到约束。人类创造了灌河的文明，人与自然和谐共生的命题是滔滔河水日夜不息奏响的旋律，无论是盛放的花朵还是凋零的残瓣，无论是凝心聚力的前赴后继还是抱朴守一的星夜兼程，都在这旋律中，化为深广，融入苍茫，见证历史。

从"盐城市陈家港化学工业园区"到"陈家港化工集中区"，再到"响水生态化工园区"，化工园区的进取脚步，在熙来攘往的红尘中，见证了时代的进步，也记录着灌河的忧思。

发展：道阻且长

今天，当我们以平静的心态回顾曾经的荒村晓月、冰雨寒烟的时候，或许内心早已波澜不惊，云淡风轻，但奔流不息的灌河和她的众多支流依然记得，在发展的旋律中疼痛过、惶惑过的历史。

随着城市的快速发展和人口的不断增加，河流生态管理的薄弱环节就暴露了出来：工业崛起，盲目引进，过度开发，导致河床淤积，水体变质，部分鱼类消失。灌河水系的生态，灌河生物的安危，一度让民众陷入两难抉择，给管理者带来沉重的压力，也考验着响水人的环保自觉。

在追求经济效益最大化的驱动下，人们忽视了人与自然和谐共处的初衷，忽视了河流的疼痛和生态的脆弱，生活在河边的居民都有过不愿提及的过往。

有关化工厂对周边生活的影响，我也感同身受。

我曾在一家三线厂工作多年。该厂有几个分厂的产品就是化工产品。每当废酸泄露，空气中便弥漫着一股刺鼻的酸味。若是废酸流入山谷的河水中，则会严重影响下游人民的生活和河中鱼类的生存。这还只是废酸的影响，若是其他有害气体泄漏，则造成的危害更大。

历史的教训告诉人们，化工厂的安全生产和生态保护一直是环保工作的重中之重。

2019 年 3 月 21 日，微凉的河风里，春天的气息扑面而来，那风，仿佛从黄海之心吹来，带来岁月深处特有的芬芳，并将它们细致地凝结在河畔的花苞和柳絮之上。经过漫长冬季的人们走出家门，互道珍重，满怀期待地迎接即将到来的缤纷花季。

这一天，正是"世界森木日"，一个绿色环保、播种希望的日子。然而，尽管当地政府对于安全生产和生态保护保持警醒，尽管刚刚召开过安全生产会议，有关部门都签过安全责任书，不幸的是，不该发生的事还是发生了。

14 点 48 分许，响水生态化工园区某公司贮存的硝化废料持续积热升温导致自燃，随后引发爆炸……空气、水源、生态，都面临着严峻的考验。

偶发事件引发必然的结果，必然的结果考验着响水人的责任担当。从那天开始，响水"火"了，声名远扬，也让国人把目光投向这座苏北小城。

从此，一座小城被赋予了更多的担心和期待，期盼她在爆炸的冲击下秉持着其独具的柔韧与倔强，期盼她在短暂的阵痛之后发出自己的智慧之光。

自那个凛冽的早春开始，无论是奔走乡野的农人，还是徘徊于闹市的市民，所有的焦虑都指向一种期盼，所有的期盼都聚焦在同一话题上。

一起事故，成为刻在响水人心上不愿触及的伤痛。在反思过后的精神痛感和生命感悟中，人们对环境的态度又回归到最初的敬畏。

2019 年 4 月 4 日，江苏盐城市委常委会召开会议，秉持壮士断腕之决心，历经阵痛，毅然做出艰难决策：彻底关闭响水化工园区。

这是一个痛苦但勇敢的决定，体现了管理者和人民群众对生态保护的历史责任和对未来的庄严承诺，但不可否认的是，这个决定对于当地经济的发展也带来不可估量的后果。

从此，那个被誉为"印钞机"的化工园区在苏北大地上画下了痛苦的句点；从此，一个拥有近 70 家投资超亿元企业的化工园区陷入沉寂，再不见昔日的繁忙；从此，那个拥有多家上市公司的化工园区却让万千股民的期待化为泡影；从此，那个年产值数百亿、税收占响水财政收入六分之一的化工园区一如流星划过夜空，陷入冷清；从此，那个辉煌过、灿烂过、为响水带来殊荣也带来痛苦的化工园区定格在夕阳之下。

在那段艰难的日子里，工作在一线的环保战士和当地企业知难而行，果敢出征，仿佛一束束光，不仅驱散了沉沉阴霾，也照亮了人们一度惶惑的内心。

风险评估、应急检测、筑坝拦截、巡查监控、全面调度、废水收集、净化处理、科学处置、安全转移……一系列围绕群众安全和灌河生态保护的果断举措，筑牢了环境保护的重重屏障，确保了群众生活无忧、空气无虑、河流无恙。

人们看到，国家、省、市环保部门的领导和专家在第一时间奔赴现场，以专业的视角和敬业精神，指导并支持地方部门进行环境事件应急处置工作。

人们看到，裕廊化工有限公司、北控水务等一批富有责任感和奉献精神的响水企业在事故处置工作中发挥着重要作用。

人们看到，在那段特殊的日子里，化工园区及其周边的人们在汗泪交织的逆行中，用行动重新填写自己的人生履历。

人们看到，阵痛过后，响水人以知行合一的敢作敢为，守住了苏北大地的丽日蓝天、江河安澜。

奔腾不息的灌河流水，记载着许多或平凡或卑微的人的寻常背影，也记载着他们或沉重或坚定的脚步。含泪的忙碌与守望，构成了生活本体，并汇聚成希望之光。在那个时刻，使人感到温暖的并非身边的繁华，而是遥远天际的曙光；引领人们前行的不是曙光，而是身边的万家灯火。

回首往事，风雨兼程，响水人发现，岁月长河中的砥砺前行，已然成为一片灯火彩虹。

…………

响水的故事是一个关于挑战、希望和重生的故事。它让我们看到了生命的脆弱，也让我们看到了生命的坚韧，看到了深切与朴质、眼泪与感动、大爱与疼痛之间的微妙交融，看到了纯粹情感与时空修补过程中的顿悟与本真。

这座曾以"生态"冠名的化工园区，一度以其令人瞩目的崛起速度成为苏北地区的明星，不仅推动了响水县的经济增长，更成为整个地区发展的典范。如今，当潮水退去，它已悄然隐于尘烟，化为荒凉，成为历史长卷中一段冰冷的文字。

嬗变：诗意城乡

今天，苏北地区最大的入海潮汐河涛声依旧，其永恒的节奏见证着岁月的流转。然而，在几千米之外，曾经的化工园区笼罩着岑寂的绿意。

那座曾被黄海浪花和灌河波涛环绕簇拥的被称为盐城"北大门"的响水城,仅留下翠绿的芳草,在风中轻轻摇曳,周边生活的人们在嗅觉一度短暂不适应后,瞬间又享受到空气的清新,听到蝉鸣鸟啼的喧哗……

响水生态化工园区的关闭既是一个结束,也是一个新的开始。对于城市管理者来说,这是一次严峻的大考,他们需要展现出决心和智慧,引导产业升级,革故鼎新,迈向新的发展征程。

"夜长无睡起阶前,寥落星河欲曙天。"

人们惊喜地看到,新的大环境下,一批创新型企业,将其无限魅力,展露于灌河之滨:食品产业、制造业闪亮登场,盐业、电子产业方兴未艾,汽车零部件产业、不锈钢产业齐头并进。云起处一抹灿烂,水尽头柳暗花明,一个转身,巨响成为传说,抖落浮尘的有声之水,以它靓丽的姿容,装点了飞雪,晕染了烂漫的春花,珍藏的记忆在水汽中氤氲,柳影于水面的涟漪中摇曳生姿。

从按下暂停键,到永久关闭,再到产业洗牌浴火重生,这是响水人经受的阵痛和做出的选择,更是响水人在新时代为万物谋和谐、为生态添福祉写出的诗章。

撰写本文的时候,笔者先后采访过响水市的郭苏华、吴万群等知名作家和一些了解响水的友人,关注并阅读了响水的一些文学公众号,比如"响水湖海艺文社""灌河文学""艾尚文学"等。郭老师和吴先生等一批响水籍作家,多年来一直致力于响水本土文学创作,在凝练、细腻、饱满的响水叙事中,笔下千字,胸中万卷,尽显柔情侠骨、铁笔丹心,以各具性灵的创作,铺陈出一条串联故事与情怀的艺术通道,推开响水艺术画廊那扇摇曳多姿、美不胜收的大门。

从他们的介绍和文学作品中,我看到了响水的经济发展、生态保护和河流治理的现状和发展前景，感到响水人的真诚友善和坦率热情，看到一座水岸城市的耿直旷达和海洋胸襟。

郭老师说："今天的响水，正蜕变为一座美丽的花园城市，呈现出河清海晏、碧水蓝天的景象，欢迎你到响水来看看。"

吴先生说："曾经的坏事如今转变为好事，一度消失的各种鱼类重新回归灌河，退潮时随处可见赶海人们忙碌的身影，响水的幸福指数正在提升。"

响水籍著名作家黄玉东先生在他的文章《响水·故乡》里写道："如果你有机会走进响水，慢慢地深入其中，一定会让这里的碧水蓝天，这里的小桥流水，还有这里的文化气息，感染得思绪飞扬，神醉情驰。"

是的，从响水人如数家珍的介绍和一组组图片中，我分明看到一个崭新的灌河、嬗变的响水：人们在这里观潮听涛，垂钓赶海，桨声帆影，淡扫浮尘。俯仰之间，匆匆的脚步，轻快的身影，融入风景，融入古韵，融入生活的潮起潮落和诗意缤纷。

"昔去雪如花，今来花似雪"，梦想生根发芽，流量自带繁华。

4年的时光①，犹如流水般逝去，却在响水这片土地上谱写了绚丽的篇章。与过往相比，如今的响水，城市建设气势磅礴，发展成果丰硕；生态环境澄澈清新，处处洋溢着蓬勃生机。平静的晨昏里，香草如初，暗香浮动。

响水，常怀沧浪之水，更具进取之心。响水，一个曾经鲜为人知的小县城，以她清新脱俗的微笑，送给人们坎坷过后的从容不迫和梅开二度的芬芳绚烂。

---

① 此处指到 2023 年为止的 4 年时光。"走进响水"主题征文活动于 2023 年 10 月启动，本文完成于此前。——编者注

荣光：水韵苍茫

对灌河了解得越多，我就越忍不住想唱一首歌，一首关于天光云影和生命涅槃的颂歌。

这是一条古典的河流。

灌河之水波涛迷蒙，在这里，新石器文明与江淮文明相互碰撞，海洋文化与黄河故道文化深度交融，共同勾勒出往昔岁月的轮廓，给我们留下诸多历史碎片和珍贵影像。云梯关作为古代交通要冲和海防重镇，拥有"江淮平原第一关"的美誉，也承载了一代又一代响水人深沉厚重的历史记忆和未竟梦想。

在历史的长河中，灌河是在古海湾潟湖在海相冲积平原基础上发育起来的。这个过程与灌河流域河岸的历史演变紧密相连。经过了漫长的岁月，由于淮河携带的泥沙不断淤积，淮河三角洲逐渐向海洋推进，于是就有了今日我们所见的灌河，纵然时光流转，岁月变迁，灌河所承载的文化依然绚丽夺目。

这是一条奋进的河流。

灌河又是繁华与激情的交汇之地，它汇聚了现代都市的无限魅力，充满着令人向往的诗与远方。在历史的长河中，响水涌现出众多英才，波澜壮阔的人文故事接续精彩，层出不穷的道德模范引领正气，人们崇尚道德与才能，尊敬贤良，为这片土地书写过无数辉煌篇章，让这片土地焕发出璀璨的华彩。

据县志记载，在灌河奔流不息的涛声里，多位才俊应运而生。革命烈士吕恩覃、左翼作家孙石灵、军事理论家殷学润、中共江苏省委原书记韩培信、原南京军区司令员朱文泉上将等等，成为让响水人引以为傲的家乡名片。

这是一条英雄的河流。

早在 1928 年，响水地区就建立了党组织，从此，这里成为红色文化的摇篮。在漫长的岁月里，响水地区流传着许多关于红色文化的传奇，多少慷慨悲歌，多少悄然消逝，多少生命画上了句点。翻开泛黄的史册，寥寥数行，却记下了他们波澜壮阔的一生。

灌河两岸，千里苇荡，这里曾经是革命志士杀敌的战场，留下了许多可歌可泣的悲壮故事。抗日战争和解放战争时期，新四军和华东野战军曾经在这片土地上，为了民族独立和人民解放而浴血奋战。响水地区成为他们重要的战斗阵地，留下了无数英勇事迹和感人故事。史册之宏伟，故事之悲壮，永远有让人热泪盈眶的感动，永远有让人热血沸腾的理由。

1944 年 5 月 2 日晚，一个月黑风高之夜，新四军第三师副师长兼第八旅旅长张爱萍率领部队，与盘踞在陈家港的 800 余名日伪军展开了一场殊死战斗，创造了"红旗飘扬陈家港"的辉煌战绩，揭开新四军在盐阜地区战略反攻的关键一页。

滚滚灌河之水，见证着中华民族走向复兴的坚实步伐，也记录着无数个体命运的跌宕起伏。在这里，人们持续见证、诉说并努力参与一个又一个春天的故事，又从故事中汲取无穷力量，脱贫攻坚，招商开放，科技革命，产业升级，凝心聚力，日夜兼程，用满腔热忱与过去告别，在通往未来的道路上互相勉励，读懂中国，走向世界。

这是一条文化的河流。

如同一幅波澜壮阔的历史长卷，灌河以奔涌不息的浪潮，激荡着多元文化的华彩乐章。灌河之浪，不仅承载着东夷文化的浩渺，裹挟着中原文化的厚重，浸润着江南文化的细腻，更融入了海洋文化的开放，四者交融汇聚，共同谱写出灌河独有的壮丽史诗。

在历史的长河中，灌河经历的几次重大文化交融有：明朝洪武年间的"洪武赶散"，大批江南民众迁徙至灌河沿岸；自 20 世纪 50 年代末以来，拓荒者们为苏北地区的建设倾注的文化力量。在这三次文化的交汇与碰撞中，灌河文化海纳百川，与中原文化、江南文化相互融合，汲取多元文化养分，形成了自身独特的文化风貌，与大运河文化一脉相承。

中国的大运河作为历史文化遗产，让黄河长江紧密相连，也见证了中华民族的悠久历史和文明。而灌河被誉为"苏北的黄浦江"，其价值可见一斑。灌河的故事，灌河的精神，灌河的灵气，灌河的文化自信，都与大运河文化息息相关，须臾不离。

当文化的韵律叠加时代的节拍，当传统的底色添加现代的线条，灌河就有了更多元的文化表达、更精彩的文化呈现。河流东去，滔滔永恒。

行走于河之干，水之侧，你会沉浸于大运河文化深沉的韵律；面对灌河的碧水清波，你会一次次躬身膜拜，沉醉于她的温润与苍阔、磅礴与壮丽。

这是灵魂对自然的敬畏与依恋，这是人与自然和谐共生的歌唱，这是河水涌动的天籁之声。

辉映：河水汤汤

透过灌河的粼粼波光，我一次次深情地观察着这座急速转型的响水小城。

阳光为错落有致的楼宇勾勒出金色的轮廓，它们似乎在微微颤动，被阳光刺痛了一般。建筑之间，笔直的街道将其分隔，犹如四射的光束，向远方无限延伸。

这座名为响水的城市，历经沧桑，饱含悲欢，从过去的暗影中走出，洗尽尘烟。之前，它仅是一个宁静的村落，而今凤凰涅槃，蜕变成一座崭新的城市。这座城市的面貌日新月异，它的新貌或许让我们感到些许陌生，但它从此将承载着人们的期待，化作我们共同的情感港湾，成为镌刻在我们记忆深处的精神坐标。

如果将灌河比喻为响水的母亲河，那么响水无疑是母亲眼眸中璀璨的明珠；如果说灌河是响水骨骼里深藏的诗意温柔，那么响水就是灌河血脉中奔涌的鲜活精魂。灌河之水记录了响水历经的兴衰变迁，响水承载了灌河的烟雨情怀，响水与灌河的灵魂激情相拥，共同构筑了苏北大地的厚重历史与激荡人心的传奇。

灌河向东流，穿越岁月的惊涛骇浪，奔涌至意气风发的今天。她走过筚路蓝缕的艰辛征程，见证了宋元明清的锦绣繁华，饱经沧桑，历久而弥新，从此走进崭新的时代。人们在"直挂云帆济沧海"的诗句中收拾心情，在丰富多彩的人间烟火中积蓄能量，勇闯每一个艰难险滩，迎接每一次惊涛骇浪，给自己底气，做响水英雄。

灌河如诗，是苇荡岸边歌，凌波打鱼船；灌河如画，是云梯关上月，西游记中仙。把星河看遍，转瞬已是千年，但见牙板轻拍，水袖蹁跹，夜半灯火，船歌雅艳。念天地之悠悠，看白帆一片片。每一次在她身旁的踯躅前行，都是非凡的文化与生态之旅；每一次在她浪花之上的泛舟而行，都是一次沉淀心灵、顿悟人生的诗意旅程。

灌河之滨，这座城叫响水，虽然饱经沧桑，却又展露新颜；是苏北，既纯粹，又斑斓，既豪放，又缠绵。

沧桑悠远的黄河故道，见证了她的包容；源源不断的灌河水，孕育了她的生命活力；美丽富饶的苏北之地，成为她施展才华的舞台。

河水东流去，以其独有的历史之"响"，嘹亮高歌着生命本色，喷薄着历史豪情。河水东流去，逝者如斯，带着苏北大地的宽容自信，穿越时空，流向大海。

（本文获"走进响水"主题征文活动二等奖）

巫山月

一

巫山月，照着我深深浅浅地走到这里。

当我风尘仆仆地来到这个小镇时，夜幕已经肆无忌惮地笼罩了周围的一切。随着人流走下江轮，一路愉悦兴奋的心情渐渐地被陌生的夜色消融，只有天边的月光映照着寂寞的夜行人。

沐浴在月色和昏黄的路灯下，顺江边台阶，我们拾级走上巫峡古镇，感受着1500多年的岁月。一路上的参天古树，一处处的溪水潺潺，行走之间，我的内心回荡着思古幽情。

有人说，在巫山，桃李嫁给了春风，山河嫁给了夜雨，云霓嫁给了晓雾，奇峰嫁给了山月。春日的巴山楚水，早已不是刘禹锡笔下的凄凉之地，映入眼帘的是明媚月色、荡漾碧水，焕发出崭新的生命力。

走进巫山，就走进了《诗经》《楚辞》，走进了唐诗宋韵，走进了梦境。你能在诗句"巫山十二郁苍苍，片石亭亭号女郎"中与奇峰对视，也能悟得"取次花丛懒回顾，半缘修道半缘君"的禅意，更能读出陈子昂、刘禹锡、李商隐、苏轼、陆游在江湖白发、巴山夜雨、花影红烛中题写的经典意象。

是的，巫山是一个让人做梦的地方，一个美梦成真的地方。楚王

221

梦见了神女，几乎成为一种基因，传承于巫山人的骨血里。反哺于斯土，小城便成了诗城——所有的诗人"行到巫山必有诗"。竹海的簌簌低吟，梧桐叶的焦脆作响，都是梦呓，说着唐诗宋词般的语言，做着高唐云雨的梦，人们前潮后浪般地来到这里，无怨无悔地爱着奇峰与文学，让小城离文学很近，离优雅很近，离一切的形而上很近。

是的，这是一片梦境编织之地，也是情愫与诗意的温床。神女与楚王的梦中邂逅，不仅是古老传说的低语，更似一股细流，潺潺汇入巫山子民的血脉和梦境，化作一种难以言喻的基因。于是，这个神话与现实交织的小镇悄然蜕变，蜕变为世人眼中的诗城——行到巫山必有诗。

在这里，每一个造访的诗人，都仿佛遵循着冥冥中的神秘召唤，飘然于巫山之巅，笔下自然流淌，如同竹海呼吸间吐露的清新，又似秋叶相互摩挲散发的芬芳，低吟着动人的旋律。这方天地间的一切，都似乎浸透了唐诗的韵律、宋词的雅致，编织出一场场关于高唐云雨的绮丽梦幻。

如此，巫山不仅仅是一个地理坐标，它更是一种情结，一种文化的印记，让每一个踏入其境的人，都能感受到那份跨越时空的诗意，以及那份对美好事物永恒追求的纯粹与热忱。

沿着望霞路漫步，参天大树像历尽风雨的老人立于街头巷尾，泛着光泽的青石板路，映照着上古之风的踪迹。山风凛冽，将古朴敦厚的质感，肆意挥洒在每一寸空气中。

月光洒在清冷的石板路上，轻掩的柴扉，关不住满园的盎然意趣。大宁河的远古苍凉，流淌着风云际会的历史低吟。

街道两边，风格古朴的建筑随意地坐落，陈列着斑驳，展示着苍凉。墙的裂痕像时光之口，诉说着将被遗弃的落寞。行走其间，心中有多少寂寥，脚步就有多少彷徨。

树底下偶见聊天的人们，谈论最多的话题就是什么时间县城搬迁，什么时间拆房子，对于告别故园的迁徙，流露着默默的感伤和不舍。

二

我们住宿的酒店，是一栋古香古色的老式建筑。幽深的庭院里，灯光明亮。回廊曲曲折折，掩映在葱郁的梧桐树下。靠窗的一隅，坐着一位老者，他须发雪白，戴着一副读书人常戴的细边眼镜。他的目光满是严肃，仿佛将夜晚的暗淡和忧郁都凝在了其中。坐下恳谈几句，方知他是县城中学的退休教师，阅历丰富，熟知当地的文化与历史。

于是，在那个月光如洗的夜晚，一壶巫山清茶，映出巴山楚水的峰回路转；频频乡语，秀出千年古城的崎岖峥嵘。

巫山在春秋时期为楚国的巫郡，后为秦之巫县。这里东邻巴东，南接建始，西抵奉节，北依巫溪，是三峡一带的历史重镇，其底蕴深厚，名胜古迹星罗棋布。在历经唐宋文化的浸润后，巫山更成为三峡文化的代名词，它的神秘莫测，它的朦胧缥缈，早已超越了地理意义，成为历代文人竞相追逐的理想之城，也成为人们寄托思古之幽情的神秘之地。

当诗词化作巫山云雨时，这座有着 1500 多年历史的巫山古城，就成为三峡怀抱的一曲长歌，有太白、少陵的对酒放歌，有江州司马的击节而歌，有元稹、义山的沉思惆怅，有放翁笔下的忧国低吟，更有当代文人寻梦巫山、放飞梦境的笔耕墨香。

古城虽然历史悠久，文化灿烂，但终禁不住战火的吞噬。一场浩劫之后，只留下一片焦土。这里历经多次重建，甚至连街道名称都没有保全，人们通常只是以庙名和县衙名称命名其周围之地。

直到 1945 年，多次损毁的县城再次得到重建，当地政府修整了四条主街、八条小街。给街道命名的时候，时任县长胡昭华突发奇想：何不把巫山十二峰的名称请来，命名十二条街道？

真的是灵光乍现。

于是，一夜之间，"净坛""集仙""朝云""起云""上升""望霞""松峦""聚鹤""登龙""飞凤""翠屏""圣泉"的名字便飞入寻常百姓家，飞上了家家户户、机关政府、饭店酒楼、公司商铺的门楣。十二峰下，便绽放出十二朵山花，芬芳了巴山楚水，灿烂了山里人家。

为了帮助人们熟记十二峰的名字，有人还编撰了十二峰的嵌名诗："净坛朝云望霞光，圣泉聚鹤翠屏长。上升飞凤登龙志，集仙起云松峦香。"

至此，十二峰的名字就与人间烟火密切相连。朝云望霞也罢，翠屏登龙也好，人们踩着"起云"赶路，揽着"聚鹤"入眠，守着"集仙"品茶，伴着"松峦"耕田，坐在巴蜀的月光下，举杯便可映出"飞凤"的情影，"圣泉"入了杯盏，一啜便是一段华年。

从此，巫山十二峰，由缥缈的云雨仙界，落入寻常人家。十二峰的名字，从此伴随着山里人家的茶余饭后，书写着一抹日月山川的厚重。

然而，老人黯然地告诉我，将来三峡工程建成以后，水位将上升到 175 米，三峡水库蓄水至 135 米时，整个巫山县将沉入"湖海大泽"。这里的一切，包括那以十二峰命名的街道，都将永远沉没在江底。据说，长江水利委员会已经做出安排，县城将由原址向更高的地方转移。至此，老人一声喟叹："没得咯，全没得咯。一座 1500 多年的老县城硬是没得咯，愧对先人咧！"

酒店的老板娘是一个典型的巫山美女，有一双深邃而澄澈的眼睛。她笑意盈盈地过来给我们续水、搭话，回应着老人的话语。看得出，年轻一代大多已在微笑地面对故乡即将到来的变化。她说，她家祖祖辈辈就住在这里，这座老屋始于清代，历经损坏，多次修缮，总算得以保全，至今已经历了四代人。然后，她叹了一口气说，小时候读毛主席的诗词"截断巫山云雨，高峡出平湖"，总觉得是很遥远的事情，想不到这么快就变成现实了，等我们下回再来，不晓得还能不能看到这些喽。

话语之间，眼中波光闪动，一声叹息，化作缕缕惆怅。

淡淡的月光给发亮的石板路镀上了一层清辉，树影在有裂缝的墙面上微微颤动，石阶上梧桐、槐树的落叶，一片片堆积在一起，让人心生往昔不再的落寞与故园难归的无奈。

三

黎明来临的时候，我站在码头，眺望远峰之间那轮初生的春阳，守着一份孤独。船过巫峡的情景，此刻如同电影般浮现在我的眼前。

从宜昌起航，循长江逆流而上，穿越尚未合拢的三峡大坝，步入壮丽的西陵峡之后，便一步踏入了三峡文化的精神核心区域——巫峡。

古人曾云"巴东三峡巫峡长，猿鸣三声泪沾裳"，穿梭于巫峡这如诗如画的山水长廊，感受峰峦叠翠间的曲折回转，仿佛在每一个转弯处都蕴藏着一次豁然开朗的惊喜，每一次凝眸远望都是对千载岁月的一声慨叹。

甲板上人潮涌动，众人无一不怀着敬畏之心期待与神女峰的邂逅——尽管那份梦寐以求的千年约定，似乎只化作了蒙蒙细雨、缥缈浮云以及座座黛色山峰，在轻纱般的雾霭中若隐若现，宛如仙境。

天空恰似一幅被水洗过的淡墨画卷，太阳渐渐收敛炽热的光芒，退入云层之后。江面上弥漫着乳白色的迷蒙雾气，此刻映入眼帘的唯有两岸巍峨耸立的群峰，黝黑坚实的岩石，在波涛拍岸的涛声轰鸣间，坚守着自己的位置，周身散发着庄重沉稳的气息。船头破浪激起的飞溅浪花，润湿了旅人或稚嫩或苍老的脸庞，更滋养了每一个游子心中那一份对诗意生活的向往。

太阳隐匿于天际，却并未带走温暖与光明，而是潜藏于云层背后，化作神秘而柔和的霞光，如同一盏明灯，指引着航行者的道路。江上的雾气朦胧而诗意，似人间烟火又似仙界梦境，交织出虚实之间难以捉摸的美丽。那样的时刻，那样的瞬间，历史的片刻，只剩下缠绵的情思与无限想象。

神女像昭君吗？那位兼具楚国女性的美貌与睿智、才气与胆识的香溪美女？她丰容靓饰，光明汉宫，顾影徘徊，天生丽质。她的出现，乱了汉宫的秋，乱了君王的智，乱了堂堂七尺男儿的懦弱之心。"三春白雪归青冢，万里黄河绕黑山"，她的孤独之身，开辟了一条连接中原与大漠的和平通道，让幽幽青冢之侧，响起民族融合的驼铃之声。

历史不会忘记这位香溪女子之泪。她俯身尘埃，将心中对神女峰下香溪故园的思念，寄托于连绵不绝的青冢之间，在日升月落的日子里，独守一个至纯至善、澄净善良的灵魂。和亲之路的幸与不幸，命运轨迹的常与无常，只有史学家一厢情愿的盖棺而论。

神女像西施吗？那位集吴越美女的柔婉清丽于一身、天生丽质、倾国倾城的江南美女？"一代倾城逐浪花，吴宫空自忆儿家"，她以一己之力，忍辱负重，让吴越两国的命运，悄悄扭转；她乱了吴宫，乱了一个国家，让自己的国家高高擎起五霸之旗，让吴越文化在春秋流转中，闪烁着璀璨的光芒。

或许，神女像玉环——那位浴巴蜀之地的灵秀精华，汇三秦大地的日月辉光的美女代表，一位出离凡尘的音乐师，一位才华盖世的舞蹈家。长生殿里的一诺千金，霓裳羽衣的惊鸿一舞，只留下马嵬坡上的几尺白绫，让一代君王"夕殿萤飞思悄然，孤灯挑尽未成眠"。

赞誉背后所隐匿的，是繁星般的泪滴，汇聚成历史长河中的苦涩涟漪，映射出红墙金瓦下被政治棋局摆布的哀婉与悲凉。

那些看似被华章溢美的弱女子，实则是在时代的洪流中，用血泪交织的锦瑟年华，奏响家国的离合悲欢。她们的身影，如同悄然晕染在古老画卷中的一抹朱砂，虽在权谋交错的阴影下暗淡，却在历史的真实镜面中生辉。

三峡之水奔腾不息，孕育着华夏大地的烟云翻滚，见证了多少女性在时代舞台背后的坚韧与付出。那波澜壮阔的江水，既是她们内心的涌动与挣扎，又是她们骨子里的孤傲与坚贞。在这层层叠叠的历史褶皱中，每一道泪痕都刻画出一份孤寂，每一声叹息都蕴含着对太平生活的渴望，最终化作了巫山的云，巫山的雨。

巫山的云雨，是诉不完的情思，是流不尽的泪水，打湿了历史的书页，也点亮了未来的灯火，激发后来之人对人性光辉与个体价值的尊崇。神女峰的存在，就像一座沉默的石碑，矗立在时光隧道的尽头，向世界诉说着：即使面对再大的困厄与挑战，也终有人选择坚守自我，绽放独特的人生华彩，成为那万古长河中最动人的一抹亮色。

其实，何止那些美女。在浩如云烟的历史中，多少女性都曾以自己的惊人之美，书写一个又一个传奇故事，但结局大都令人唏嘘，有些还被贴上红颜祸水的标签。

唯有巫山神女是尽善尽美的。她的美，美在日月山川之灵气，美在遗世独立之风华，美在记忆里，美在想象中。在巫山云雨的感召下，从古至今，有多少文人墨客冲着这美好的想象，在这里写下"曾经沧海难为水"的感慨，有多少人在这里抒发"除却巫山不是云"的衷肠。

在这片被神话浸润的土地上，巫山神女的形象不仅仅是自然之美的化身，更是文化与精神自由的标志。她如同高悬在十二峰上的一轮皓月，照亮了无数文人墨客的心灵航道，激发他们对美好与理想的无尽追求。

我站在码头，看江水浩荡奔流，耳畔萦绕着历史的回响，眼前淡云轻雾悠然缠绕山峦，幻化出一幅绝尘之景。此刻，我不仅是在见证自然之美的轨迹，更是在探索人类想象力的边界。

而巫山神女，就默默地伫立于巫山的对岸，超然物外，以王者之姿傲视苍穹，使每一个江上的行者面对她那不可方物的风姿，不由自主地低下头，心中满是对这份神圣之美的敬畏与谦卑。

四

巫山，一座多灾多难、英勇不屈的城市。

抗日战争时期，日本飞机多次轰炸巫山县城，致城坍屋毁。满城都是临时搭建的茅草窝棚，县城那时被称为"草城"，一次次损毁，一次次重建。中华人民共和国成立后，政府多次拨款修建，当地人民用他们的双手和汗水，把一座千疮百孔的古城建设成一座街衢纵横、楼房如林的新城，仅有的十二条街道早已成为历史，用十二峰命名的街道也成了人们怀旧的去处。当时代的脚步回响在大街小巷，山民生活的甜蜜，就托起千家万户的日日夜夜，化作山里人家的喜笑颜开。

这就是巫山，这就是十二峰的故乡，它们就像云海深处的回声一样，在我的耳畔回荡——回荡在暮色里，回荡在残阳下，回荡在崎岖的山路上。

回声中，我看到巫山人的生活，既有江河之上的孤帆远影，也有十二峰下的古道泥泞，更有巫峡深处的屋舍雨帘。但无论人生有多少挫折和磨难，无论生命有多少失落和缺憾，他们都能从容迎接过往的一切，在朝云暮雨里让华美绽放，在平平淡淡中把岁月守望。

忽然想到，巫山十二峰、巫山神女、巫山人民，何尝不是人世间美好事物的完美组合。看惯秋月春风的白发渔樵、笑谈是非成败的从容老人、山野间荷锄扶犁的农妇、古村落春米浣衣的姑娘、江河上持篙摇橹的大嫂、山林中行走如飞的村民，还有那些生于斯、长于斯，世代守望的家族，他们世世代代孜孜付出，躬耕一山一河的娟秀，播撒一花一草的芬芳，在山地上用智慧和双手勾画出三台八景十二峰的纹理，创造出三峡历史文化的最美的篇章。他们就是人间最美的巫山神女，他们的情怀就是神女精神的完美载体。

在三峡的江轮上，我不止一次地听到船上播放的那首川江号子：

> 涛声不断歌不断，
> 回声荡漾白云间啰，
> 高峡风光看不尽哪，
> 轻舟飞过万重山哟
> …………

激越奔放的旋律，豪迈硬朗的歌声，唱出了船工面对自然环境不屈不挠的抗争精神、粗犷豪迈的性格以及那些悲苦凄凉的岁月记忆，在一唱三叹的回荡中催人泪下。

在县城的人群中，我还听到过这样一首原生态的山歌："放下铺盖卷儿就往地头跑嘛 / 气都不歇一口吗就出工 / 裤脚卷起恁个儿高嘛 / 镰刀割起吗一阵风 / 捆的捆来砣的砣来挑的挑来送的送 / 那个阵仗（舍）/ 硬是才叫凶……"

明快的节奏，乐观的态度，在行云流水般的吟唱中，传递出巫山人对劳动、生活、爱情和人生的从容，深藏着三峡文化的丰厚。正是这些此起彼伏、贯穿时空的歌声，构成了巫山文化中最荡气回肠的一章。

它们是飘逸、婉约、深情的巫山云雨孕育的，它们是原始、古朴、淳厚的三峡民风造就的。一曲短歌，将一片古朴之地化作欢乐的精神之乡，唱出了人们在险恶的自然环境下不畏艰险的拼搏精神和生活的激情，唱出了一座山城的好花常开，唱出了千家万户的好景常在。

五

说来也是奇怪，在巫山停留的日子里，夜晚并非预期中的"巴山夜雨涨秋池"的缠绵，反倒是一轮如泪的清月，每至夜幕降临就缓缓升起，不疾不徐，悠然徘徊于峰峦之间。那硕大无比的轮廓，那摄人心魄的惆怅，让人久久难以释怀，铭刻心扉。

沿岸散落的屋宇，在朦胧月色下透出迷离的光影，仿佛点点星火，与江面的波光粼粼相互映衬，共同交织出一种淡淡的乡愁。

这样的夜晚，巫山已不再仅仅是一座山，而是化身为一个多情的诗人，以月光为笔，以山水为纸，让种种情思萦绕于每个人的心间。

面对月下的山城，我似乎明白，为什么它的夜晚总是如此漫长，为什么它的黎明总是姗姗来迟，因为它需要一个漫长的过程，来抚平沧海桑田般的巨变带给它的创伤！它更需要在这漫长的夜晚里，销熔它目睹过的忧郁、彷徨、痛苦和苍凉。经过了这样的长长的暗夜，明天，那一轮喷薄而出的太阳，才能像经过了炼狱的轮回一般，把一座新县城的时光点亮。

我走在江边的道路上，望着月下的码头和往来行人的剪影，倾听浩荡江流的波涛回声，心底的微澜，呼应着一江春水的澎湃。

身后的这座1500多年的县城，在不久的将来，将会沉沉落在高峡平湖的一隅，让后来的人们记不起它的模样。那些旧时岁月，那些和巫山有关的故事，也会像脚下的江水一样渐渐远逝。诸多三峡移民的心事、文人墨客的留恋、不能言说的委屈和遗憾终会被淹没在滚滚长江东逝水中，就像古人的惆怅叹息都隐在历史的云烟里一样。

也许，巫山月，不仅仅是一座城、几座山的怀恋。它是无数人梦中永远看不清楚的水墨丹青，是唇齿间流转的如云雾般缱绻的悠扬旋律，是一段段不连贯却抹不掉的深刻记忆，是在水底下和藤蔓一起生长的说不清道不明的惆怅情绪。在这里，每一个日出都值得记录，每一个月落都是珍藏。

或许，这座古老县城的点滴过往并未消逝，它将以另一种形态在这一片承载着温暖与苍凉的土地上重生：它将被岁月蒸发，化作天空中的云朵，再凝结成雨滴，循环不息；而后变身为山涧清泉的灵动乐章，化作林间竹海的簌簌和鸣，在层峦叠嶂间回响，破碎又重塑，最终融入脚下奔腾不息的江河。

我深信，巫山，是我漂泊心灵终将归依的港湾，我定会再次归航。在我历经漫漫长路，积攒了丰富的人生历练之后，当我孤独而坚定的脚步再次踏上这片新旧交融的云雨之境时，我将向长眠于水下的房屋、家园、村落和历史致以深情的叩拜。那一刻，我所聆听的，必定是高峡平湖奏响的最动人的和弦，那将是神女峰历经岁月，依旧安然挺立的赞美颂歌；我所目睹的，必将是一场日出盛宴，如同我曾痴迷的神女峰的月光一样皎洁。

河床

一

顺着一条蜿蜒的乡道，我驱车奔向南方——钟祥的南方，大洪山的南方，那是钟祥偏远的东南端，与京山毗邻，更借由交错纵横的水系，与江汉平原紧紧相依。

太阳升到半空，明亮的光线穿透云层，将远山近树晕染成或明或暗的立体油画。长势凶猛的云杉、松树、翠柏和对节白蜡次第映入我的眼帘，高速公路和喧嚣的城市瞬间被隔离在山外，此刻的我，便有了一种跌入世外桃源之感。

30多千米的路途，耗费了一个多小时。一个原因是从石门水库开始，不再是紫薇花夹道的景观公路，也不再是平滑如丝绸般的沥青山道，眼前只有一条破损不堪的水泥路，在状如波涛的丘陵里，汽车像小舟一样随路跌宕起伏；还有一个原因是我有意行驶得很慢，我在寻觅。

在这条时光边缘的小路上，我追索着历史，也体味着艰辛。

刚下过雨，地上时有积水，水泥路呈现出年久失修的裂缝，像一脉天光在时间的罅隙中时隐时现。举目遥望，山岭如静卧于大地之上的岛链，从细如银线的长滩河两岸绵延至远方，令人遐思无限。

南山地区，泛指钟祥境内汉江东岸、大洪山南麓的山丘湖区。包括九里冲在内的嶙崛山西侧的山区，曾经是南山红色老区的核心区域。在它苍老的胴体内，至今依然燃烧着澎湃的激情，那硝烟烽火的往事在这里依然有迹可循。

锋利的阳光有些炫目，田野上浮动着一层薄薄的烟岚，这样的画面，很难不勾起人们对于尘封历史的回忆。或许，山重水复的岁月长河中，历史一次次被尘封在时光的褶皱里，为的是让后来的我们在辨认中一回回百感交集。

远处，一座座民居像浮在万绿丛中的岛屿，在我视线的尽头，缓慢漂移。田野稻穗泛绿、麦穗金黄，蛙声一片，房前屋后尤以果树最多，枇杷、毛桃、山杏挂满枝头，一如古诗描绘的那样，"深山老去惜年华，况对东溪野枇杷"，满目都是山野情趣。稍远处是著名的大口国家森林公园，更远的地方是高耸的太子山，东南方向，就是闻名世界的屈家岭遗址，吸引着旅游者慕名前往。

道路两边，熟透的麦穗尚无人收割，成熟的油菜荚变为褐色，静静地立在田间，等待着主人的光顾。路上少有行人，破损的路面还没有补上水泥，像没来得及敷上纱布的创伤。一位老人双手背在身后，慢慢地走在路上，尘土在他的身后飞扬。偶尔一两户人家门前的鸡鸣犬吠，则让人发自心底地感到一种莫名的温暖。

穹庐之下，厚土之上，宛如一幅浩瀚的历史长卷，镶嵌着无数被光阴尘封的往事篇章，流淌着诸多热血沸腾、壮志凌云的激情瞬间。它们在岁月长河的涤荡洗礼下，如同璀璨流星划过天际，随同那广袤无垠的空旷与荒芜，悄然消逝在河流与山月交织而成的朦胧纱幕之中。

然而，尽管那些曾经的烟云已淡，那些过往的波澜已平，却仍有某些东西如明珠般熠熠生辉，永驻人间——那是经历沧桑后依旧璀璨夺目的文明长卷，那是岁月无法抹去、历史无法遗忘的生命印记。它们以独特的形式存在，深情而庄重地诉说着人生的哲理，唤起我们内心深处的情感共鸣，赋予世界一种深远而又斑斓的诗意，展现出一种独树一帜且感人至深的生命力量。

一辆拉满水泥的大货车行驶在我的前方，路面太窄，我只能远远跟在后面无法超越。扬起的尘土弥漫在四周，我像在历史的尘烟中一路穿行。

前方，那些已知或未知的故事，正凝望着我。

二

南山处于京山、钟祥两市交界的丘陵地带。

这里山高林密，交通闭塞，更兼笪家湖苇荡百里，河流港汊密布，是过去战争年代隐蔽游击的理想地带。山外人要想寻找一条进出之道，实在是难乎其难。生活在这里，虽有与世隔绝的蛮荒之感，但依托大自然形成的天然屏障，革命力量却得以在这里汇集发展。隐于林深处，立于天地间，一场场激战后弥散的尘烟，还有炽烈殷红的鲜血，汇聚成南山历史长河中悲壮的回响。

南山的最美风景中，不能没有一条河——长滩河。有了长滩河，南山地区就有了一个在崇山峻岭中与外面世界勾连对话的通道，有了一代一代人的生生不息。

全长百余千米的长滩河发端于大洪山南麓，起初只是一条潺潺流淌的小溪。长滩河的流经之地，几乎都是偏远山区。它从气象万千的大洪山出发，一路穿山越谷，吸纳越来越多的支流，自京山西北经东桥、刘家石门后，在石门水库积蓄后河面变宽，再经饶家畈、大洪庙、长滩埠等地，进入罗集、旧口。之后流入汉江，再完成奔向长江、流入大海的壮举。

在河流沿岸那些有名或无名的村落中，饶家畈是集历史与现实荣

234

光于一身的代表。童年时我去过饶家畈。那时，虽然上游的石门水库已经截流，但从饶家畈开始，下游河段依然水流湍急，渡槽凌空飞跨，河两岸布满鹅卵石，时有渔舟飘过，长滩埠也因此成为繁忙的水陆码头。更因那段红色历史，曾经名不见经传的地名、人名，无比光荣地载入了钟祥的史册。

据先锋村老会计尤华保介绍，当时，长滩河上的船只很多，乘船溯流而上可直达东桥、京山，顺流而下可到达武汉，一派繁忙景象。长滩埠也因了舟楫之便，成为客商云集、远近闻名的热闹集镇。

我曾想象着，那时长滩河的两岸，一定飘荡着春风一般的婉柔；无论白天还是夜晚，总是能听见粗犷的渔歌。河水澄碧，成群的游鱼在石头之间穿梭往来，河面上升起的白色的烟岚，似一层轻柔面纱，给长滩河淡扫妆容，充盈着生活的香醇。水鸟伸展着双翅，在河床上空盘旋觅食，日暮时分，它们带着天边的霞光缓缓隐于山林，让整日的倦意埋藏在夜色的深沉中。

当然，最美风景的内核，是一代一代奋进不息的南山人。

上百载漫漫岁月如同河水那样静静流过，南山人始终坚守在这片苍山秀水里，从出生到成年，从成年到衰老。而长滩河，则见证着他们或短暂或漫长的一生。

这些丘陵地带，今天看来虽然是农耕经济为主，发展滞后，而在90年前，这不为外界所熟知的偏远之所，曾经是南山的"红色首府"。为那段历史作证的，就是这山、这河和这些莽莽苍苍的山林。

如今，随着地理之变，田畴崛起，长滩河在某些地段变成了一条浅浅的溪流。状如补丁的河滩，两岸的荆条、苦楝、构树和高低错落的灌木，以及稀疏的芦苇、毛蜡烛和马鞭草被山野的风吹得东倒西歪，紫色、雪白色或金黄色的野花却依然展露着常人难以企及的坚韧。

正值农忙，田间却少有农人，使得"五月人倍忙"的夏季乡村多少显得寂寞空旷。像这些年大多数崛起的乡镇的居民一样，村民们都喜欢在道路两侧盖上楼房，楼上住人，楼下办商铺，经营买卖，以图能形成"商业一条街"，逐渐过上城里人的生活。事实上，理想很丰满，现实很骨感，一路走来，我看到几乎所有的底层商铺都关着卷闸门，显出几分冷清，但冷清之中，却寄托着一种时来运转的愿望。

今天，当年的呐喊和枪炮声早已化为萧索的尘烟，唯有明月的清辉、山风的柔情丰盈着这片土地，为历史的伤口敷上治愈的良药。

跋山涉水，我从大海之南一路走来，走进这荡漾着英烈之魂的精神原乡，聆听这潺潺的水声、森然的松涛，抚摸这片英雄辈出的茫茫山野。我的心绪，便在这山水之间悠悠飘荡……

2小时之后，当我开着一身尘土的汽车慢慢驶进挂着"红色南山绿色长滩"巨幅标语的镇政府的大院时，我知道，我将会在这里放慢脚步，和这个地方开始深度接触，并和它结下不解之缘。

三

长滩对于我来说，是一个既熟悉又陌生的地方。

我幼时在九里乡①读小学，那里与长滩仅仅隔着一座凤凰山，因交通不便，我却从没来过这里。

历史上，同九里冲一样，长滩也是一片浸染着革命先烈鲜血的殷红热土。在钟祥的革命斗争史上，长滩创造过多个"第一"：

在石门嶂崛山下的黄土坡建立起第一个党支部；在长滩埠成立钟祥第一个县级苏维埃政府；在大洪茅草岭建立第一个敌后基层抗日民主

---

① 1985年，钟祥县设立九里回族乡，属皇庄区管辖。1987年从长滩区划出，仍名为九里回族乡。——编者注

政权——檀合中心乡；在付巷刘家沟成立钟祥第一个县级抗日民主政权——钟祥县行政委员会；等等。

南山，扼"京钟荆当"（即京山、钟祥、荆门、当阳）而远离中原，立大洪山南麓而毗邻江汉平原，多名中华民族优秀儿女的壮烈史迹铸就了这片土地上永远的革命之魂。曾经的风雨中，那些难忘的历史瞬间，那些托举在手心呵护的日子，总是让人记忆犹新。

1932年9月，一个36岁的中年人率领一支操外地口音的队伍来到了这里。他们在这里整训整顿，发动群众，受到地方党组织和人民群众的欢迎和大力支援。当时的中国工农红军京钟荆游击纵队经嶂崛山进入大洪山，融入如火如荼的武装斗争。

这个中年人名叫贺龙，当时的身份是红三军军长。钟祥的南山地区、汉江两岸都留下过他和他的部队的足迹，谱写出一曲曲英雄赞歌。

7年后，一个寒风凛冽的日子，一个年轻的新四军指挥员来到这里，对创建钟祥东南和京山西南的南山抗日根据地做出部署。这位指挥员指导南山地区的根据地建设，部署当地的对敌斗争，后来成为中华人民共和国的主席。

他叫李先念。长滩埠的柳门口、柑子树湾、季家河等地，都留下过他的身影。

可以想象的是，假如不是他们的出现，假如革命志士们没有前赴后继，红色南山的历史估计会少了至为辉煌的一页。那些村落，或许只是一处再普通不过的小山村，在岁月之中默默无闻。

1942年的夏天，清冽的山风吹拂长滩河两岸起伏的山林。船行水面，樯橹如歌，抖落天地萧瑟，南山走进一段流光溢彩的岁月。

为了加强南山党、政、军的统一领导，豫鄂边区党委在京钟县（1941年由京南县和钟祥县合并组成）三英区（乡）的柑子树湾（现长滩镇付巷村四组）成立了京钟荆当地委，下辖京钟县委和当阳、北山、荆南三个坚持委员会。从此，南山就成为京钟荆当地委及其他党政军驻扎、工作和生活的地方，见证了南山革命力量从小到大、从弱到强的发展历程，成为大洪山南麓与汉江之滨的"红色指挥部"。南山从此走上历史的前台。

从此，在时光的浩渺长河中，人们记住了南山，记住了南山的流血历史与惨烈付出，记住了先辈的传奇和故事。

群山之间，号角连营……

四

沿着长长的台阶，我们拾级而上。我看到，以一座青翠的山峦为背景，巍峨高大的纪念碑，一如长风中飘扬的战旗，那突兀而立的巨石，宛如由烈士的血肉筑成的铁壁铜墙。

陪同我前往烈士陵园的，是镇里的兰长奎、江林两位领导。他们的热情支持和悉心安排，让我的采访便捷而卓有收效。还有一位随行者是钟祥市政协文史资料员、钟祥市红色文化研究会副会长陈光明先生。他是烈士的后人，许多宝贵史料我都是从他那里获得的。

在倾斜而开阔的坡地上，庄严肃穆的墓碑静静伫立在夏季的风中。成片的杜鹃在青草中摇曳，各色纸花、挽幛在风中猎猎舞动，像是岁月留下的旌幡。青松、翠柏和花环在飒飒山风中微微颤动，仿佛在低声诉说着那段波澜壮阔的革命岁月。

站在烈士陵园的平台上，缕缕往事一次次撞击着每个人的心怀。辨识着碑文上一行行文字，沐浴着山间的清风，我走进苍凉的历史之中，一路的风尘，全化作一腔幽思。我用心凝视着英雄丰碑，它的静默和肃穆不停地带给我巨大的震撼，使我怆然而泪眼迷蒙。

这个地方叫叶家山，位于湖北省钟祥市长滩镇金星村一组、季河村一组和同心村一组之间。如今，这里是钟祥占地面积最大的露天英烈纪念园。那些在土地革命战争、抗日战争和解放战争中牺牲的有名或无名的烈士们，得以在此静静长眠。

为纪念革命先烈，铭记和缅怀他们的丰功伟绩，长滩历届党委、政府和老区人民数十年接力，在这里为革命烈士竖碑铭名，建园祭奠，先后三次对陵园进行修葺扩建，两次将长滩境内散葬烈士的遗骸奉迎进园集中安放。

1982年3月，长滩公社党委、管委会就在叶家山勒石铭刻了44位烈士的英名，将这里作为祭奠英烈活动的场所。

1986年3月，长滩区委、区公所又倡议老区人民捐款18000多元，建造了高13米的革命烈士纪念碑。抗日战争时期先后担任中共钟祥县委书记、京钟县县长、襄北地委秘书长的彭刚同志亲笔题写了"革命烈士纪念碑""革命烈士永垂不朽"的碑铭，还与曾任京钟县公安局局长的李金锡同志共同种下了两株象征革命先烈精神的雪松。时任长滩区民政办公室主任的马家达同志敬撰了革命烈士纪念碑碑文。

2003年，钟祥市扶贫办公室拨款对革命烈士纪念碑进行了修葺，建造了一面烈士名录墙，载入128位革命烈士的英名。

2011年9月，长滩镇参与全国零散烈士纪念设施抢救保护工程项目，筹资进行了扩建改造，在革命烈士纪念碑旁扩建了烈士陵园，新建了长49.101米，寓意1949年10月1日中华人民共和国成立。2017年，新建了再现长滩（南山）革命斗争烽火岁月的浮雕文化墙和彭刚同志创作、书写并赠与长滩的《钟南抗日时期记事近体诗（八首）》碑刻。陵园的基础设施日臻完善，整体形貌气势恢宏，成为钟祥市最大的在重要节日祭奠、追思革命先烈及进行革命传统教育的室外场所。

在这里，曾经的快乐与痛楚、淡忘与刻骨，已化作悠悠往事，铭刻在漫长的历史长河中。那些走过的风雨历程、那些熠熠生辉的革命精神、那些前赴后继的英烈，全都浓缩在这片肃穆的山地里，并且成为南山红色文化的历史珍藏和精神高地。

一群飞鸟从我们的头顶掠过，洁白的羽翼在碧空中留下一片柔和的凉荫，金属般的鸣叫声，在阳光下颤动，仿佛逝去岁月的生动回声。

五

柳门口村三组，一个叫小毛湾的地方。

一座饱经风雨的院落在这里静默经年。

这里环境清幽，群山簇拥。院子坐北朝南，前后是青葱的山林，门前两棵高大的皂角树枝叶茂密，绿荫匝地，树下曾经是新四军干部和战士开会、学习的地方，苍劲的枝柯与伤痕累累的根系，让人不止一次地想到那段革命岁月。

远处生长着一丛丛茂密的斑竹，墨绿的竹节同样瘢痕累累，不同的是，染绿斑竹的是思念的千滴泪，而染红这片土地的则是英雄血。

在这里，一切都是静穆的，只有穿过竹叶的斑驳阳光，带着缅怀思绪，奏响心中的喧嚣。树根在地上蔓延，状如龙虬。路边长着细碎的花草，熟透的桑葚果挂满了枝头。在这里，我看见了生活的痕迹，却很少看到人。这里，只有静静的追思。

这里是革命烈士毛作文的故居。

毛作文烈士于 1938 年参加革命，后成为地方抗日革命武装游击队、区中队的队长，还担任过新四军豫鄂挺进纵队六团二连连长，1943年在战斗中牺牲。中华人民共和国成立后，他的后人毛忠良先生把祖屋无偿捐赠给当地政府，布展成为如今我们看到的陈列馆。

陈列馆的门前分别挂着用繁体字书写的 7 块木牌，上面写着"中国共产党豫鄂边区京钟荆当地委""京钟县委""钟祥县委""京钟荆当专员公署""京钟荆当军事指挥部""京钟县抗日民主政府""京钟荆县委旧址"，一如峥嵘岁月再现眼前。

站在这处简陋的房舍前，我无法想象当年这里竟是京钟荆当地委的办公地点，领导当年南山革命根据地坚持斗争的总指挥所；我也无法想象，约80年前，那些身着单衣、忍饥挨饿的新四军战士是如何在这个四面围堵、偏僻荒凉的村落里熬过一个又一个苦寒冬季的。

陈列馆内，分别以"红色群英谱""英魂耀苍穹""南山矗丰碑"为标题，介绍了战斗、生活在这里的地委、县委主要负责人和125位烈士的姓名和主要事迹。

在这些先烈中，有人的名字如雷贯耳，家喻户晓；还有的我曾在读书时听过他们的报告；更多的名字，却是从未听闻。听着烈士后人陈光明先生的介绍，看着那些褪色的文字，我仿佛一次次走进历史的烽烟，壮怀激烈，哀思萦怀。

在南山革命根据地中的长滩地区，献身于人民革命和建设事业的仁人志士有350人，其中土地革命战争时期201人，抗日战争时期101人，解放战争时期30人，社会主义建设时期18人。

江柱尧烈士，男，生于1900年，中共党员，1925年参加革命，曾任红三军红四团政治委员。第一次国共合作后，钟祥县党组织成立，他回到长滩埠石门一带建立区分党部，发展党的组织，组建农民武装，并率领这支武装随贺龙同志转战洪湖一带，在国民党第五次"围剿"时转移到大洪山继续坚持武装斗争。1937年秋，他在大洪山李岗冲战斗中不幸壮烈牺牲，时年37岁。

饶玉卿烈士，男，生于1917年，1934年参加革命，中共党员，历任饶家畈农协副会长、檀山中心区委书记、京钟县委组织部副部长、京钟工委书记兼县大队政委等职。1946年11月，他率部经三岔口时，遭国民党军队拦截，在组织部队抢占山头与敌作战中英勇牺牲，时年29岁。

杨益明烈士，男，生于1925年，1950年他响应祖国号召，参加中国人民志愿军，跨过鸭绿江与朝鲜人民军并肩抗击美国侵略军。作战中他曾三次荣立战功，于 1951 年在牛头山第五次冲锋杀敌中光荣牺牲，时年 26 岁。

陈子玉烈士，生于 1924 年，生前系长滩区花岭乡白马村党支部书记。1957 年 10 月 16 日上午，长滩供销社厨房失火，他临危不惧跳入火海，奋力抢救国家财产，不幸光荣献身，时年 33 岁。

除了众多有名或无名的烈士，陈列馆里也展示了许多在南山地区坚持斗争的地委、县委领导人的事迹。他们中有的人在中华人民共和国成立后成为中央、省、市、县的领导人，有的人在高等院校（如武汉大学等）担任领导，有的人因种种缘由留下当了农民，但他们始终初心不改，在各自的岗位上继续着烈士未竟的事业。

陈列馆内，我一遍遍探寻那些尘封的历史和曾经略知的红色南山，从那些画面里，我想象着"金戈铁马，气吞万里如虎"的峥嵘岁月，想象着和那些先烈呼吸着山谷同样的空气，感受着沉重而雄阔的事业。

从陈列馆出来，我们走向房后的高地。扑面而来的山风和流云让我产生一种穿越时空的遐思。在心底翻涌的崇敬与追思中，我看见绿荫丛中，这一处低矮的院落立于阳光之下，金光灿灿，让我迷恋。我的身体依偎在这里，内心却风起云涌。

我望见远处的河流，呈现出喧嚣之后的静寂，那枯黄的河底，赤裸地袒露在阳光下的炽烈中。河流隐退了多少个春秋，或许已无人知晓，只有眼前这空阔的河床，乱石枕卧在河床上，吐露着无垠的荒芜与希望。

河床两岸的土地上，是农业合作社的一个大型杨梅种植园。种植园的主人姓顾，像许多村民一样，他们一家在这片土地上倾注了多年的辛劳和汗水。起起伏伏的山地上种满了杨梅、枇杷、红杏，间或还有洁白如雪的栀子花，它们把一层又一层的荒漠和粗粝，悄然埋葬在山野的褶皱里，又把一丝又一丝的希望献给了土地。

阳光轻抚林梢，洒下一地金辉，河床的上方，充盈着盛大的静穆与空寂。我看到，先烈们就在那些静穆与空寂里，跨越滔滔长河，他们目光如炬，与我隔河相望；穿梭岁月迷雾，他们与我一路同行。

我小心翼翼地走着，脚印停留于泥土之上，瞬间觉得这条汹涌过、澎湃过的河流，一定还会沿着曾经蜿蜒的山河脉络，在未来焕发出盎然的活力与生机。

我们正处在前所未有的变革时代，干着前无古人的伟大事业。我们虽然不再年轻，但内心永远风华正茂。我们筑起一座座里程碑，又将它们化作全新的起点；每一次对历史的回望，都是为了积蓄力量后的出发。

当我离开的时候，太阳已经偏西。

身旁，雾霭层层起伏；耳畔，山风习习。纪念碑、烈士名录墙、浮雕文化墙、红旗背景墙、绢花、墓地、挽幛、青松，次第在我的眼前浮现，一如旌幡高悬，照耀着世世代代人的梦想与追求，关联着风雨岁月的故事和传奇，并且，永不消逝。

我相信，这是革命先烈乐意看到并且已经看到的画面，因为，他们的英魂从未离开这片土地。

（发表于《长江丛刊》2023 第十期）

第五辑

——

冷暖人间

风从山里来

一

从钟祥市中心驱车向东，20分钟后，我已置身于起伏的丘陵。灰白的公路旁边绿意葱茏，铁丝般的枝条间，偶有醒目的鸟巢出现。

公路远处，麦苗如翻涌不息的浪花，拍打着遥远的天际线，一波未平，一波又起，在山风的抚慰下渐行渐远。

一片松林前面，有渡槽凌空飞过。渡槽下立着一块醒目的路牌：石门湖风景区。

从蜿蜒的道路驶入，公路与林莽在两边高大的山岭间缠绕向前，密不透风的是马尾松、柏树与栎树的组合。山顶上，有一个新建的安乐园，长眠于此的逝者，一定是与这座山、这片湖在情感上有着千丝万缕联系的人们。

如果时光倒流至70年前，我们将会看到这片连绵的山岭上星罗棋布地分布着工棚，那是中华人民共和国成立后湖北首个大型水库——石门水库的建设者们的临时住所。寒来暑往，无数个日夜交替，建设者们以辛勤的汗水和坚定的信念，在这片土地上铸就了不朽的丰碑，为湖北的水利建设书写了浓墨重彩的一笔。

车窗外，阳光越来越明亮，采摘和垂钓的指示牌出现的频率增加，

246

见证了山区正在从农耕经济转向旅游经济。公路两侧的植被也愈发浓密，树木以松树、柏树和枫树为主，紧抱的枝枝杈杈伸向天空，偶尔会有柳树，不及白杨、松、柏的高大挺拔。这里地处气候温润的大洪山南麓，夏天的脚步本应来得更早，但因为地势的原因，眼前春意正浓。

在一个樟树密植的幽静之处，我们穿行而过，抵达石门水库管理处的门口。管理处的书记邹鹏已经在此等候多时。

邹鹏曾在市委宣传部任职，作为一名学识渊博的干部，他的举止间流露着儒雅之风与谦逊之态。多年前，我们在海南相识。此次相见，既是异地重逢，也是老友相聚，仿佛时光倒流，平添喜悦之情。

九里乡的几位老朋友闻讯后也赶来相聚。在欢声笑语中，家乡的淳朴民风与待客之道，故人的盛情款待，都让我备感温馨，也让我更加珍视这份深厚的情谊。

在邹书记的引领下，我们一同踏上大坝的参观之旅。

山里吹来的风，吹向大口林场，吹向长滩、旧口，吹向江汉平原，鼓动衣袂，荡涤心扉。

视线之内，大坝内侧那些巨大的岩石，坚韧地承受着风浪的冲刷。正前方，几艘快艇整齐地排列着，它们的表面被苫布覆盖。因为不是节假日，眼前便多了几分"野渡无人舟自横"的诗意。

最让我们惊奇的是大坝两侧那片古朴而充满力量的松林。这些松树以坚韧的生命力，年复一年地守望在这里，一次次听着涛声依旧，数着夕阳红透，展示着与自然环境和岁月和谐相处的默契与温情。

看着树干上那些灰色的鳞甲，我不禁想象着它们或许是水库建设者精神的化身，于坚韧不拔中，独守岁月的沧桑变迁。

枯水期的石门湖深水微澜，宛如潜龙在渊，发出低沉而神秘的声音。这片湖泊以其曾经的浩瀚向世人展示过历史的沧桑和深邃；如今，她默默地展现在我们的眼前，回眸之间，尽是山河无恙的温柔。

大坝外侧的斜坡上，野菊花与紫薇竞相绽放，青草葳蕤，伴着一丛丛艾蒿、芭茅和水蜡烛，一渠清水悠悠地流着，将年华厚重写入岁月静好，展示出野性而灵动的蓬勃葱茏。

二

我与石门湖的每一处，都有着与众不同的情感。石门湖历经沧桑的躯体，曾是我颠簸童年的避风港湾。尽管如今她的怀抱中，只剩下了一泓浅浅的库水，但在我的心中，她依然是我最珍贵的回忆与情感的载体。

石门水库，坐落在湖北省钟祥市长滩镇大洪村，其坝体横跨在汉北河上游的寨子河刘家石门段。此水库属于汉北河水系，不仅在防洪、灌溉方面发挥着重要作用，同时也在发电、生活供水以及生态旅游等方面展现出其综合利用价值。

为了建设这座水库，湖北省政府组织建设。在长滩河两岸工地上，建设者们肩挑背驮、车载斗运，坚实的脚步在河堤陡坡上留下了一串串硬实的脚印，留下那个年代特殊的文化印记，有温度亦有厚度。

水库于 1954 年动工建设，与国内其他大型水库相似，由于当时的条件限制，石门水库采用土坝结构，其抵御自然风险的能力相对薄弱。

为了提高水库的防洪能力和安全性，石门水库于 2006 年 3 月至 2012 年 12 月进行了除险加固，将土坝改造为混凝土大坝。这一改造显著提升了水库的稳定性和抗风险能力。

在过去的岁月里，石门湖管理区作为荆州市直属的正处级单位，承担着重要的管理职责。后来，根据行政区域调整，石门湖管理区划归钟祥市管理，但其行政级别并未改变，仍然是市政府领导下的为数不多的处级单位之一。

目前，石门湖正站在开发建设新起点上，相信在一个富有开拓创新精神的班子的引领下，石门湖未来必将焕发出新的生机与活力。

三

沐浴着山风，我走上一条新近打造的旅游公路，繁茂的紫薇与月季正竞相绽放。6栋红瓦粉墙的公寓楼在花木掩映中若隐若现，仿佛是幻境中的海市蜃楼。这是石门湖的职工居住区，展示着一种远离尘嚣的静谧。

小区围墙的大门一侧，有一方不大的水塘，水面上漂浮着几丛芦苇和新生的荷叶，随风轻轻摇曳。水塘的边缘是一块菜地，各种蔬菜如辣椒、西红柿和豆角在绿叶的掩映下显得格外鲜活。一位老者正在菜地旁仔细察看，神态安详，精神矍铄。我走上前去，询问老人是否一直居住在这里，老人说是。我问他贵姓，老人说姓郑。

在与水库领导的交谈中，我得知子弟小学的郑传道老师一直生活在这里。于是我问他："您是郑老师吗？"老人很惊讶。我报上名字，惊喜的是，郑老师竟然还记得我。

于是，在那个微风习习的下午，斑驳的树影拉长诸多往事，伴随着这片土地的生活气息和自然美丽。在我和郑老师的交谈中，往事历历，近在眼前。

1962年，不到20岁的郑老师从湖北沙洋师范①毕业后，被分配到刚刚建立的水库子弟学校，一直工作到学校解散；而他的爱人，一个武汉下放的知识青年，也是在那个时期落户到了水库。算起来，距今已有

---

① 即沙洋师专，2007年与原荆门职业技术学院合并基础上建立荆楚理工学院。

半个多世纪。郑老师说，学校解散后，他被分到水库管理处，一直没有离开这里。

就这样，一次邂逅，注定了长达一生的身心相伴，郑老师一家和这里的山水真真切切地相守了一生。

在这里，他们和山水草木情意相投，身心相许，肝胆相照。

路口，一个满头白发的阿姨在等候市里的公交车。她的脚下放着满满一篮子鸡蛋。旁边站着跟她说话的，也是一位满头白发的女士。交谈中意外得知，站着的那位是我小学时的同班同学易爱萍。她原本是在外地工作的，退休后，甘于寂寞的她重新回到石门湖定居。

我曾在石门湖初级小学断断续续读书，时间不到 3 年，同学大多是水库管理处干部子弟，也有少量附近饶家畈过来的农家子弟。

易爱萍的父母是水库干部，她是一个不折不扣的"官二代"。当时，我作为外来漂泊一族的后代，过的是食不果腹的日子。为了生计，我读书"三天打鱼，两天晒网"，时常帮父亲外出拉车，孤独、饥饿、苦难成就了我充满韧性的人生之路。

令人感叹的是，60 多年后，"尘满面，鬓如霜"的我们，竟然再次回到原点，重新站在了同一起跑线上，以白发苍苍的老人身份，在这里对面相逢已不识，"笑问客从何处来"了。

与居民楼一墙之隔的地方，是一排排色彩暗淡的老建筑，那是当年的水库管理处的办公楼。历任水库管理者，都原封不动地保留了当年的建筑原貌，让往来的人得以回溯艰苦卓绝的建设年代。面对老建筑，就像老友重逢一样"相看两不厌"，共同见证一个时代的变迁。

走在水库的老办公区和居民区，看着一排排的红瓦平房，感受着历史与现代的对比，一些说不清的感觉开始萦绕在我的心头。

从破损的窗户向里面张望，透过窗外射进的一缕阳光，可以看到墙上贴的旧年画已褪去了往日的色彩，甚至被熏得发黄暗淡，铭刻着一个远去的年代。外面世界的喧嚣似与这里无关，一切都被保留在永恒不变的时空里。而这些就是生活的一部分，被凝固的历史和时光让这里的人们理解了生活的平淡如水和复杂多元，以及一直未变的文化之脉。

作为一个水库建设者的后人，我当然知道，60多年前的建设者如今大多垂垂老矣，甚至已告别人寰，再难寻到当初他们留下的踪迹，唯有这些红房子的断壁残墙，能唤起一丝记忆。

路旁遗留着许多老态尽显的梧桐与白杨，它们的每一圈年轮都如斧凿刀刻般深刻。它们是第一批水库建设者们种下的树苗，算起来也有60多年的时光。60多年，对于自然不过是弹指一挥间，但对于许多人来说，或许已恍如隔世，物是人非。

继续往前，山水朗润，水渠交织，若不是一处关于石门公社的介绍，人们很难把这片风土温润、静谧祥和的风景区，与南山地区的红色历史，与那些血与火的故事联系起来。

在这片土地之下，埋藏着一段段远比想象还要残酷的战斗记忆。而历史上那个曾经的石门公社，已随着历史沧桑，深深埋于水库的库底。它告诉我们，眼前的岁月承平，不知是多少人默默牺牲与付出换来的。

在那些惊心动魄的岁月里，中华儿女一次次在这里浴血奋战，或气壮山河，或悄无声息，甚至没有来得及留下姓名，便倒在历史的金戈铁马中，留在这片水库地下——包括那些在水库建设中献出生命的人。但他们的精神永远留在后人的血脉里，世代传承不息。而今，我们正行进在他们走过的路上。

眼前，为数不多的居民和留守水库员工始终坚守在这里。那些已经进城的人，在不经意间又回到了这里生活，成为新的居民。石门湖的山水滋养了他们的灵魂，也给予他们永远的心灵慰藉。

当一切远逝的美丽积淀为内心或伤感或迷惘的回忆，或许，只有清新的山谷之风，才能洗去蒙在心扉的尘埃。

四

走在山谷里，山风柔和，岁月安然，深深浅浅的芳草花树如一川河水，在山谷间肆意流淌。

四周没有一丝杂音，甚至连高声言语都未能打破这份宁静。偶尔传来的鸡鸣犬吠之声，在山谷中回荡，带着一丝乡野的气息，诉说着这片山谷的古老与宁静。

在夕阳的余晖中，我轻轻走进水库附近的电厂。这座历经岁月沉淀的老房子，依然有职工在这里留守。他们默默地从事着那种单一的工作，与这片土地一同守护着四季的更迭。这份坚守似乎与青春的激情并不相干，但青春的种子确实在这里生根发芽。那个时代所锤炼出的纯洁操守和坚定信念，以其不可磨灭的历史印记，镌刻在每一个水利人的履历之中。

随着时间的流转，往事如梦如幻。无论我们是否愿意，无论现实如何变迁，石门湖这片山水之间，水库建设者的情感里，生活始终一半是回忆，一半是前行。而生命中，尽管有一半被艰难困苦的阴霾所笼罩，但另一半依然洒满了阳光，毕竟，山谷里总会有风吹来。

风从山里吹来，吹走了往事，吹来了回忆；吹走了潇潇夜雨，吹来了满院春光。

风从山里吹来，吹走了车水马龙，吹来了爱与乡愁；吹走了车辙足印，吹来了山河常在；吹走了时光叠影，吹来了永远绕不开的金色往事和峥嵘岁月。

我想到了那些建设者，还有更多的年轻人，他们放弃了山外悠闲舒适的生活，年复一年地生活在这里，守望着一湖碧水，守望着深山老林，守望着枯燥乏味的生活。正是他们的坚守、劳作和奉献，才为周边的人们提供着源源不断的生命之水、生活之源。

这些人是不会离开的，他们是这方山水的主人。

郑老师和他的爱人不会离开。两位老人要独守这片属于他们的清静世界；百年之后，他们依旧不会离开这里，他们会与这里的山水虫鸟气息相通，朝夕相伴。

我的老同学不会离开。她的父母就长眠在这里的山坡上，她要守护在这里，让内心在岁月风雨的洗礼下始终保留一份执着和纯真。

那位卖鸡蛋的阿姨和她的家人们也不会离开。这里是他们祖祖辈辈赖以生存的地方，他们依然要依靠这方山水传宗接代，一代一代生活下去。

那些早已故去的水库建设者的灵魂也不会离开。他们的灵魂一旦离开这样的山水，就再也吹奏不出石门湖的涛声那如同天籁的声音。

夜幕悄然降临，山岭被浓厚的暗色所笼罩，夜色如浓墨般浸染四周，月季花的香气在空气中悠然飘荡，灯火在远处闪烁，寂静中只剩下轻微的风语和夜虫的低鸣。

大家围坐在桌边，品尝着丰盛的菜肴，咀嚼着水库自产的美食。他们依旧热情地招呼我，声音平缓、亲和、友善，没有让我感到丝毫的陌生与距离。远离都市，栖居乡野，他们的真诚，他们的友善，他们的热情，久久地铭刻在我的内心深处，使我难以忘怀。

是的，这样的时刻，我已不再去想遥远的都市和都市里的灯红酒绿，我也不再去想高楼大厦内莺歌燕语般的音乐，不再去想彰显着现代文明的别墅、轿车以及其他很多说不清的东西。我的心，已经和这里的人们交融在一起……

五

清晨，山风依旧。阵阵鸟鸣，把晨光里的石门湖啼鸣成一曲希望的晨歌，在湖面悠悠回荡。

青灰色的天幕染上第一抹绯红，风吹动河渠里的芦苇，路边的槐树开满了白花，有暗香浮动。一回头，我看到了郑老师，他和他的老伴在路边漫步。

终于，我依依不舍地告别夏日的石门湖，告别那些绿树丛中的红楼瓦舍。

我巡视着这些低矮而破旧的建筑物及其屋檐瓦片上留下的斑驳的岁月痕迹，终于在回到家乡数日之后第一次感觉到城市之外的亲近。

这里的人们，面庞大多刻满岁月的沟壑。在他们的眉宇间，我分明读到了一种生活和年龄相交织的痕迹。他们拘谨地用淳朴而温馨的微笑，迎接着我这个远方游子的到来。

回过头去，凝视着延伸在视野的十里山路，以及沉重的背篓、平静如镜的水塘、卖鸡蛋的阿姨，还有很多不相识的水库老人满面的岁月沧桑，我的整个心，如同历经了一场刻骨铭心的洗礼，我心底那份对美好景致的向往，便在驻留石门湖的这一晚，被这朴素之地悄然化解了。

"唯有门前镜湖水，春风不改旧时波。"

因为我总是停不下行走的脚步，心一直在游荡和漂泊，仿佛只有在这些深绿浅红的山色湖景之间，才能找到以往如繁星般的记忆碎片，那是我们梦寐以求的至真至美的精神空间。

太阳升起，阳光斜照着静静的山谷，清新的山谷之风阵阵吹来，我们在山风里告别。金色的阳光之下，郑老师和他的爱人静静地目送我们离开，仿佛两座饱经风雨的雕塑，散发着经过岁月洗礼的沉稳与理性。

石门湖不只是一个湖，它是一个小世界，它记载着离开和归来，也包容着柔软与刚硬。它是时间的摆渡者，疗愈着在这里生活过的每一个心灵。

爱，不是彼此凝望，而是永远坚定地看着同一个方向……

（《莫愁湖》杂志 2024 年第三期）

人间脚步

一

我的祖籍，是豫西一个离湖北不远的地方。

对我来说，那个被称为"故乡"的地方，不过是传说中的一个地名。我回去过两次，每次都是走马观花，吃一顿饭，在祖母的坟前磕头烧纸，履行完仪式，就匆匆离去了。

我发现故乡人的性格中，有着太多的"游牧"习性。

家乡很多人的一生，都注定在漂泊。我的爷爷是这样，父亲和母亲也是这样。

离开，只是为了生存。老家人早已习惯了这样的前赴后继，去往湖北、陕西、新疆，甚至是广东、广西，或更远。每次回去，总有人说哪家的人在外地不回来，门上挂着一把生了锈的铁锁。

老家人不像广东人、海南人那样，挣了钱就想着回家修房子；房子修好后，住几年，又再离开，以后每年回来一次。多少年后，人不在了，房子还在。在海南，上百年的空房子，很多。

老家人更像那位东坡老人，"此心安处是吾乡"，走到哪里，就把家安在哪里，让暂居之所，变成心灵深处永恒的归依。

我爷天性乐观，有着一个令十里八乡的人都羡慕的身份——木匠。

他的脚步遍布周边大大小小的村庄，凭着一手精湛的木工活，让我奶过着衣食无忧的生活。他们先后生养了四个儿子，并繁衍出四个大家庭的烟火之气。

抗战爆发，家乡民不聊生。我爷一个人独闯湖北，希望蹚出一条求生之路，可惜最终却再也没有回到河南老家。至于我爷究竟是病死的、饿死的，还是被打死的，至今成谜。

我的父亲在家中排行老大。在我们老家，习惯将父亲称为"伯"（bai）。我伯长大后，遵从我奶的旨意，千里迢迢到湖北的钟祥找我爷的坟。几经打听，他在钟祥的一个芦苇荡边上挖开一个土堆，把一堆白骨背回了老家。我奶请了一位算命先生，借由"借骨还魂"，进行了"阴阳对话"，结果人家说"俺姓张，不姓朱"。我奶气得直跺脚，怪我伯办事不力，村里人说把骨头扔到西北岗的乱葬坟里算了。我奶说，都是可怜人，还是埋了吧。

后来，我奶没让我伯再去湖北找我爷的坟。从此，我爷成了孤魂野鬼。从此，我伯记住了那个荒湖的名字：笪家湖。

如今，我伯我娘都长眠在笪家湖边的一面山坡上，那里是我上学时每天都要经过的地方。世间都说，一家人最终会在另一个世界里团聚。那里距离我爷的埋骨之地并不远，相信我爷的游魂一定会找到那面山坡的。

二

我爷离开家后，我奶成为家庭的主心骨。

我奶叫朱郭氏。她个子高大，一双天足。即使在兵荒马乱的年代，她也有着一般乡里人少有的远见卓识，始终坚信只有读书才能升官发财，封妻荫子。她咬牙供我伯在县城读完小学，让我伯成为十里八乡少有的知识分子。乡里人有啥关于文化上的事，就会说，去找朱大娃问问去。

回乡不久，我伯又被送到泌阳县学习织布，准备学成归来在家乡办一个织布厂，当老板。那样的话，朱氏家族的娃们都能跟着沾光，吃商品粮，挣钱花不完，娶城里人当媳妇。

可惜战争爆发，我伯发财的梦想成为泡影，只能回到家乡憋屈着，我伯成了当地一个最不会种地的乡下佬。

我家在西北岗上有几亩黄泥地，种啥都没有收成，干脆任其荒芜。我伯回乡接手后，运用城里人的新思维，决定发展种草业。他从城里买回一些茅草籽撒在那里，准备来年卖茅草，满足乡里人家修建房屋的需求。

收获季节来临，邻近我家草地的江河叔往家里成筐成筐地搬运红薯，我伯的茅草地却像是脱发人的头顶，稀疏的草茎在风中无力地摇曳。我伯和我娘哭笑不得，村里人还不忘取笑我伯："大娃，今年收成咋样啊？"我伯说："还行。"

我伯继承了我奶的优良基因，身高1.8米以上，眼睛不大，透露着一种和善温暖的光，脸上整天挂着一种乡里人特有的谦卑的笑容，见人先点头哈腰，然后双手递烟。

我伯先是吸纸烟，没过几天，就改成吧嗒烟袋锅。三间草屋四处漏风，风把草屋顶刮得哗哗作响。我伯坐在土坯盘的床沿上，叭叭叭，吸完一锅旱烟，把灰磕在地上，装起另一锅，再吸一口。老鼠钻出洞，大摇大摆地穿堂过室，吱吱地叫唤，全然不把我伯放在眼里。

我伯性格乐观，说话带几分粗俗的风趣。虽在城市生活多年，但他在骨子里还是一个农民，血管里流淌着黄土地的淳朴和憨厚，一生的低调和见了当官的时谦卑讨好的神态始终是发自内心的。他经常跟我说："娃呀，长大了伯领你去城里看看，城里有电灯、饭馆，城里的姑娘也长得跟画里的一样，水灵灵的。"

即便是已经揭不开锅，也没见我伯发愁过。他穿衣最不讲究，一件旧棉袄从来不系扣子，而是把两片前襟左右一裹，腰里再系上一根旧腰带，说这样干活利索，风沙吹不进去。他平时走路时还哼着"前影儿好像啊罗敷女，后影儿好像咱的妻""王宝钏住寒窑一十八载"的唱词，似乎从不为吃了上顿没下顿的日子发愁。

在庄上，我家的辈分最低，随便走出一个流着鼻涕的小屁孩，也敢喊我伯的小名"大娃"。谁家有啥需要跑腿的事，只要说一声"让大娃去一趟"，我伯就忙得屁颠屁颠地，因此，我伯在庄上的人缘很不错。但对于如何种地，让地里长出齐刷刷的庄稼来，我伯却是"半瓶子醋"，为此，我娘没少跟我伯吵架。好在我娘的娘家亲戚境厚实，她的到来，让缺吃少穿的家里多了几分烟火气，勉强得以维持生计。

听我娘说，我伯其实还有一段光荣的革命历史。

解放军南下打到我们庄上以后，就开始了轰轰烈烈的土地改革运动。

我伯有文化，见过世面，被吸收参加了土改工作队，负责在工作队里记账和丈量土地，再分田到户。那时候，村里看见我奶、我娘的时候，都是满脸堆着笑。

等土改结束后，我伯被编入南下工作队，正式换上军装。可就在出发前，我奶找到工作队队长，鼻涕一把眼泪一把，舍不得她的大娃。然后队长就让我伯留下了，刚穿上的军装还没焐热就又脱了下来。从此，我哥、我姐和我痛失了一次成为"干部子弟"吃商品粮的机会。

我的外公是一个乡村老中医，对人和善，有求必应，在十里八乡口碑良好。早年外婆去世后他一直未再娶，整天在外面忙着悬壶济世。我娘8岁起就在家主持家务，烧火做饭，照顾一个腿有残疾的弟弟，后来又跟着她的妗子学做女红，成了妗子的得力帮手。妗子舍不得让我娘早早出嫁，拖来拖去，我娘成了大龄女青年。经媒人撮合，我娘嫁给了我伯。我娘的几个堂弟都是种地能手，加上临近县城，属于郊区城乡接合地带，有着上好的河湾地，即便遇到灾年，也能勉强维持生计。依靠我娘的几个堂弟的接济，我们这几个娃得以留下一条小命。

有一年，老家遭遇了"烂场雨"，小麦颗粒无收，外出逃荒成为村里人的唯一选择。那天，我和我姐哭得撕心裂肺，我娘的一双小脚却向着南方迈出了坚定的步伐。

半年后，我娘托人带回10块钱交给我伯，我伯把钱塞进贴身的衣衫口袋后又用别针别上，然后把家里的几件旧衣和一口铁锅装在篾篓里，让我坐进去，把旧棉衣的两片前襟重新裹了一遍，扎紧腰带，领着我姐，顶着漫天飞舞的雪花踏上了路途，一走就是13天。

像是冥冥之中命运的安排，我们到的地方，就是我爷当年去世的地方——湖北钟祥。我们最终在钟祥的石门湖安顿了下来。

三

当时，石门湖的大坝主体工程已经完工，大批工人已经离去。山坡上、山脚下到处都是没有拆除的工棚。

我伯在一个避风的山坳找了一个临近水塘的工棚。那里虽然不大，但看起来干净牢固，更重要的是临近一个水塘，方便生活。住了没几天，一个干部模样的人找上门来，说房子是水库基建科的房产，外人不能入住。

我伯脸上堆着笑，说"中啊中啊，等俺找到新的房子就搬走"。3天后，那个干部又找上门，催我伯赶紧搬走，要是再不搬走就带人把屋里的东西都扔出去。我伯还是脸上堆着笑，小眼睛眨巴着，掏出一包"大公鸡"香烟双手递上去，干部挥挥手，说"不吸烟"。又过了几天，那个干部再次上门，要我伯立即搬家，我伯一连说了三个"中"，满脸堆笑地递上一包"白金龙"香烟，干部接了，说："那再宽限一天吧。"

那天晚上，我伯找到那干部的家里，箢篼里放着一捆青菜、几根嫩得滴水的黄瓜和几根掐一下就能冒出牛奶一样汁液的玉米，说是刚从县里回来，给干部尝尝鲜。干部推辞了一下后收了，至于搬家的事，则再也没有提及。一来二去，我伯和那个干部就成了朋友。

干部姓冷，是基建科的科长，转业前是部队的一个连长。他的老家在河南泌阳，就是我伯学织布的那个县。

冷科长家有一个女孩，跟我年龄相仿，平时说话甜甜的，很有礼貌。每次我伯带我去她家里的时候，她都会拿出糖果给我吃，让我饥饿的童年也能得到糖果的滋润。

在石门湖，我伯的经商才能就得到了充分展现。

当时，大型工程已经竣工，留下一个几十人的工程队负责煞尾，食堂的餐食供应问题让队长感到头痛。我伯就承包了食堂的食材供应。他每天天不亮就去县城，把前一天托人在山里采购的野韭菜、野山葱、蘑菇、竹笋等送到县城的饭店，然后再采购回猪肉、萝卜、白菜、黄瓜、茄子等食材卖给工程队的食堂，从中赚取差价。

当时，我伯早出晚归，我娘在农村人家巡回做针线活，我哥在老家念小学还没毕业。于是，我和我姐在石门湖成了没人管的野孩子，白天跟着一群山里娃在那些没有拆除的工棚里乱窜，捡拾旧物品或者柴火，到了晚上，我们就望着西边的山坡，高一句低一句地喊着，直到对面山坡上传来我伯的应答声音，直到月出东山，夜色像潮水一般在山谷里涌动。

有一天，冷科长带着几个工人，拉来一些建筑材料，找到我伯说："你这间房子太小了，给你盖个大一点的吧。"他们就在靠近水塘的平地上栽下木桩，帮我家盖了3间草房和1间厨房。从此，我家在石门湖算是有了一处属于自己的房产。

一年后，我伯用他积攒的钱买了一辆两轮的人力板车，完成了从人力脚夫到人力车夫的角色转换。后来，他又买回一头驴。走平路的时候，我伯会坐在车上，在空中甩一响鞭，然后唱着关于"薛平贵征西"或者是"王宝钏坐寒窑"的地方小曲，招来不少路人的眼光。

阳光灿烂的春日上午，花开草萌，高大的白杨树又吐出了柔嫩的绿叶。阳光把树影投到路上，地上满是斑驳的影子，宛如梦幻。

那时，我伯意气风发，觉得自己找对了地方，他的人生从此充满阳光。他兴奋得像走进公园的孩童，眼前的一切都新奇无比，一有时间就哼着家乡戏曲，山林里、小路上，到处能听到他的声音。

四

有了运输工具，我伯自然不会满足于只干那些挑夫的营生。他不再满足于给工程队买菜送菜的工作，他要做大做强。他先后给国家粮站运过粮食，给供销社拉过货，为工地拉过砂石，给盘石岭林场运过树苗。

然而，好景并不长久。

1959年的下半年，随着自然灾害的日益严重，老家外出谋生的人越来越多，有的去了西北，更多的人来到离家最近的湖北。那真是不亚于一次"人口大迁徙"，走在路上，随时就可以看到三五成群、背着包袱"找活干"的人。

我们家也跟着老家人一起到了襄阳。我们到襄阳后，同行人员变少，剩下的多是有交通工具的家庭。于是，大家三五成群，自由组合，分散在襄阳、宜城、枣阳等地。很多人去了荆襄磷矿，因为那里需要大量运输矿石的人员。我伯和同行的几家结伙去了枣阳的吴家店①，给粮站运输粮食，报酬一天一结，还供应粮食。

从那时起，我伯就把我和我姐安置在吴家店的粮站附近，他自己每天早出晚归，为粮站运送粮食。他的足迹几乎遍布钟祥、宜城、襄阳、枣阳、随州等地的国道、省道和乡村。他住过涵洞、桥底、野外、屋檐下、马路边。在那个人生最困难的时期，我伯从一个啥也不会的流浪者蜕变成一个很好的车把式。

我伯胆小怕事，对人毫不设防，在为人处世上总抱着宁可吃亏的态度。为这，在运输时他没少受他人欺负，不过有时也能因祸得福。

在运输队的同事中，有一个车把式，知识渊博，天底下几乎没有他不知道的事情，人称"呱嗒嘴"。他平时能言善辩，说话高门大嗓，芝麻大的小事在他嘴里也能说成爆炸新闻，说话行事时处处占上风，我们都叫他呱嗒叔。

我那时沉默少语，内向孤僻。呱嗒叔经常说我的坏话，说我蔫了吧唧的，没有精气神，还说我伯拉车、修车技术不中。

呱嗒叔家里有俩闺女，大的叫枣花，小的叫杨花。枣花与我同岁，温柔可爱，善解人意，处处忍让关照我。杨花小我 2 岁，聪明伶俐，古怪精灵。她们是我那段时间朝夕相处的小伙伴。有时我们会聚在粮站的棉花仓库里捉迷藏、过家家。有人开玩笑说，让我长大了娶一个当媳妇，呱嗒叔却说"我这俩妮儿金枝玉叶，将来一定要给她们找个好婆家。他那娃，一天到晚（反应迟钝）的，想都白想"，言下之意，他根本看不上我。

有一次往枣阳吴家店粮站运粮食，呱嗒叔嫌粮站给的报酬低，就在河滩上偷偷挖了些河沙掺进粮食中，换出部分稻谷。结果送到粮站

---

① 今称吴店镇。——编者注

过秤时事情败露，于是几个运输的连人带车一起被扣下，关在一处院子审问。

半夜，呱嗒叔和另外几家带着全家人偷偷翻墙逃走，临走时央求我伯不要说出他们的去向。

我伯老老实实地守在那里，一直等到粮站的人第二天过来提人审问。当时就只剩下我们一家人，粮站的人问我伯为啥不跑，我伯说："俺又没干坏事，为啥要跑？"

粮站的人放了我伯，还让我伯把自己的板车拉走，我伯就选了呱嗒叔那辆带轴承的大钢套板车，挑了一头雄壮有力的骡子，大大方方地走出了粮站。

我伯套上骡子，让我们都坐在车上，他鞭子一甩，唱起了《武家坡》来：

"一马离了西凉界，不由人一阵阵泪洒胸怀。青是山绿是水花花世界，薛平贵好一似孤雁归来。"

五

深秋的阳光刺破云层，照耀着山路边一丛丛开得正旺的野菊花，野菊花像眨着眼睛的星星。

几个月后，我伯硬朗的身板出现在石门湖的山道上。那是1960年的早春时光，山谷的风呼呼吹着，像是孩童的哭泣。

当我伯领着我们再次出现在石门湖的时候，他的腰板变得挺拔，一双大手粗糙有力，粗粝的山风在他的脸上刻下了深深的纹理，脸色变得黑中有红，两只不大的眼睛炯炯有神。

那一年，我伯和我娘为一件事，磋商了多次。在我娘的强烈要求下，最终决定：送我到石门职工子弟小学插班读书。一个学期后，我又越级跳上了三年级。

11 岁那年，我坐着我伯的板车去了一趟钟祥，那是我第一次走进城市。我穿着露着脚指头的布鞋走在韩家街的青石板上。我看见了明亮的路灯，宽阔的街道，高高的楼房。

之后，我对城里的生活产生了强烈的渴望，我的潜意识里深藏着一个成为城里人的梦。从此，我发奋读书。

又过了一年多，工程队的队长老杜就找上了门，动员我伯响应国家"自力更生"的号召，专门给工程队种菜，可以享受工程队工人的待遇，供应口粮，每个月发工资。

我伯眨眨眼，脸笑成了一朵菊花，他感觉离城市户口只有一步之遥了。

六

菜地在南山脚下的水渠边，是我伯开垦的。

当年，那里的蒿草旺盛，比我还高出半头。

我伯脱去棉衣，握一把磨得锋利的镰刀，把蒿草齐刷刷砍掉，再用挖镢把庞大的根系一一刨挖出来。因为天旱土壤干硬，也因为几年荒芜土壤板结，只能用镢头开掘，用铁锹深挖，再把大块硬土敲碎。我伯种下白菜、萝卜、黄瓜、茄子和几种许多人还是第一次见的蔬菜，手掌上的血泡用布缠了几层，仍有血丝一次次渗出来。

终于，一星期后，夕阳沉落西山的傍晚，在湿漉漉的地皮上，一棵棵菜苗探头探脑地拱出了地面。看着自己的劳动成果，我伯好一阵激动。他坐在被太阳晒得温热的土地上，感觉到与脚下这片土地连在了一起，他周身的血液仿若苏醒的洪流，顿时开始汩汩流动。

3 个月后，南瓜、红薯、萝卜、白菜、豆角、大蒜一片一片铆足了劲儿疯长，菜花开得肆无忌惮，娇艳的花瓣在太阳底下妩媚地招蜂引蝶。

此后，那些新鲜的蔬菜就源源不断地送上了工程队的饭桌。我伯说："只有石门湖的水再配上这里的地才能长出这样的蔬菜，咱老家的黄土地，不中。"

　　那是一个瓜果飘香的季节，农村一派欣欣向荣。

　　那一天，老家同村的江河叔找到了我伯。

　　江河叔在俺老家村里属于"教育子女的好手"，也是一个种地的好把式。当年，我们小伙伴最喜欢去他家里玩。他们的院子收拾得干干净净，不像有的人家鸡屎满地，连脚都下不去。江河婶早晚出门都是拾掇得利利索索，走起路来杨柳腰扭着，一看就是大户人家的做派。可惜因为家庭成分，他家在村里一直抬不起头。

　　早先，江河叔也在工程队干过，但他对种地情有独钟，就带着全家去了另一个地方，给一个生产队看管土地，兼带种瓜种菜。巧合的是，那地方叫笪家湖。

　　江河叔说，笪家湖是一块肥得流油的风水宝地，撒把种子就是一担粮，插根扁担就能生根发芽；人站河边，拿个洗脸盆，一盆子舀下去就是一盆鱼虾螃蟹；河边是大片大片的芦苇荡，一棍子下去就能打几只野鸭子，随便一拢就能收获一堆野鸭蛋；城里那些大姑娘、小媳妇三天两头去芦苇荡捡野鸭蛋、打粽叶、摘菱角，每次去都会给他带很多好吃的东西。

　　江河叔对我伯说："甭看现在工程队给你发工资，将来哪一天工程结束，队伍解散，到那时候再去恐怕就没有机会了，不如现在早做打算。"我伯有些心动，两只小眼睛里泪光闪闪，他俩边吃边聊，不觉已是月上柳梢。

　　其实，早在江河叔来之前，附近一个生产队的队长也找过我伯，说队里也正急于"引进人才"，找人去笪家湖种瓜种菜。他是我伯跑运输的时候认识的朋友，很赏识我伯的种菜种瓜手艺，一再动员我们全家去他们队落户，安排我们去笪家湖看护庄稼，说队里会给我娘、我姐都记一个整劳力的工分，全家每年分的口粮都吃不完，年底还有分红。

这次经江河叔现身说法，我伯终于下定了决心。他不顾工程队杜队长的一再挽留，决心去笪家湖创业，为朱氏家族的将来走出一条可持续发展的新路。他就辞了工作，领着我娘、我姐住进了笪家湖四面透风的芦苇棚里。

那时，我正在石门读小学四年级。

七

我在石门湖小学断断续续地读了 3 年，后来，转学到九里乡赵庙中心小学，凭着优异成绩和良好表现，受到老师们的好评及鼓励，进取之心如同早晨八九点钟的太阳。

正当我在成长的道路上高歌猛进的时候，家里出了一件很大的事，我伯的一番"神操作"，差点熄灭我希望的火种并改变我的人生走向。

我上小学五年级那年，那个和我伯一起拉过板车并在关键时刻逃掉的呱嗒叔到笪家湖找到了我伯，后面还跟着他的小姑娘杨花。

一见面呱嗒叔就说："朱哥呀，兄弟我遇到了大麻烦啦，你可得帮帮我呀。"接着一把鼻涕一把眼泪地说，杨花的妈领着大姑娘跟人跑了，留下他们父女两个，叫天天不应，叫地地不灵，在路上又被人劫了钱财，现在是有家难回。他要把杨花送到我伯这里，以后大了给我当媳妇，请我伯接济点盘缠让他回家，以后就是死在老家也不出来了。

说着说着，那呱嗒叔把杨花拍了一巴掌，杨花也跟着哭了几声，回过头又对我挤眉弄眼。我伯看着父女俩哭得稀里哗啦，心里一酸，小眼睛里也掉出几滴热泪。

我伯把家里攒的 80 块钱全给了呱嗒叔。父女俩哭哭啼啼地分别。

从此，我就多了一个跟屁虫。我走到哪里，杨花就跟到哪里，还处处不把自己当外人，专挑人多时给我递毛巾，让我很没面子。

杨花很爱哭，动不动眼泪就吧嗒吧嗒地往下掉，做出一副楚楚可怜的模样；更要命的是，她还尿床。我家一开始睡的是地铺，夜里睡着了，我突然感到身子下面热乎乎一片，就知道是她干的好事。第二天，我就得晒被子。终于有一天，我对着我伯发飙说："同学们都在笑话我，说咱家领了一个童养媳，你要是再不把杨花送走，我就不回这个家了。"

我伯故意装糊涂，眨巴眨巴眼睛，问我："咋了？胖墩墩的小女孩，有啥不好，你想要啥样的？"

我头一扬，喊了一句："我要娶个城里人。"

我伯再次眨眨小眼睛，问道："城里人有啥好？"

我扭着头说："城里人皮肤白。"想了一下又说："城里人走路好看。"我伯扬起巴掌，随即轻轻落下，顺手抹去我的两行清鼻涕说："好小子，志气不小啊。"

几个月后，一次放学回家，我总算没有看到那个跟屁虫。问我姐后我才知道，原来呱嗒叔把杨花领走了。那天，呱嗒叔一到我家里，见面就眼泪汪汪，说杨花她娘改嫁了养路段的一个工头，听说他把杨花送人了，就带人找他要人，他今儿要是不把杨花领走，那几个人会要他的老命。他让我伯行行好，让他把娃领走，将来他一定报答。说着，他的眼里还挤出几滴浑浊的泪。

我伯留呱嗒叔吃了顿饭，就让他领走了杨花。

从此，我就有了一种"翻身农奴把歌唱"的心花怒放。那里，我尚处懵懂少年时期，恍惚间，我仿佛听见身体里有破冰之声，每一道清脆的"啪啪"声，都在宣告我的欢愉。

2年后，我以县里作文第一名的成绩考入县一中。这件事着实让我伯、我娘和我的小学老师扬眉吐气了好一阵子。当然，这是我后来听说的。

我伯离开石门湖工程队半年后，形势很快发生了变化：上面下了红头文件，所有在册的工人统一填表登记，根据国家需要，正式由临时工转为国家在编职工，可以办理全国调动，有家属的也按政策规定办理了商品粮户口。我哥当时是工程队的木工学徒，转正后被调入县里的建筑单位，成为我家第一个有城市户口的人。

一个皓月当空的晚上，月光皎洁如银，洒在我伯那简陋却温馨的瓜棚顶上。那天晚上，刚从县一中放学归来的我，陪着我伯坐在瓜棚前头，两人抬头望着满天繁星，聊起了城里的新鲜事。那时候，我刚刚戴上共青团员的徽章，觉得自己俨然成为一名光荣的革命青年。说到我们家几次与商品粮户口擦肩而过的"教训"，我拿出了在学校学到的理论知识，进行了一场批判性的"总结"。

我振振有词地说："第一次你从城里回咱农村老家，犯了逃跑主义的错误。第二次你从南下工作队中主动退出，又犯了右倾保守的毛病。第三次你从石门湖迁入农村，属于机会主义错误。这些错误的根源，就是你骨子里那种农民的胆小怕事、患得患失。"

原本我以为，我做了这么一番鞭辟入里的分析之后，我伯肯定会深深地叹口气，然后对我表示赞同和佩服。结果，我伯哈哈一笑："娃，你说住在城里有啥好？啥都要凭票供应，就算现在请我去城里，我还不稀罕哩。"

我伯爽朗的笑声穿透夜幕，吓得一直蹲在窗外觊觎瓜果的野猫溜之大吉。

我伯变了，笪家湖这片土地彻底把我伯融化了。当一个不安分的灵魂一下子跌入温柔之乡，别人就很难把他拉回到过去，从此，脸朝黄土背朝天的生活，笪家湖温柔的怀抱和稻麦的飘香，把我伯驯服得像个孩童。笪家湖，成了我伯的生命之巢，精神之乡。

瓜棚前面的空地，是我伯精心打造的一片红薯育苗池。每当春光明媚的时候，池边总会簇拥着各色各样的野花，小的玲珑剔透，大的艳丽夺目。其中有一种特别的花，当地人都叫它萱草，其实，这黄灿灿的精灵还有一个诗意的名字——忘忧草。它就像大自然的一帖心灵良药，在每一个繁花似锦的季节里，悄然绽放，让人忘记生活的忧虑，在时光深处，带来无尽的安然。我想，我伯就是其中的一朵。

渡口无人

一

　　翻过最后一座山，当我离开山村小学来到花园沟河的渡口时，太阳已接近汉江西边的山顶，宽宽的河床上弥漫着淡淡的白色雾气，若有若无地飘散。

　　不巧的是，平时用来过河的木船，正静静地停在对岸。

　　我无奈地站在河岸，焦急地等待对面来人过河。

　　这是一个自然形成的渡口，连接了南湖和县城。干流直通汉江，中间分出一条小河，连接到居住在这里的村民的房后。很多临近河边的村民都会自备一条小木船，以便于涨水时进出和来往县城。

　　河边有一条稍大的渡船，是大队出资打造的，方便来往的过河人，但没有派专门的船工，需要过河人员自行操作。如果遇到船在对岸的情况，求渡的一方就只能在另一边干着急。

　　暮色早早降临，对岸寥无身影，视线所及处，我家房屋的上方，炊烟正袅袅升起。

　　忽然，我看到对岸一棵大柳树下，有个女子正在忙些什么。

　　我性格内向，不善言辞，特别是向别人请求帮助时，总是羞于开口。纠结了许久，终无法抵挡归家的渴望，于是我鼓足勇气，带着尝试的心态，朝着那个女子喊道："阿姨，我要过河，能帮帮我吗？"

平时，对岸的人要是不认识你，可能帮也可能不帮。我上学时经常遇到这种情况，急着赶路的人一般会拒绝，因为来回一趟需要花费些时间，毕竟"一条大河波浪宽"。

第一遍声音太小，那个女子没有反应，喊第二遍的时候，那个女子站起身来应了一声，款款地向河边走来。

在河边，那个女子解开系在柳树上的缆绳，上了船，那船就缓缓在水面移动。显然，她不懂划船，而且似乎对手里的竹竿很陌生。渡船在原地转圈，她竟不知如何应对。船在河面移动得很慢，好在那天有微风，经过几次折腾，小船终于靠岸了。

船到岸边的时候，我才看清，那个女子很年轻，我应该喊她大姐。

女子三十出头，头发被风吹乱，满面绯红，汗水从好看的短发下渗出，在夕阳下泛着光亮。她鼻梁挺拔，眼睛很深邃，有几分中亚人的脱俗之美，站在船的另一头，像一幅很美的风景画。

我的小学最后2年是在花园沟河畔度过的，每天早晚都要乘船过河，一来二去，就练出了撑船和划船的基本功。我谢了那个女子，嘱咐她坐稳船头，便想在她面前展示一下才艺，特别是在一个美丽的女子面前。

我站在船尾，将竹竿抵在岸边的硬土地上奋力一撑，小船立刻像箭一样在水面疾驰而过。我顺手把竹篙沉在水中修正方向，如此重复多次，船就稳稳地到了对岸。下船的时候，那个女子笑着说："你撑船技术真中。"一口正宗的中原话，让我心中顿生好感。我问她："恁在忙啥？"那个女子说："写生。"

我再次谢过那个女子，便顺着河汊边的一条小路往自家方向走去。那个女子也收拾了画板和小凳子，和我走向了同一个方向。

那是一段很长的路，两边是芦苇丛和庄稼地。我们就这样一前一

272

后地走在同一条路上，我似乎闻到身后那淡淡的香气，拘谨而不善言辞的我立刻加快了脚步。我们就这样一前一后地走着，那个女子渐渐落在密不透风的芦苇丛后面。

快到我家房后小树林的时候，我远远地看见我娘的花头巾，我知道，娘在等我。

当我站在娘的面前的时候，娘说："娃儿啊，咱家来客啦，你表姐来啦！"说话之间，后面那个女子走了过来，说："你是湘山吧？"

娘指着那女子告诉我："这是你老家的表姐啊。"

二

很小的时候，我听娘多次说过，在她的老家吕湾，表姐和表姐夫家是大户人家，他们远近闻名，像天上的星星一样高不可攀。据说表姐夫当年在北京工作，每次回唐河老家，县里的领导都会亲自上门拜访。如今，表姐一家奇迹一般出现在笪家湖我家的芦苇房里，让全家人都感到无限荣光，说"蓬荜生辉"都难以表达那份喜悦的心情。

表姐夫是北大中文系的高才生，毕业后被分配到北京一家国家级的新闻部门，可惜命运不济，工作几年后，赶上了"文革"，被错划成"右派"，送到农场劳教。表姐原来在一家部队文工团工作，表姐夫劳教结束后被开除公职，回到老家自谋生路，受他的影响，表姐也复员回家了。没了工作，表姐就在县城街上靠给人画像维持生计，后来跟随表姐夫下放到了农村。如果不是"文革"，我想，我们家是绝不可能接待像表姐、表姐夫这样的人的。

表姐夫很能干，是那种能上能下、能屈能伸的人物。自谋生路后，他带着表姐和一个孩子奔波在老家一带，干过各种力气活，先是在窑厂，后来窑厂被批判说是"社会主义的挖掘队"，就丢了工作。后来，他研究了一种"省柴灶",据说通过改良烟囱和灶膛,做饭可以省一半的柴火,火力还很强,远村近邻都请他去帮助垒这种新灶。再后来,他带着表姐和孩子到了湖北,在钟祥、天门和沙洋一带推广他的省柴灶。

当时,正值全国人民迎接中共九大召开的前夕,为了保证社会的良好秩序,保障"抓革命,促生产"的大好形势,各地都在对外来流动人员进行甄别后遣送回原籍。

表姐夫一家属于外来人员,成天提心吊胆、东躲西藏的,住过窑洞、桥底下,甚至露天,生活很不稳定。后来,表姐夫就把表姐和孩子送到笪家湖我们家里,这样,他一个人在外干活就少了牵挂。临别时,表姐夫说了很多感激的话,说他会按月支付生活费。

我想,像表姐夫、表姐这样的人都是很要面子的,若不是被逼无奈,肯定不会来我们家寄宿的。不过,这在当时的笪家湖,确实是一个重大新闻。从那一天起,我们家每天都像过年一样,沉浸在喜悦和忙碌当中。

我娘和我姐除了做面食,厨艺实在不怎么样,但每天都在想办法改善生活,保证餐桌上"四菜一汤"的标准。笪家湖有太多太多的鱼类,她们不知如何烹饪活鱼,就用最原始的办法——清水煮鱼。

每天,我伯把从花园沟河里抓回来的鱼(有时也买)交给我娘,我娘接过鱼交给我姐收拾干净,就舀几瓢花园沟河的清水放进锅里,再把拾掇干净的鱼丢进水里,撒上一点盐巴,盖上锅盖咕嘟咕嘟地一通乱煮,什么调料也不需要。燃烧的火苗舔着锅底儿,不一会儿,香气就挤满了草屋。我伯口味清淡,每次都交代我姐,煮鱼千万不要放盐,我姐放盐时都是偷偷摸摸的,像在做贼一样。

当鱼香逐步扩大到场院的时候,像小米粥一样的鱼汤就熬制成功了。我娘把准备好的香菜、红辣椒和葱花往锅里随手一撒,浓浓的香味儿能渗透五脏六腑。我姐把黏稠鲜美的水煮鱼端上餐桌的时候,心里一阵忐忑，生怕城里人看不上眼，没想到表姐尝了一口就大加赞赏，说这是在城里根本吃不到的人间美味。

表姐刚到笪家湖的时候，脸色苍白带着几分憔悴，她的儿子也面黄肌瘦，一看就知道是那种风餐露宿、营养不良的结果。经过一段时间后，二人的形象大变，变得面色红润、容光焕发了，像那花园沟河两岸摇曳的春柳，充满活力、袅袅婷婷起来。

表姐来到家里，最高兴的人还有我伯，他似乎也终于找回了一家之主的尊严。

我们家的分工遵循的是老祖宗传下的"男主外、女主内"的古训，我伯只管地里的生产，我娘管家务。大凡家里的鸡蛋、盐鸭蛋，远乡近邻上门带来的点心、炸油条、橘子罐头等"奢侈品"，全由我娘保管，放在一个大木箱里，外面挂上一把铁锁。我伯对此耿耿于怀，但又无可奈何。于是，当有客人到来的时候，就是我伯借题发挥的良机。他专门当着客人的面安排我姐说："湘云，叫你娘开一瓶屋里放的橘子罐头，多煮几个鸭蛋，我烫壶酒好陪客。"

我娘当着客人面不好发作，背后没少数落我伯"没出息"。我伯很得意，这次趁着表姐到来，当着表姐的面安排厨房工作。表姐在我家的日子里，我家的伙食基本维持着"四菜一汤"的标准，我伯"功不可没"。

每一天晚饭后，邻居们就陆续来到我家的场院前面，坐在一棵大树下，听表姐讲她在外面世界的见闻，更主要的是听表姐唱戏。先前，乡亲们大多是围在旁边的大树下，听一个参加过新四军的老人讲"岳飞传"等，自从表姐来了之后，人们都喜欢到我家听表姐唱样板戏。

那是一个流行样板戏的年代，年轻人都会唱几句。人们唱《智斗》，唱《只盼着深山出太阳》，唱《家住安源》，等等，久久不肯离去，直到月上中天，露水从树叶上滴滴滑落。

三

除了画人像，表姐最喜欢写生素描，尤其喜欢去渡口一带写生，在那里画渔船，画人来人往，画芦花绽放，画弱柳临风。

那时的花园沟河渡口，就像画家手中的调色板，满溢着神秘的韵致，有着丰富而生动的内涵，表姐闭上眼睛，就可闻到肆意飘散的青草芬芳。后来，表姐也学会了划船，当义务船工到对岸接人，特别是每到星期六的下午，她都会准时来到渡口，在那里等候我从山区小学归来。

表姐的穿衣上下搭配总是那么得体，在笪家湖是女孩子们争相模仿的典范。表姐走到哪里，都会招来人们热辣辣的目光。

春天的笪家湖，各色野花东张西望，油菜摇荡着肆无忌惮的金黄，桃花开得娇艳欲滴，柳树摇曳着嫩黄的枝条轻抚碧波荡漾的河面。然而，表姐到来之后，她的光彩俨然遮盖了田野上所有的鲜艳与活力，让整个春天都黯淡下去。

表姐的到来，也改变着笪家湖人们的精神面貌。只要表姐在村里村外走动，那些种田除草的人们就收敛了粗野，光着膀子的人们都会悄悄披上一件散发着汗味的衣衫，那些生活在笪家湖"外来村"的一度被贴上标签的"四类分子"、"叛徒"、船主、国民党老兵等，脸上都会展露出灿烂的笑容，像田野上盛开的喇叭花，说着文明话，热情邀请表姐"光临寒舍"。

更为神奇的是，那些从皇庄、林集到南湖割马草、打猪菜、打粽叶的人，总会有事没事地到我家门前的场子里站一会，或讨杯水喝，或跟我娘、我姐拉几句家常，或者把带的午餐寄放在我家。吃饭的时候，一张桌子总是围坐着那些外来的人。邻居们也三天两头不是提几条刚抓的活鱼，就是用篮子装点新鲜瓜菜送到我家里。更兴奋的还是生产队里的年轻人，过去对于到笪家湖出外工不积极的人，也纷纷要求队长派工去湖区。

到了晚上，女孩子们会求着表姐教她们唱歌，小伙们则聚在门口的打谷场上争相表现，有的比着搬石磙，有的抵杠，有的掰手腕，仿佛一身力气没地方用一样。

四

表姐入住我家以后，我每个星期天都会在笪家湖度过。表姐教会我画人物肖像，还送了我一本小说《我们播种爱情》，精装的。刚看到封面时，我就忍不住耳热脸红，以为是那种写男女爱情的禁书，看了后才知是写西藏军垦的。我对于文学的爱好恐怕也是从那个时候开始的，再到后来，我就变得依恋不舍，有了一种希望表姐长住在我家的想法。

当时，公社中学刚刚和小学分离，教师严重短缺，基本是从小学老师中"矮子里面拔将军"。那时正是学唱样板戏的高潮，区里十分重视文艺宣传，几乎每个学期都会组织文艺汇演，十分缺乏文艺方面的教师。

有一天，我问表姐："你愿意到公社的中学当教文艺的老师吗？"

表姐当然很高兴，说："像我这种身份人家会同意吗？"我说："我帮你问问。"

一次听公开课的机会，我把自己的想法跟公开课的组织者、区里的文教助理说了，这个文教助理曾经是我小学时的班主任，对我一直很关心。

我的想法得到了老师的支持。

老师告诉我，可以先把表姐安排到中学当代课老师，转正的事比较麻烦，要通过政治审查、外调，还要等指标。

在当时，代课老师的工资由区里发放，每月有20多元，而民办教师每个月只有6元的补助。

那是一个落雨的黄昏，我急急忙忙赶回笪家湖，期待着和表姐分享这个好消息。

渡口静静的，带着一种"野渡无人舟自横"的孤寂，不像我期待的那样。

表姐不在河的对岸，她没有像往常约定的那样，在河对岸等候我。

当我回到家里的时候，我娘说："娃呀，你表姐家出事啦。"

娘告诉我："表姐夫被老家来的人抓回去啦，你表姐也回老家啦。"

据说，那天，湖区很多人送表姐到渡口。我姐亲自划着一条小船送表姐去了县城。临走的时候，表姐泪眼婆娑，几度哽咽，一再感谢我们全家对他们的照顾，感谢村里人对她的关心，说将来一定会再回到笪家湖看望大家。

后来，我在南阳当临时工的时候，表姐夫的弟弟专门去看我，我才知道给表姐夫带来厄运的是一本书。

当时，表姐夫太希望改变自己的现状了，他曾给表姐写信说，他把自己的全部命运都押在那本书上了。那是一本关于经济方面的理论书，他希望通过这样一本书改变自己的命运。那是他这几年来在给别人垒省柴灶的间隙，在昏暗煤油灯下写成的，里面还有很多一般人看不懂的计算公式。他期待为当时的经济建设贡献出自己的力量。当书稿完成以后，他还在书的封面上写下"敬献给伟大的领袖"。不料书寄出不久，他就被扣上一个"污蔑社会主义制度"的罪名，并招致牢狱之灾。

表姐走后的几年里，我娘经常念叨她。有一回我从三线厂回家，我娘说："听说你表姐夫在北京当了很大的官。他们该不会把咱们忘了吧？咋会连一封信都没有？"

我想，娘大概是想再"蓬荜生辉"一次吧。除了炫耀，她也许是想借此机会解决一下我的工作调动问题。于是我就说："刚落实政策的人去个新单位，很不容易哩，估计说话也不会管啥用。我们读的大学，就安排过好几个沙洋农场落实政策的人当老师，平时讲课时学生们乱哄哄的，谁会在意他们的话语权？"

后来，我娘就经常迈着一双小脚，穿过密密实实的芦苇丛，站到渡口向远处张望。

每当这个时候，村里就有人过去找她搭讪。有的故意说："城里人说的话，你能当真？早把恁忘记啦！"有的说："人家新到一个地方，大事都忙不完，等忙完了就会来看你啦。"

多年以后，我从互联网上知道，表姐夫获得改正以后，先在省里工作，后来被调到北京筹办一所经济类的名牌大学并在那里工作，出过几本很有影响的国际金融经济方面的著作，几年前不幸去世。

相较于表姐夫那跌宕起伏的人生，表姐始终宛如一朵深谷幽兰，静默于世间的喧嚣，其生活之谜，宛若云遮雾绕。多年来我费尽心思打听她的踪迹，却始终未能找到她在时间长河中漂流的背影——她是在何种静谧夜晚独自面对星辰？又在多少个凄风苦雨的日子坚韧前行？

表姐的故事，可能深藏在每一个微笑的背后，藏在每一滴悄然滑落的泪水之中，以及，每一次默然承受世事变迁的坚强背后。

对于表姐的生活，我将其视为内心深处永恒的挂念，犹如一幅没有完成的油画，任凭思绪去填充色彩，赋予生命。

花园沟旧事

一

花园沟不是沟，它是连接筲家湖和汉江的一条大河。

那是"大跃进"年代在一河两岸开发的一大片黑土地，并由此形成了一个居住着豫籍人的"外来村"。

芦苇房是筲家湖第一代"经济适用房"。这种房采用木框架结构，顶上苫盖芦苇，墙壁是芦苇夹墙，芦苇紧紧排列，内外再糊上泥巴遮挡风雨，成为20世纪60年代筲家湖一带最为常见的"房地产工程"，承载着历史，蕴含着希望。

20世纪50年代，在杨家岭山脉的西麓，五团、迎岭、雄狮三个大队组织社员对花园沟河两岸的芦苇荡进行大规模开发，并由此形成沟渠相连、阡陌纵横的上千亩肥沃良田。

开垦后的黑土地袒露在阳光下，但如果缺少管理，不及时种上庄稼以抢占先机，第二年芦苇又会卷土重来，成为野草丛生、芦苇疯长的世界。

一开始，各个生产队派出社员常驻，但这些社员的家在山里，免不了三天打鱼，两天晒网，不是捞鱼摸虾，就是早出晚归，缺少应有的使命感和责任心。有的生产队采取轮换制，但来来往往，流于形式，扯皮推诿的事情时有发生，效果更差。

后来，有生产队率先启用"人才引进"机制，从流动人口中发现乐于在此安家落户的异乡人，具体说就是那些烧窑、拉板车、干苦力的流动人口中的佼佼者，并且几乎全是"豫籍人才"。条件自然优惠：只要有家属，有责任心，吃苦耐劳，能把土地管理好，就同意办理落户，待遇参照山区的正式社员执行，发给口粮，年底分红"拿年薪"。

这些外地人都是拖儿带女的，能在笪家湖安身立命，享受当地正式社员的福利，当然是一件求之不得的幸事。他们对土地有一种本能的热爱，又善于在黑土地上经营瓜菜，成功地让这里的土地进入可持续发展的良性轨道，不仅管理了土地，还给山区社员提供了品种丰富的瓜果蔬菜，一时间成为典型。各个生产队陆续效仿，把"引进人才"的范围进一步扩大到那些弹棉花、理发、炸爆米花、劁猪、磨剪子戗菜刀的个体人员。不到3年，20多个生产队相继完成了"驻湖人员"的交接。

这中间，也包括我家。

二

我家是笪家湖"人才引进"的第一批外来人员。在这之前，我伯是石门水库工程队的种菜工。

那时候，我伯还是一个血气方刚的中年汉子。他拉过人力车，跑过运输，在林场种过树，后来给水库工程队种瓜种菜。我娘懂剪裁，会缝纫。我家基本算得上是复合型人才之家。在那个"驻湖人员"不断更替的过程中，我伯认识了五团七队的张队长，两人成了朋友。随后，我伯就成为七队"人才引进"的不二人选。1963年的春天，我伯带着我娘和我姐，从石门水库落户到了笪家湖。

我伯从门前的地里抓了一把土在手里轻轻一捏，那土从他的手里纷纷落下，在阳光下泛着黑黝黝的光泽。我伯说："老天爷啊，这么好的地，真中。"

我家的房前屋后，疯长着油菜花和向日葵，草丛里沾着露水的野苋菜，紫莹莹的扁豆花，红艳艳的马齿苋，绿油油的荆芥苗，半夏、白及、蒲公英、麦冬等各种草药……它们从田边地头、草窝里、树底下，生机勃勃、肆无忌惮地蓬勃招展。我伯、我娘被眼前的景观深深吸引，双眼随着片片芦苇泪光闪闪。

我伯每天都很兴奋。他哼着小曲，唱着豫剧，到处乱窜，像一只不安分的小狗。我娘买的一台缝纫机每天都会发出嗒嗒嗒的欢快声音，那是笪家湖"外来村"里最美妙的声音。

笪家湖的黄昏最是动人。

一缕缕阳光像无数灵动的精灵，在优美的湖面跳起迷人的舞。在光与影的世界里，平静的水域像一个恬静可爱的少女，尽情表演妩媚动人的神韵。在这片天地里，人们好像忘记了一切，尽情欣赏这无限的美景，品味这河水的清甜、水草的幽香迷人。恍惚间，自己仿佛化身为水中的一棵水草、一条鱼，怡然自得。

芦苇永远是水中最美的植物，它们并列在湖中，带着风的轻柔、水的灵动，让人的呼吸都带着青翠的草色。风一吹，每一枝芦苇都会沙沙作响。千千万万枝芦苇排列着，它们的身姿在微风中轻轻摇曳，向远方延展，充斥了整个天地。

更让人感到神奇的是，这里到处都是鱼。拿个鱼笊随便在芦苇荡旁边的水面往下扣动几下，顺手就会摸到一条条活蹦乱跳的鱼。鱼汤或者干鱼永远是我家餐桌上不可缺少的菜品之一。

当蛙声断断续续地响起，揭开笪家湖夜晚的序幕时，家家户户的餐桌上都已摆上了浓稠美味的鱼汤，犹如牛奶般洁白诱人。

就这样，一碗碗鲜美的鱼汤，滋养了我柔弱的生命。年少的身体里青春的力量在潜滋暗长。

多少年后，从老人的口中我才知道，在这片芦苇荡里，还孕育过抗日的有生力量，写下过一篇篇可歌可泣的壮丽诗章，南山地区的抗日队伍，曾经一次次出没于此。依托有利的地形和芦苇荡中的鱼虾莲藕，抗日健儿在这里度过了一段血与火的岁月。这里有气壮山河的征战，也有让人扼腕的悲歌。

三

当然，并不是每个生产队都是这个模式。

我家的隔壁邻居是第五生产队的，那是整个大队人口最多、实力最强的生产队。他们常驻笪家湖的始终是一个40多岁的本地人，姓赵，我们都喊他"赵大爷"，大人一般喊他"老赵"。

老赵有文化，性格开朗乐观，说话办事沉稳有序，一看就知道是那种经历过风雨、见过大世面的人。邻居们有时有事相求，他都很乐意帮忙，在笪家湖很受大家尊重。

第五生产队是全大队拥有土地最多的队，按说最需要引进家庭人口多的外来户才能管好，但老赵一个人却把上百亩田地管理得井井有条。除去农忙需要山里派人下来突击协作之外，其余时间都是老赵一个人守在这里，耕田、打药、种菜都是他亲力亲为。

晚饭过后，禾场上铺满月辉，柔柔的，像一个水波平静的堰塘。"外来村"里的人们凑在老赵家门前的空地上，或坐着，或蹲着，或站着，听老赵说书谈古。

而这时的老赵，就像一个队伍的指挥员。

那也许是老赵一天当中最忙，也是最开心、最风光的时候。他谢过人们递来的香烟和椅子，而是双脚蹲在一个石碾上面，清清嗓子，开始说书。

老赵的口才很好，讲话抑扬顿挫，绘声绘色。他最拿手的是《说唐》和《说岳全传》，偶尔也会讲当年活跃在南山老区的老一辈革命家李先念、彭刚、谢威、饶毓卿等人的故事。他每晚讲一段，往往在讲到正高兴的时候，突然来个"且听下回分解"。大家常常意犹未尽，求着老赵再讲一段，但老赵总是笑呵呵地说："天不早了，明天再说。"

这样的快乐时光，一直持续到我离开笪家湖进入县城中学。

1966年，"文革"骤然席卷全国。当我寒假回到笪家湖的时候才知道，老赵离开了，被生产队召回山里了，驻湖的换成了外来的一家三口。

据说，老赵走的时候，神情有些黯然，他似乎感到此生很难再回到这个地方了。老赵在山里曾被批斗，他的老伴因不堪忍受，结束了自己的生命。老赵坚持活了下来，只是最终没能等来一个改变命运的机会。

四

多年后，为了写一篇关于南山地区革命斗争的文章，我查阅了一些当地的文献资料，对老赵的情况有了大致的了解。

老赵的父亲被反动武装杀害。老赵从小就参加革命，曾经是南山地区一位叱咤风云的人物，1937年3月就加入了中国共产党。他先后担任过钟祥县南山抗日游击队队长、党支部书记、区委干事、区委中心乡乡长、京钟区委书记、京钟公安局副局长等职务。

中原突围的时候，国民党新十五旅进攻南山，老赵因负伤被留在了当地，服从上级指示，隐藏治伤。他和战友决定化整为零，把能够使用的武器藏进河里，他自己藏匿在笪家湖芦苇荡中的芦棚里2个多月，依靠附近游击队员偷偷送饭度日。

后来，有人过来送信，说敌人包围了南山，抓了不少革命者家属和无辜农民，并悬赏 500 块大洋捉拿老赵，宣称要是谁家敢暗中资助或隐瞒不报，查出后就将他全家杀光，送饭的人从此不敢再来。

为了保护革命战士的家属和无辜乡民，老赵在乡里一个统战对象的帮助下，交出了几支没有撞针、不能使用的坏枪，被接回山里继续养伤。但不知为何，部队隐藏武器的地方最终还是被敌人发现了，敌人收缴了那些武器。究竟是谁透露了藏匿武器的地方，谁也无法说清。

1948 年 1 月 8 日，老赵伤愈归队，成为江汉军区的一员。他如实向党组织汇报了枪支和南山敌特活动情况，后担任过中队长、连长和指挥参谋。在钟祥解放前夕的一场战斗中，老赵断了 3 根肋骨，再次回到家乡治伤。

后来的几次政治运动中，有关部门就把丢失枪支的责任算在了老赵的身上，认定他有"自首变节"行为。老赵有口难辩，又找不到能证明自己清白的人。最终，他成了一个农民。

20 世纪 70 年代末期，很多当年留在钟祥的新四军老战士陆续，落实了离休待遇。老赵所在的李家台村，有四人落实了离休待遇，而"家家都有新四军"的李家台六组（过去的七队），很多参加过新四军的老人都领到了政府发给的生活补助，有的被安置在县里干休所安度晚年。但老赵没等来这一天。

老赵的人生，终结在 78 岁时一场意外的火灾中。他的两个儿子都生活在异地，老赵孤独地离开了这个世界，落入尘埃。

后来，我在当地出版的有关书籍里，看到了对老赵早年的革命活动给予肯定性记述的文字。在李家台村革命烈士陵园的入口，一块写着"红色南山九里冲"的牌匾上，介绍抗日战争时期南山根据地负责人的栏目里，老赵的名字被排在第二位。

那天，李家台的村支部书记李道贵向我介绍村里的红色文化建设情况时，我看到，在村民广场的宣传栏里有这样一段话：李家台村"涌现了卢祥瑞、杨介仁、笪汉臣、赵直堂、王耀珍、罗耀光、笪邦青等一批英雄儿女，谱写了可歌可泣的诗篇……"

赵直堂就是老赵。道贵说，那是村里以实事求是的态度，对过去发生的人和事做出的一个客观评价。

数十载光阴荏苒，穿越时空的烟云，我清晰地看到，在岁月雕琢出斑驳肌理的河床上，过往的人群和纷繁的故事犹如昨日重现，渐行渐远。一缕往日的阳光，带着岁月独有的温度，温馨且璀璨。它如灵动的音符，在回忆的晴空中奏响悠扬旋律，馥郁的芬芳随之弥漫。

五

多年以后，我已退休，而笪家湖，也在城市化的进程中面目全非。那条"S"型的花园沟河变浅变窄后，被分割成一个个鱼塘，另外开挖了一条笔直的水渠通向远方。状如白雪的芦花不见了，袅袅的炊烟消失了，渠水不再清澈，芦苇不再"蒹葭苍苍"，浮萍之下，只有古铜般的河床袒露着黄土的底色。

渠道两边，高高的白杨树下，只有星星点点的野花向天而歌。我家和老赵当年住过的地方，早已化作平地。柑橘树伫立于时光长河中，阳光穿透枝叶的缝隙，将光影铺洒在地面，编织出时光的叠影，一会儿翠绿，一会儿暗黄。所有的生命都在这里盛开，凋落，化为尘土，被风吹走，隐于苍茫。

菊花开了，鲜艳的花瓣儿在太阳底下伸展着，像是要抓住秋天的缕缕阳光。

我欣赏过绚烂的牡丹、娇艳的月季以及雅致的紫薇，然而，眼前这些热情奔放的菊花，却更令人陶醉：那金黄的色彩熠熠生辉，宛如异彩纷呈的金色瀑布；红色的花朵鲜艳夺目，仿佛可以挤出鲜血；白色的花瓣纯洁无瑕，如同泪水般晶莹剔透。

它们都像一场梦，诉说着笪家湖的过往。

秋天，当我再次回到笪家湖的时候，李道贵忽然打来电话，说乡党委书记晚上想请我吃饭。这些年乡里的领导变化很大，我已不知道现在乡里的领导是谁了。

道贵说，现在的书记就是当年那个老赵的孙女。

傍晚，在一家农家乐的院子里，我见到了小时候的伙伴们，见到了一些年轻朋友，也见到了那位文静干练的乡党委书记，人们亲切地叫她"红梅"。

那时，我的头上已经开始没完没了地生长白发。见到老赵的孙女红梅的时候，我便有种不由自主的亲切之感，也莫名夹杂着一丝伤感。沐浴在渐渐稀薄的晚霞里，我们照了一张合影，然后很久不知说什么好。红梅站在我的旁边，挽着我的手臂，那一刻，彻彻底底的沉默笼罩着我们。

走在乡间的小路上，我把脚步放得很轻，很轻，我怕惊扰这黄昏的宁静，也怕触动那质扑又炽热的情感记忆。

萧瑟秋冬

到南阳的时候，我哥已经从地区医院转入医专附属医院了。侄儿告诉我，医生说恐怕我哥已经时日无多。

站在医院外面排队入院，太阳一点点西沉。天空白白的，十分高远，已然有了秋的感觉。门外几棵老树，满是萧瑟地立在院里，落叶缓慢盘旋着，落在地上。

走过细长的走廊，一间间病房的门都关着，透过门上的玻璃，可以清楚地看到每间病房里陈列着两张床，白色的被单里，躺着一个个病人。大楼里异常安静，只有偶尔传来的咳嗽声。走廊外侧，有老人坐在轮椅上一声不吭，保持着沉默。

病房外，侄儿接过我带来的水果，说："花那些钱干啥，他现在啥也不能吃了。"我说："我知道，但我总不能空手来看病人，拿回去给妞妞吃。"

我哥躺在病床上，脸干瘦蜡黄，腿上瘦得只剩下一把骨头。病房内外成了一个白色的世界——白房间，白被褥，头顶上各种白色监视器闪着，像故乡的落雪。我哥的鼻子上插着输氧管子，输液瓶里，液体缓缓地滴着。

嫂子、侄儿、侄女，还有嫂子的娘家兄弟，都围坐在床边，见我走进来，各自暗暗垂泪。

我哥躺在病床上，见到我，眼泪默默地就流了下来，嘴角下垂，说着不太清楚的话。

生命真是无边的深海。

那一刻，或许他的身体已经穿越了迷离的时间之河，唯有一双渴求的眼睛留驻世间，凝望着我们这些前来探视的亲人。

多少次看透生活的真实面目，看透人们的悲欢离合，如今，他看到的是一抹温情的夕阳。

医院位于市中心，是一所由原来的南阳卫校升格成医专后新建的三甲医院，条件很好。医生、护士的服务都让人感到温暖。侄儿有个同学是医院的领导，对我哥很关照，安排了一个单人病房，有单独的卫生间。

为了安慰我哥，我说："你的病问题不大。咱娘活了 100 多岁，你是老大，继承的长寿基因最多，怎么也要过 90 吧。"我哥说："就是啊。"我说："你现在啥也不要想，配合医院早点把病治好，等你好了，我下次开车回来，全河南，咱想上哪就上哪。"

我哥点头，眼里有一丝光亮。他说："那路上的开销我全包了。"我说："咋能叫你花钱哩。"

到医院之前，我买了些柑橘，南非进口的，我拿出来给我哥剥了一个，我哥吃了一瓣，说："好吃，比他们买的好。吃了这水果，我的病就好了。"还问侄儿为啥不早些给他买。实际上，我哥有糖尿病，甜食是不能多吃的。

我哥要下地，侄儿扶着他坐起来。他在地上走了几步，脚下轻飘飘的，像踩着棉花，然后就说："出院吧，我的病好了。"

护士走进病房，说："叔，我来给恁换药。"

我哥情绪大好，抬头看着护士的胸牌，后来又要护士把口罩摘下来。护士有些警惕，以为我哥要举报啥，说："叔，恁要干啥哩？"

　　我哥说："让俺记住你的模样，俺家还少个孙媳妇。俺大孙子是985大学毕业的，在武汉央企里上班。"

　　护士松了口气，眼里多了些柔光，说："谢谢叔，不能摘口罩，这是俺们的工作要求。"护士换完吊瓶后红着脸、低着头出了病房。

　　吊瓶里的药水无声地滴着，换了一瓶又换上一瓶，延缓着一个生命逐渐黯淡的进程。一个下午的时间，就这样流星一般划过。

　　连日来，全家人轮流在医院照看，个个一脸憔悴。我嘱咐他们："留一个人在病房，不能所有人天天都围在病房里，要不然，大家的身体都得拖垮，轮流回去休息吧。"嫂子说："白天都在医院里候着，夜里只留下一个人。"

　　第二天早上，侄儿打来电话说，到晚上后，我哥又开始折腾了，闹腾了一夜——骂人，用牙咬他和他三舅。

　　我们到南阳之前，我哥发病时，时而咬牙切齿，时而骂人咬人，骂护士，骂护工，骂孩子们，时而望着前方，目光里满是无助和怨愤。他先后赶走了好几个护工，侄儿、侄女、侄女婿、侄儿三舅的手臂上都被咬得青一块、紫一块的。就这样，我哥忍受着疾病的折磨，烦躁、不安，大家伙儿都忍受着我哥的折腾、埋怨。

　　印象中，我哥心地善良，脾气好，平常说话时脸上带着笑意——这一点，很像我伯。如今，那个慈眉善目的形象没有了，剩下的，只有痛苦和不安。我知道，那是我哥在以他特有的方式消耗、依恋着人间亲情。

　　那些日子里，我哥的烦躁、顽强与可怜，我哥的抗争、努力和不甘，都写在脸上，写在瘦筋脱骨的肢体上，也写在全家人的泪水中。

　　当人生步入老年，身体的衰弱和心灵的脆弱如同初生的婴儿，然而婴儿在父母的庇护下还能茁壮成长，而老人却如同风中残烛，油尽灯枯。在生命的尽头，每个人都是即将燃尽的油灯，再多的关爱与陪伴，都难以替代病魔的折磨。

我们一行人在南阳停留了 3 天，这期间我哥时而清醒，时而混沌。在离开之前，我们在病房里围聚在一起，拍摄了一张珍贵的合影。

在我抵达南阳之前，我姐和姐夫曾特地从钟祥赶来，探望我哥，也带去了几个外甥的心意。

在一次视频通话中，我哥泪眼婆娑，哭着说他想回到湖北看看，回到那片让他深深眷恋的土地，看看长眠在那面山坡的双亲。显然，他对湖北怀有深厚的情感。然而，他再也无法踏足父母长眠的山坡了。对于自己的病情，他或许早已预感到生命即将走到尽头。

临走时，我拉住嫂子的手，泪水不自觉地滑落下来。我说："嫂子，你要坚强一点，全家今后就靠你了，我怕到时候赶不回来。"

嫂子强忍着泪水，对我说："你们回来一趟不容易，也要多保重。"我点点头，想到这有可能是兄弟之间的最后一面，止不住流泪。侄女过来抱着我，那一刻，眼泪几乎流干。

我转身离开，走出了那个洁白如雪的冰冷的病房。侄儿跟在我身后，陪同我们走出医院的大门，看着我们消失在城市的暮色中。

身旁，那些在秋风里摇晃的槐树，叶子一片一片落下，没有人知道它们的心思，但知道它们始终不会放弃生的希望。凄风苦雨中，它们仍然在守望着，把生命的意义，传递给在艰难的世界里，一路风尘的赶路人。

湖北的秋日让人幽思绵长。我凝视窗外，不禁感叹人生的短暂与无常。随着岁月的流逝，人们终究无法抵挡衰老的步伐。然而，对于那些已经步入晚年的长者来说，这样的老去更是充满了无奈与苦涩。

一个月后，侄儿打来电话，告知我他父亲的病情再次加重，已经处于昏迷状态。于是，我们再次开车去了一趟南阳，做最后的告别。

　　到了病房，我喊了几声"哥"，我哥睁开眼，却没有跟我搭话，只是一个劲儿地喊身上疼。侄女不停给他揉着，新找的护工过来给他擦洗身子，我哥穿着纸尿裤。

　　我哥一生爱干净，平时喜欢给头发焗焗油，给人以年轻的感觉。如今，一头白发平添，凌乱稀疏，脸上是擦不净的老人斑。

　　临走，我握着我哥瘦骨嶙峋的双手，感觉到那双手更加消瘦，只剩下几根钢筋样的骨头，在柔软的表皮下支撑着。我哥使劲地抓着我，满眼的留恋，像是要抓着整个世界和生命，然后眼泪就不住地流着。

　　他看着我，眼神中带着陌生与困惑，像看着一个陌生的人。

　　记忆中的哥哥，总是带着温暖的微笑，与我分享生活的点滴，包括孩子们事业上的成长和收获。如今，他的眼神里充满了距离感，那份曾经的亲昵与熟悉似乎已荡然无存。

　　一天的经历让我感到人生的无常。

　　我们总在忙碌，却忽略了那些对我们来说真正重要的人。我们总以为时间还长，以为还有机会弥补那份疏离。然而，当我们反应过来时，我们或许已经错失了那些珍贵的时光。

　　城市的小雪节气，以其特有的冷冽悄然降临。在这寂静的季节里，医院内的生命故事却以另一种节奏上演。病患的痛苦与无助，如同秋叶般的脆弱，触动着每一个人的心弦。在离别的时刻，我深知，亲人近在咫尺，却已到了生离死别之际。

　　2022 年 11 月 29 日，侄儿打来电话，哭着说，他爸走了。

　　131 天的抗争，4 个月零 11 个晨昏的陪伴，我哥最终断了一缕细若游丝的气息，永远地离开了我们。

窗外，老北风呼呼地刮着，像凄厉的哭泣。大雪封门的日子，正迫不及待地来到。

我哥走了，走在那个寒冷的冬日下午，带着无尽的不甘心和遗憾，留下一地的悲伤。我哥走了，陪着他在河南各地旅游的愿望最终没有实现。

这些年，侄儿侄女没少陪同他和嫂子到各地旅游。他们去过很多地方。对于那些名气很大的景区，我哥总是有种曾经沧海的淡然，有时干脆坐在车里不下车，说，没啥看的。但如果说景区里面有庙，我哥和嫂子会争相进去虔诚叩拜，捐一份爱心，保佑子孙后代平安。

有一年，我陪我哥去开封，在大相国寺里，我亲眼见我哥把每个佛祖都拜了一遍。功德箱里，我哥出手就投进百元，只是没有想到，上天这么快就要他去了。

我知道，我哥走的时候，一定是心有不甘。他还有很多规划的事没有办，他很想留在这个世界里。他想在老家建个宗祠，想在海南买房过冬，他还有相濡以沫的妻子、血脉相连的子孙，还有许多没有实现的愿望。隔着一条海峡，我望着故乡的方向，仿佛看到了他的容颜，听到他的哭泣。

然而，一切都已成为回忆，成为无法触及的过去。

人生，在某些时刻，仿佛只是一道浅浅的痕迹，回忆的站台，只有我们自己的列车在此停靠。而那些曾经的遗憾，如同被时间凝固的青苔，带着岁月的沉重与缓慢，在我们的内心深处蔓延，悄然滋长，不断缠绕，深入我们的灵魂。

我与我哥在一起的时间并不多。我伯领着我们去湖北的时候，我哥还在老家上学。1957 年，我哥小学毕业，孤独的少年自此踏上寻找亲人的茫茫路程，那年我哥 14 岁。

是的，65 年前，就是这样一个悲凉的季节，就是在这样的冷雨天气，我哥去了湖北，去寻找漂泊异乡的亲人。走着走着，哥青葱的少年时代就没了。

　　依靠我伯我娘的苦心运作，我哥在石门水库工程队找了一份工作，跟着一位公安县的师傅学习木工。1965 年我哥被调到了县里，成为我们家最早吃上商品粮的国家工人。他是我们家的骄傲。

　　我哥平时对我要求严。我们之间的交流不多，我甚至有些怕他。我上中学时，我哥还在县建筑单位，对我的态度有了些变化。一直到我参加工作，我哥对我的态度才有了根本性改变，变得宽厚仁和，慈爱有加，脸上总是带着笑，释放出"长兄如父"般的温暖。

　　我哥、我姐的孩子们都事业有成，是我们整个家族的骄傲。我因为在公安系统工作，就成了我哥家的骄傲。他常在老家农村里说："俺兄弟在公安系统工作，跟地区公安局局长一个级别。"实际上我跟我哥说过，我就是个小办事员。村里有亲戚在县上卖馍，总是被城管撵来撵去，于是就想着到海南找我，把卖馍产业做大做强，就去找我哥要我的电话。我哥知道我的难处，怕亲戚多了招呼不住，最终没有把我的电话告诉他们。

　　我哥不仅在职业生涯中表现出色，在人格上也是熠熠生辉。他总以无尽的关爱对待家人与朋友，那份真诚与善意如同暖阳，令人备感温暖。

　　我哥心灵手巧，在木工机械、装修、油漆、家具制作方面都是一把好手，尤其对于木工机械，木工厂使用的电锯、电刨、自动凿眼机等机械，都是我哥被调到南阳后亲自设计加工的。正是因为这样，我哥在工人心中有着很高的威信。后来厂里改革，我哥担任了厂长，办了不少实事，包括集资建房的大事。再后来，侄女接班进了建筑公司，成为比我哥级别更高的公司领导，给我哥挣足了面子。

退休以后，外出旅游或是全家小聚或是到海南过冬，都是我哥的幸福时光。

侄儿发来照片，是我哥的坟地。

我们老家没有土地，我哥的坟就安放在侄儿小德种过红薯的地里。

寂静的乡村，行人稀少，一片静谧，地面盖满薄薄的霜花。

老家盛行土葬，但不喜立碑，他们认为墓碑花里胡哨的没啥用。亲人长眠于自家的红薯地、麦子地里，干活时抬头就能瞅见，咳嗽几声就算打个招呼。反正是住在自家地里，代代相传，记在心里比刻在石头上踏实。

蓝天之下，每一座土坟都静静地躺在田野上，天上环绕着灰白的云朵，一行洁白的飞鸟从头顶飞过，呈现出一种朦胧而伤感的孤寂。生命中的哀伤与感慨随风轻轻飘荡，伴随着纸花飞扬，像飞入梦境的冰花雪雨。

生活中有许多东西都被风吹走了，然而那份深深的思念和忧伤却始终如一。漫漫黄土，隔开的不仅仅是阴阳，更是今生今世再也无法弥补的缺憾。那个想见却再也见不到的人，最终关上了自己的心门，长眠于一片黄土之下。而我们，却无力去开启这道门，一任渐渐老去的音容笑貌，勾起心头不敢直面的伤痛，却只能任由这伤痛在心底蔓延。

当纸灰全部燃尽，亲人们便踏上了归途。那以后，逝去的人就在远离喧嚣的地方安息，不受外界的干扰。

坟地的周边我已陌生，但因为那里长眠着我奶、我二伯、我二婶、我三叔、我小叔、我哥等亲人们，就有了一种和钟祥笪家湖一样的血肉联系。

当生命如游丝般软弱的时候，故乡，是点亮亲人沉睡灵魂的一捧柴火，是淋湿他乡游子梦境的江湖夜雨，是催落泪雨的夜半钟声，是唤回前世今生的小楼春风。

我的目光游离在那片陌生的土地上：那座山一般的土堆就躺在故乡的怀抱里，阳光透过萧疏的枝叶，将光影洒落在刚刚翻过土的麦地里，轻盈的鸟儿在周围跳跃，留下了一串串生命的足迹。微风拂过，带着凛冽的清新，那一刻，我仿佛觉得亲人并未离去。

在这个伤感的冬季，乡村依然如初见般安然。

阳光、霜花、纸屑，洒落在故乡的田野，而那些逝去的亲人们，就静静地住在这里，扎根地下，陪伴着土地，望着每一个春夏秋冬的炊烟，听着亲人们的绵绵话语。

芦影婆娑

　　秋日的雨不及夏日的迅猛，淅淅沥沥地飘落在北门湖畔，均匀地为每一株芦苇洒上凄清的泪光，一望无际的芦荡就这样在漫天的纤云薄雾中走进萧瑟的寒冬。

　　这片湖的每一株芦苇似乎都传承着古老岁月的基因，在深秋的寒风中摇曳出齐整的姿态，"蒹葭苍苍，白露为霜"，一夜间绽放出万朵芦花。像絮，像雾，像云，纷纷扬扬，最终在深秋的寒风中出落得漫天雪白，用它们的空灵纯粹，点缀着大地的萧疏枯萎。

　　在湖岸的皇庄大街上行走，少见行人。几处低矮的老屋早已人去屋空，场院上杂草疯长，蒲公英开了花，绒毛在空中静静地飘，像无边无际的思念。

　　这里的老屋里，原本有一个孤独的老人，一个令我们牵肠挂肚的老人——我们的外婆。如今，外婆离开人世已有多年，可我们总忘不了她的慈爱、她的话语、她的容颜，总觉得她就在我们的身边，始终和我们在一起。

　　外婆叫欧阳玉芝，准确一点说，她是我爱人的外婆。

　　外婆的命很苦。

　　她出生在一个农村人家，生母于她像一个遥远的梦。她嫁了人，有了一双儿女，却不想又中年丧夫。不到半年，当日寇的铁蹄踏至家乡湖北钟祥时，她的儿子又因逃难而生病夭折。外婆和唯一的女儿辗转流浪，在凄风苦雨中像纤弱的芦苇柔韧而顽强地活了下来，直到迎来春天的黎明。

丧夫失子的巨大悲痛曾经让外婆萌生过轻生的念头，但她从唯一的女儿身上看到了生活的亮光。无依无靠的外婆母女，在今天简直无法想象是以怎样的毅力与命运抗争的。

听外婆说，她为了让岳母读书，顶住了贫穷和来自亲友的嘲讽。为了供岳母念书，没有任何经济来源的外婆把苦吃尽了。她给人家当保姆，带小孩，做饭洗衣，起早贪黑；给人家做鞋，做女红，挣口饭吃；在家里养鸡、种菜支持岳母读书。外婆的眼睛出奇地好，做了一辈子的针线活，居然眼不花。别人问她眼睛怎么这样好，外婆总是说，她的眼睛里有三个外孙女穿着新衣新鞋快活地玩耍着，她还指望将来享她们的福呢！

捡麦穗的季节到了，外婆的剪影，在麦田中飘曳。麦田的远处就是一望无际的芦苇荡，刺眼的阳光为她的身影勾勒出一圈亮光，麦地里一片金黄。她跋涉在麦田里，胳膊肘挎着的是竹篮。一把把，在金黄的麦田之上，这是包括外婆在内的城里或乡下人，在丰收季节分享到的丰收喜悦。

外婆深一脚浅一脚地奔走着，遇到割麦人遗落在地的麦穗，便蹲在地上，小心地捡拾起来，放入竹篮。

天空瓦蓝瓦蓝的，太阳停留在头顶，炎热似火。外婆把年幼的外孙女放在芦苇丛的阴凉里，似乎忘记了她的存在。外婆挪动着一双小脚，奔走在麦田里，外孙女当时只有 5 岁，只有守在田边，一遍又一遍地喊着外婆："欧阳玉芝，你快回来！"稚嫩的声音掠过人们的耳畔，又越过金色的麦田。夜幕降临，青灰色的炊烟在村庄上空升起，又缓缓地和暮霭融在一起。一年又一年，花开花落，麦黄草枯，外孙女们长大了，外婆老了。

外婆的功劳不只是培养了岳母，让岳母接受了高等教育，成为新中国为数不多的知识女性；还因为她的清醒和对社会风云变幻的认知，给了岳父顽强生活的勇气。

"文化大革命"中，岳父受到的打击无法想象。岳父曾是空军幼年学校（简称"空军幼校"）第四期学员，在中华人民共和国成立前夕从台湾辗转回到大陆。他后来考入武汉大学，成为新中国第一代大学生。但在"文革"中，他几乎被摧垮了：日复一日的审查，书面的，口头的；无休止的抄家、批斗；工作被暂停，职务被撤销。

岳父像干旱的禾苗在烈日下艰难地支撑，昔日的亲朋好友变得陌生。外婆整宿整宿地睡不着觉，她不了解女婿的过去，但她眼里的女婿很好，学问大，待人善，怎么会是坏人呢？有远房亲戚劝外婆与岳父划清界限，外婆一概不予理睬，干脆从皇庄镇上搬家到南湖和岳父岳母住在一起，帮他们做饭洗衣，操持家务。

岳父被批斗回来，一言不发，外婆唯恐岳父想不开，就一次又一次地开导岳父说："凡事一定要想开一点儿，你有三个好女儿，将来你的三个女儿有了文化，有了工作，你的日子一定会好起来的。"以后的事情也真如外婆所预言的那样，岳父成为省里为数不多的农学专家，研发的良种多次获得科技进步奖，我们家也获得了新生。

时光飞逝30年，如今我们追忆起外婆当年的教诲，无不感叹外婆那过人的眼光，倍加珍惜今天的日子。

外婆在2000年6月19日仙逝，享年86岁。我们因工作忙走不开，只能在遥远的海南为外婆哭泣。不知是出于愧疚还是思念，我总在梦里与老人家相会，梦见如雪的芦花和金色的麦田，醒来时泪痕一片。

人的一生一如芦苇，风中摇曳，岁岁荣枯，从春的稚嫩到秋的苍凉，干净而纯粹，不带走一片云彩。关于外婆有太多故事可讲，但我最终只说得出这些话。或许，只有在接近遗忘的那一刻，才能记起她的微笑、眼泪、白发和那数不清的慈爱与宽容。岁月未曾宽宏，往事渐渐潦草，我只有这支笔，和对亲人的满腔追慕。

未知生，焉知死？外婆，您永远和我们在一起，像那岁岁绽放的芦花，与大地同在。

城北暮雪

一

当雪花落在小北门外香樟树的叶片上，发出簌簌声响的时候，我和我的爱人正拖着行李箱，踩着积雪走向天河机场外的停车场。随后，我们驾驶越野车一路向西，赶往荆州岳母的家里。

那天下午，从病房走出的岳父分别给几个在外地的孩子们打了电话，说他明天就可以出院了，还说如果这次不再活上 10 年，就对不住在 ICU 里的日子。谁料就在凌晨，岳父走了。

此刻，越野车在风雪中稳健前行，沿途的白杨树已卸下厚重的秋装，仅剩几片残叶在枝头摇曳，如同生命的孤舟在寒风中飘摇。乌桕与银杏却仍以高傲的姿态，坚守着最后的绚烂，它们的叶片或如血般殷红，或如金般璀璨。雪花纷纷扬扬，落在其上，或瞬息消融，或凝聚成团，浸湿的叶片仿佛一面面举起的悲壮旗帜，用生命最后的热烈，演绎着岁月的苍桑与坚韧。

目光所及，山坡上的枫林在雪水的洗礼下，显得愈发鲜亮夺目，仿佛是秋季在向世界深情告别，倾诉着无尽的眷恋。然而，这份告白还未传至远方，便已被铺天盖地、静默无声的雪花无情地掩埋。那一刹那，我仿若亲眼见证了落雪季节的壮美与苍凉，那是一种令人心灵震颤的圣洁与空旷，一种生命在寂寥寒冬中顽强抗争却又终将归于沉寂的深深哀伤。

长期生活于南方，我对于落雪飞霜早有陌生之感。如今，我久违地如此长久地注视着这场大雪，便会想起当年从鄂西和荆门山城前往荆州探望岳父岳母时遭遇的风雪。许多往事化作记忆的碎片，在有限的时空中破碎，坠落。眼前的飞雪，更像一场久违的重逢与痛彻心扉的离别。

雪中依稀出现了一个人，一个老人，一个白发苍苍的人，那是岳父的身影。他的头上、身上落满雪花，正穿过风雪，行走在苍茫的天地间。

眼前，路上白了；路边，树上白了；天地，纷纷扬扬地白了。路有多远，思念就有多长。

二

岳父出生于 1930 年 12 月 8 日。他原本家境富裕，然而，到他读小学的时候却家道中落了。岳父是靠着当医生的姑妈接济，勉强读完小学的。

1943 年，当中国远征军集结于中缅边境，向日军发起进攻的时候，不满 13 岁的岳父怀着一腔报国热情，只身前往昆明报考并被录取到空军幼年学校（以下简称"空军幼校"）。

1947 年 7 月，岳父随学校迁往台湾，在那里完成学业，然后辗转回到海南。

1950 年 2 月，海南岛尚未解放，岳父在海口找到当年空军幼校的同学陈先生。随后，两个志向相同的年轻人相约到海南文昌河西小学谋了个小学教员的职位。其间，因传看进步书刊，写信说"这里一片黑暗"，岳父和陈先生在海南解放前夕被国民党当局抓进监狱，遭受牢狱之灾。几经磨难，后来通过在海口医院工作的昆明籍同乡陈嫒女士的营救保释，才被释放出狱。

1950 年 4 月 23 日，海甸河岸边鲜花盛开，战火洗礼后的椰城海口迎来明媚的春光，岳父和他的同学陈先生站在得胜沙的人群里，目睹和欢迎了人民解放军入城的壮举。

9 月，南国依然夏天般火热，风光旖旎的城市正在迎接新中国第一个国庆佳节。岳父在海口参加了新中国成立后的首次高考，被武汉大学农学院录取。

作为新中国的第一批大学毕业生，岳父于 1954 年被分配到荆州地区，旋即被分到百废待兴的钟祥农业局。和许多知识分子一样，岳父在科研领域是拔尖的人才，但他性格耿直，不懂人情世故，平时对看不惯的事喜欢说长道短，在反右运动中差一点被划成"右派"，外放到双桥农场当一个技术员。

随着运动的深入，县城待不下去了，岳父被调动到号称钟祥"北大荒"的官庄湖农场。同样是农业局技术员的岳母也陪同岳父到了官庄湖，后来又一起到了南湖。当时，农场刚刚开发，岳父一家住的是芦苇棚，喝的是河沟水，生活条件十分艰苦。岳母在工作上是岳父的得力助手，生活中始终不离不弃，逆境中表现出一个妻子惊人的坚毅与沉静——这是岳母生命的美丽。

与过去相比，生存形态也许有所不同，但岳父都坦然接受了。

春夏秋冬，岳父夜以继日地奔走在田野和实验基地。他曾经在官庄湖的荒郊野地开展实验，也曾在海南三亚荔枝沟的南繁基地培育一批批良种，岳父在双桥农场、官庄湖农场、南湖农场研发的水稻、棉花的优良品种相继诞生，他多次获得省里的嘉奖，成为湖北农业界著名的农学专家、技术权威。

三

时光向前飞奔。今天，人们或许已经淡忘了一切，往事如同芦苇荡中轻扬的白絮，随着历史的云烟变得云淡风轻。年轻人没有与老一辈相似的经历，不知道那段艰难的日子是如何度过的，也就没有了置身于历史之中的切肤之痛。在某种程度上说，置身事外的人，可能永远也走不进历史深处。

在那段时间里，岳父曾一度感到活下去很艰难。他的脚步曾经走遍荆楚大地的山山水水，却无法走进光明的明天。他曾经给予人们多少科研成果带来的喜悦，可在他最需要安慰和温暖的时候，却无从获得。

他担心自己驶不到对岸。

他最终没有倒下，因为他的背后站着几个理解他、支持他的女性：他的岳母、他的妻子、他的女儿们。这些女性用她们纯洁的爱和最朴实的人生智慧，向他传递生活的勇气，为风雨飘摇的生活小舟系上结实的船缆。

希望，无论何时何地，对任何人来说都是一把火。是火就能燃烧生命，是火就能淬炼胆识。

在岳父住的院子里，有两棵硕大的香樟树，春夏绿荫覆盖，秋冬红叶点缀。每次回古城的时候，我都会带着孩子陪岳父在树下坐一会儿。岳父告诉我，在他老家的县城里，这种树随处可见。樟树百毒莫侵，虫害远离，是树中的高洁之士和伟丈夫。

多少次我从树下走过，那些树总以繁茂的翠绿展示着生机盎然。仰望那些树，便会读懂生命的奥义。

人的意志也应该像笔直的树，屹立于凛冽寒潮、磅礴风雷与无尽孤独之中，稳稳挺立于朦胧雾霭、缥缈流岚以及绚丽虹霓之下。无论夏日炎炎，还是寒风如刀，都能隐忍挺拔。人走在树下，树走进人生。

四

也是一个飘雪的冬季，我陪同岳父回了一趟云南老家。

20世纪80年代的初期，我去军工厂报到以后，回钟祥南湖的家里短暂度假。新婚的妻子告诉我，对于她父亲的历史问题，组织上终于有了结论：推翻一切不实之词，恢复名誉。不仅如此，岳母还跟我说了一个喜讯：上级准备任命岳父担任农场的副场长。

岳父从1943年离开云南老家，已经有40年。如今，他的大女儿在农场的高中任教，二女儿即将从医学专业毕业，三女儿在湖北一所工科大学读书，于是他就安排春节回老家云南看看。那时，他的三弟已经担任了县里一家国企的厂长，大哥的离休待遇也正在处理落实之中。岳父这次回去不说衣锦还乡，也算是对家乡父老的告慰。

到达昆明几天后，我们告别了三叔，从他所在的工厂往县城走去。

县城不大，少有楼房，散落在各处的那些粉墙灰瓦的民居，颇有历史气息。狭窄而老旧的沙土公路从县城旁边绕过，为这里增添了几分苍凉。在县城的旁边，有一条水流湍急的小河，河两岸盛开着浅紫色的蚕豆花和金黄的油菜花。东面的山坡上，鲜嫩葱花的青草簇拥着红白相间的山茶花。山风依旧，斯人已逝，极目荒山尽惆怅——那里是岳父的父母长眠的地方。

往事已然在岁月的洪流中逐渐褪色，人们只有在祭祖的缕缕青烟里才会想起自己的根脉。陈旧茅舍的院门悄然打开了，漂泊的足音和归来的叹息缓缓渗透在一起，带来了如潮水般汹涌的感伤和乡愁，沿着台阶一级级走上去，脚步的回声凝重而悠远，如同踩着一段依稀的残梦。

大伯从台阶的上方向我们走来。

几十年风雨沧桑，一家人终于团聚。见到大伯的那一刻，岳父的眼中含着泪光，半天都说不出话来。作为一个早年参加抗日游击队的老战士，大伯在新中国成立后退伍回到地方，离休待遇没有落实，连生活费都没有着落，家中的陈设十分寒酸。

那天晚上，一家人坐在铺满松针的地上，身边熊熊燃烧的火焰肆意跳动着，我们平静地谈着40年来的离别之苦，谈父母对漂泊在异乡的几个儿子的刻骨思念，谈姑妈对岳父的关爱眷顾，谈妹妹张人凤的遭遇和她两个女儿在事业上的成就。在那个山风掠过的春夜，我第一次听到岳父谈他离家以后的辛酸苦辣。

1943年7月，硝烟中的云贵高原，一片萧瑟惨淡。战争给零零落落的村舍罩上了阴影，高高的天宇下，偶有孤峰直抵云端。远处不时传来隆隆的炮声，那是盟军对侵占腾冲的日军实施的密集轰炸。一个不满13岁的懵懂少年，揣着一张录取通知书，只身踏上北上的路程。由于错过了学校迎接新生的汽车，一张通知书成为岳父当时唯一的通行凭证。好在，所有过往车辆的司机都对他报以最大的善意，岳父搭乘沿途的运输车辆，一段一段辗转千里，最终赶上了开学。

设在四川灌县（今都江堰市）的空军幼校，曾经承载许多青葱少年的蓝天梦想。1937年，全民族抗日战争爆发。鉴于当时的形势，苏联派驻中国的空军总顾问帕尔霍明科向中国航空委员会建议，可以效仿苏联"纳西莫夫"少年海军学校的模式，从长远考虑，设立少年空军学校。这一建议得到了周恩来、叶剑英、张治中、白崇禧等国共人士的赞同和支持。1939年，中国航空委员会决定成立少年航校，并命名为"空军幼年学校"。从西点军校毕业回国的教育家汪强先生担任了空军幼校的教育长。学校定址于山清水秀、远离战火的四川灌县的蒲阳场。学校实行六年制教学，1940—1945年共招收6期学生，约2100人。

当时少年儿童报考十分踊跃。每到7月招生报名之时，各考区报名点，如重庆朝天门招生站、贵阳中华南路贵山图书馆等，都挤满了人。这些少年都怀着对日本帝国主义侵略者野蛮暴行的无比仇恨，怀着当飞行员、打败侵略者、救国家、救民族的勃勃雄心赶来报名。连白崇禧、李济深都将自己的儿子送来空军幼校读书，以期抗日报国。

空军幼校所设的学科带有明显的为学习驾驶飞机做准备的性质。从初一到高三的6年间，空军幼校的学生要比普通中学的学生多学十几门课程，包括解析几何、微积分、球面三角、有机化学、军用化学以及航空常识、滑翔等。高中毕业时，学生们已基本完成一般大学的课程和初级、中级滑翔训练。

考虑到飞行中出现事故时跳伞常有落入水域的可能，游泳在空军幼校更被视为必修。为此，汪强在当时财力、物力极端困难的情况下，多方筹措资金，组织学生劳动，在校园内建起了标准的游泳池，以供训练之用。音乐课分乐理、唱歌，二者穿插进行。到初二必须学完简谱、五线谱，有时还由教师抱来留声机，让大家听《马赛曲》《小夜曲》，然后给学生讲歌曲的创作时代背景、创作经过、曲谱特点等，引导学生欣赏。泥工、木工、金工、滑翔机模型制作如何接续，静物写生、野外写生、铅笔画、水彩画如何循序渐进，也有所计划，且要求严格。

当时中美协议，对中国飞行员的训练，初级在印度进行，中高级在美国进行。考虑到英语对学生将来学习、生活的特殊作用，汪强特别强调英语学习必须过关，到高中尤其重视口语训练，并买来一些旧英文打字机，发给学生在课外练习，以提高英语水平。

为了磨炼自己的体魄和意志，培养在艰苦环境里的生存技能，岳父在空军幼校6年，每一天都坚持游泳，哪怕是在寒冷的冬天也不间断。这种习惯一直坚持到后来他进入大学：每天早上先跑步到东湖，从东湖游到对面，然后再跑步回校，从不间断。多年来，他横渡过长江，多次游过汉江，让自己的意志力在困难的条件下得到了磨炼。

夜风在窗外呼啸，身边的火堆跃动着灿烂的火花。岳父的讲述，把我带回到充满战争硝烟的过往，让我想象中的历史陈迹从斑驳的影子逐渐变得清晰。

从那样的学校走出来的人，浑身都迸发出独特的人格魅力和生命力，即便是在生命的黄昏，也依然执着于人格的完美，执着于在个人与外部世界之间建立深刻的联系。从某种意义上看，他们更热爱生活，更懂得生活的暖意。他们也很少在逆境中显露那种一般人的疲惫和困惑，即使在晚年，也保持着一种积极向上的人生态度，就像年轻人那样。

五

车过东门，我停下久久地凝望。那里积雪覆盖，一派肃穆。雪松、河流、小船、游泳池，像一幅静止的油画。聆听河水的呜咽，我想起另一个叫蒲阳的地方，如今那里叫都江堰。

急流滚滚的蒲阳河，卷起汹涌的浪花，日夜向东流去。四周芳草萋萋，林木繁茂，几处高低错落的旧式院落，掩映在绿树丛中。

抗日战争时期，空军幼校就设在这里。依托这种农家宅院的隐蔽，当年岳父他们在战争的炮火硝烟里，有了一张平静的书桌。

1992 年的深秋，峨眉山的枫叶、乌桕叶已开始显出淡淡的暗红，那是一个"东方风来满眼春"的年代，也是一个"无限春风来海上"的时节。春风融化了冰雪，催开了游子团聚的破冰之旅，岁月的温润记载了永恒的美好。

从 1940 年到 1945 年，空军幼校共招收 6 期学生，如今毕业生遍布祖国各地和海外。由于战乱等原因，现存校友不足 800 人，分布在海内外，可以说半个地球上都有他们的足迹。6 年蒲阳生活，给空军幼校的学生留下了难以磨灭的记忆。由于家乡处在日寇烧杀抢掠的敌占区，多数同学连寒暑假都不能离开校园。他们朝夕相处，相濡以沫，结下了深深的兄弟情谊，谓之"蒲阳情"。

这群喝着蒲阳河水长大的学生，一生也没有忘记蒲阳，没有忘记灌县，没有忘记四川，没有忘记祖国。

空军幼校的师生大多成为时代英才。当年风华正茂的少年，有的成为空军飞行员、民航飞行员和空军将领，有的成为教授、中国科学院院士，还有的成为艺术家和企业家。他们在航空、军工、水利、高能物理等方面做出过重大贡献，其中包括国际著名材料学专家何焯彦，国际著名水利学家何达明，国际著名原子能科学家涂剑穆，著名高能物理学家、兰州大学教授段一士，中国民航华北管理局原副局长王锡爵，中国民进中央原副主席楚庄，国际著名航空学家华锡钧，等等。仅仅留在国内的空军幼校毕业生中就产生了300多名专家、学者、教授。

与那些风光无限的人相比，也许岳父的人生不够"光鲜"。如果他当初不选择报考农学院，凭他在空军幼校的扎实功底，他完全可以选择具有前瞻性的尖端专业进行深造，比如民航、军工、物理。那么，他或许就不会遭受那么多的人生磨难，不会在人生最鲜艳的青春里饱尝辛酸。

岳父没有这么幸运，但岳父从来没有后悔。他在江汉平原的广袤土地上找到了寄托并为之洒下了汗水，付出了心血，奉献了毕生精力。命运不公，但他收获了坚韧的爱情和绵长的亲情。那是与他风雨同舟、相濡以沫的妻子，事业有成、令他引以为傲的三个女儿，和他的三个逐渐成熟的外孙。

1992年那次聚会，组织者别开生面地组织了一次游泳比赛，五人一组。当时教育长汪强的两个女儿都是泳坛高手，很多同学都是这方面的翘楚，一个个仿佛回到了年少之时，纷纷在当年的泳池里一展身手。

那次比赛，岳父获得了第一名。

六

我们回到小北门外的岳母家时，已是冬日的晚上。城外变成了一个冰雕的世界，远近闪着零星的灯火，寒冷的气息让人窒息。

在殡仪馆追思厅里，亲人们轮流彻夜守灵。第二天、第三天，亲友故旧陆续前来吊唁、送行。岳父静静地躺在水晶棺里，他原本瘦削的面庞，此刻仿若被岁月雕琢过的雕塑。一个月来病魔的折磨让曾经高大的身躯变得那么瘦小和羸弱。我代表家属致辞，然后，含泪送别，把一切交付大地。天堂人间，不过一片雪花的距离，转瞬之间就没了。

墓地在八岭山，二妹提前预订的。那里的墓碑重重叠叠，密度堪比城市楼房。好在，登山可观白云流动，远望可见长湖碧浪连通汉江，山下一湾湖水，夏日荷花满塘，四周樟树簇拥，秋天银杏摇动着金黄，风水很好。

记得每次离开荆州的时候，岳父都提着行李送我们到停车场。我们上车离开，留下他苍老地站在身后，忧伤、孤独和无限眷恋。在这里，希望岳父不再孤独。

悲歌可以当哭，远望可以当归。70多年故园风雨忧思萦怀，从此随风而去；3000里风雪归途山高水长，难舍骨肉亲情。

小北门外，岳父生前居住的院落里一片朦胧。岳父走了，灯还亮着。

岳父最终没有接到农场副场长的任命文件。

作为新中国培养的第一代大学生，在那个刚刚改革开放的年代，自然有很多单位都争着调岳父去，省农业厅、湖北农学院 ① 都向他发出

---

① 湖北省农业农村厅于2018年11月17日正式挂牌。此前湖北省政府主管全省农业工作的部门是湖北省农业厅。

湖北农学院的发展历程可溯源至1977年成立的原华中农学院（现华中农业大学）荆州分院。1989年3月，国家教委批准建立湖北农学院。2003年，湖北农学院等4所高校合并组建为长江大学。——编者注

了邀请，要调他去任职。但是，岳父太热爱农作物种子研究了。他喜欢听秧苗拔节的声音，喜欢光脚走上冒着油的土地，那种对农民的透彻理解，那种与农村、土地、种子互相依存的使命感，早已融于岳父的血液之中。

那是一条属于岳父自己的路。他从不愿意离开土地。他一往情深地呼吸着田地里散发出来的气息，一把抓住种子和泥土，就如同抓住了生命。对自己所熟悉的江汉平原，他有着特殊的偏爱。他执着地把心中热爱的种子事业，放在了至高无上的位置。为它们，他情愿奉献一切。

他选择了地区农业科学院，在棉作室担任主任。不久，上级调他到种业公司，专事良种的研发推广工作。

他与土地同在。

岳父的一生，是一出漫长而复杂的戏剧。难以言明悲喜，更遑论结局。也许，这种特殊时代与个人的联系，注定无法摆脱，不会因为人的意愿而改变。

12 月 7 日，2009 年的第一场雪，是岳父生命的终点。世界很大，最终没有给他留下一个回头望望的机会。那天朔风凛冽，大雪封门。生与死，只在瞬间，可以想象，身体有多冷，泪水就有多热。

我们从墓地返回的时候，车窗外一片一片雪花继续在寒风中飘落，落在山水之间，落在一棵棵高大的香樟树上。天地苍茫，眼前充满晶莹的菱形雪白，洗净了一切，连同山上的树。

雪花是那样白，那样寻常却高洁，仿佛在诉说，美好的东西将永远存在。就像八岭山下的湖水，即便寒冬时节湖面会结冰，却掩盖不住它的灵动；就像沿途樟树上的树挂，在阳光的映照下，会闪烁五彩的光芒。一个人活着，倘若能够活得如此寻常而高贵，便是生命的至高境界，便是像花一样，开了又落，落了又开。

回程的那天，雪时断时续，落在汽车的挡风玻璃上，拂之未去，旋又重来，像无声的惆怅如影随形。挡风玻璃上之前便有一个像泪痕一样的裂纹，那裂纹在内外冷热压力的碰撞下，慢慢扩大，像雪花在眼前展开，像晶莹的泪滴缓缓落下。

　　我望着窗外飞扬的雪花，想到不可能再有的从前。从前很远，却仿佛又在眼前。我想起当年渡河的岳父，他走过金沙江，走过汉江，走过长江，走过南渡江。渡船早已消逝，而过江的人，已长眠于彼岸的雪丘，虽是近在咫尺，却又天人永隔，从此再无见面的机会。我不觉悲从心起，泪流满面。

　　行走在这个飞雪茫茫的归途中，望着苍山远去，望着枯树无言，我不关心树叶是否坠落，我不关心河流是否冰封，我的心中只有永恒的思念。风雪中，我看到岳父穿过风雪向我走来，走在冬日清晨呼出的热气里，走在冰封雪冻的田野上，走在枝柯突兀的白杨林里，走在悠长悱恻的小提琴韵律里，走在与往事和解的告慰中。

月光在心中荡漾

一

镜月湖，慵懒在一片迷茫的夜色中。

这片湖存放着我的乡梦，收藏着我的少年。

那是一段青春的记忆，一个充满故事的年代。在那里，生命以蓬勃的姿态生长，带着生机与活力，不断地舒展、奔腾，生活的酸甜苦辣与父亲、母亲的汗水成就着我朦胧的理想人生。

于我而言，少年时光是张家集，是九里乡，是笪家湖，是母校的读书声，是宁静的风，是缥缈的云，是隐在九里山的石刻，是遗忘在赵庙小学的瓦砾，是洒落在荒野上的汗水。

今夜，它静静地躺在夜色中，每一寸泥土、每一片草木都在低语着，可读到辉煌的历史，可追忆学生时代的闪光点，可窥见父辈的伤痛，可看到稻麦的金黄。

二

月光如水，似一泓秋波，清澈而宁静。我姐家的隔壁，一个老者倚坐于一把斑驳的木椅上，半寐半醒，任凭温柔的月华，像一双时光之手，轻抚他的面庞，摩挲着岁月留下的年轮。恍惚间，那些被岁月尘封的悠悠往事，如袅袅青烟，从村庄深处的皱纹里悄然逸出，带着光阴的醇厚与馥郁。

新村不到10户人家，但院落整齐有致，构成一片幽深的庭院世界。几家窗棂内，灯光迷离，如丝如缕，缠绕片刻，又缓缓消融在月色中，仿佛是旧梦的幻影，无声无息，无风无扰。

村庄已然入眠，万物皆在这宁静的时刻归于无言。唯有几处孤独矗立、尚未被岁月侵蚀殆尽的老屋，宛如守夜的长者，默默凝望着月华如练的夜空。它们那古老的窗户犹如一双双饱含幽怨与故事的眼睛，穿越时空的迷雾，静静地注视着我，唤起我内心深处的共鸣。

视线所及之处，树影婆娑，枝叶在微风的轻拂下翩翩起舞。那枝叶相互交织，勾勒出的线条灵动飞扬，仿佛被赋予了生命的韵律，恰似大自然以大地为布，以月光为墨，挥毫泼墨完成的写意作品。

此刻，我成为静谧夜晚的一部分，是老屋无言的倾听者，是树影画卷中的游魂，是青草与泥土怀抱中的归人。在这恍若隔世的场景里，我的灵魂沉浸在充满诗意的梦境与现实交织的世界，任由时间在静美中缓缓流淌。

这样的夜晚，是一首低回婉转的夜曲，足以令任何一个行色匆匆的旅人放缓步伐，甚至驻足停留。那些熟悉而亲切的气息，穿越夜空，跨越季节，只在夏夜的清风中轻轻荡漾，每一个步入此境的人，无论来自何方，都能在这月色朦胧中寻得一丝心灵的慰藉。

早年在县城读书的时候，镜月湖还是一片被重重芦苇围裹的大湖，那时人们都称它为"南湖"。

每到假期，我就跟着父亲"学工学农"。劳动之余，我总心醉于湖畔随风起舞的芦苇荡，宛如绿色的海洋，波澜壮阔，生机勃勃；也曾陶醉于月色皎洁的夜晚，寒蝉在草丛间低吟浅唱，其声如丝如缕，牵动心弦；更陶然于金秋时节，稻田间蛙鸣如潮，那是大地的欢歌；也曾仰望蓝天，成群结队的大雁排成一排排诗行，翱翔天际，诉说着迁徙的悲凉；也曾感受冬日，凛冽的北风携着雪花呼啸而过，那严寒中飞舞的雪花，身姿轻盈却又透着一股坚毅，在冷峻的表象下，深藏着生命的坚韧。

无论是严寒还是酷暑，我都在镜月湖畔留下过足迹，与那片土地、那群人紧密相连。我的灵魂，如同一株扎根于湖畔的芦苇，始终保持着与这片湖、这群人的亲近与默契。那是一种深深植根于心底的认同，一条与那片湖的苍茫、那群人的质朴相依相融的纽带，一份无论岁月如何流转都无法抹去的乡愁。

湖的周边有许多熟悉的地名——笪家湖、张家集、李家台、三岔河、赵庙、迎岭、雄狮、五团——犹如珍珠般镶嵌在我的记忆长河中，只需轻轻一唤，便能瞬间点亮心中的烛光。

我梦见走在清澈的小河边，远处是围在湖滨的大堤。堤坡两边盛开着各种各样的野花，芬芳的气息沿着巍峨的大堤一直漫进村民的家里。

在梦境的幽深处，我恍若重新看到那一幅田园画：一缕炊烟在故乡茅舍的屋檐下悠悠飘荡，诠释着家的温度。当第一抹朝霞羞涩地揭开夜的面纱时，父亲那熟悉的身影便从那片瓜田悄然浮现，仿佛自岁月的深处踏歌而来。他手提的竹篮里，承载着生活的甘甜与富饶——盛放着羊脂玉般的香瓜，以及颗颗饱满圆润、镶嵌着晶莹露珠的新鲜玉米。

阳光穿透薄雾，洒在父亲裤脚边的每一滴露珠与每一片草叶上，点亮那些静默的劳作瞬间。

我梦见走在湖边的沙滩上，清新的湖风迎面吹来，吹过清晨雨露，吹过夕阳炊烟，吹过绿树果园，吹过屋棱瓦舍，吹过我迷蒙的双眼，我的双脚一瞬间就感到了力量和勇气。那些绿树红花掩映下的村落，正露出它的新姿。家家都盖起了楼房，闪着白光的墙壁细腻而柔滑，像小时候母亲温柔的手指。而那些脸上带着甜蜜笑容的亲人、朋友，永远善良温柔，永远拥有珍贵的爱与被爱的幸福。

我梦见自己漫步于笪家湖的田野之上。我穿过风，风中有秋虫的哭泣，有土地的喟然长叹；我蹚过溪，溪边有月下独饮的落寞。头顶是薄薄的云，脚下是厚厚的草，该去哪里找寻我的老屋、我的脚印、我的梦想、我的感伤、我的惆怅？

三

顺山而下的清流，宛如一条灵动的丝带，轻盈地跳跃在石缝间。随着水流的不断汇聚，它渐渐化作涓涓细流，吟唱着生命的赞歌，流向一个更富有诗意的湖泊——莫愁湖。

镜月湖与莫愁湖一如上帝落下的钻石，镶嵌在江汉平原与大洪山脉的边缘。南北两湖，如镜照心，各自静默于时光的一隅，深邃而澄明，又仿佛是天地间一双洞察世事的双眸。

湖水平滑如镜，不仅倒映着蓝天白云的缥缈与日月星辰的流转，更以其深不可测的内蕴，默默承载着四季的轮回与岁月的故事。春花烂漫时，湖畔的繁花映入眼帘，恍若繁星点点落入碧波；夏草茵茵处，湖风轻轻吹过，涟漪微漾，恰似大自然在轻声低语；秋叶纷飞季，洁白的芦花翩然坠入湖心；冬雪皑皑夜，皎洁的月光洒下，宛如银盘托起一片纯净的仙境。

这座被山水恩泽的城市，就这样静卧在南北两湖的怀抱中，悄然孕育着生命的灵韵与人文的芬芳，赋予草木盎然生机，每一寸土地都洋溢着鲜活的气息。龙山山脉的庇护如同慈母的臂膀，赋予了古城庄重沉稳的气质，每一座建筑都镌刻着岁月的印记。

这座城有着太多纵横艰深的思绪和百转千回的记忆，却把一往情深隐在日新月异的容颜里、隐在高楼大厦的褶皱里、隐在四季笙歌的流韵里。

这座城宛如一位行者，跨越了悠悠岁月，跋山涉水而来。脚下的历史古道，镌刻着深深浅浅的车辙印，它们记载了岁月安然。巍巍耸立的汉江大堤护佑它江河无恙。城垣之外的马蹄声还未走远，街头巷尾的烟火之气已将市民的日子装扮得风生水起、岁岁安然。

坐在莫愁湖畔的青草上，我能看到草木的微笑，我能听到湖水的低语。

四

月光如诗般穿透薄雾织成的轻纱，斑驳的光线宛如银色的细雨，荡漾在莫愁湖上。

沿着木制栈道漫步，耳畔潺潺的水声如琴弦低语，那是大自然以最纯净的语言诉说着岁月的静好。湖面之上，翠绿的荷叶如灵动的绿绸扇，轻轻摇曳于风的旋律中。晶莹的露珠在月光的抚触下闪烁着钻石般的光芒，犹如镶嵌在绿色绸缎上的万千珍珠。

相较于镜月湖的柔美浩渺，莫愁湖则蕴涵着浓厚的文化底蕴，沉淀着深远的历史记忆。当人们因湖名而联想起那个命运多舛、流离失所的女子时，眼前的这片静谧湖水，就在月色下平添了几分寂寥与哀婉的气息。莫愁女的故乡在哪里？是洛阳，还是钟祥？抑或南京？众说纷纭中，莫愁女传奇般的人生轨迹，始终笼罩在一片迷离难辨、引人无限感慨的云霭之中。

每次经过莫愁湖畔的时候，看到湖边的野蔷薇如雪般绽放，纯白的花朵在凄清的风中摇曳，凝视那波光粼粼的水面，我的脑海中就会浮现那个着曳地长裙、绾着高高发髻的身影。那随风飘舞的裙袂，与湖面上漾开的涟漪一道，勾勒出一幅跨越时空的愁思画卷，让人在缅怀中感叹命运的无常，一遍遍地轻吟"莫愁啊莫愁"。

我在大地的许多角落仰望过同一片星空：在离天穹咫尺之遥的高原，星辰仿佛触手可及，犹如镶嵌在蓝丝绒上的钻石；在寂寥无声的大漠，星河倒挂，月光如同银色的沙漏倾泻着时间的密语；在广袤无垠的草原深处，星辰如繁花般绽放于夜幕，月光与牧歌共舞，与风声共鸣。

然而，无论何处的星辉月色，都无法抹去我对镜月湖与莫愁湖的眷恋。月光之下，故乡静静地立于山脚，繁星犹如无数明亮的眼睛，闪烁着璀璨夺目的光芒，却又在月色的妩媚中透出淡淡的孤寂。

五

人的一生中始终有些记忆会被岁月封印，像燃烧的恒星带走自己的时代，并在光阴的尽头暗淡消失；而有的记忆却始终超乎想象，驱使心灵走在时光的前方。一如温暖而静谧的月光，从树叶罅隙洒下的丝丝缕缕的斑驳光影，填满或深或浅的足迹。

在我的心灵版图中，故乡曾是荒芜与苍凉交织的秘境，而在它看似沉寂的外表之下，却潜藏着一幅生动而丰富的灵魂画卷：淳厚的民风犹如佳酿，久经岁月沉淀，散发出醉人的馥郁；神秘的帝王之乡如烟云缭绕的古堡，掩映在历史的雾霭中，引人探幽寻秘；拙朴的风物似未经雕琢的璞玉，以天然之美触动人心；而那厚德载物、自强不息的文化土壤，更如同一部厚重的典籍，字句间流淌着端凝厚重的精神血液，滋养着每一个生于斯、长于斯的灵魂。

正是这份深藏不露的底蕴，使得故乡在文字的记载中熠熠生辉。其生生不息的步履如同生命的脉搏，每一次跃动都激荡起无尽的生机。

故乡犹如慈爱的母亲，她的眼眸恰似圣湖，在朝霞映照下，慈悲的光芒与温暖的霞光相互交融，照亮了世间万物，也照亮了每一个在荒寒与贫瘠中坚韧前行的生命。

在故乡的怀抱里，忧伤、欣悦、孤寂、寥落、希望与梦想，人生的五味杂陈，仿佛被神奇的魔力串联成一串璀璨夺目的珍珠项链，每一颗都闪耀着独特而迷人的光芒，编织出一幅如梦如幻的瑰丽画卷。

于是，故乡便成为一座灯塔，照亮了那些在困境中求索的人们，赋予他们披荆斩棘的力量，点燃他们勇往直前的信念。每当长途跋涉归来，我都会卸下行囊，踏着月下的银霜，悠然走向那魂牵梦绕的故乡小院。轻轻推开门扉，瞬息之间，皎洁的月光如瀑布般自天际倾泻而下，洒满每一个角落，将静寂的小屋镀上一层圣洁的银辉。

此时，倘若你在那斑驳的光影里静候，与我共赏这天地间的大美，那么，世间万物便恰到好处，每一帧画面都定格成永恒的温馨。然而，若你未能亲临此境，那清冷的月光，便会化作千丝万缕的呼唤。它们会缠绕在我周身，如丝如缕，似是寂寞的低语，又似是深情的挽留。

此刻，我仿佛被引领至禅意的边缘，于孤独中领悟生命的真谛，于尘世浮华中找寻灵魂的栖息所在。

"露从今夜白，月是故乡明。"或许，这就是人生的一种无奈，一种挥之不去的眷恋，一种永恒的追寻。

湖水深藏着光阴的故事。我将皎洁无瑕的月光，深埋在灵魂的深处。自此以后，那轮镶嵌着童年记忆的故乡明月，就如一颗永不陨落的心灵北斗，无论世事如何变迁，无论我在何方流浪，它都在每时每刻、每分每秒中与我同行。

跋：漂泊的月下背影茫茫

一

曼妙的椰城如一首温婉的诗，在暖洋洋的柔波里低吟浅唱，丝带般的美舍河悠然穿越窗下，潺潺水声诉说着岁月的故事，令人心绪荡漾。

然而，这如诗如画的景象并不能完全熨平我内心的褶皱，每当念及父母亲曾经闪烁的生命之光，以及他们耕耘的那片故土时，一个曾蒙尘于时代角落、现已被时光冲刷得愈发清晰的家园印象便涌上我的心头，带来一阵深重且无法排遣的乡愁。

我常常将乡愁的书写比作渡河。

此岸是生活的原乡，彼岸是记忆的倒影，而流淌其间的，是时光与情感共同冲刷出的深阔河道。《如是人间》的写作，恰似在故乡与他乡的夹缝中摆渡，打捞起两种漂泊形态在生命长河中沉淀的沙金。

幼年随父母从河南迁往湖北的经历，曾让我过早触碰命运的坎坷。钟祥古城的青石板路上，少年背着书包穿越市井烟火，却在黄昏里望见异乡屋檐的陌生轮廓。

这种被动的迁徙，如同古人笔下"浮云游子意"的延续，将孤寂的种子埋进血脉。中年后选择海南作为栖息地，看似是主动的停泊，却在父母相继离世的暮色里，恍然惊觉：地理的定居终究难抵精神的漂泊。

320

直至退休后踏上漫游之路，方懂得苏轼所言"此心安处是吾乡"的深意——真正的故乡，或许就在不断远行的途中。

二

《沧海人间》的书写，是凛冽的海风在稿纸上凝结的痕迹。旅顺口锈蚀的炮台与潭门港归航的桅杆，构成了民族命运与个体生命的双重隐喻。在刘公岛聆听潮声时，懂得了历史伤痕如同贝壳的纹路，需要以温柔目光抚摸方能显现光泽。中国人民解放军海军博物馆的钢铁巨舰，倒映着百年风云，却也在某个黄昏的波光里，显出母亲怀抱般的温柔弧度。

《江湖人间》的行走，则是将脚步化为墨迹的尝试。赣州城墙的斑驳砖石间，触摸到文天祥《正气歌》的温度；海口骑楼老街的雕花窗棂后，南洋游子的乡愁仍在细雨里发酵。在磁器口古镇的黄昏，暮色漫过青石台阶，商贩收摊的响动竟与童年记忆中的市声奇妙重合——漂泊者的乡愁，总在陌生场景里找到似曾相识的韵脚。

《草木人间》的书写，曾试图让文字生出根系。阳关的绿意如同大地愈合的痂痕，西藏的云杉则是刺向苍穹的信仰。千户苗寨的藤蔓缠绕着时间的秘密，而巫山月色永远带着李白诗中的苍茫。这些自然风物不仅是风景，更是生命的镜像。当我在腾冲火山石石缝间发现倔强生长的野花，我明白，漂泊者的坚韧，不过是与草木同源的生存智慧。

《冷暖人间》辑录的文字，多是在夜深人静时从记忆深井打捞的碎片。石门水库的晚风永远裹挟着父亲的烟草气息，笪家湖的柳树年轮里还刻着邻家老人的絮语。写《渡口无人》时，母亲在灶台前忙碌的背影与鼓浪屿空荡老宅的影像反复叠印，所有关于亲情的书写，都是试图在时光河流里修筑堤坝的徒劳努力。

三

《如是人间》的形成，如同候鸟年复一年的迁徙轨迹。

2012年重拾写作之初，未曾料到文字会成为收纳漂泊的容器。在青藏高原仰望星辰的夜晚，在滇缅公路抚摸弹痕的午后，在弱水河畔倾听流水的晨昏，那些散落的生命片段逐渐在稿纸上显影。散文于我，既是追溯的缆绳，也是前行的风帆。它记录着从被动放逐到主动漫游的蜕变，见证着个体经验如何与时代纹理相互编织。

此刻，回望这些文字，一如站在入海口回望源流。两种漂泊形态的叠合，恰似淡水与海水的交汇，在交融处激荡出独特的生命光谱。如果说早年的迁徙在文字里凝结为霜色月光，那么后期的漫游则沉淀为深海暗流。而所有关于人间的书写，终究是要在沧桑中寻找永恒，在离散里确认归途。

书写中的背影依然在月光下行走，带着中原大地的尘土与南海咸涩的潮汐。或许正如陶渊明"人生无根蒂，飘如陌上尘"的诗句，正是这种永恒的漂泊感，让我们在回望与前行之间，触摸到生命最本真的质地。愿这些文字能成为星火，照亮同样在寻觅归处的旅人的人生道路。

四

感恩文学世界里的你我他，让我们的人生始终保持初见般的美好与新鲜。愿每个人在生命旅程中都能幸运地被岁月温柔以待，愿我们在文学道路上遇见更好的自己，用心感知生活的分量，正如悉心照料花朵一般，即便果实尚未挂满枝头，也当珍惜每一刻绽放的美好。

《如是人间》已至终章，但它所开启的思考之旅与启迪之门尚未终结，恰如一条涓涓河流，恒久地流过我的心田。怀揣一颗赤诚之心，我向所有阅读《如是人间》的灵魂探索者们表达我由衷的敬意，向那些助力这部著作顺利诞生的挚友们，送上我最深沉的谢意和崇高的敬意。

在我文学生涯的星河中，海南出版社无疑是我最应该感恩的，吴宗森先生与北京分社的彭明哲先生，两位灵魂人物以高尚的热情与专业精神，为散文集的诞生铺就了一条情谊之路。他们的名字，一如镌刻于心扉的丰碑，承载着我永恒的敬意与感动。

编辑组的宣佳丽、张雪、章熙蓓嘉、黎花莉等诸位同仁，她们以匠心独运的技艺与矢志不渝的敬业精神，每一处打磨都满载着对文学的虔诚与敬畏，对细节的精益求精，无不展现出版人对文化事业的崇高使命感与责任感。当我注视这部承载着心血与情感的作品，我会自然而然地回溯起创作、出版过程中那些与星辉月影共舞的黎明黄昏，那是一帧帧关于友谊与关爱的珍贵画面，引领探索的脚步永不停歇。

还要感激那些始终以热切目光关注我作品，以犀利笔触激扬文字波澜的评论家们——全展、昌切（张洁）、菡萏（崔迎春）、刘诗伟、阮忠、崔庆蕾、古格妃、黄叶斌等，以及众多未提及姓名的文友、学友们，他们以独特的视角剖析文本，以深邃的思考启迪灵感，以热烈的赞美激发热情，如同繁星点点，照亮我前行的道路。这份深情厚谊，我将永铭于心，无法一一言表，却时刻感受其温暖的相随。（有关评论已附文后）

本书在撰写涉及文史的部分时，广泛参阅过网络上的相关史料，并尽可能注明了资料的来源。然而，由于参考资料的数量庞大且种类繁多，要做到逐一标注实非易事。在此，恳请读者朋友能够给予理解和宽容。在浩瀚史料中探寻时，我将每一份资料都视作先辈们从时光深处递来的火把。那些未能尽数标注的文献，如同驿道上未署名的路标，虽未镌刻赠予者的姓名，却始终指引着求索的方向。

这部作品既是对过往漂泊的凝视，亦是对未来远行的期许。愿所有翻开此书的人，都能在字里行间望见自己的倒影，如同月光下的旅人，在相互映照中确认存在的意义。前路或许仍是"日落江湖白，潮来天地青"的苍茫，但那些被文字点亮的瞬间，终将成为我们月下漂泊的星光。

朱湘山

2025 年 3 月于海口

附录

以下是国内部分媒体上发表的对《微烛》《苍烟》的评论：

1. 吴宗森：《渡万壑千岩，越溪深处——读朱湘山〈微烛〉有感》(《读者报》2023 年 12 月 28 日第 17 版)

2. 黄叶斌：《行走文学的人文价值与审美意蕴——读朱湘山〈苍烟〉〈微烛〉札记》(《荆门日报》2024 年 2 月 26 日第六版《读书》栏目)

3. 昌切：《朱湘山的文人雅趣》(《湖北日报》2024 年 3 月 8 日第 14 版《东湖》栏目)

4. 黄叶斌：《行走文学的审美意蕴》(《中国新闻出版广电报》2024 年 3 月 13 日第四版)

5. 阮忠：《苦吟生活与历史碎片》(《海南日报》2024 年 3 月 25 日《文化周刊》)

6. 杨青：《文字是有温度的——读朱湘山〈微烛〉笔记》(《冬歌文苑》2023 年 11 月 5 日)

7. 张江明：《秉烛微光》(《冬歌文苑》2023 年 11 月 27 日)

8. 白锦刚：《抬眼望，山色正青——读朱湘山散文集〈微烛〉浅感》(《冬歌文苑》2023 年 12 月 2 日)

9. 颜小红：《一场抵达远方的心灵之旅》(《那时花开的故事》2023 年 12 月 19 日)

10. 颜小红：《诗意地写作，美好地生活——阅读朱湘山老师文章有感》（《那时花开的故事》2024 年 1 月 4 日）

11. 要战通：《一部现实主义和浪漫主义交相辉映的作品——读朱湘山散文集〈苍烟〉》（《冬歌文苑》2024 年 1 月 6 日）

12. 焦红玲：《有根的写作，有情的诉说》（《冬歌文苑》2023 年 11 月 12 日）

13. 汤逊夫：《个性化写作与"社会教化"责任的互洽——读朱湘山散文集〈微烛〉一点心得》（《冬歌文苑》2024 年 4 月 6 日）

14. 江亮：《曾是微烛照人来》（《冬歌文苑》2024 年 3 月 17 日）

15. 王仁波：《行走文学的苍茫意蕴和诗性表达》（《荆门日报》2024 年 7 月 8 日）